Hunderäuber

Virve Manninen

HUNDERÄUBER
Roman

Impressum

Bibliografische Informationen der Deutschen Nationalbibliothek:

Die Deutsche Nationalbibliothek verzeichnet diese Publikation in der Deutschen Nationalbibliografie; detaillierte bibliografische Daten sind im Internet über dnb.dnb.de abrufbar.

© 2023 Virve Manninen

Herstellung und Verlag: BoD - Books on Demand, Norderstedt.

Coverabbildung: Mari Ilomäki

ISBN: 978-3-738614787

1. SUCH ALMA!

Ich werde meine Schwester niemals wiederfinden können. Der Pinienwald, in dem Alma verschwunden war, war riesig und voll von fremden Gerüchen. Als ich daran dachte, was für viele Gefahren ihr drohten, wurde mir fast schlecht. Was habe ich mir nur dabei gedacht, bei diesem blöden Spiel mitmachen zu wollen und das Leben meiner Schwester zu gefährden? Alma war zwar ziemlich mutig, aber noch kleiner als ich und dazu noch blind. Ohne mich war sie verloren, wie konnte ich nur so dumm sein? Sogar die gelbe Weste, auf die ich zuerst so stolz gewesen war, drückte nur unangenehm und der Aufkleber "Rettungshund" schien mich regelrecht zu verspotten. Alma!

»Was ist nun, Arlo? Bist du nervös?« Terri stand neben mir und streichelte mich kurz über den Kopf. Allerdings, du Menschenmädchen, aber das wäre wohl jeder, der soeben seine liebe Schwester für immer verloren hat - und das nur wegen einem Spiel! Ich fing an, leicht zu zittern.

»Das schaffst du sicher, das ist nur die Aufregung, weil es diesmal keine Übung mehr ist.« Genau, es ist keine Übung, sondern bitterer Ernst! Sie hatte ja gut reden, ein Mensch kann eh nichts riechen und war somit für eine Suche nach irgendetwas vollkommen nutzlos. Kein Wunder, dass die Menschen dauernd etwas verlieren, und dann war das Geschrei immer groß. Aber im Unterschied zu irgendwelchen Schlüsseln und Brillen oder was auch immer hatte ich soeben meine Schwester verloren! Um mich etwas zu beruhigen, gähnte ich ein paar Mal.

Obwohl ich ganz genau wusste, wie Alma riecht, musste Terri wieder mit der Plastiktüte mit Fellbüscheln von meiner Schwester vor meiner Nase herumwedeln. »Schau, Arlo! Die Prüfung beginnt! Riech' mal kurz und - such Alma!«

Such Alma! Den Befehl hatte ich bei den Übungen so oft gehört und war immer erfolgreich gewesen. Das war aber nicht in so einem großen, fremden Wald passiert, wo trotz des Schattens die Sonne immer noch fast unerträglich heiß war. Angeblich wegen der Hitze waren wir eben zu diesem Wald gegangen, aber die Menschen müssten doch wissen, dass auch der Herbst in Spanien sehr warm war. Hätten sie bloß diese dämliche Prüfung verschoben! Plötzlich fiel mir auf, dass es tatsächlich mehrere Menschen waren - nicht nur Terri, sondern auch die Silva als Prüferin und Opa Gerhard, der mit Alma in diesem Wald verschwunden war. Das bedeutete, dass Alma nicht allein war! Dass ich nicht daran gedacht hatte! Augenblicklich beruhigte ich mich und versuchte mich zu konzentrieren.

Ein paar Mal lief ich schnüffelnd hin und her. Doch bald hatte ich tatsächlich die Spur von Alma gefunden. Es war so leicht dieser zu folgen, dass ich mich für meine Nervosität fast schämte. Ich hätte daran denken müssen, dass ich doch sehr begabt war und so eine Aufgabe kaum der Mühe wert war. Vielleicht war ich bald sogar der beste Spürhund der Welt oder zumindest in Spanien! Wie sie es auch immer schaffte, spukte Alma augenblicklich in meinen Gedanken und schien ihren Kopf zu schütteln. Was ist, Schwesterchen? Stimmt doch alles, mit falscher Bescheidenheit kommt Hund in dieser Welt nicht weit, besonders wenn man auch noch so klein wie unsereins ist. Als ich stolperte und fast über einen Ast fiel, wünschte ich mir zum tausendsten Mal, doch etwas größer zu sein.

»Lass dir Zeit, Arlo!«, rief Terri hinter mir. »Du hast ja Zeit. Nicht dass du dir wieder ein Bein brichst!«

Vielen Dank auch für die Erinnerung. Wohl gemerkt, ich habe mir nichts gebrochen - unser früherer Besitzer, ein Monster mit dem Namen Rodriguez, hatte durch einen Tritt mein Bein gebrochen. Daran wollte ich nun gar nicht denken, wir hatten diese furchtbare Zeit bei ihm überstanden und auch mein Bein war nach einer Operation endlich wieder verheilt. Warum musste Terri mich ausgerechnet jetzt stören? Sie sollte wissen, dass sogar eine Supernase wie ich bei so einer wichtigen Prüfung absolute Ruhe und Konzentration braucht. Wieder spürte ich Almas mahnenden Blick - oder sah sie mich schon tatsächlich? Ich schaute mich um, aber sah nur Bäume und Büsche. Weiter der Spur folgend lief ich durch die Bäume weiter.

Bald entdeckte ich Alma und Opa Gerhard hinter einem Busch und hörte sie leise kichern. Beim Verstecken spielen war sie eh nicht zu gebrauchen, weil sie fast nie still sein konnte. Aber nun war sie ja als vermisst gemeldet und ich der mutige Retter in Not, also ich hätte etwas mehr Ernsthaftigkeit von ihr erwartet. Fast wäre ich direkt zu ihr gelaufen, aber im letzten Moment fiel mir ein, dass ich ja anzeigen musste, dass ich das Zielobjekt gefunden hatte. Ich bremste aus voller Fahrt und landete natürlich kopfüber auf der Erde. Na toll, das war ja eine elegante Bruchlandung! Alma kicherte nun lauter, ich warf ihr einen bösen Blick zu, schüttelte mich und setzte mich hin. Dabei schaute ich in ihre Richtung, so wie es sich gehört.

Terri kniete sich neben mich und streichelte meinen Kopf, was ich neuerdings sogar genoss. Nach der Zeit bei dem Monster wollte ich lange nicht, dass irgendein Mensch mich anfasst. Eine Hand war ja nur dazu da, uns weh zu tun, dachte ich damals. Noch besser als diese Streichelei würde ich allerdings eine essbare Belohnung finden. Terri kramte kurz in ihrer Tasche.

»Da, Arlo, guter Junge! Ein extragroßes Leckerli für die gute Leistung!« Anscheinend hat das Wort extragroß für sie eine andere Bedeutung als für mich, aber besser als nichts.

Alma hüpfte um mich herum und war kaum zu bremsen. »Ich musste irre lange und ganz still dort hinter dem Busch sitzen!« Ich verdrehte die Augen, wie so oft bei ihr. Es waren vielleicht zehn oder fünfzehn Minuten gewesen, für einen normalen Hund kein Problem, aber das sagte ich nicht laut. Ich hatte heute meinen freundlichen Tag, hätte ich meine Schwester ja beinahe verloren, aber durch meine ausgezeichneten Fähigkeiten hatte ich sie wiedergefunden. »Arlo! Du brauchst auch nichts zu sagen, ich weiß eh, was du gerade denkst!« Ich seufzte.

Silva eilte zu uns. »Das hat Arlo aber gut gemacht. Die erste Prüfung hat er mit Bravour bestanden.« Ich fühlte mich gleich mindestens zwei Zentimeter größer und dachte, dass ich doch die gelbe Rettungshundeweste verdient hätte, bis Silva mich von meinem Podest herunterholte. »Für so einen jungen Hund - er ist ja erst - wie alt? Zehn Monate? - ja, für so einen jungen Hund war es eine ausgesprochen gute Leistung. Wenn ihr weiter mit ihm übt und er an weiteren Prüfungen teilnimmt, wird er in ein paar Jahren mit seiner Ausbildung zum Tiersuchhund sicher Erfolg haben.« Weitere Prüfungen - in ein paar Jahren? Ich seufzte erneut.

Aber sie musste es ja wissen als ehrenamtliche Leiterin der hiesigen Rettungshundestaffel.

Noch bis vor kurzem haben wir Silva Frau Doktor Heising genannt, das hat sogar ihre eigene Hündin, Condesa, so gemacht. Sie ist Ärztin an der Tierklinik hier in der Stadt und hat unsere Eltern und uns behandelt, nachdem wir uns aus den Fängen unseres früheren Besitzers, diesem Tierquäler, befreien konnten und auf der Finca Assisi landeten, wo Terri mit ihren Großeltern lebt. Seit Silva unsere älteren Geschwister adoptiert hat, sehen wir Condesa und sie viel öfter, wobei wir beobachtet haben, dass Silva doch nicht so unnahbar ist, wie vermutet. Condesa ist eine reinrassige spanische Galga, die früher kein schönes Leben bei einem Jäger hatte. Seit sie durch unsere Geschwister Gesellschaft bekommen hat, ist sie selbst irgendwie entspannter geworden. Ich hoffte, dass sie bald wieder zu Besuch kommen würden.

Opa Gerhard zog mir die gelbe Weste aus, als Zeichen dafür, dass die Arbeit für diesmal beendet war. Ich schüttelte mich noch kurz und fing an, mit Alma fangen zu spielen, obwohl es in so einem Wald nicht so gut klappte. Ich musste sie dauernd auf irgendwelche Äste und Wurzeln, ja sogar auf Bäume aufmerksam machen, was irgendwie das Spielen anstrengend machte. Nach einer Weile hatte sie keine Lust mehr, weil sie trotz meiner Warnungen zwei Mal fast gegen einen Baum gerannt wäre. Die Menschen brachen auf und wir schlenderten langsam zurück zu den Autos. Alma wirkte auf einmal ziemlich betrübt.

»Es muss schön sein, wieder gesund zu werden und dazu noch so eine wichtige Ausbildung machen zu dürfen. Ich kann ja nur den Köder spielen oder gegen Bäume laufen.«

Sie drehte ihren Kopf weg, aber ich hatte schon gesehen, dass ihre Augen trüb wurden. Oder noch trüber als sonst. Dieses Monster Rodriguez hatte sie als Baby gegen die Wand geschleudert, was sie zwar überlebt hat, aber ihr Augenlicht ist unwiderruflich verloren . Sie würde nie mehr sehen können. Ich hatte nur ein gebrochenes Bein, was natürlich schmerzhaft war, aber heilbar. In diesem Moment tat sie mir wirklich leid. Wir waren erst zehn Monate alt, hatten in dieser Zeit aber schon sehr viel Schlimmes erlebt. Doch Alma ist trotzdem eine Frohnatur geblieben. Sie nun so tieftraurig zu sehen war für mich sogar schmerzhafter als jegliche körperliche Verletzung.

Ich stupste Alma leicht. »Du kannst aber vieles, wovon andere nur träumen können!« Sie schniefte nur. »Komm, Alma! Zum Beispiel erkennst du viel besser als jeder andere, wie jemand sich fühlt. Und du kannst jeden so gut aufheitern, viel besser als ich. Das musst du doch zugeben, so kläglich wie mein Versuch ist, dich aufzuheitern.« Endlich lächelte sie leicht.

»Mag ja sein, Arlo. Aber ich möchte auch irgendetwas Nützliches machen, nicht nur einen Hampelhund spielen, damit andere lachen können.« Wenigstens erkannte sie selbst, wie hibbelig sie meistens war, das sagte ich aber in dem Moment nicht laut.

»Ja, ich weiß, was du meinst. Aber du kannst nach deinem Unfall zum Beispiel viel besser riechen als ich. Das haben wir schon öfter festgestellt. Vielleicht könntest du auch an dieser Ausbildung zum Rettungshund teilnehmen, das wäre doch etwas für dich.«

Dass wir nicht schon früher daran gedacht hatten, konnte

ich plötzlich gar nicht mehr nachvollziehen. Wahrscheinlich bin ich so stolz auf meine schöne gelbe Arbeitsweste gewesen, dass ich nicht bemerkt habe, wie traurig Alma darüber war.

»Wie soll das denn gehen? Ich würde doch nur gegen alles Mögliche rennen und niemandem nützen.« Zwar hörte sie sich noch etwas traurig an, aber auch ein wenig hoffnungsvoll. Ja, wie sollte das denn eigentlich gehen? Es musste mir schnell etwas einfallen, sonst wäre es besser gewesen, wenn ich gar nichts gesagt hätte. Ich schaute mich um und sah, wie Terri am Auto die Ausrüstung in den Kofferraum legte. Und da hatte ich die Lösung unseres Problems! Ich lief aufgeregt um Alma herum.

»Du brauchst nichts sehen, weil du - genau wie ich auch - bei der Suche an der Leine bist! Die Menschen nennen sich ja Hundeführer - und das sollten sie dann auch machen, dich führen!«

Alma fing an, zuerst mit den Vorderpfoten und dann mit den Hinterpfoten zu trippeln. Da hatte ich meine fröhliche Schwester wieder. »Oh Arlo, vielleicht könnte das tatsächlich klappen. Ich würde es so unheimlich gerne versuchen. Riechen kann ich ja wirklich gut. Aber wie sollen wir es den Menschen erklären?«

Ich bat sie kurz zu warten und lief zu Opa Gerhard, der meine Weste noch in der Hand hielt. Ganz schnell sprang ich hoch und schnappte nach der Weste, die Opa Gerhard überrascht fallen ließ. »Was...?« Ohne weitere Erklärungen lief ich zurück zu Alma und warf die Weste über sie.

»Nun lauf' schnüffelnd herum und tu so, als wenn du etwas suchen würdest!« Alma sah zwar etwas albern aus, aber ich hoffte, das würde funktionieren. Die Aufmerksamkeit der Menschen hatten wir in jedem Fall.

»Schau mal, Terri, was die Kleinen da veranstalten. Ich glaube, sie versuchen uns etwas zu sagen. Sollte Alma vielleicht auch irgendeine Weste bekommen, wenn sie so gerne Kleidung trägt?« Nein, Opa, streng' dich doch ein bisschen an. So schwer kann es doch nicht sein.

Terri kam zu uns. »Ich glaube, es ist etwas anderes. Kann es sein, dass Alma genau so eine Weste haben möchte? Ein Rettungshund werden möchte?« Alma sprang vor lauter Aufregung an Terri hoch und versuchte ihre Hand zu lecken. Ich bellte zweimal kurz und wedelte mit dem Schwanz. Ganz so dumm war das Menschenmädchen ja nicht. »Glaubt ihr, dass das machbar wäre?« Sie schaute zu Opa Gerhard und Silva, hockte sich hin und ließ Alma auf ihren Schoß springen.

Opa Gerhard sah ziemlich ratlos aus, aber Silva nickte zustimmend. »Das ist zwar außergewöhnlich wegen ihrer Behinderung, Terri, aber wenn man dabei einige Sachen berücksichtigt, warum eigentlich nicht. Ich nehme an, du würdest Alma dann führen und quasi als ihre Augen fungieren. Das alles muss natürlich gut geübt werden, aber mit etwas Geduld sollte man das hinbekommen. Es sieht ja so aus, als wenn sie bei unserer Gruppe wirklich gerne mitmachen möchte. Und so ein Hobby tut dem Mensch-Hunde-Team nur gut.« Ich freute mich so sehr für meine Schwester, die die Streicheleinheiten von Terri genoss.

»Na dann müssen wir schauen, wo wir so eine winzige Weste finden können. Sie ist ja noch ein Stück kleiner als Arlo.« Opa Gerhard lächelte uns an, aber ich wurde augenblicklich etwas sauer. Das Wort klein hörte ich gar nicht gerne im Zusammenhang mit meinem Namen. Ich konnte nichts dafür, dass unsere Eltern ein Chihuahua und ein Cavalier King Charles Spaniel waren. Diese Mischung gibt es dann halt nur in unserer Größe. Vielleicht war ich deswegen etwas empfindlich, aber ich hatte es manchmal wirklich satt, dass ich immer der Kleinste war. Na ja, außer Alma, sie war schon als Baby ein Winzling gewesen.

Luna, die Hündin von Opa Gerhard und Oma Martha, hatte dagegen die passende Größe für meinen Geschmack. Sie war eine Wolfshündin und für uns eine sehr gute Freundin. Eigentlich ist sie bei unseren Übungen immer dabei, aber heute wurde wohl wegen meiner ersten Prüfung eine Ausnahme gemacht, damit ich mich gut konzentrieren konnte. Sonst hätte ich sie sicher gebeten, mir bei der Suche zu helfen, besonders als ich zuerst dachte, dass ich Alma tatsächlich verloren hatte. Das war schon ein bisschen dumm von mir gewesen, musste ich zugeben.

»Kommst du noch mit zu uns, Silva?«, fragte Opa Gerhard. Meistens fuhren wir nach dem Training alle zusammen auf die Finca, um noch gemütlich zusammen zu sitzen. Das war immer lustig, besonders wenn die anderen Hunde dabei waren. Wir konnten dann schön mit unseren Freunden im Garten spielen oder sogar in das Schwimmbecken springen. Und Terri gab allen immer ein Leckerli - bei dem Gedanken lief mir schon das Wasser im Mund zusammen.

»Heute kann ich leider nicht«, bedauerte Silva. Ob wir nun trotzdem die Leckerlis bekommen würden, dachte ich etwas enttäuscht. »Ich muss später noch arbeiten und vorher wollte ich die Hunde noch füttern und rauslassen.« Bei ihr gab es wenigstens etwas zu essen und ich überlegte kurz, ob ich lieber in ihr Auto springen sollte, aber dann erinnerte ich mich daran, dass wohl auch auf uns ein Abendessen wartete.

»Hast du heute auch noch Dienst, Terri?« Terri hatte vorher ein Praktikum in der selben Tierklinik absolviert und nun hatte sie dort vor kurzem einen Ausbildungsplatz bekommen. Sie wollte Tierarzthelferin werden, was ich schon ganz nützlich fand. Doch ich glaube, sie wollte vor allem deswegen in Spanien und eben in der Klinik bleiben, weil ihr Freund dort ebenfalls arbeitete.

Wir wollten gerade ins Auto steigen, als das Handy von Opa Gerhard klingelte. »Das ist Martha. Was sie wohl hat? Ja, hallo!« Opa Gerhard hörte kurz zu und machte dabei ein erstauntes Gesicht. »Was macht der Stefan denn hier? Ich dachte, er sitzt noch im Gefängnis.«

2. DER UNERWARTETE BESUCHER

Opa Gerhard lenkte den Wagen viel zu schnell durch die vielen Kurven. Ein bisschen Rücksicht auf unsereins hätte er schon nehmen können, weil mir ja immer beim Fahren schlecht wurde. Meistens half mir, wenn ich durch das Fenster schauen konnte, aber diesmal wackelte das Auto zu sehr. Er hatte es aber wirklich eilig. Als ich hörte, was er gerade erzählte, konnte ich das jedoch gut verstehen.

»Stefan Schneider ist mein Neffe aus Deutschland, der Sohn von meinem Bruder. Ich glaube, du hast ihn noch nie getroffen.«

Terri schüttelte den Kopf. »Nee, habe ich nicht. Onkel Siegfried habe ich auch nur zwei oder drei Mal in meinem Leben getroffen.«

»Ja, sie interessieren sich nicht so für die Verwandtschaft, aber es ist mir mittlerweile ziemlich egal. Deswegen bin ich etwas überrascht, dass der Stefan nun hier auftaucht.« Er gab noch mehr Gas und ich fürchtete, dass wir bald im Graben landen würden. Alma war neben mir eingeschlafen, wie immer. »Es gefällt mir ganz und gar nicht, dass Martha alleine mit ihm auf der Finca ist. Er hat etwas Unaufrichtiges an sich, und schon immer gehabt. Ein komischer Vogel. Aber ich dachte wirklich, er wäre noch im Gefängnis.«

»Wieso eigentlich im Gefängnis? Was hat er denn getan?« Terri wirkte auf einmal etwas besorgt, wohl von Opa

Gerhards Nervosität angesteckt. Vielleicht war dieser komische Stefan sogar ein Mörder oder noch schlimmer, ein Tierquäler wie unser Monster. Terri wollte so einen bestimmt nicht in ihrem Zuhause haben, ich mit Sicherheit auch nicht. Seit dem Unfalltod ihrer Eltern vor ein paar Jahren lebte sie in Spanien bei ihren Großeltern auf der Finca, was auch unser Glück war. Sogar ich erlaubte ihr neuerdings, mich manchmal zu streicheln, was ich insgeheim genoss, aber nie laut sagen würde. Oma Martha und Opa Gerhard mussten nicht mehr arbeiten, weil sie so graue Haare hatten, und waren aus diesem Deutschland hierher ausgewandert. Wie ich gehört habe, war es ein ziemlich langer Weg von dort nach Spanien und es wunderte wohl alle, wieso dieser Stefan auf einmal hierhin gekommen war.

»Er ist schon als Jugendlicher straffällig geworden.« Opa Gerhard schüttelte den Kopf. »So genau weiß ich das alles auch nicht. Nur dass er die Auflagen für seine Bewährungsstrafe verletzt hatte und letztendlich im Gefängnis landete. Es ging wohl um Betrug in mehreren Fällen.«

Na immerhin kein Mörder, wobei mir einfiel, dass die Frau von dem Monster wegen Betruges ebenfalls im Gefängnis saß. Carla und José Rodriguez hatten illegalen Welpenhandel im großen Stil betrieben und durch unsere Befreiungsaktion wurden sie endlich entlarvt. Aber es konnte doch nicht sein, dass dieser Stefan etwas mit denen zu tun hatte, oder doch? Wie ich am eigenen Leib habe erfahren müssen, gab es unter Menschen wahrhaftig genügend Lügner und Betrüger. Ich schubste Alma leicht, damit sie mitbekam, worum es ging.

Alma gähnte ausgiebig. »Was ist nun? Sind wir schon auf der Finca? Ich muss Mama und Papa sofort erzählen, dass ich auch bei den Rettungshunden mitmachen darf. Und Luna! Luna wird sich sicher freuen, dass ich immer mit euch fahren kann. Hast du schon Hunger? Ich könnte heute gut zwei Portionen vertragen, das ist alles so furchtbar aufregend, oder?«

Alma quasselte wie immer noch ein paar Minuten weiter, bis ich sie streng anschaute, was sie offenbar spürte und so endlich still wurde. Ich erzählte ihr, was ich über diesen komischen Besuch aus Deutschland erfahren hatte.

»Oh ein Betrüger? Ob er aus dem Gefängnis ausgebrochen ist und hier nun Zuflucht sucht?« Alma machte große Augen und leckte ihre Lippen, um sich zu beruhigen. Dass er ein Flüchtiger sein könnte, daran hatte ich noch gar nicht gedacht. Vielleicht war er gefährlich und wollte Opa und Oma erpressen oder so, vielleicht versteckte er sich für immer auf der Finca und wir konnten nie mehr raus - oder vielleicht brachte er uns alle um, um in Ruhe alleine dort leben zu können!

Ich fing an, wirklich nervös zu werden, aber ich hatte wohl zu viele Krimiserien mit Opa und Oma geschaut. Mama hatte mich öfter ermahnt, dass diese Sendungen zwar nicht die Realität seien, aber trotzdem zu spannend für mein Alter. Hätte ich bloß auf sie gehört! In den Serien gewinnen immer die Guten, aber Mama hatte ja gesagt, sie seien nicht realistisch - also in Wirklichkeit könnten ebenso die Bösen gewinnen.

Es war wohl besser, wenn wir gar nicht zurück auf die Finca fuhren. Bevor ich versuchte, Opa Gerhard und Terri auf mich aufmerksam zu machen, dachte ich jedoch an die anderen Bewohner der Finca. Sie wären dann diesem Verbrecher völlig ausgeliefert - das durfte natürlich nicht passieren. Auf unsere Rückkehr warteten ja nicht nur Oma Martha, Luna und unsere Eltern, sondern auch Tante Rosa mit unseren zwei Cousinen, die noch viel jünger als wir waren. Und viel kleiner. Außer Luna waren wir alle klein, viel zu klein. Ob Luna alleine alle verteidigen konnte, wusste ich nicht mit Sicherheit. Wir konnten sie nicht im Stich lassen. Ich zitterte leicht und versuchte ruhig zu atmen, um nicht vollkommen panisch zu werden.

Alma legte ihre Pfote auf meine. »Das wird ja wieder ein Abenteuer!« Kaum zu glauben, aber sie war tatsächlich positiv aufgeregt. Ob sie wieder eine ihrer Visionen hatte, wodurch sie wissen konnte, dass alles letztendlich gut wird? Ich wusste immer noch nicht, ob ich an diese glauben sollte. Doch dass sie meistens wissen, fühlen oder meinetwegen nur erraten konnte, was ich dachte, war schon öfter bewiesen worden. »Wir sind diesmal nicht alleine, Arlo. Wir haben um uns sogar Menschen, die uns beschützen werden. Und alle unsere Kumpels dazu!« Ich musste ihr recht geben und beruhigte mich langsam wieder.

Als wir durch das Tor auf den Parkplatz der Finca fuhren, sahen wir dort ein ziemlich großes Auto stehen. Es sah aus wie ein Transporter. Es hatte aber viel mehr Fenster und keine Türe hinten, sondern eine auf der Seite. Das Dach wirkte so als wenn es vorne irgendwie geschwollen wäre. So etwas hatte ich noch nie gesehen.

Opa Gerhard parkte neben diesem komischen Wagen. »Ach, Stefan ist mit einem Wohnmobil unterwegs, das ist natürlich praktisch.« Er und Terri stiegen aus und gingen in Richtung Finca, vollkommen furchtlos, wie es schien. Aber dass das ein Wohnmobil sein sollte, leuchtete mir ein. Also so, wie ein kleines Haus auf Rädern. Ich erklärte Alma, was für ein Auto dort stand, und sie ging näher heran, um zu schnüffeln. Ich folgte ihr, konnte aber nichts Besonderes erkennen, doch Alma schreckte plötzlich auf.

»Da stimmt etwas nicht, Arlo! Komm sofort da weg!«, schrie sie gar nicht mehr positiv aufgeregt. »Ich rieche Angst und Verzweiflung - in diesem Wagen muss etwas ganz Schlimmes passiert sein, und zwar hat es mit Hunden zu tun!« Sie lief fast panisch auf die Finca zu und ich folgte ihr, obwohl ich wirklich nichts Besonderes riechen konnte. Das hörte sich alles andere als gut an - wer war dieser Stefan und was ist dort mit irgendwelchen Hunden geschehen?

Als erstes sah ich Oma Martha mit Luna an einem Gartentisch vor der Finca sitzen. Ihr gegenüber saß ein blonder Mann, der ein weißes T-Shirt und braune Stoffhosen trug. Als er uns bemerkte, lächelte er breit und stand auf. Ich blickte mich schnell um, um zu sehen, wo alle anderen waren und entdeckte sie auf der Terrasse einige Meter entfernt. Das war schon mal gut. Als dieser Stefan uns entgegenkam, machte er zuerst einmal einen ganz normalen, ja sogar sympathischen Eindruck. Alma jedoch blieb wie angewurzelt stehen! Ich wartete neben ihr ab, was nun passierte.

»Ach Onkel Gerhard, da bist du ja! Lange nicht mehr gesehen was? Und du musst die kleine Terri sein, obwohl so klein bist du nun auch nicht mehr!« Er lachte auf und fand sich wohl mit seinen Floskeln sehr witzig. Opa Gerhard und Terri lächelten etwas halbherzig, umarmten den Mann jedoch kurz.

»Ja, Stefan, es ist wirklich lange her. Es ist sehr schön, dich wiederzusehen! Entschuldige, wenn ich sofort fragen muss - wieso hat dich dein Weg auf einmal zu uns geführt? Das ist ja tatsächlich eine große Überraschung. Lass uns doch wieder hinsetzen, dann kannst du alles in Ruhe erzählen. Wie ich sehe, hat Martha dir schon eine Erfrischung angeboten. Sehr schön!« Wir gingen vorsichtig näher und flitzten schnell an dem Tisch vorbei zu unseren Eltern.

Alma setzte sich direkt neben Mama hin und drückte ihren kleinen Kopf an Mamas Schulter. Papa sah mich fragend an, aber ich zeigte nur mit meinem Kopf auf Stefan. »Wir erklären gleich alles, Papa! Lass uns zuerst hören, was der Mann zu sagen hat.«

Nachdem dieser Stefan ausgiebig über seine Eltern berichtet und einen Monolog darüber gehalten hatte, wie schön die Finca Assisi war und wie viel Glück im Leben Oma und Opa gehabt hatten und wie schwer sein eigenes Leben schon immer gewesen ist - worauf die anderen nur mit irgendwelchen Grunzlauten reagierten - kam er, auf Drängen von Opa Gerhard, endlich zur Sache.

»Ich habe tatsächlich geschäftlich hier in der Gegend zu tun. Es ist ja kein Geheimnis, dass ich für eine Weile ins Gefängnis musste. Darauf bin ich wahrlich nicht stolz, aber es hat mich verändert - ich habe meine Lektion gelernt und werde von nun an dafür sorgen, dass ich nie mehr da rein muss.« Er lächelte breit. Oma und Opa nickten und wir wechselten einen Blick mit Luna, die leicht ihren Kopf schüttelte. Ihr war wohl auch aufgefallen, dass irgendetwas mit diesem Mann nicht stimmen konnte.

»Im Gefängnis hatte ich endlich die Zeit und die Möglichkeit, meine technische Ausbildung abzuschließen«, fuhr er fort. »Einfach war das nicht, aber es hat sich gelohnt. Durch einen Bekannten von Bekannten, der wohl an zweite Chancen glaubt, habe ich es geschafft, diesen Job zu bekommen.

Ich exportiere Ersatzteile aus Deutschland für viele technische Anlagen und helfe sogar bei deren Reparaturen. Das ist eine sehr interessante Aufgabe, finde ich. Und ich kann sogar etwas Gutes tun - immer wenn ich zurück nach Hause fahre, nehme ich Hunde von verschiedenen Tierschutzvereinen mit. Dafür musste ich noch eine Zusatzausbildung machen, aber diese ehrenamtliche Aufgabe ist wirklich belohnend. Ist doch schön, wenn ehemalige Straßenhunde neue Familien finden, oder?«

Er ließ sich gar nicht unterbrechen und wirkte sehr zufrieden mit sich. Bevor ich mit den anderen darüber diskutieren konnte, was sie über diesen angeblichen Tierfreund dachten, musste er natürlich weitersprechen, obwohl Opa Gerhard gerade etwas sagen wollte.

Stefan hob abwehrend seine Hand. »Ja, ich weiß, das ist alles sehr aufregend und für mich ganz neu. Aber ihr möchtet ja wissen, warum ich hier bei euch gelandet bin. Also, ich brauche leider etwas Hilfe und da ich wusste, dass ihr hier lebt, dachte ich, dass es am einfachsten wäre, zu euch zu fahren.«

»Was ist denn nur passiert?«, konnte Opa Gerhard dazwischenwerfen. »Natürlich werde ich meinem Neffen helfen, wenn es mir irgendwie möglich ist.«

Stefan lächelte erleichtert oder meines Erachtens eher gekünstelt. »Vielen Dank, lieber Onkel. Es ist nämlich etwas Doofes geschehen. Ich war auf dem Weg von Südspanien zurück nach Deutschland und fuhr gerade an diesem wunderbaren Strand hier in der Nähe vorbei. Da es heute wieder so warm ist, wollte ich mich kurz im Meer abkühlen. Blöderweise vergaß ich den Wagen abzuschließen und dann, als es mir wieder einfiel, war es zu spät: Geldbeutel weg, Navi weg...«

»Ach, du Schande!«, stöhnte Oma Martha. »Das war aber Glück im Unglück, dass das hier in der Nähe passiert ist. Ohne Geld, ohne Papiere und vor allem ohne Benzin ist es ja vollkommen unmöglich, die ganze Strecke zurück nach Deutschland zu fahren. Natürlich helfen wir dir gerne, Stefan!«

Sie reckte sich vor und tätschelte kurz seinen Arm. »Außerdem finde ich es sehr bemerkenswert, dass du nach deinen Schwierigkeiten so einen Neuanfang hinbekommen hast. Uns freut es sehr, dass du sogar noch die Kraft findest, Hunden aus dem Tierschutz zu helfen. Wie du unschwer erkennen kannst, liegt auch uns das Tierwohl besonders am Herzen.« Stefan sah nach diesen Worten sehr zufrieden mit sich selbst aus.

»Martha hat vollkommen recht«, betonte Opa Gerhard. »Selbstredend helfen wir dir, aber nur unter einer Bedingung!« Stefan hob fragend seine Augenbrauen. »Du musst unbedingt für ein paar Tage als unser Gast hier bleiben. Wir haben so viel nachzuholen und dein Vater wäre mir sicher sehr böse, wenn ich dich einfach so wieder fahren lassen würde.«

Stefan nickte eifrig. »Vielen herzlichen Dank, das bedeutet mir sehr viel! Ich hatte vor dem Vorfall eh vor, auf der Rückfahrt ein paar Tage Urlaub zu machen. Die vereinbarten Termine für die Abholung der Hunde - diesmal in Nordspanien - sind nämlich erst in ein paar Tagen. Ich würde sehr gerne etwas bei euch bleiben.«

Opa Gerhard schaute Terri an. »Du hast sicher nichts dagegen, wenn Stefan ein paar Nächte dein Zimmer zur Verfügung gestellt bekommt, oder? Du könntest ja im Wohnzimmer auf dem Sofa schlafen.« Terri sah über die ganze Sache gar nicht glücklich aus, aber bevor sie etwas sagen konnte, funkte dieser Stefan wieder dazwischen.

»Oh nein, nein, das wird gar nicht nötig sein! Wozu hat man denn sein Wohnmobil dabei? Ich habe es zwar etwas umgebaut, um Platz für die Geräte und auch für die Hunde zu schaffen, aber ein Bett und eine kleine Toilette habe ich immer noch drin.« Stefan zwinkerte Terri zu, die immer noch schwieg, obwohl sie nun versuchte, ein kleines Lächeln zustande zu bringen.

Oma Martha erhob sich. »Das ist also abgemacht! Aber nun haben sicher alle Hunger, ich werde uns mal etwas zubereiten.« Sie ging in Richtung Küche und endlich wurde Terri lebendiger. »Warte Oma, ich helfe dir!« Sie lief ihr hinterher, aber ich hatte den Eindruck, dass sie eher mit Oma alleine sprechen wollte.

Luna schlenderte zu uns. Tante Rosa lag in ihrem Korb und bewachte den Schlaf ihrer Welpen. Alma erzählte flüsternd, um sie nicht zu wecken, was sie bei diesem Wohnmobil gerochen hatte. Danach saßen wir eine Weile schweigend zusammen, weil keiner wirklich wusste, was das alles zu bedeuten hatte. Sollte es der Geruch von den Hunden, die dieser Stefan angeblich immer wieder mitnahm, sein, der Alma so verstört hatte? Endlich räusperte Papa sich.

»Im Moment können wir eh nichts machen, wir wissen gar nicht, worum es geht. Wir müssen diesen Mann sehr genau beobachten und dafür sorgen, dass wir in Sicherheit sind und es auch bleiben. Wenn die Menschen ihm helfen wollen, sollen sie es tun. Aber er soll uns bloß nicht zu nahe kommen, irgendwie ist er überaus verdächtig.«

Papa schaute uns an. »Aber Kinder, erzählt doch nun endlich, wie es bei den Rettungshunden war. Hattest du nicht heute deine Prüfung, Arlo?«

Dankbar darüber auf andere Gedanken zu kommen, erzählten wir ausführlich, wie alles gelaufen war. Alma wurde munterer, als sie darüber berichtete, dass sie ebenfalls demnächst an dem Training teilnehmen durfte und vor allem, dass für sie auch eine gelbe Weste besorgt werden würde. Mama lächelte sie an und gab ihr ein Küsschen. Alma war wieder so gut drauf, dass sie mit ihren Pfoten trippelte - zuerst mit den vorderen, dann mit den hinteren, wie immer. Bis mir etwas einfiel.

»Ich möchte ja nicht ungemütlich werden, aber habt ihr gehört, was dieser Stefan gesagt hat? Er hatte ja ursprünglich gar nicht vor, auf die Finca zu kommen und ist hier auch nie zuvor gewesen. Und er erzählte noch, dass auch sein Navigationsgerät gestohlen wurde. Woher wusste er dann, wo sich unsere total abgelegene Finca befindet?«

3. VERKAUFT DOCH DIE HUNDE!

Bevor wir uns noch weitere Gedanken über den überraschenden Besucher machen konnten, hörte ich das schönste Geräusch des Tages. Terri war dabei, unsere Näpfe für das Abendessen zu befüllen. Sogar die Welpen von Tante Rosa hatte ich so gut trainiert, dass sie bei diesem wunderbaren Klang sofort wach wurden. Wir waren wahrhaftig miteinander verwandt! Sie taten mir jedoch ein bisschen leid, weil ihre Futterportionen winzig waren. Kaum zu glauben, dass ich in dem Alter wahrscheinlich auch nur so wenig zu essen bekommen habe. Ich lief erwartungsvoll in die Küche. Die zwei Kleinen überholten mich sogar und rempelten mich dabei unsanft an.

»Hey, passt doch auf! Toni, Tina!« An deren Erziehung musste ich noch arbeiten. Kein Respekt vor dem Alter. Ich wollte die beiden ebenfalls schubsen, aber Mama mischte sich ein. »Lass gut sein, Arlo. Sie haben das ja nicht absichtlich getan - vor allem du solltest verstehen, wie sehr Hund sich auf das Futter freuen kann. Ihr Kinder braucht ja alle viel Energie, um groß und kräftig zu werden.«

Ich blickte zu Mama, um zu sehen, ob sie mich mit dem 'groß werden' auf die Pfote nehmen wollte, aber sie schien es ernst zu meinen. Vielleicht würde ich tatsächlich noch etwas wachsen, wenigstens waren Toni und Tina noch kleiner als ich.

Beim Essen bekam ich das im leisen Ton geführte Gespräch zwischen Terri und Oma Martha mit. »Wie gut kennt ihr diesen Stefan, Oma?«

»Na ja, wie gesagt, oft haben wir ihn oder seine Eltern nicht gesehen. Beim letzten Mal war er erst Ende zwanzig, nun müsste er schon fast vierzig sein. Also gut kennen wir ihn auf keinen Fall, aber er scheint sich doch positiv verändert zu haben. Damals war er ehrlich gesagt ein Taugenichts und stand immer mit einem Bein im Gefängnis. Als er dann verurteilt wurde, war das für niemanden eine Überraschung. Aber die Zeit dort drinnen hat ihm anscheinend gutgetan. Er macht auf mich einen ehrlichen und freundlichen Eindruck, doch.«

Oma Martha holte Nudeln aus dem Schrank und setzte einen Topf mit Wasser auf den Herd. »Kannst du bitte die Tomaten klein schneiden? Ein einfaches Nudelgericht sollte für heute reichen, ich habe schließlich nicht mit einem Gast gerechnet.«

Terri wusch die Tomaten und fing an, diese zu schneiden. »Ich weiß nicht so richtig, was ich von ihm halten soll.« Sie nickte mit dem Kopf in Richtung Stefan. »Das kommt mir alles irgendwie zu glatt vor - er ist für meinen Geschmack zu schmeichlerisch.«

»Nun, wenn jemand versucht freundlich zu sein und um Hilfe bittet, ist das doch nichts Negatives«, tadelte Oma Martha Terri. »Wie er selbst gesagt hat, hat jeder eine zweite Chance verdient.«

Terri wurde etwas verlegen und schwieg kurz. Ihre nächste Frage ließ uns alle aufhorchen. »Ja, vielleicht habe ich gewisse Vorurteile. Aber woher wusste er, wo wir wohnen? Insbesondere, wenn, wie er behauptet, sogar sein Navi geklaut worden ist?«

Oma Martha briet Zwiebeln in der Pfanne und zuckte mit den Schultern. »Wahrscheinlich war ihm schon bekannt, wo wir ungefähr wohnen. Sicher hat er im Dorf herumgefragt, uns Ausländer kennt hier ja eigentlich jeder.«

Terri wirkte nicht überzeugt, sagte aber nichts mehr. Nur ihr Gesicht sah genauso sorgenvoll aus, wie wohl bei uns allen. Warum verdächtigten wir den Mann überhaupt - nur aufgrund Almas Behauptung, dass mit seinem Wohnmobil etwas nicht stimmte? Vielleicht hatte er mal unabsichtlich irgendein Tier überfahren und Alma hatte das gerochen, könnte doch sein. Wir gingen in den Garten und ich fragte bei Alma nach.

Sie wirkte fast beleidigt. »Nein, Arlo, ich habe nicht irgendein Tier an den Rädern gerochen. Ich habe die Angst von zahlreichen Hunden im Inneren des Wohnmobils gerochen und auch gefühlt! Im Moment sind dort keine Hunde drin, ich spreche ja von früher.«

»Könnte doch sein, dass da irgendein Vorbesitzer des Wagens etwas Schlimmes getan hat«, beharrte ich. »Das kann alles ein Zufall sein und wir verdächtigen diesen Neffen von Opa umsonst.«

Ich hatte keine Lust auf Schwierigkeiten. Mein gebrochenes Bein war erst vor kurzem wieder verheilt und ich war den Gips losgeworden. Außerdem hatten wir es endlich gut auf der Finca und konnten unser früheres, grausames Leben vergessen. Und ein tolles Hobby als zukünftige Rettungshunde hatten wir ebenfalls. Was kümmerten uns irgendwelche Hunde, die vielleicht irgendwann irgendwo etwas nicht so Schönes erlebt hatten? Ich fühlte Almas strengen Blick auf mir ruhen und schämte mich ein bisschen.

Ich seufzte. »Na gut, Alma, wenn du meinst, dass da irgendwas verkehrt ist, dann müssen wir wohl der Sache nachgehen. Ich habe nur keine Ahnung, wie wir das nun angehen sollen.«

Unsere Erwachsenen saßen alle zusammen und tauschten ihre Meinungen über den Besucher aus. Keiner von ihnen schien davon überzeugt zu sein, dass seine Geschichte stimmte. Sogar Luna, die manchmal etwas langsamer mit ihren Überlegungen war, hatte ihre Bedenken. »Als er ankam, wirkte Oma Martha gar nicht erfreut, obwohl sie das zu überspielen versuchte. Ich war selbstredend am Tor und beobachtete ihn beim Aussteigen aus seinem Wagen. Er blickte sich um, wobei ich den Eindruck hatte, als wenn er nach etwas suchen würde. Kann mich natürlich auch täuschen, aber er sah sehr grimmig aus. Erst als Oma Martha ihm entgegenkam, setzte er dieses Lächeln auf, welches er seitdem zur Schau stellt.«

Das hörte sich sehr verdächtig an. Wonach hat er wohl gesucht? Ich sah Oma Martha und Terri Geschirr und Töpfe zum Tisch tragen. Obwohl wir gerade erst gegessen hatten, überlegte ich, ob es sich lohnen würde, etwas näher zu gehen. Könnte doch sein, dass da für mich ein paar Nudeln übrig blieben. Allerdings bekam ich fast nie vom Tisch etwas ab, weil jemand behauptet hatte, dass man auf die Figur achten musste - und ausgerechnet auf meine Figur! Das fand ich schon beleidigend und unverschämt - die Menschen sollten lieber in den Spiegel schauen und überlegen, ob solche Kommentare mir gegenüber tatsächlich angebracht waren.

Oma Martha gab Stefan einen Teller und Besteck. »Nun greif mal zu! Du musst am Verhungern sein - nach so einer langen Fahrt und nach diesen furchtbaren Erlebnissen.«

Während Stefan anfing, mit gutem Appetit zu essen, betrachtete Opa Gerhard ihn. »Sag mal, du warst doch bei der Polizei und hast den Diebstahl angezeigt, oder?«

Stefan schaute nur kurz auf. »Nein, das habe ich nicht gemacht. Ich war ja selber schuld, weil ich das Wohnmobil nicht abgeschlossen habe.« Er zuckte kurz mit den Schultern. »Zum Glück hatte ich den Wagenschlüssel in der Hosentasche, sonst wäre wohl das ganze Wohnmobil verschwunden. Ich war nur sehr erleichtert, als mir eure Finca wieder einfiel.«

»Ja, das war wirklich ein glücklicher Zufall, das muss man sagen.« Opa Gerhard füllte auch seinen eigenen Teller mit den leckeren Nudeln, die fast zu gut rochen. »Aber wenn du schon hier in der Nähe warst, hättest du uns doch auch so besuchen können.«

Stefan leckte kurz seine Lippen, wie ein nervöser Hund es täte, wenn er sich beruhigen muss. War er tatsächlich nervös oder wollte er nur die Tomatensoße ablecken? Er räusperte sich. »Nun ja, wisst ihr, es ist für jemanden wie mich nicht so leicht. Wenn man im Gefängnis gesessen hat, weiß man nie, wie die Leute reagieren. Wir haben uns so lange nicht mehr gesehen, dass ich einen Besuch für unangebracht gehalten hätte, wenn ich nicht in diese Notlage geraten wäre.«

»Das war dann ja unser Glück«, sagte Oma Martha und goss allen von ihrer selbstgemachten Zitronenlimonade nach. »Nun dürfen wir dich ja zuerst einmal ein paar Tage ordentlich verwöhnen«, fuhr Oma Martha fort und lächelte Stefan freundlich zu. Ich sah Terri kurz ihre Augen verdrehen. Außerdem war sie heute ungewöhnlich still, ansonsten quasselte sie immer fast so wie Alma. Nun hatte sie diesem Stefan gegenüber noch kaum ein Wort gesagt, was ihm anscheinend ebenfalls gerade auffiel.

»Na, Terri, du scheinst etwas schüchtern zu sein! Vor mir brauchst du doch keine Angst zu haben!« Er lachte wieder laut auf. »Ich freue mich, weitere Verwandte kennenzulernen. Wir werden in den paar Tagen mit Sicherheit viel Spaß zusammen haben.«

»Ja, das wird sicher nett.« Sogar Opa und Oma schauten sie etwas verwundert an. Terri gab sich einen Ruck. »Ich habe zwar auf der Arbeit viel zu tun, aber wir können trotzdem das eine oder das andere unternehmen.«

Stefan nickte eifrig und nahm noch einen zweiten großen Teller Nudeln. Er hatte aber einen guten Appetit. Kein Wunder, dass da nichts mehr für unsereins übrig blieb, wenn man so einen Nimmersatt am Tisch dabei hatte. Dieser Typ wurde mir mit jedem Augenblick unsympathischer. Ich schaute mich um, um mich von dem unerreichbaren Essen abzulenken. Es war immer noch sehr warm. Die Erwachsenen saßen unter einem der Olivenbäume, Alma spielte etwas mit Toni und Tina. Ich überlegte, ob ich kurz ins Schwimmbecken springen sollte, wie jeden Tag nachdem mein Bein wieder in Ordnung war. Auf einmal interessierte dieser Stefan sich für uns.

»Ihr habt aber ziemlich viele Hunde. Besonders von diesen kleinen wimmelt es hier ja regelrecht.« Wieder dieses Lachen. Er hielt sich wohl für richtig geistreich. »Was sind das überhaupt für Hunde, die sehen ja alle fast gleich aus? Könnt ihr die überhaupt auseinander halten?« Terri hob ihre Augenbrauen und wollte sicher etwas passendes erwidern, aber Oma Martha kam ihr zuvor.

»Natürlich können wir das», sagte sie ebenfalls lachend. Ich würde gerne wissen, was daran nun so witzig war. »Wenn man mit ihnen zusammen lebt, erkennt man leicht die Unterschiede. Die kleinen Hunde sind alle Chiliers; das ist so eine modische neue Rasse. Und Luna ist eine Wolfshündin, aber das kann man ja auch unschwer erkennen.«

Stefan betrachtete uns intensiv, viel zu intensiv, fand ich. »Ach, ihr züchtet diese Hunde? Da kann man sicher gutes Geld mit verdienen. Die sehen ja ganz putzig aus, obwohl ich als Mann eher solch richtige Hunde wie diese Luna hier vorziehe.« Richtige Hunde? Der Berg an Minuspunkten für diesen Typen wuchs noch einmal bis zum Himmel.

Opa Gerhard schüttelte leicht den Kopf. »Da liegst du etwas falsch, mein lieber Stefan. Obwohl diese Hunde so klein sind, sollte man sie genauso behandeln, wie die größeren auch. Manchmal habe ich den Eindruck, dass eben diese Kleinen sogar noch mehr liebevolle Erziehung brauchen, weil sie einen oft durch ihr niedliches Aussehen so leicht um den Finger wickeln. Übrigens, nein, wir züchten nicht. Wir haben sie alle aus schlechter Haltung übernommen.«

Endlich entschloss sich Terri auch etwas zu der Unterhaltung beizutragen. »Wir haben sie vor einigen Monaten aus den Fängen eines äußerst brutalen Welpenhändlers gerettet. Er hat eine regelrechte Qualzucht hier in der Nähe betrieben und dieser Rüde sowie die zwei Hündinnen mussten ohne Pause jahrelang für ihn Welpen produzieren.« Sie zeigte auf uns. »Diese Welpen hätte man sonst viel zu früh von den Muttertieren getrennt und ins Ausland verkauft.«

Anscheinend vollkommen unbeeindruckt von unserem Schicksal zuckte Stefan mit den Schultern. »Sag' ich doch, man könnte mit dem Verkauf von solchen Welpen viel Geld verdienen. Habt ihr das noch nie in Betracht gezogen? Das wäre doch ein nettes Hobby. So viel zu tun gibt es hier in der Pampa ja nicht. Ich könnte euch ein paar gute Kontakte vermitteln, durch meine Arbeit im Tierschutz kenne ich viele Leute, die Hunde in gute Familien vermitteln.«

Opa Gerhard hob abwehrend die Hände. »Nein, das ist wirklich kein Thema für uns. Du meinst es sicher gut, aber diese Hunde haben hier ihr Zuhause und mehr Welpen müssen sie auch nicht mehr produzieren. Das kommt gar nicht in Frage!«

Wieder zuckte Stefan mit den Schultern. Vielleicht stimmte etwas wirklich nicht bei ihm, körperlich, meinte ich. Dass er ein regelrechter Kotzbrocken war, zeigte sich immer deutlicher. Ich war sehr erleichtert, dass Opa uns verteidigte, weil es ja immer sein konnte, dass sie ihre Meinung im Bezug auf uns änderten. Es war für mich eh schwer, Vertrauen zu fassen, was wohl nach unseren Erlebnissen kein Wunder war. Außerdem hatten sogar unsere Menschen schon zwei Hunde abgegeben. Tante Rosa hatte zwei verwaiste Welpen mit großgezogen. Doch eines Tages war eine Nachbarsfamilie mit ihren Kindern vorbeigekommen und sie haben sich in diese zwei unsterblich verliebt. Zwar beruhte es auf Gegenseitigkeit, wie die Welpen wiederholt betonten und sogar darum bettelten, mit ihrer neuen, angebeteten Familie mitgehen zu dürfen. Erst als die Familie versprach, uns oft zu besuchen, ließen die Menschen sie gehen. Außerdem hatte Tante Rosa mit ihren etwas zu wild geratenen eigenen Welpen mehr als alle Pfoten voll zu tun.

»Bei diesem Welpenhändler waren aber nicht mehr viele

Hunde übrig, wenn nur diese hier gerettet werden konnten.« Warum interessierte dieser Stefan sich bloß so sehr für uns?

»Nun hör mal!« Terri errötete und konnte sich nur mit größter Mühe beherrschen, wie ich an ihrem mahlenden Kiefer erkennen konnte. »Wir konnten weit über fünfzig Hunde aus dieser Hölle herausholen, Welpen und Elterntiere. In der Klinik, in der ich arbeite, wurden alle behandelt - und ich sage es dir, sie waren teilweise in einem katastrophalen Zustand. Nach und nach konnten aber alle vermittelt werden, und zwar hier vor Ort. Als öffentlich gemacht wurde, was mit diesen armen Lebewesen passiert war, ist die Hilfsbereitschaft enorm gewesen. Auch bei unseren Nachbarn konnten einige einziehen.« Terri zeigte auf die ziemlich entfernt liegenden Fincas in der Nachbarschaft, auf denen nun mit der Abenddämmerung die Lichter angingen.

»Ach, auch noch Nachbarschaftshilfe - das ist ja ein guter Ort für Mensch und Tier!« Die Ironie in Stefans Stimme war für uns nicht zu überhören, aber die Menschen nahmen so etwas wieder einmal nicht wahr. Trotzdem schien es ihm selbst aufzufallen, dass er es mit seinen Bemerkungen etwas übertrieb. »Ich meine ja nur, dass es schön ist, wenn solche Aktionen erfolgreich durchgeführt werden können. Dass diese Hunde sogar hier in der Gegend ein Zuhause gefunden haben, ist natürlich nützlich.. äh.. ich meine glücklich für alle.«

Hatte er sich jetzt nur versprochen oder war das mit dem 'nützlich' ernst gemeint? Wieso nützlich, für wen? Ich ging zu den anderen, die anscheinend ebenfalls alles mitbekommen hatten, so wie sie regungslos da saßen und diesen Stefan anstarrten. Für einen Hund wäre das schon eine Kampfansage gewesen, aber die Menschen hatten nur das Thema gewechselt und unser Missfallen nicht einmal bemerkt. Abgesehen von Terri, die aufstand und in der Küche verschwand. Kurz danach kam sie mit Leckerlis zu uns zurück - na, das sah doch gut aus!

»Ich weiß nicht, was mit diesem Stefan los ist.« Beim Aufteilen der Kaustangen streichelte sie jeden von uns kurz. »Er ist zwar der Neffe von Opa, aber irgendwie traue ich ihm nicht. Er verheimlicht doch irgendetwas.« Luna schaute in seine Richtung und knurrte. »Ihr habt also auch das Gefühl, oder?« Diesmal knurrte ich kurz, obwohl es etwas schwierig mit voller Schnauze war. »Ihr braucht keine Angst zu haben, bei uns seid ihr in Sicherheit.« Als ich jedoch sah, wie finster Stefan kurz zu uns herüberblickte, war ich da gar nicht mehr so sicher.

4. ES RIECHT NACH ANGST

Am nächsten Morgen wollte Opa Gerhard unbedingt, dass Stefan ihm sein tolles Wohnmobil vorführte. Alma und ich wurden beauftragt, ihnen unauffällig zu folgen und zu versuchen, etwas Verdächtiges zu entdecken, was unser Misstrauen bekräftigen würde. Papa wäre sicher gerne mitgekommen, aber er war nach unzähligen Operationen wegen seiner noch bis vor kurzem gelähmten Hinterbeine weiterhin ziemlich wackelig auf den Pfoten. Alles Dank diesem Monster Rodriguez, der uns so schlimm misshandelt hatte. Obwohl ich alles versuchte, um die Vergangenheit zu vergessen, kamen immer wieder die Erinnerungen hoch, welche mich fast zermürbten. Alma dagegen war unbekümmert wie eh und je, worum ich sie beneidete. Als ich sie einmal fragte, wie sie das schaffte, war ihre Antwort wieder so Alma-typisch, dass mir dazu nichts mehr einfiel. Ungern gebe ich zu, dass es meine Absicht gewesen war, sie von ihrer ununterbrochenen Hochstimmung herunterzuholen.

»Wir haben das Schlimme überstanden«, hatte sie gesagt. »Es verdirbt einem nur den Tag, wenn man andauernd an den ganzen Horror denken muss - dann hätte das Monster letztendlich doch gewonnen. Ich denke lieber daran, wie viel Positives wir gewonnen haben - nicht nur neue Freunde, sondern auch ein eigenes, liebevolles Zuhause!«

Und so tapste sie zum Schwimmbecken und setzte sich

auf die oberste Stufe, wie immer. Nur ihr kleiner Kopf ragte aus dem Wasser und ich musste mich damals tatsächlich etwas schämen. Was war ich nur für ein Bruder? Finca Assisi war ein guter Ort und ich musste zugeben, dass die Menschen hier uns immer nur mit Liebe behandelten. Unsere neuen Freunde sahen wir sehr oft, was mir immer sehr viel Spaß machte. Wann würden sie wohl wieder vorbeikommen - Rudi, Anton, Tristan und Isolde und natürlich Condesa? Sie hatten alle eine sehr wichtige Rolle in unserer Befreiungsaktion gespielt und seit dieser Zeit konnten wir darauf zählen, dass einem alle jederzeit helfen würden. Ich hoffte aber, dass diese ganze Sache - was sie nun auch sein sollte - mit diesem Stefan sich nicht als solche entpuppte, dass wir wieder auf irgendwelche Hilfe angewiesen sein würden.

Ich seufzte und lief mit Alma schnell zu Opa Gerhard, der fast schon mit Stefan durch das Tor war, das zu dem kleinen Parkplatz führte. »Ach, unsere Kleinen sind immer so neugierig. Sie dürfen sicher deinen Wagen besichtigen, da der ja auch für Tiertransporte ausgerüstet ist.«

Stefan warf uns einen etwas unfreundlichen Blick zu, aber zuckte dann mit den Schultern, schon wieder! Das war doch nicht mehr normal. »Klar, warum nicht?«, sagte er und öffnete die Tür zur Fahrerkabine. »Das Modell ist nicht mehr das neueste, aber sehr zweckmäßig. Ich habe hier hinter den Sitzen eine Zwischenwand eingebaut sodass da noch ausreichend Platz für eine Liegefläche bleibt. Die Wand ist übrigens schalldicht, weil ich zwischendurch ein Nickerchen machen muss, um lange Strecken bewältigen zu können. Wenn ich nur ein, zwei Stunden ruhig schlafen kann, dann will ich nicht von Hundegebell gestört werden. Das gilt übrigens für den ganzen Frachtraum, weil ich überall halten können muss und auch nicht möchte, dass andere Menschen sich durch den Lärm gestört fühlen. Sonst würde die ganze Fahrt ja noch länger dauern und das wäre für die Tiere nicht so gut.« Wie aufmerksam von ihm. Ich verdrehte meine Augen und erzählte Alma, was ich sah, also nichts Besonderes. Sie schnüffelte ziemlich aufgeregt, aber sagte nichts.

»Das ist sehr praktisch, ja. Wenn du alleine fahren musst, kannst du nicht wegen Übermüdung einen Unfall riskieren«, bemerkte Opa Gerhard zustimmend.

»Ja genau das meine ich. Aber ich zeige dir nun den Frachtraum, worauf ich ganz stolz bin. Nicht nur schallisoliert, sondern auch klimatisiert und hell durch die Fenster auf beiden Seiten.« Stefan schritt zu einer ziemlich schmalen Tür an der Seite des Wohnmobils und schloss diese auf. Sofort schlug uns ein Geruch entgegen, den ich auch ohne Alma sofort verstand. Angst, Verzweiflung, Schmerz! Irgendetwas stimmte hier so ganz und gar nicht.

»Arlo! Das ist furchtbar! Ich kann nicht! So viele Hunde, die Schreckliches erlebt haben!« Alma erbrach sich direkt vor meine Pfoten, zu ihrem Glück nicht darauf, sonst hätte sie echt Probleme bekommen. Aber in dem Moment wusste ich, dass ich mein Temperament zügeln musste, weil es vollkommen klar war, dass sie nicht in den Wagen steigen konnte. Ich schickte sie zurück zu Mama und beteuerte, dass ich mit Opa Gerhard in keinerlei Gefahr war. Das hoffte ich jedenfalls.

Stefan stieg ein, gefolgt von Opa und mir, obwohl mich das alles gruselte. Ich blieb dicht bei den Beinen von Opa

Gerhard und versuchte den furchtbaren Geruch zu ignorieren. Es wunderte mich wieder einmal, wie unfähig die Menschen waren - sogar bei diesem intensiven Gestank zeigten sie keine Reaktion.

»Es müffelt etwas, aber hier bei euch kann ich den Wagen ja ruhig offen lassen und gut durchlüften.«

»Ja, das kannst du machen. Hier ist noch nie etwas gestohlen worden. Außerdem würden unsere Hunde sofort Alarm schlagen, falls ein Fremder hier herumlungern würde.« Opa Gerhard blickte sich um. »Das hast du aber wirklich schön umgebaut.« Ich sah nur Käfige, unzählige Käfige in verschiedenen Größen, aufeinandergestapelt und an den Wänden festgeschraubt. Schön würde ich so etwas nun nicht gerade nennen. Allerdings musste ich zugeben, dass alles doch ordentlich und sauber aussah.

Anscheinend erfreut über das Lob lächelte Stefan. »Ich lege großen Wert darauf, dass alles für die Hunde einwandfrei ist. Die Strecke bis nach Deutschland ist doch sehr lang und ich möchte, dass sie es möglichst gemütlich haben. Ich kann ja nicht anhalten, um mit ihnen Gassi zu gehen, das wäre viel zu gefährlich. Deshalb muss ich dafür sorgen, dass die Käfige in einem optimalen Zustand sind.«

Ich schaute mir ein paar Käfige genauer an. Obwohl sie tatsächlich sauber waren, war der in der Luft hängende Geruch doch äußerst intensiv. Alles war sehr stabil und - wie ich feststellen musste - ausbruchsicher. Wenn man in so einem Käfig eingesperrt war, gab es keinen Ausweg mehr, was mich doch sehr beunruhigte.

»Die Klimaanlage funktioniert ebenfalls hier im Frachtraum, aber wenn ich längere Pausen mache, öffne ich die kleinen Fenster.« Stefan zeigte auf beide Seiten. »Diese

Fenster sind verdunkelt, damit es durch die Sonne nicht zu heiß wird.«

Opa Gerhard tätschelte Stefans Schulter. »Du hast tatsächlich an alles gedacht. Viel besser kann man Tiere sicher nicht transportieren. Wie bist du überhaupt auf die Idee mit dem Tierschutz gekommen? Dass du so ein tierlieber Mensch bist, hätte ich nicht vermutet.« Ob er das tatsächlich war, darauf würde ich keinen müden Kauknochen verwetten. Natürlich fand ich den Gedanken schön, Hunden neue Familien zu vermitteln, sei es denn irgendwo weit weg in einem anderen Land. Aber die Reaktion von Alma und auch meine eigenen Sinne erzählten eine ganz andere Geschichte. Die Hunde, die in diesem Wohnmobil gewesen waren, waren mit Sicherheit nicht in eine glückliche Zukunft gefahren.

»Im Gefängnis hat man ja viel Zeit«, erzählte Stefan etwas verlegen. »Es wurde mir bewusst, dass ich mein Leben in eine vollkommen andere Richtung lenken musste, sonst würde ich mich schnell erneut im Gefängnis wiederfinden. Das mit den Tieren war eigentlich ein reiner Zufall - eines Tages sah ich eine Reportage über Tierschutz und das fühlte sich sofort richtig an.« Reden konnte er ja. Fast hätte sogar ich ihm geglaubt, aber nur fast. Wir gingen alle zurück auf die Finca und ich lief schnell zu den anderen.

Alma saß dicht neben Mama und ließ sich von ihr trösten. Alle schauten mich erwartungsvoll an. »Tja, ich weiß nicht.« Ich schüttelte mich kurz und legte mich dann hin. »Außer diesem Geruch, von dem Alma sicher schon erzählt hat, habe ich nichts Verdächtiges sehen oder hören können. Es sind nur sehr viele Transportkäfige dort drin. Dieser Stefan redet und redet und wenn man es nicht besser wüsste, könnte man ihm sogar glauben.«

Papa richtete sich auf. »Wir dürfen eure Intuition nicht außer Acht lassen. Du und besonders Alma - mit ihren außergewöhnlichen Fähigkeiten - habt ja schon öfter bewiesen, dass an dieser etwas dran ist. Wenn ihr meint, dass dieser Stefan nicht ganz ehrlich ist, sollten wir das so annehmen. Wir müssen weiterhin sehr vorsichtig sein und auf uns gegenseitig aufpassen, bis wir herausfinden, was er tatsächlich vorhat - oder bis er einfach wieder fährt.«

In dem Augenblick hörten wir ein Auto vorfahren. Den Wagen erkannten wir sofort - Mateo! Vielleicht hatte er Rudi und sogar Anton mitgebracht! Alma wurde sofort wieder munter und lief zum Tor. »Rudi!Rudi!« Ich würde mich ebenfalls freuen, wenn unsere Freunde zu Besuch kämen, aber so übereifrig wie Alma wollte ich nicht wirken. Sie war ja mal wieder gar nicht mehr zu bremsen, sondern sprang wild vor dem Tor herum. Mateo stieg aus dem Auto, winkte uns zu und öffnete die Heckklappe, um Rudi und Anton heraus zu lassen. Also doch! Ich konnte nun auch nicht mehr an mich halten und lief schnell zu Alma. Sogar die Winzlinge Toni und Tina folgten uns aufgeregt bellend.

»Alles mit der Ruhe!«, mahnte Mateo uns. Ja, ja! Aber wie lange konnte es dauern, ein einfaches Tor zu öffnen? Endlich konnten Rudi und Anton dadurch. Wir begrüßten uns ausgiebig und fingen sofort mit Rudi ein Fangspiel an. Anton ging zu den Erwachsenen und ließ sich auf die Erde fallen.

»Hallo alle miteinander!«, brummte er. »Ich muss mich kurz ausruhen, das Autofahren macht einen aber wirklich müde.« Seine tiefe Stimme beeindruckte mich jedes Mal. Anton war ein Mastín Español, ein wahrhaftig riesiger

Hund, vor dem wir zuerst Angst gehabt hatten. Aber wenn man ihn kennenlernte, erkannte man schnell, wie gutmütig er war - wenigstens seiner Familie und Freunden gegenüber. Zum Feind möchte ich ihn jedoch nicht haben. Rudi hingegen war kaum größer als wir und genauso hibbelig wie Alma.

»Arlo, komm schon!«, rief Rudi, der gerade von Toni und Tina umlagert wurde. »Du musst mir mit diesen Zwergen helfen!« Dabei genoss er offensichtlich das Spiel. Ich lief zu ihm und trieb mit Almas Hilfe die Kleinen weiter in den Garten. Aus dem Augenwinkel sah ich Terri auf die Terrasse kommen, wo Mateo sich schon mit Opa Gerhard unterhielt. Sie umarmten sich kurz und setzten sich zu Stefan an den Tisch. In dem Moment war mir ihr Gespräch egal, ich hatte wohl auch das Recht, mit meinen Freunden Spaß zu haben. Außerdem konnten die anderen sich zur Abwechslung um die menschlichen Angelegenheiten kümmern.

Als wir uns ordentlich ausgetobt hatten, schlenderten wir auf die Terrasse, um zu trinken. Anton war eingeschlafen, aber als Alma über seine Pfoten stolperte, wachte er auf. »Oh entschuldige bitte, Anton! Wie ungeschickt von mir!« Sie bückte sich etwas und schaute zur Seite, um ihre Entschuldigung noch zu betonen, obwohl Anton ihr sicher nicht böse war.

»Das macht doch nichts, kleines Fräulein!« Anton lächelte und stupste Alma sanft an. »Alles noch dran!« Alma setzte sich erleichtert neben Anton und fing an, mit seiner Pfote zu spielen. Sie waren aber auch riesig, fast größer als die ganze Alma. Ich trank zuerst ausgiebig und blickte dann fragend zu Papa, um zu erfahren, ob in der Zwischenzeit etwas Interessantes vorgefallen war. Er schüttelte nur seinen Kopf. Terri und Mateo saßen nebeneinander und wechselten immer wieder verliebte Blicke. Fast hätte ich darüber meine Augen verdreht, aber dann dachte ich daran, dass er nicht nur ganz nett war, sondern dass wir dadurch unsere Freunde ebenfalls öfter treffen konnten. Seit sie vor ein oder zwei Monaten ein Paar geworden waren, wirkte Terri viel entspannter. Mussten die beiden eigentlich nicht bei der Arbeit sein - oder war es heute das, was sie ein Wochenende nennen? Wahrscheinlich, wenn Mateo hier so tagsüber auftauchte, was mir sogleich bestätigt wurde.

»Du hast ja heute erst Spätdienst, oder?«, fragte Mateo Terri, die bejahend nickte. Mateo fuhr kurz durch seine dunklen, lockigen Haare. Neben ihm wirkte unsere Terri mit ihren strohblonden Haaren und den blauen Augen ziemlich blass, obwohl sie während des Sommers doch etwas Farbe bekommen hatte. Ich fand es praktisch, wenn man zweifarbig ist, wie unsereins. Das passt hervorragend zu jedem und zu jeder Umgebung. Mateo blickte in die Runde. »Wir können doch vorher unserem Gast hier noch etwas die Gegend zeigen. Oder sogar zum Strand fahren. Das Wetter soll das ganze Wochenende sehr schön bleiben.«

Terri lächelte ihn an. »Das ist eine gute Idee! Aber zum Strand möchte ich lieber morgen, dann habe ich frei. Ich habe nämlich eine sehr ruhige Stelle entdeckt, wohin wir auch die Hunde mitnehmen könnten. Heute bliebe nicht mehr genug Zeit, um das Meer in aller Ruhe zu genießen. Ich könnte Oma bitten, aus dem Laden etwas Proviant mitzubringen. Ich glaube, sie wollte mit Opa eh gleich einkaufen fahren.«

Das hörte sich gut an - am Meer war ich noch nie gewesen.

Ich hatte nur gehört, dass es dort so viel Wasser gab, wie in tausend und mehr Schwimmbecken. Das muss richtig viel sein! Ob Hund im Meer auch schwimmen kann? Wahrscheinlich ich schon, aber Alma wohl nicht. Sie würde ja gar nicht mehr zurück zum Strand finden. Aber wie ich sie kannte, würde nichts sie davon abhalten können, besonders wenn noch Rudi dabei wäre. Ich seufzte, weil ich ahnte, dass ich dann wieder einmal den Bodyguard von Alma spielen musste. Aber das wäre die Mühe wert, wenn ich endlich das Meer erleben könnte. In meinen Gedanken schwamm ich schon mutig nach Afrika oder nach Hawaii, weswegen ich fast nicht mitbekam, dass alle am Aufbrechen waren.

Alma rief so laut direkt neben mir, dass ich zusammenzuckte. »Arlo! Hallo! Hörst du nichts?«

Ich schüttelte meinen Kopf. »Schrei mich nicht so an! Was soll das? Mir tun schon die Ohren weh.«

Etwas beleidigt lief Alma in Richtung Tor, wo schon Rudi, Anton und Luna warteten. »Na, wenn du lieber da sitzen bleiben möchtest, statt eine Abenteuerwanderung mit uns zu machen, ist es deine Sache.« Eine Abenteuerwanderung? Das ließ ich mir nicht zweimal sagen, aber fragte doch zuerst unsere Eltern.

Mama nickte mir zu. »Geht nur, das wird euch sicher gefallen. Ich bleibe bei Papa, er kann ja noch nicht so lange laufen. Und für Toni und Tina ist das zu anstrengend, Tante Rosa bleibt dann auch lieber hier.«

Alle anderen standen noch am Tor. Mateo zeigte auf die Berge hinter der Finca. »Von dort hat man eine wunderbare Aussicht über das ganze Tal. Es gibt dort sehr schöne Wanderwege, für die man kein Bergsteiger sein muss. Schade nur, dass ich mein Fernglas nicht dabei habe, sonst könnte man etliche Einzelheiten der Fincas hier im Tal erkennen und so ein bisschen Stalker spielen.« Er lachte und ging zu seinem Auto.

Stefan eilte zuerst zu seinem Wohnmobil. »Kein Problem«, meinte er, »ich habe immer ein Fernglas bei den Fahrten dabei. Ich beobachte gerne Vögel, es gibt so viele verschiedene Arten, die ich gar nicht von Deutschland her kenne. Ich hole es schnell.«

Ich schaute ihm nach und bemerkte, wie er nicht nur den Autoschlüssel aus der Hosentasche holte, sondern auch sein Handy. Er blickte sich um, um sicher zu gehen, dass keiner ihn beobachtete, und tippte dann kurz etwas ins Handy. Was bedeutete das nun wohl wieder? Er war aber wieder schnell zurück und winkte mit dem Fernglas in der Hand. »So - nun kann das Abenteuer beginnen!«

5. WER SPIONIERT UNS NACH?

Alma teilte sich mit Rudi und Anton den Gepäckraum, ich saß mit Luna und Terri auf der Rückbank. Ich war froh zu hören, dass die Fahrt nicht lang dauern würde, und mir deshalb - trotz der vielen Kurven - nicht schlecht werden sollte. Selbst Anton würde keine Zeit bleiben, wieder einzuschlafen. Terri wollte gerade etwas sagen, wohl über das Wetter, als Mateo scharf bremsen und rechts heranfahren musste, weil uns plötzlich ein anderes Auto mit sehr hoher Geschwindigkeit entgegenkam. Ein weißer Kombi schoss nur so an uns vorbei, ohne einen Tick langsamer zu werden.

»Huch!«, rief Mateo erschrocken. »Das war aber knapp! Was war denn das für ein Verrückter?«

Terri schaute dem anderen Wagen nach. »Den Wagen kenne ich gar nicht, wahrscheinlich jemand von außerhalb. Er war so schnell unterwegs, dass ich weder erkennen konnte, wer drin saß, noch mir das Kennzeichen merken konnte. Ihr etwa?« Stefan und Mateo verneinten dies und schwiegen eine Weile.

»Na, hier wird es tatsächlich nicht langweilig«, grinste Stefan. »Da habe ich ja meinen zukünftigen Kindern einiges über diese Reise zu erzählen.«

Mateo fuhr vorsichtig weiter bis zu einem kleinen Parkplatz, wo die Wanderwege anfingen. Es war wirklich schön da oben und schon von dort aus konnte man sehr weit blicken. Unter uns lag das Tal und am Horizont schimmerte das Meer, das ich hoffentlich am nächsten Tag kennenlernen würde.

»Das war eine gute Idee von dir, Mateo!« Terri lächelte ihn an. »Kaum zu glauben, dass ich noch nie die Zeit gefunden habe, hierher zu kommen. Die Aussicht ist wunderbar! Man kann sicher auch unsere Finca von hier aus gut erkennen.«

»Ja lasst uns in die Richtung laufen.« Mateo zeigte auf einen kleinen Pfad, der durch einige Bäume noch weiter nach oben führte. »Von dort sieht es atemberaubend aus! Ich bin hier ein paar Mal mit meinem Vater gewesen. Sogar bei einer kleinen Wanderung kann man gut abschalten und den stressigen Alltag in der Klinik vergessen. Nicht, dass ich meine Arbeit nicht gerne machen würde, aber es ist doch meistens ziemlich viel los.« Terri nickte zustimmend und gab uns die Erlaubnis, ohne Leine hinter Luna zu laufen.

»Mein Mateo ist zuständig für die ganze Klinikverwaltung«, erklärte Terri stolz diesem Stefan. »Wir sind eine der größten Tierkliniken in der Gegend und entsprechend viel zu tun haben wir alle. Ich habe großes Glück gehabt, dort einen Ausbildungsplatz ergattert zu haben.«

Stefan nickte. »Das ist auch sehr gut, wenn man ein Ziel im Leben hat. Ich habe leider viele Jahre mit allem möglichen Unsinn verplempert, aber ich versuche nun endlich, wenigstens etwas wieder gut zu machen. Nun ist aber genug Trübsal geblasen, lasst uns den schönen Tag genießen!«

Wir marschierten los. Ich bat Alma zwischen Rudi und mir zu bleiben, damit sie bloß nicht verloren ging. Anton lief als letzter und schien uns alle im Auge zu behalten. Es war sehr ruhig dort, nur ein paar Vögel zwitscherten aufgeregt, als sie uns bemerkten. Seit ich diesen blöden Gips los war, genoss ich jede Art von Bewegung. Weil die anderen mir viel zu langsam vorwärtskamen, fing ich an, hin und her zu laufen, um ein bisschen mehr Energie zu verbrauchen.

»Arlo, hör bitte auf damit!«, rief Alma verwirrt. »Bei deiner Rennerei weiß ich gar nicht, wo ich hinlaufen soll!« Für einen Moment hatte ich tatsächlich vergessen, dass ich auf sie aufpassen sollte. Das war ja wieder eine tolle Leistung von mir, dachte ich etwas beschämt und lief sofort zu ihr, nur um von ihr ein Küsschen zu bekommen. Immer diese Schlabberei! Aber wenigstens war sie mir nicht mehr böse. »Wir könnten doch mit Rudi furchtlose Jäger spielen, oder? Beim Schnüffeln bin ich gut und wenn ich dicht bei euch bleibe, wird auch nichts passieren.«

Gutgelaunt stimmten wir beide Alma zu und fingen an, interessante Spuren zu suchen. Vielleicht konnten wir irgendein total wildes Tier ausfindig machen - oder sogar einen Löwen! Bevor ich das laut sagte, fiel mir jedoch ein, dass ich nicht sicher war, ob es in Spanien überhaupt Löwen gab. Warum eigentlich nicht? Es gab dort ja auch Wölfe, wie wir gut wussten. Wir hatten sogar einen echten Wolf kennengelernt, Toran, den Vater von Luna. Vielleicht lauerte er sogar hier irgendwo, weil er mit seiner Familie genau in diesen Bergen lebte. Ich schaute kurz Luna an, aber sie schien keine Witterung von ihm aufgenommen zu haben. Na ja, wir hatten für seinen Geschmack sicher viel zu viele Menschen dabei. Als Wolf würde ich mich auch fernhalten.

Ich konzentrierte mich wieder auf das Spiel. Wie würde ein Löwe überhaupt riechen? Das fragte ich nun doch Rudi.

Er schüttelte seinen Kopf. »Das weiß ich nicht - wohl wie eine Katze, oder? Wie kommst du überhaupt auf Löwen? Es wäre natürlich cool, wenn wir einen sehen würden! Ich habe in unserem Garten mal eine Schlange gesehen, die Anton irgendwie verscheucht hat, aber ein Löwe wäre noch besser! So ein Kätzchen muss ungefähr so groß sein wie Anton - das wäre mal was!«

Auf einmal war ich nicht mehr so sicher, ob ich tatsächlich einen Löwen treffen wollte. Ich schaute mich etwas besorgt um, aber entdeckte nichts Gefährliches. Anton lächelte mich an und zeigte mit seinem intensiven Blick, dass er alles unter Kontrolle hatte. Erleichtert schnüffelte ich weiter und konnte meiner Schnauze plötzlich kaum glauben!

»Es riecht nach Wurst! Alma, Rudi!« Vor lauter Aufregung konnte ich kaum stillhalten. Eine Wurst im Wald zu finden war meiner Meinung nach das Beste überhaupt! Alma hob ihre Schnauze und schnüffelte hektisch neben mir. »Ja, ich rieche es auch. Das scheint gar nicht weit weg zu sein. Was seht ihr?«

Rudi blickte in dieselbe Richtung, in die wir gerade schnüffelten. »Neben dem Pfad hier ist ein größerer Busch. Sollen wir dahinten nachschauen?« Das ließ ich mir nicht zwei Mal sagen und lief sofort los, gefolgt von Alma und Rudi direkt hinter mir. Anton bellte kurz, weil ihm wohl nicht gefiel, dass wir gerade dabei waren, aus seinem Blickfeld zu verschwinden. Mateo hielt ihn aber zurück. »Hey, wohin rennen die drei? Kommt zurück! Wir hätten sie vielleicht doch anleinen sollen!« Aber der Ruf der Wurst war stärker! Und tatsächlich fanden wir sie hinter dem Busch, doch Rudi musste uns ausgerechnet in dem Moment ausbremsen.

»Nicht anfassen! Wir haben ja gelernt, wie man das Ziel anzeigt.« Er machte es vor, setzte sich hin und starrte auf die angefangene Packung Wurst, die auf einem Stein lag. Widerwillig tat ich ihm nach und Alma versuchte es ebenfalls, aber musste natürlich mit einer Pfote zappeln. Manchmal war es schon nervig, wenn andere über das Training Bescheid wussten. Ich versuchte es dennoch. »Das ist jetzt doch keine Übung! Lasst uns einfach die Wurst nehmen und zurück gehen!« Da tauchte auch noch Terri auf.

»Ihr solltet nicht einfach so weglaufen, es kann gefährlich hier draußen sein!«, tadelte sie uns, bevor sie merkte, wie artig wir in Position saßen. »Oh, habt ihr etwas gefunden? Was ist da?« Sie schaute sich um und entdeckte die Wurstpackung. »Jetzt verstehe ich. Super, dass ihr das angezeigt habt! Man kann nie wissen, ob etwas vielleicht sogar vergiftet ist. Das habt ihr sehr schön gemacht!«

Statt der Wurst bekamen wir aus ihrem Leckerlibeutel ein paar Stück zur Belohnung. Fast hätte ich Rudi dafür gerügt, und zwar ordentlich, dass er uns um die Beute gebracht hatte. Ich musste aber zugeben, dass ich keine Sekunde lang daran gedacht hatte, dass so etwas vergiftet sein konnte. Ich seufzte. Es wäre ja auch zu schön gewesen.

Terri sah sich genauer um. »Hier liegt aber alles Mögliche herum. Hmm... Mateo?«, rief sie. »Kannst du bitte mal kurz kommen?«

Nicht nur er, sondern auch alle anderen kamen zu uns. Mateo riss die Augen auf. »Was zum Teufel?« Jetzt bemerkte ich ebenfalls, dass neben der Wurst einige leere

Wasserflaschen, eine Tüte Brot sowie ein Campingstuhl lagen. »Wer veranstaltet denn so eine Sauerei in einem Naturschutzgebiet? Überall Müll! Und Zigarettenstummel - wer ist nur so blöd und wirft die Kippen auf die Erde bei dieser Trockenheit?« Stefan zuckte mit den Schultern, etwas anderes war ja auch nicht zu erwarten.

Luna deutete mit ihrem Kopf in Richtung Tal, auf das man von dieser Stelle aus einen ungehinderten Blick hatte. »Kommt gucken! Vielleicht sehen wir unsere Finca irgendwo da unten!« Ja, vielleicht waren Mama und Papa draußen und wir konnten ihnen zuwinken! Als ich neben Luna stand und nach unten schaute, konnte ich in der Ferne tatsächlich unsere Finca ausfindig machen, jedoch war sie viel zu weit entfernt. Die Aussicht war aber wirklich sehr schön!

So wie wir da nebeneinander standen, erregten wir wieder die Aufmerksamkeit der Menschen. Terri kam zu uns. »Ach, man hat ja von hier aus eine unglaubliche Sicht! Man kann praktisch fast das ganze Tal überblicken. Da hat jemand wohl nur die Aussicht genossen.« Stefan stand neben ihr, aber sagte immer noch nichts. Irgendwie wirkte er ziemlich bedrückt. Vielleicht war er zu alt für solche Wanderungen oder vielleicht hatte er Höhenangst, keine Ahnung.

Mateo hob etwas auf, was unter dem Campingstuhl gesteckt hatte. »Wie es aussieht, hat jemand nicht nur die Aussicht genossen.« Er hielt ein Notizbuch in der Hand und blätterte es durch. »In dem hier ist eine Karte gezeichnet, worauf jede Finca, die man von diesem Punkt aus sehen kann, vermerkt ist.« Er zeigte den anderen ein paar Seiten. »Aber was bedeuten wohl diese Striche neben jeder Finca?

Leih mir mal bitte kurz dein Fernglas, Stefan.« Etwas widerwillig reichte er Mateo das Fernglas und meinte, dass es vielleicht nur ein Künstler war, der sich hier aufgehalten und Skizzen für irgendein Gemälde angefertigt habe.

»Ja, mag schon sein...«, erwiderte Mateo wenig überzeugt und schaute durch das Fernglas.

Ich hatte noch nie ein Gemälde gesehen, aber ich vermutete, es wäre wie ein Foto, nur eben mit der Hand gezeichnet. Das müsste dann ein ziemlich gefräßiger Künstler sein, wenn man diese Futterrationen dort genauer in Betracht zog.

»Du warst sicher bereits öfter hier oben, Luna«, fragte ich. »Hast du dabei schon einmal einen Künstler getroffen?«

Luna überlegte kurz und ich vermutete, dass sie auch nicht so genau wusste, was ein Künstler war und wie so einer auszusehen hatte. »Klar war ich mit Opa und Oma schon hier, aber eigentlich haben wir sehr selten jemanden getroffen. Die Gegend ist doch etwas abgelegen. Außerdem hätte so ein Künstler von weiter oben eine noch bessere Sicht - da gibt es einen kleinen Rastplatz mit ein paar richtigen Tischen und Bänken. Warum sollte jemand hier hinter dem Busch hocken?«

Das war aber eine selten gute Beobachtung von Luna. Ich war so erstaunt, dass ich sie nur anstarren konnte. Als mir auffiel, dass sie mein Anstarren als provokativ und störend empfand, wandte ich meinen Kopf schnell zur Seite.

Anton nickte anerkennend. »Da hast du recht, Luna. Diese Stelle ist besonders gut für etwas anderes geeignet, nämlich für heimliches Beobachten. Man kann von hier aus alles überblicken und wird vom Feind nicht gleich entdeckt. Das ist ganz nach meinem Geschmack.«

Mir war die Sache nicht ganz geheuer und anscheinend ging es Mateo ebenso. »Durch das Fernglas kann man alles erkennen, was sich auf dem Grundstück der jeweiligen Finca abspielt. Eure Nachbarn zur Linken sitzen im Garten und ihre Hunde spielen umher. Auf eurer Finca liegen alle Hunde hinter dem Haus in der Sonne.«

Terri wirkte besorgt. »Welchen Sinn sollte es haben, unsere und andere Fincas zu beobachten? Vielleicht ist es doch ein Künstler gewesen, wie Stefan vermutet hat.« Stefan nickte eifrig und gab zustimmende Laute von sich. Wenigstens zuckte er diesmal nicht wieder mit den Schultern.

Mateo schien etwas entdeckt zu haben. »Moment mal! Unten rechts fährt wieder ein weißer Kombi. Er fährt an der Finca eurer Nachbarn vorbei. Zu dumm, da sind jetzt Bäume im Weg! Ich kann den Wagen gerade nicht mehr sehen, aber er sollte gleich auf der freien Strecke wieder zu sehen sein.« Er hielt inne und wartete ab. »Komisch... warum braucht er so lange? ...Ach jetzt!« Er reichte das Fernglas an Stefan. »Schau auch du mal, da rechts unten. Glaubst du, dass das der Wagen ist, der uns entgegengekommen ist?«

Überraschenderweise lehnte Stefan ab. »Lass mal, für mich ist es sinnlos. Ich kenne mich gar nicht mit Autos aus. Wenn es ein weißer Kombi ist, sieht er für mich genauso aus, wie alle anderen weißen.«

Stattdessen nahm Terri wortlos das Fernglas und schaute durch. Diesmal zuckte sie mit den Schultern. »Ich weiß auch nicht, es könnte derselbe sein, aber wie gesagt, er war ja so schnell, dass ich nicht einmal die Marke erkennen konnte, geschweige denn irgendwelche Einzelheiten. Und auch wenn es der Wagen wäre, würde es hierfür keine Er-klärung liefern.«

»Hast ja recht. Vielleicht schaue ich später noch einmal hier vorbei und versuche denjenigen zu erwischen, der für diesen Müll verantwortlich ist, falls er oder sie überhaupt noch einmal zurückkommt.« Etwas frustriert winkte Mateo alle weiter. »Wir vertrödeln nur unsere Zeit, lasst uns lieber weitergehen. Terri muss ja dann bald zur Arbeit.«

Beim Laufen erzählte ich Rudi und Anton, wie dieser Ste-fan damit angegeben hat, dass er seine technische Ausbil-dung abgeschlossen hat. Und nun sollte er kein Interesse an Autos haben oder gar keine auseinanderhalten können?

Alma lief mit ihren winzigen Schritten neben mir. »Ich kann Autos am Geräusch erkennen! Das finde ich total leicht. Ich höre sofort, wenn Rudi bei uns vorfährt...also Ma-teo...und...«

Bevor sie richtig in Fahrt kam, musste ich sie bremsen. »Ja, ist ja gut! Aber ihr müsst doch alle zugeben, dass da etwas nicht stimmen kann, oder?«

Als wir etwas später zurück zur Finca fuhren, kamen Opa und Oma dort gleichzeitig an. Schwer beladen mit Ein-kaufstüten gingen alle Menschen - mit Ausnahme von Ste-fan - in die Küche. Er meinte, dass er noch kurz seinen Auf-traggeber über die nächsten Termine informieren sollte und ging zu seinem Wohnmobil. Ich schaute ihm nach, aber dann gewann mein Neugier - Einkaufstüten! Vielleicht war auch etwas Gutes für uns drin, es schadete ja nicht, beson-ders in so einem Augenblick die Menschen auf uns auf-merksam zu machen.

Opa Gerhard lachte. »Ach, Arlo! Bist du wieder am Ver-hungern, was?« Was gibt es denn zu lachen? Ihr habt doch prall gefüllte Tüten für euch mitgebracht und nichts davon soll für uns sein? Das ist doch wieder typisch Mensch, alle denken nur an sich! Beleidigt wollte ich mich in den Garten zurückziehen, aber Opa holte mich augenblicklich zurück. »Alle Hunde bitte mal hierher! Es gibt einen Kauknochen für jeden!«

»So jetzt haben wir einen Augenblick Ruhe.« Opa Gerhard wurde ganz ernst. »Wir haben etwas sehr Besorgniserregendes mitbekommen. In den Läden und auch an vielen Straßenlaternen hängen Suchplakate. Es sind mindestens sechs Hunde vor Kurzem in dieser Gegend verschwunden. Das kann kein Zufall sein. Auffallend ist, dass all diese Hunde sehr klein sind und eigentlich fast genauso wie unsere Chiliers aussehen. Ich bin absolut sicher, dass diese Hunde nicht einfach so entlaufen sind, sondern hier Hunderäuber am Werk sind!«

6. SIE VERSCHWINDEN SPURLOS

Bevor Mateo mit Terri aufbrechen musste, um sie zur Arbeit zu fahren, saßen wir noch eine Weile zusammen. Hunderäuber konnten wir gar nicht gebrauchen, das hörte sich alles einfach nur furchtbar an. Ich hatte gedacht, dass wir nun nach all den Strapazen unser Leben auf der Finca in Ruhe genießen konnten, aber mit so einer neuen Gefahr hatte niemand gerechnet. Obwohl Anton uns beim Abschied versichert hatte, dass er alles Hundemögliche dafür tun werde, dass wir in Sicherheit sind, blieb die Stimmung betrübt. Das war nett von ihm gemeint, aber er würde leider nicht großartig etwas machen können, da er ja nicht bei uns wohnte. Rudi und Alma hatten noch versucht, ein bisschen zu spielen, aber auch das nur lustlos. Mateo hatte kurz mit seinem Vater, dem Chefarzt der Tierklinik, telefoniert, um herauszufinden, ob ihm die verschwundenen Hunde etwas sagten.

»Die Polizei ist schon eingeschaltet«, erzählte Mateo nach dem Telefonat. »Es hat sich herausgestellt, dass es tatsächlich einen Zusammenhang zwischen den wohl gestohlenen Hunden gibt. Sie stammen alle aus dieser Rettungsaktion vor einigen Monaten, bei der die misshandelten Chiliers mit den Elterntieren befreit werden konnten - ihr wisst schon, die Geschichte mit dem Rodriguez.«

Alle schwiegen zunächst einmal und schauten uns an. Ja,

mir war mehr als bewusst, dass sowohl Tante Rosa mit ihren Welpen als auch unsere Familie genau solche Hunde waren. Aber was hatte das alles zu bedeuten? Ich dachte, dieses Monster Rodriguez wäre von der Erdoberfläche verschwunden. Das ergab alles keinen Sinn. Terri schien ähnlich zu denken.

»Ich weiß nicht«, fing sie zögerlich an. »Das muss ein Zufall sein, solche kleinen Hunde sind eh bei vielen beliebt und vielleicht sind einige sogar von selbst weggelaufen - oder haben sich einfach verlaufen...«

Oma Martha runzelte die Stirn. »Aber so viele auf einmal? Da klingeln bei mir schon alle Alarmglocken. Von jetzt an müssen wir noch besser als bisher auf unsere Kleinen aufpassen - nicht, dass denen auch noch etwas zustößt.« Sie streichelte Alma, die es sich auf ihrem Schoß gemütlich gemacht hatte. »Weiß jemand schon etwas Genaueres? Wie sind die Hunde überhaupt weggekommen?«

Opa Gerhard griff nach seinem Handy. »Ich rufe mal Silva an. Sie ist ja die Leiterin unserer Rettungshundestaffel und ich bin sicher, dass die Suchhunde schon angefordert worden sind. Ich stelle mal auf Lautsprecher, so könnt ihr alle gleich mithören.«

Nach ein paar Mal klingeln nahm Silva den Anruf an. »Hallo, Gerhard! Ich glaube zu wissen, warum du anrufst!«

»Ja, hallo Silva! Genau, wir haben soeben von den verschwundenen Hunden erfahren. Ich sitze hier mit Martha, Terri und Mateo zusammen und wir würden gerne mehr Informationen erhalten. Was weißt du von diesen Fällen? Unsere Hundestaffel ist sicher schon angefordert worden.«

»Ja, ich bin gerade dabei, unsere Truppe zusammenzutrommeln. Deswegen wollte ich dich auch gerade anrufen«, sagte sie mit hektischer Stimme. »Ich hätte gehofft, die Besitzer hätten uns sofort nach dem Geschehen informiert, jetzt haben wir schon zwei, beziehungsweise einen Tag verloren.«

»So ist das leider oft. Viele wissen ja gar nicht, dass unsere Truppe existiert. Aber du hast von ein oder zwei Tagen gesprochen - und in dieser kurzen Zeit sind sechs Hunde verschwunden? Das ist wirklich nicht normal!« Opa Gerhard hob die Augenbrauen und schaute uns deutlich besorgt an.

Silva seufzte. »Normal ist das tatsächlich nicht. Wir müssen uns nun aber beeilen, um die Spuren nicht noch kälter werden zu lassen.«

»Wie und wo sind diese Hunde denn verschwunden?«, warf Oma Martha dazwischen.

»Einer ist vor einem Laden angebunden gewesen, weil die Besitzerin nach eigenen Angaben nur kurz etwas einkaufen wollte. Der Besitzerin einer Hündin ist dasselbe passiert, nur eben vor einem Bäcker. Falls jemand diese Hunde mitgenommen hat, kann das sehr schnell passiert sein. Dass die Besitzer so oft nicht daran denken...es reichen schon ein paar Sekunden...«, seufzte Silva. »Die vier anderen Hunde sind jeweils paarweise aus ihren eigenen Gärten verschwunden, wo sie - wieder laut der Aussage der Besitzer - nur ganz kurz unbeaufsichtigt gespielt haben. Beide Grundstücke sind zwar eingezäunt, aber bei einer Zaunhöhe von lediglich einem Meter...«

Mateo lehnte sich näher an das Handy ran, um gehört zu werden. »Und keiner hat etwas gesehen? Nichts Ungewöhnliches beobachtet? Keine Fremden, die herumlungern? Könnten die Hunde nicht einfach so fortgelaufen sein?«

»Könnten sicher schon«, antwortete Silva nachdenklich.

»Aber so viele innerhalb von nur zwei Tagen? An solche Zufälle glaube ich nicht. Wir müssen noch mit den Besitzern und ihren Nachbarn sprechen, ob jemand nicht doch etwas bemerkt hat, aber diese Informationen bekommen wir sicher bald auch von der Polizei.« Sie sprach hastig weiter. »Ich muss jetzt aber weiter. Gerhard, kannst du mit Luna an der Suchaktion teilnehmen?«

»Selbstredend kommen wir. Ich nehme auch Arlo mit. Er ist zwar mit seiner Ausbildung noch lange nicht fertig, aber über die Grundkenntnisse verfügt er schon, und ich glaube, bei so vielen Meldungen brauchen wir jeden.«

Mateo war wohl wieder das Notizbuch aus dem Wald eingefallen, weil er dieses aus seiner Tasche nahm und auf den Tisch legte. »Haben wir schon die Adressen von diesen Fincas, wo die Hunde verschwunden sind?« Als Silva bejahte und die Informationen weitergab, zeigte Mateo mit dem Finger auf die Karte in diesem Notizbuch. »Seht ihr - die beiden Fincas sind hier eingezeichnet... und haben jeweils zwei Striche danebe.«

Terri nickte eifrig. »Ach, ich weiß, worauf du hinauswillst. Zeig mal bitte her! Ja, das müsste unsere Finca sein und daneben sind sieben kurze Striche und ein großer... Das ist die Anzahl der Hunde auf der jeweiligen Finca!«

Es wurde ja immer gruseliger. Derjenige oben auf dem Berg mit der Wurst hatte anscheinend doch alle Fincas und vor allem die Hunde beobachtet. Wir waren ja sieben Kleine und die große Luna! Und von zwei Fincas auf der Karte waren schon Hunde verschwunden! Spätestens jetzt war uns allen sonnenklar, dass auch wir das Ziel des Hunderäubers waren. Ich erschauderte leicht und sogar Alma setzte sich ganz ruhig zu mir. Die Eltern wechselten sorgenvolle Blicke, nur die kleinen Welpen von Tante Rosa spielten weiter völlig unbekümmert im Garten. Zu ihrer Sicherheit gesellte sich Luna zu ihnen - wer wusste schon, was auf uns noch wartete.

In diesem Augenblick kam Stefan und setzte sich zu den anderen. Bevor das Telefonat mit Silva beendet wurde, hörte er noch, wie Silva dringend darum bat, das Notizbuch an die Polizei weiterzuleiten. »Ich habe anscheinend etwas Interessantes verpasst. Ist das das Büchlein aus dem Wald?«

Mateo setzte ihn kurz ins Bild und wie erwartet, zuckte er zuerst einmal mit den Schultern. »Hunderäuber? Und dieses Gekritzel soll ein wichtiger Beweis sein? Ich weiß nicht, ist das nicht etwas weit hergeholt?«

Nun zuckte Mateo mit den Schultern, irgendwie schien das ansteckend zu sein. Fast verspürte ich auch den Drang, es nachzumachen. »Vielleicht ist es das«, überlegte er, »aber es kann ebenso ein Anhaltspunkt sein. Die Polizei soll auf jeden Fall informiert werden, vor allem darüber, wo wir es gefunden haben. Dieser Beobachtungsposten kann ja etwas mit dieser Sache zu tun haben, muss aber nicht. Das soll die Polizei lieber selbst entscheiden.«

Nach dem Telefonat stand Opa Gerhard auf. »Terri muss gleich zur Arbeit und ich fahre jetzt mit Luna und Arlo zu Silva, um den Einsatz zu besprechen. Bist du sicher, dass du hier alleine mit den kleinen Hunden zurechtkommst, Martha? Ich mache mir doch sehr große Sorgen, anscheinend ist hier irgendetwas im Gange, was womöglich sogar uns betreffen könnte.«

Oma Martha winkte beruhigend ab. »Fahrt ruhig, es ist sehr wichtig! Vielleicht kann man die Verschwundenen oder Gestohlenen doch wiederfinden. Außerdem bin ich ja nicht alleine - Stefan leistet mir sicher gerne Gesellschaft, nicht wahr?«

Stefan lächelte und nickte. »Na, klar!«

Ich wusste immer noch nicht, wie ich diesen Stefan einschätzen sollte. Irgendwie war er merkwürdig, aber zumindest mit diesen verschwundenen Hunden konnte er nichts zu tun haben, oder? Er hatte uns ja sein Wohnmobil gezeigt und dort befanden sich keine Hunde. Obwohl es mir nicht behagte, Alma auf der Finca zurückzulassen, war ich doch ziemlich aufgeregt - mein erster Einsatz! Zwar wusste ich, dass ich noch viel lernen musste und Luna schon viel weiter war, aber vielleicht konnte ich tatsächlich helfen. Dieser Gedanke machte mich ein bisschen stolz und ich konnte kaum erwarten, dass es losging.

Vor ihrem Haus wartete Silva schon ungeduldig auf uns. »Sehr gut, dass ihr so schnell kommen konntet.« Sie zeigte auf ihr Haus. »Ich habe meine Hunde hineingebracht und alles abgeschlossen. Man kann ja nie wissen. Sicher können Luna und Arlo sie hinterher begrüßen, aber ich möchte nun möglichst schnell anfangen. Ich habe schon ein Team für den Laden, für die Bäckerei und für die eine Finca - uns bleibt die andere Finca.«

Opa Gerhard fuhr so schnell, wie er sich traute, wodurch mir wieder einmal etwas schlecht wurde. Ich schaute aus dem Fenster und versuchte an etwas Frisches zu denken - an kühles Wasser, an sanften Wind - was ein bisschen half. Opa Gerhard schüttelte seinen Kopf. »Ich verstehe das alles nicht. Welchen Sinn macht es, diese kleinen Hunde zu stehlen, falls es denn so gewesen sein sollte?«

»Na ja, weißt du«, seufzte Silva, »warum es ausgerechnet hier nun wohl passiert ist, keine Ahnung. Aber sonst ist das doch durchaus lukrativ - die Hunde werden entweder im Internet weiterverkauft, für die Zucht missbraucht oder im schlimmsten Fall als Trainingsköder für illegale Hundekämpfe geopfert. In jedem Fall wird es nichts Gutes für die armen Hunde bedeuten.« Bevor Opa etwas erwidern konnte, klingelte das Handy von Silva.

»Ja, Heising am Apparat. Hallo, Herr Kommissar!« Sie hörte kurz zu. »Oh nein! Aber natürlich kümmern wir uns auch darum. Wir sind sowieso bereits unterwegs. Ich melde mich dann bei Ihnen.« Silva sah etwas blass und besorgt aus. »Das war die Polizei. Es gibt noch eine weitere Meldung über verschwundene Hunde, wieder aus einem Garten einer Finca hier in der Nähe. Diesmal sind drei von diesen Chilierhunden, die wir nach der Befreiungsaktion über die Klinik vermittelt haben, spurlos verschwunden.«

»Was ist hier nur los?«, rief Opa Gerhard verärgert. »Was für ein krankes Spiel ist das denn?«

»Das muss die Polizei herausfinden«, meinte Silva frustriert. »Es gibt aber vielleicht endlich einen nützlichen Hinweis. Ein Nachbar hat beobachtet, dass kurz vor dem Verschwinden der Hunde ein fremdes Auto langsam die Straße entlanggefahren ist. Es soll sich dabei um einen weißen Kombi handeln.«

7. EIN GEISTESBLITZ VON LUNA

Es war einfach nur frustrierend. Wir hatten absolut nichts erreicht und sogar Luna musste nach kurzer Suche, welche sie nur bis zum Wegesrand geführt hatte, aufgeben. Ich konnte zwar die Fährte von einem der verschwundenen Hunde aufspüren, aber sie führte mich nur im Garten umher. Erst als Luna meinte, dass dies nur eine Spur war, die dieser Hund beim Spielen auf dem Grundstück gelegt hatte, gab ich auf. Ich war nicht nur verärgert darüber, dass wir nichts gefunden hatten, sondern auch über mich, weil ich so dumm war, der Spur in die falsche Richtung zu folgen. Als Opa Gerhard uns die gelben Westen auszog, ließ ich meinen Kopf hängen und zog sogar meinen Schwanz ein, weil ich sicher war, dass meine Karriere als Suchhund hier und jetzt mit sofortiger Wirkung beendet war.

Opa Gerhard tätschelte kurz meinen Kopf und gab uns tatsächlich noch ein Leckerli. »Habt ihr gut gemacht!« Gut? Das war doch eine miserable Leistung. »Arlo hat wieder einmal gezeigt, dass er wirklich Talent hat. Hier hätte kein anderer Hund noch mehr anzeigen können.« Dass ich Talent hatte, hörte ich sehr gerne, aber in diesem Fall hatten wir beide - besonders natürlich ich - bewiesen, dass es uns nichts nützte.

Luna schien zu erahnen, wie es mir ging. »Sei nicht so betrübt, Arlo! Du hast gut gearbeitet. Es ist aber ebenso ein

Teil unserer Ausbildung anzuzeigen, dass wir nichts finden können oder dass die Spur endet, so wie jetzt. Es ist eine wichtige Information für die Menschen.« Ich schüttelte verzweifelt meinen Kopf. Als ich jedoch hörte, was Silva sagte, wusste ich, dass ich noch viel zu lernen hatte.

»Wir wissen ja alle, was es bedeutet, dass die Hunde der Spur nur bis zur Straße folgen konnten«, sagte sie. »Ich bin sicher, dass diese kleinen Hunde nicht von alleine weggelaufen sind, sondern dass jemand sie in sein Auto gepackt und mitgenommen hat.« Also anders ausgedrückt, sie wurden gestohlen. Egal was für eine Supernase ich auch war, einem Auto konnte ich nicht folgen. Wenn Alma dabei gewesen wäre, dann hätte sie vielleicht das Geräusch von dem Auto ausfindig machen können. Allerdings würde sie genauso wenig erreichen können, weil sie ja nicht wusste, welches Geräusch eben dieses Auto machte. Das war doch wieder alles vollkommen aussichtslos! Warum mussten wir uns da überhaupt einmischen? Die Menschen könnten sich wenigstens ein Mal, ein einziges verdammtes Mal, um ihre eigenen Angelegenheiten kümmern! Oder hatte etwa ein Tier diese Hunde gestohlen? Ich wollte diese Verantwortung nicht, ich konnte diese Last nicht tragen, nicht schon wieder!

Ich war so frustriert und so wütend, dass ich absichtlich einen Streit mit Luna anfing. Ich rempelte sie heftig von der Seite an - na ja, ich kam zwar nur an ihr Bein ran, aber immerhin - und knurrte dabei heftiger, als ich es eigentlich beabsichtigt hatte. Als ich ihr dann noch meine Zähne zeigte, trat sie ein paar Schritte zur Seite, jedoch nicht ohne mir vorher einen gelangweilten Blick zuzuwerfen. »Ach, lass gut sein, Arlo. So einen Zwergenaufstand können wir jetzt wirklich nicht gebrauchen.«

Zwergenaufstand? Hallo! Sie machte es nicht gerade besser. Bevor ich todesmutig auf sie losgehen konnte, legte sie eine von ihren doch ziemlich riesigen Pfoten auf meine Schulter. »Nun ist aber gut, ja? Die Situation gefällt mir genauso wenig wie dir. Trotzdem müssen wir einen kühlen Kopf bewahren und überlegen, wie wir weiter vorgehen wollen.«

»Ja klar, und was willst du nun machen? Hmm? Eine Idee?«, schnaubte ich sie immer noch wütend an. Da Luna daraufhin nur schwieg, wusste ich, dass sie es sicher gut meinte, aber keinen blassen Schimmer hatte, wie wir vorankommen würden. Aber in einem hatte sie recht - uns gegenseitig anzugiften würde uns am wenigsten helfen. Ich seufzte und murmelte eine Entschuldigung.

Silva und Opa Gerhard waren dabei, sich von den Besitzern der Finca zu verabschieden. Ich konnte hören, wie sie alles bedauerten und versprachen, alles nur Mögliche zu unternehmen und sie auf dem Laufenden zu halten. Als sie zu uns kamen, hoffte ich zu hören, dass sie wenigstens wussten, was sie da taten. Tja, das Wort 'hoffen' sollte ich wohl aus meinem Vokabular verbannen und zwar schnell. Silva sah Opa Gerhard an. »Das wird ja noch schlimmer als ich dachte. Falls die armen Hunde tatsächlich mit einem Auto weggebracht worden sind, wird es sehr schwer werden, den Hunderäuber zu finden.«

Opa Gerhard sah sich um und schüttelte den Kopf. »Fast unmöglich, würde ich sagen. Aber wir sollten die Hoffnung nicht aufgeben.« Anscheinend musste er auch noch lernen, dass es manchmal einfach keine Hoffnung mehr gab. Ich fühlte plötzlich eine schreckliche Angst in mir aufsteigen, als mir vollkommen klar wurde, dass meine Familie und ich ebenfalls solche Beutetiere waren, die in das Schema von diesem dubiosen Räuber passten. Falls er uns erwischte, wären wir in derselben aussichtslosen Lage - uns würde kein Mensch und kein Hund mehr finden können! Ich wollte sofort zurück zur Finca, nicht nur um mich selbst mit meiner Familie sicherer zu fühlen, sondern wenigstens Alma so gut zu beschützen, wie ich es nur konnte. Kein Mensch auf der Welt sollte ihr noch einmal weh tun dürfen! Aber auch dieser Wunsch von mir würde unerfüllt bleiben.

»Lass uns noch zu der anderen Finca fahren, wo die neueste Meldung her kam, Silva. Dort soll es doch jemanden geben, der etwas beobachtet hat. Sicher hat die Polizei ihn schon befragt, aber schaden kann es nicht.«

So eilten wir alle zum Auto und fuhren weiter, obwohl ich jetzt schon sicher war, dass es dort genauso enden würde, wie hier. Alles umsonst - alles! Ich zitterte leicht, wenn ich nur daran dachte, was uns bei dem Hunderäuber erwarten würde. Irgendwohin - vielleicht an eine Familie - verkauft zu werden, wäre noch das kleinere Übel, obwohl ich auf keinen Fall die Finca verlassen wollte. Aber es gab auch andere Optionen - besonders für meine blinde Schwester. Wer würde Alma für irgendetwas anderes haben wollen, als für das, was Silva vorher gesagt hatte - als Trainingsköder für illegale Hundekämpfe. Ich winselte so laut, dass Luna neben mir im Auto erschrak.

»Was ist los, Kumpel? Tut dir etwas weh? War das zu viel für dein Bein?«, fragte sie besorgt. Zuerst wollte ich nichts sagen, aber der Druck wurde einfach zu groß. Als Krönung brach ich sogar noch in Tränen aus - na wunderbar, das war ja wieder sehr heldenhaft. Luna setzte sich einfach dicht neben mich, leckte kurz meine Schnauze und gab mir Zeit, mich wieder zu beruhigen. Langsam versiegten die Tränen und ich konnte ihr, zwar immer noch schluchzend, erzählen, woran ich gedacht hatte.

Luna gab mir noch ein Küsschen - bäh, diese Schlabberei wieder - aber es tat ganz gut. Sie schwieg eine Weile und schaute nachdenklich aus dem Fenster. Ich seufzte. Da gab es auch nicht viel zu sagen, die Lage war nun einmal schlimm. Plötzlich kam es mir so vor, als ob durch Luna so etwas wie ein elektrischer Schlag gegangen wäre. Sie wandte sich ruckartig zu mir und lächelte breit. »Wir können vielleicht in dieser Situation nicht viel erreichen, aber ich weiß, wer es kann!« Da ich wusste, dass Lunas Geistesblitze meistens so schnell verpufften wie sie gekommen waren, erwartete ich nicht zu viel, aber ich ließ sie ausreden.

»Ich kenne jemanden, der alles überblicken und das Tal vollkommen unter Kontrolle haben kann - und du kennst ihn auch!« Luna strahlte mich an, aber ich hatte keine Ahnung, wen sie meinte. Wahrscheinlich hatte sie in ihrem Kopf irgendwelche Visionen gehabt, so wie Alma, und womöglich einen Zaubervogel gesehen, der uns vom Himmel aus überwachen konnte. Um sie nicht zu beleidigen drehte ich mich einfach um und starrte schweigend aus dem Fenster - Bäume, Büsche und noch viel mehr davon.

»Na, du kommst wohl nicht drauf, was?« Sie stupste mich leicht mit der Pfote, aber bevor ich verärgert sie darum bitten konnte, damit gefälligst aufzuhören, fuhr sie fort. »Das liegt doch auf der Pfote! Jemand, der in den Bergen lebt und von dort aus eine ebenso gute Sicht auf das ganze Tal hat, wie die Menschen? Immer noch nicht?«

Und endlich verstand ich, wen sie meinte. »Toran! Dein Vater!« Ich drehte mich schnell zu ihr um. »Toran kann uns helfen! Luna, du bist wirklich ein Genie!«

Das hatte wohl noch niemand zu ihr gesagt, weil sie zuerst verblüfft aus dem Fell guckte, aber dann breit lächelte. »Ich bin fest davon überzeugt, dass mein Vater genau der Richtige für so eine Aufgabe ist. Ich werde ihn später kontaktieren, wenn wir zurück auf der Finca sind.«

Es gab also doch noch einen Funken Hoffnung! So ein Wolf, wie Toran, hatte für eine Überwachung all die Möglichkeiten und Fähigkeiten, die uns fehlten. Er war schnell, wachsam, kräftig, mutig und alles, was Hund sich nur wünschen konnte! Kurz dachte ich darüber nach, dass er eigentlich das genaue Gegenteil von mir war, aber dann zwang ich mich zur Freude. Er hatte uns schon früher geholfen und obwohl er in den Bergen lebte und alles mied, was mit den Menschen zu tun hatte, konnte er sicher alles beobachten, ohne selbst gesehen zu werden. Er würde das Tal im Auge behalten und alles Verdächtige melden können. Er konnte sich frei bewegen und mit seinen unglaublich scharfen Augen sicher sogar einen Spatz am anderen Ende des Tals erkennen! Ja, ich gebe es gerne zu, Toran ist mein Held! Luna und er sprachen öfter miteinander, oder besser gesagt, heulten einander Nachrichten zu. Weil Luna nun einmal eine halbe Wölfin ist, fiel es auch nicht weiter auf. Sie als unsere Beschützerin auf der Finca, er als unser Geheimagent in den Bergen! Jawohl, Hunderäuber, du wirst dich noch umschauen!

Ich konnte es kaum erwarten, zurück auf die Finca zu kommen, um den anderen diesen absolut wunderbaren

Rettungsplan zu erläutern, wobei ich vollkommen vergessen hatte, dass wir ja noch eine weitere Aufgabe erledigen mussten. Gerade fuhr Opa Gerhard bei einer kleineren Finca vor, vor der bereits ein älterer Mann auf uns wartete.

»Vielen Dank, dass Sie so schnell gekommen sind!«, rief er uns aufgeregt zu. »Das ist alles so furchtbar! Unsere Kleinen sind einfach aus dem Garten verschwunden! Bitte helfen Sie uns!«

Silva hob beschwichtigend die Hand. »Alles der Reihe nach Herr...?«

»Ach, Verzeihung, ich heiße Manuel Lopez.« Silva und Opa Gerhard stellten sich vor, obwohl dieser Mann so nervös war, dass er sich sicher keine Namen merken konnte. Er stand da händeringend und zappelnd, fast wie Alma. »Gut, Herr Lopez«, forderte Silva auf, »erzählen Sie bitte nun von Anfang an, was geschehen ist.«

»Ich verstehe es nicht«, seufzte der alte Mann. »Meine Frau und ich hatten uns nur ganz kurz hingelegt und unsere drei Hunde haben sich im Garten ausgeruht oder gespielt, wie immer. Und als wir wieder zu ihnen gehen wollten, waren sie einfach fort - einfach verschwunden!« Die Stimme des Mannes zitterte regelrecht.

Opa Gerhard schaute sich um. »Wäre es nicht möglich, dass sie von sich aus weggelaufen sind? Vielleicht haben sie ein Loch im Zaun entdeckt und wollten auf eine kleine Abenteuertour gehen?«

Manuel Lopez schüttelte energisch den Kopf. »Nein, nein, das ist vollkommen ausgeschlossen! Obwohl wir sie erst seit ein paar Monaten haben, sind sie schon sehr anhänglich. So etwas würden sie nicht machen, außerdem habe ich den Zaun überprüft und kein Loch gefunden. Das kann nicht sein!«

»Ist das Tor denn immer verschlossen?«, fragte Silva.

Der alte Mann verneinte und war sichtlich den Tränen nahe. »Aber die Hunde können das Tor unmöglich allein geöffnet haben. Meine Frau sucht schon in der ganzen Umgebung, aber niemand hat unsere armen Kleinen gesehen.«

Silva überlegte kurz. »Wir lassen gleich die Hunde nach einer Spur suchen. Aber nur zu unserer Information - Sie haben Ihre drei Chiliers über unsere Tierklinik adoptiert? Also sie gehören zu den Hunden, die Anfang des Sommers aus schlechter Haltung befreit worden sind?«

Der Mann nickte eifrig. »Ja genau! Meine Frau und ich waren so froh, dass wir die Möglichkeit hatten, diesen armen gequälten Hunden ein sicheres Zuhause zu geben. Und nun das!« Ein paar Tränen liefen über seine Wangen. »Bitte! Helfen Sie uns!«

Silva wechselte einen Blick mit Opa Gerhard, der zu sagen schien, dass sie über diese Zusammenhänge lieber später sprechen sollten. Statt das Thema zu vertiefen nahm Opa Gerhard die Weste von Luna aus dem Kofferraum. Und was war mit mir? Opa tätschelte meinen Kopf. »Du kannst dich etwas ausruhen, Arlo. Sonst wird es für den Anfang zu viel. Lassen wir mal Luna schauen, was hier zu finden ist.«

Ich wusste nicht richtig, was ich darüber denken sollte. Einerseits war ich etwas enttäuscht, dass er anscheinend die Fähigkeiten meiner Supernase nicht zu schätzen wusste, andererseits fühlte ich mich tatsächlich schon etwas erschöpft. Und das nach nur einem Einsatz! Ich setzte mich neben das Auto und schaute Luna bei der Arbeit zu.

Der alte Mann hatte die Bürste der Hunde geholt und Opa

Gerhard ließ Luna daran schnüffeln. Nachdem Luna kurz hin und her gelaufen war, nahm sie offenbar Witterung auf und folgte der Fährte direkt zum Tor. Opa Gerhard beeilte sich, das Tor zu öffnen, aber danach lief Luna nur ein paar Meter weiter und zeigte an, dass die Spur endete. Sie sah in meine Richtung und schüttelte den Kopf. Auch hier war nichts weiter zu entdecken, außer dass die Hunde höchstwahrscheinlich wieder mit einem Auto weggebracht worden waren. Als Luna von ihrer Weste befreit worden war, lief ich zu ihr, blieb jedoch abrupt stehen. Was lag denn da vor dem Tor auf der Erde? Leckerlis! Ich wollte sie schon in mich hinein befördern, aber dann hörte ich Terris Stimme in meinem Kopf - »vergiftet!«. Ich seufzte und setzte mich hin.

»Schau mal dort, Gerhard. Arlo zeigt etwas an - was hat er wohl gefunden?« Silva eilte zu mir. »Hier liegen Hundeleckerlis herum. Sind die von Ihnen, Herr Lopez?« Als er verneinte, untersuchte Silva noch kurz die Umgebung. »Ja, hier in Ihrem Garten sind auch noch welche, sehen Sie? Ich bin mir sicher, dass derjenige, der Ihre Hunde mitgenommen hat, sie mit diesen Leckerlis zu sich gelockt hat.«

Na gut, das leuchtet einem ein. Ich hätte wahrscheinlich ebenso wenig widerstehen können, falls jemand mich mit so etwas herrlich Duftendem hätte bestechen wollen. Das bedeutete also für mich, Selbstbeherrschung üben - sonst wäre ich für so einen Hunderäuber eine leichte Beute, noch leichter als sowieso schon.

Wir mussten den verzweifelten Manuel Lopez verlassen, zwar mit Silvas Beteuerung, dass die Polizei über alles informiert wurde, aber es half ihm in dem Augenblick überhaupt nicht. Als wir dabei waren, ins Auto zu steigen, sahen wir eine etwas ältere Frau im Laufschritt auf uns zukommen.

»Warten Sie, bitte!«, rief sie außer Atem. »Sie sind sicher die Rettungshundetruppe. Ich bin die Nachbarin von dem Ehepaar Lopez.« Sie schüttelte allen die Hand. »Zwar habe ich das alles schon der Polizei erzählt, aber vielleicht interessiert es auch Sie. Kurz bevor diese süßen Hunde verschwunden sind, habe ich einen weißen Kombi beobachtet, der verdächtig langsam hier die Straße entlanggefahren ist. Im Nachhinein kam mir nicht nur das seltsam vor, sondern auch, dass der Wagen mit unzähligen Tiertransportboxen beladen war. Leider konnte ich den Fahrer nicht erkennen.«

8. DIE SPUR DES HUNDERÄUBERS

Auf der Rückfahrt telefonierte Silva mit der Polizei. Die gute Nachricht war, dass bis dahin keine weiteren Meldungen über verschwundene - also gestohlene - Hunde eingegangen waren. Die schlechte Nachricht jedoch war, dass die Polizei mit ihren Ermittlungen nicht weitergekommen war. Die Hinweise zu dem weißen Kombi wurden notiert, aber ohne irgendwelche genaueren Merkmale, geschweige denn das Kennzeichen, würde es wohl schwer werden - wenn nicht sogar unmöglich - diesen Wagen ausfindig zu machen. Obwohl ich nie in der Schule gewesen war, konnte ich trotzdem eins und eins zusammenzählen. Abgesehen davon hatte ich während des Sommers gelernt, bis zehn zu zählen, aber das gehörte jetzt nicht zur Sache.

»Sag mal, Luna, das ist doch kein Zufall mit diesem komischen Kombi.« Luna sah mich nur fragend an. Ich wollte die Augen verdrehen, aber beherrschte mich in letzter Sekunde. Sie konnte schließlich nichts dafür, wenn sie etwas langsamer dachte als so ein Superhirn wie ich. Eine Supernase mit einem Superhirn - das passte doch zusammen, oder? Vor meinem geistigen Auge sah ich Alma mich streng angucken - das konnte sie trotz ihrer Blindheit nämlich sehr gut. Und vor allem zu oft. Hund darf sich doch auch mal darüber freuen, wenn immer wieder die teils verborgenen Talente hervorgerufen werden können. Ich hörte Alma sich

72

so laut räuspern, als ob sie neben mir sitzen würde.

Ich schüttelte mich kurz. »Ja, was wollte ich eigentlich sagen? Ach ja - du erinnerst dich sicher noch an unseren kleinen Wanderausflug in die Berge? Wo wir die Wurst gefunden haben?« Luna nickte, wohl erleichtert darüber, dass sie sich tatsächlich daran erinnern konnte. »Und wir haben nicht nur den komischen Beobachtungsposten hinter dem Busch entdeckt, sondern wurden auch fast von der Straße gedrängt - und zwar von einem weißen Kombi. Du erinnerst dich doch.«

Nun sah ich endlich das Licht der Erkenntnis in ihren Augen aufleuchten. »Du hast sicher recht, Arlo!« Natürlich hatte ich das. Sie stand auf und ließ mir dadurch kaum noch Bewegungsfreiheit im Auto. Luna! »Ups, entschuldige. Aber der Fahrer von diesem Auto hat sicher diesen Platz hinter dem Busch dazu genutzt, um das Tal zu beobachten - oder besser gesagt, die Hunde!«

»Genau! Also dieser Hunderäuber ist uns entgegengefahren! Er war so schnell unterwegs, dass er gewusst haben muss, dass jemand auf dem Weg dorthin war. Er ist geflüchtet - aber woher sollte er das gewusst haben?«

»Hmm..., vielleicht hat er von dort aus einfach gesehen, dass ein Auto kommt. Obwohl - er hätte ja nicht wissen können, dass wir eine Wanderung machen wollten. Die Straße führt ja noch weiter und garantiert fahren dort immer wieder einige Autos vorbei. Das ist tatsächlich merkwürdig.«

Daraufhin schwiegen wir beide eine Weile. Ich dachte darüber nach, dass das alles eigentlich genau zu der Zeit anfing, als dieser Stefan auf der Finca auftauchte. Das musste ein Zufall sein, weil er ja mit Sicherheit keinen weißen Kombi fuhr und er außerdem fast die ganze Zeit mit uns zusammen gewesen war. Trotzdem war ich davon überzeugt, dass mit ihm etwas nicht stimmte, dass er irgendwie etwas verheimlichte. Ohne den kleinsten Beweis war es aber auch sinnlos, weiter über ihn nachzudenken. Luna bellte kurz und riss mich damit aus meinen Gedanken.

»Ob wir noch kurz hallo sagen dürfen...« Ich folgte ihrem Blick und begriff, dass wir bei Silva angekommen waren. Oh ja, es wäre toll, wenn wir unsere Freunde sehen könnten! Normalerweise liefen sie in dem eingezäunten Garten umher, doch Silva hatte sie ja vorhin ins Haus gebracht. Seitdem wir auf der Finca leben, kennen wir Silva, und trotzdem sind wir noch nie in ihrem Haus gewesen, sondern haben immer nur draußen gespielt. Darüber hatte ich mir noch nie irgendwelche Gedanken gemacht, aber nun fiel es mir auf. Es hatte sicher nichts zu bedeuten, aber trotzdem machte ich Luna darauf aufmerksam.

»Das ist nun einmal so«, sagte Luna ziemlich gleichgültig. »Draußen lässt es sich halt besser spielen und toben. Du weißt ja, wie schnell Condesa sein kann. Wenn sie am Start ist, reicht sicher noch nicht einmal die größte Villa für ihren Spurt.«

Damit hatte Luna allerdings recht. Ich hatte mehrmals beobachten können, was für eine wahnsinnige Rakete Condesa ist, obwohl sie sich die meiste Zeit lieber ausruhte. Und das war wohl eben der Grund dafür, weshalb Silva es vorzog, uns im Garten spielen zu lassen. Ich entschied mich dazu, nicht überall und bei jedem irgendein Problem oder ein Geheimnis zu vermuten. Das Leben hatte anscheinend eh genug Schwierigkeiten für mich parat, ohne dass ich noch extra nach welchen suchen musste. Bevor die Schwermut wieder einmal die Überpfote nehmen konnte, öffnete

Opa Gerhard die Autotür.

»Na - ihr möchtet sicher nach der anstrengenden Arbeit noch etwas spielen.« Er ließ uns durch das Tor in den Garten. »Ich habe eh noch etwas mit Silva zu besprechen.«

Hätten sie das nicht schon im Auto tun können? Ich wollte wirklich eine Weile einfach unbeschwert spielen und mich entspannen - und nun sah es so aus, dass ich doch dem Gespräch zwischen ihnen folgen musste, um bloß nichts Wichtiges zu verpassen. Ich hoffte, dass sie wenigstens im Garten bleiben würden, damit ich vielleicht doch noch zum Spielen kam. Insgeheim dachte ich, dass es eigentlich besser wäre, wenn sie ins Haus hinein gingen - dahin könnte ich ja nicht mit. Aber Opa Gerhard setzte sich auf eine Bank im Garten und nur Silva ging hinein.

»Warte mal kurz! Ich lasse die Hunde raus und hole uns allen etwas zu trinken.« Oh ja, als sie das erwähnte, fühlte ich mich plötzlich sehr durstig - so sehr, dass ich es nicht abwarten konnte, ich musste sofort etwas zu trinken haben! Dabei fiel mir ein, dass auch Silva ein Schwimmbecken im Garten hatte und obwohl das Wasser sicher nicht ganz frisch war, würde es genügen müssen. Ich lief schnell zum Becken, aber stolperte plötzlich über etwas.

»Aua! Was liegt hier herum? Ich habe mir mein Bein fast wieder gebrochen!« Ich leckte kurz meine Pfote, die jedoch unverletzt aussah, und schaute nach, was mich so heimtückisch von der Erde aus angegriffen hatte. Es war irgendein Werkzeug, so etwas hatte Opa Gerhard auch, nur auf den Namen kam ich jetzt nicht. »Luna! Schau mal! Was ist das?«

Luna schlenderte in meine Richtung. Ja, geht es auch etwas schneller? Sicher war ihr noch wärmer als mir, sie hatte ja so ein dickes Fell, aber trotzdem musste sie doch nicht eine Schnecke nachmachen. Ich stupste den Gegenstand auf dem Boden ungeduldig mit der Pfote an.

»Ach das - das ist doch nur ein Schraubenzieher«, stellte Luna ziemlich gelangweilt fest. »Du musst halt aufpassen, wo du hintrittst.« Jawohl, du großer Tollpatsch. Das sagte ich aber nicht laut und obwohl ich mich über sie ärgerte, war ich sehr stolz auf meine Selbstbeherrschung. Der alte Arlo hätte sich so einen Kommentar nicht gefallen lassen, aber nun war ich ja schon zehn Monate und dazu noch sehr reif für mein Alter. Wieder fühlte ich Almas Blick, aber ich ließ mich diesmal nicht irritieren.

»Genau, also ein Schraubenzieher, sicher.« Ich stupste diesen noch einmal an. »Und kannst du mir dann auch erklären, warum so ein Teil in einem Garten herum liegt - besonders in einem, wo Hunde frei spielen dürfen, hmm? Wie du unschwer erkennen kannst, ist das wirklich gefährlich.«

Luna dachte kurz darüber nach. »Ja, da hast du allerdings recht.« Luna nahm den Schraubenzieher in ihre Schnauze. »Ich bringe den zu Opa«, murmelte sie oder etwas Ähnliches. Ich konnte sie kaum mit voller Schnauze verstehen. Gerade als Luna das Werkzeug vor Opa auf der Erde ablegte, sausten unsere Freunde aus dem Haus.

»Luna! Arlo! Wie schön!« Tristan und Isolde hüpften aufgeregt um uns herum. Sie sind unsere älteren Geschwister, also von Alma und mir, die ebenfalls von dem Monster Rodriguez misshandelt worden waren, aber nun bei Silva und Condesa leben durften. Und da kam sie auch schon - Condesa! Obwohl sie viel älter als ich ist und natürlich als eine reinrassige spanische Galga auch viel größer, hatte ich eine Schwäche für sie. Sie war so anmutig und grazil mit ihren langen Beinen und ihrem schwarzen Fell, das in der Sonne immer regelrecht glänzte. Neben Alma und Luna war sie eine meiner besten Freundinnen geworden. Condesa begrüßte uns herzlichst und lud uns ein, aus den von Silva bereit gestellten Wassernäpfen zu trinken. Das ließ ich mir nicht zweimal sagen - endlich Wasser!

Opa Gerhard beobachtete mich. »Er hat aber Durst, obwohl er ja bereits vorhin ordentlich getrunken hat. Es ist sicher das warme Wetter. Ich muss das aber im Auge behalten, nicht dass er etwas mit seinen Nieren hat.«

»Das glaube ich eher nicht, Gerhard«, sagte Silva. »Wir haben ihn ja neulich gründlich in der Klinik durchgecheckt. Es ist sicher nur die Hitze.«

Das meinte ich auch. Allerdings hatte ich keine Ahnung, was und wo eine Niere ist, aber es hörte sich nicht unbedingt gut an. Bevor ich mir Sorgen darüber machen konnte, fuhr Silva fort. »Apropos Klinik - darüber wolltest du sicher mit mir sprechen, oder?«

Sie setzte sich neben Opa Gerhard auf die Bank. Ich unterhielt mich leise mit den anderen, die gerade dabei waren zu überlegen, was wir als erstes spielen wollten. Gleichzeitig versuchte ich mitzubekommen, worüber die Menschen sprachen. Diese Verantwortung immer! Egal ob ich sie haben wollte oder nicht, sie lastete einfach immer auf mir.

Opa Gerhard räusperte sich. »Genau - ich will dir nicht zu nahe treten, aber ich vermute, dass du dir auch Gedanken machst.«

»Allerdings - und dass das alles nur eine Kette von Zufällen ist, glaube ich wirklich nicht«, seufzte sie. »Es ist schon mehr als auffällig, dass alle vermissten Hunde Chiliers sind und eben diese, die zu dieser Qualzucht von diesem Rodriguez gehörten. Sie sind alle bei uns in der Klinik behandelt worden. Und wir haben sie in Zusammenarbeit mit den hiesigen Tierschutzvereinen in gute Familien vermittelt.«

»Das kann natürlich doch ein Zufall sein«, meinte Opa Gerhard. »Chiliers sind kleine Hunde und dadurch unschwer mitzunehmen. Wie wir es von unseren Kleinen kennen, sind sie zudem keine Kostverächter - mit Leckerlis kann jemand sie leicht zu sich locken.«

Ich schaute ihn grimmig an. Sicher schmeckte unsereins das Futter auf der Finca. Es wurde aber auch wirklich selten serviert, weshalb Hund immer fast am Verhungern und alles Essbare willkommen war. Die Menschen waren es selbst schuld, wenn Hund denen dann irgendwie gierig vorkam. Bei diesen Gedanken bekam ich zwangsläufig Hunger und überlegte, wann wohl unser Abendessen dran wäre.

»Allerdings ist es schon etwas verdächtig, dass keine anderen Hunde als vermisst gemeldet worden sind, auch keine kleinen - Malteser, Yorkshire Terrier und andere gibt es hier in der Gegend sehr viele.«

Silva fuhr mit der Hand durch ihr langes Haar. »Eben. Es kommt mir so vor, als ob jemand die Vermittlungsakten von diesen Chiliers in unserer Klinik kopiert oder sich die Adressen der jeweiligen Familien notiert hätte. Woher sollte jemand sonst wissen, wo die Hunde zuhause sind? Irgendwie wirkt diese ganze Handlung absolut zielgerichtet.«

»Es gibt aber noch eine weitere Möglichkeit, wie jemand auf die Hunde aufmerksam geworden ist.« Opa Gerhard berichtete Silva von unserem Ausflug in die Berge und was wir dort gefunden hatten.

»Ein Notizbuch mit einer gezeichneten Karte? Und ein Beobachtungsposten?« Silva richtete sich auf. »Das ist ja interessant - und tatsächlich noch eine Möglichkeit. Trotzdem werde ich mich in der Klinik noch einmal umhören. Vielleicht hat dort jemand etwas Verdächtiges beobachtet. Aber sag mal - du hast einen Neffen, das wusste ich ja gar nicht.«

»Wir hatten auch lange keinen Kontakt zu ihm. Er besucht uns jetzt zum ersten Mal hier in Spanien und das wohl auch nur, weil er in eine Notlage geraten war. Aber er ist sehr nett und Martha und ich freuen uns über die zusätzliche Gesellschaft.« Opa Gerhard erzählte ihr noch von dem Wohnmobil und von Stefans Zusammenarbeit mit den Tierschützern.

Da sie sich nun anscheinend über Nebensächlichkeiten unterhielten, konnte ich mich endlich auf das Spielen konzentrieren. Condesa hatte einen Ball mitgebracht und wir alle schubsten ihn abwechselnd und rannten ihm nach. Condesa gab uns immer einen deutlichen Vorsprung, aber sie wäre trotzdem immer als Erste am Ball gewesen, wenn sie sich nicht absichtlich gebremst hätte. Luna gab allerdings bald auf, weil es ihr mit dem dicken Fell schnell zu warm wurde. Condesa legte sich zu ihr und überließ uns freiwillig den Ball. Letztendlich trat Tristan ihn so heftig, dass er direkt im Schwimmbecken landete. Keiner von uns hatte aber Lust, ihn dort wieder herauszuholen, also setzten wir uns zu den anderen und unterhielten uns über alles Mögliche. Es hätte ein schöner Moment der Ruhe sein können, wenn Silva nicht auf den Schraubenzieher aufmerksam geworden wäre.

»Was liegt denn da auf der Erde?« Sie bückte sich und hob das Werkzeug auf. »Ein Schraubenzieher - wie kommt der denn hierhin? Gehört er dir?«

Opa Gerhard schüttelte irritiert den Kopf. »Nee - den hat Luna vorhin von dort drüben gebracht. Also deiner ist er auch nicht?«

Silva verneinte und drehte den Schraubenzieher nachdenklich in ihren Händen. »Moment mal! Als ich vorhin das Gartentor aufschloss, klemmte das Schloss etwas. Ich habe mir nichts dabei gedacht, aber jetzt....« Sie standen beide auf und gingen zum Tor.

»Das ist nur ein ganz einfaches Schloss, das eher dekorative Zwecke erfüllt.« Silva betrachtete das Tor genauer. »Siehst du das auch, Gerhard? Hier!« Silva zeigte auf eine Stelle neben dem Schloss.

»Ja, da sind ganz deutlich frische Kratzer am Metall zu erkennen. Bist du dir sicher, dass diese nicht schon vorher da waren?«

Silva nickte bestimmt. »Absolut sicher. Du weißt ja, welch großen Wert ich darauf lege, dass nicht nur im Haus, sondern auch im Außenbereich alles schön und gepflegt ist. Solche Kratzer wären mir ein Dorn im Auge und mir beim Reinigen des Tores garantiert nicht entgangen. Jemand hat sich am Schloss zu schaffen gemacht, und zwar höchstwahrscheinlich mit diesem Schraubenzieher.« Sie hielt das Werkzeug hoch.

Opa Gerhard wurde sehr ernst. »Und das offenbar mit Erfolg, da Luna das Werkzeug ja in deinem Garten gefunden hat.«

»Ein Einbrecher?« Silva schaute sich um. »Es fehlt aber nichts und im Haus habe ich auch nichts Verdächtiges bemerkt.«

»Bis ins Haus ist derjenige offensichtlich auch gar nicht erst gekommen - vielleicht hat er unser Auto gehört und ist in Panik geflüchtet.« Opa Gerhard betrachtete zuerst das

Haus und dann uns. »Womöglich gibt es gar keinen Zusammenhang, aber in unserem ansonsten so ruhigen Dorf passieren zurzeit ein bisschen zu viele merkwürdige Sachen auf einmal.«

Silva sah nun richtig besorgt aus. »Du meinst doch nicht etwa, dass...«

Opa Gerhard nickte. »Genau das habe ich damit gemeint - jemand ist hier eingebrochen und zwar mit der Absicht, deine Hunde zu stehlen.«

9. VERDÄCHTIGUNG GEGEN STEFAN

Es wurde bereits dunkel, als wir wieder Zuhause ankamen. Als Erstes gab es für uns Abendessen, wofür ich äußerst dankbar war. Mit so einem völlig leeren Magen hätte ich mich auf nichts anderes konzentrieren können. Oma Martha saß zusammen mit Stefan und Opa Gerhard im Wohnzimmer und hörte sich aufmerksam seinen Bericht über die Geschehnisse des Tages an. Da wir alle so jedes Wort mitbekamen, musste ich meinen Eltern nicht auch noch Bericht erstatten.

»Diese Sache wird ja immer schlimmer«, sagte Oma Martha mit zittriger Stimme. »Wenn jemand schon am hell-lichten Tag in eine Finca einzubrechen versucht - wie furchtbar! Und die armen verschwundenen Hunde!«

Stefan zuckte mit den Schultern, was inzwischen keinen mehr überraschte. »Aus meiner Sicht, sozusagen als Außenstehender, würde ich da nicht zu viel hineininterpretieren. Es kommt mir alles etwas unglaubwürdig vor. Klar, einige Hunde sind verschwunden, aber es kann sich dabei auch um einen Dummejungenstreich handeln und die Hunde werden bestimmt bald wieder auftauchen.«

Oma Martha und Opa Gerhard wechselten einen Blick. »Nun ja, so schnell würde ich nicht alles abtun«, erwiderte Opa Gerhard. »Unsere Gegend ist ansonsten sehr ruhig und diese Vorkommnisse sind äußerst besorgniserregend. Wir haben ja auch einige Indizien dafür gefunden, dass hier tatsächlich Verbrecher am Werk sind.«

»Du sprichst von diesem Schraubenzieher und diesem komischen weißen Wagen?«, fragte Stefan wenig überzeugt. »Das kann doch auch alles ganz harmlos sein - vielleicht hat ein Handwerker das Werkzeug vergessen oder jemand hat den einfach über den Zaun geworfen. Und in jedem Fall habe ich hier nirgendwo solch ein weißes Auto gesehen, wie es beschrieben wurde.«

Ich wurde mit einem Mal hellhörig - wieso behauptete er so etwas? Er hat doch auch das Auto gesehen, das in den Bergen an uns vorbei gerast ist. Entweder besaß er ein sehr schlechtes Gedächtnis oder er verschwieg es absichtlich.

Oma Martha seufzte. »Es ist bemerkenswert, dass du nicht gleich hinter allem nur das Böse siehst, Stefan. Aber gerade weil es hier sonst so ruhig ist, wirkt das alles nun sehr verdächtig. Gott sei Dank haben wir Luna, die mit jedem Einbrecher fertig wird. Hier traut sich keiner einzudringen.« Zur Bestätigung ging Luna zu ihr und bellte kurz.

Opa Gerhard lächelte Luna an. »Ja, Luna ist ein wirklich guter Wachhund, aber trotzdem müssen wir äußerst vorsichtig sein. Die verschwundenen Hunde sind ja allesamt Chiliers und von denen haben wir ja einige. Es kommt mir schon merkwürdig vor, dass anscheinend nur Hunde dieser Rasse das Ziel sind - sei es nun von einem Hunderäuber oder von irgendwelchen Jugendlichen, obwohl ich an letzteres nicht recht glauben mag.«

»Ja, gut. Ihr kennt euch selbstredend hier besser aus.« Stefan spielte mit seinem Glas. Falls es umfallen würde, könnte ich die Zitronenlimonade auflecken. Eigentlich war sie etwas zu sauer für meinen Geschmack, aber besser als nichts.

Warum aßen die Menschen nichts? Da fiel ja immer etwas herunter und so schnell, wie ich zur Stelle war, konnten sie gar nicht reagieren. Diesmal hatte ich jedoch kein Glück. Stefan stand auf und nahm das Glas, wohl um es in die Küche zu bringen. »Ich muss jetzt mal kurz telefonieren. Mein Auftraggeber wollte wissen, wann ich wieder zurückfahre. Ich möchte eure Gastfreundschaft nicht überstrapazieren und würde deshalb sagen, dass ich übermorgen abfahre, wenn es euch recht ist, dass ich noch einen Tag bleibe.«

»Selbstverständlich kannst du so lange bleiben, wie du möchtest«, beteuerte Opa Gerhard. »Ich finde es schade, wenn du schon so bald fahren möchtest, aber ich verstehe, dass du auch arbeiten musst.«

Ich hätte gerne mitgehört, wie dieser Stefan telefonierte, aber er ging in sein Wohnmobil und schloss die Tür hinter sich. Alma wollte noch ins Schwimmbecken und ich folgte ihr in den Garten. Die Sonne war untergegangen und wir konnten im Mondschein nur wenig erkennen, weshalb ich Alma bat, nur auf ihrer Treppe zu schwimmen, damit ich sie im Auge behalten konnte. Als ich kurz zu den Sternen am Nachthimmel hinaufsah, erinnerte ich mich daran, was Luna gesagt hatte.

»Alma! Luna hat eine sehr gute Idee!« Alma sah in diesem Moment wahrscheinlich genauso verblüfft aus, wie ich zuvor. Niemand rechnete ernsthaft damit, dass Luna gute Ideen haben würde. Sie tat mir tatsächlich ein bisschen leid - es war sicher nicht leicht, immer diejenige zu sein, die beim Denken etwas langsamer ist. Aber dafür war Luna erstens sehr gutmütig und zweitens eine furchtlose Beschützerin ihrer Familie. Ich überlegte kurz, was eigentlich besser war - groß und kräftig oder klein und schlau, wie ich.

Alma schlug mit ihrer Pfote ins Wasser. »Erzähl nun endlich, du schlauer Bruder!«

»Da du wieder in meinem Kopf herumspielen musst, kannst du ja auch so mit deinen Superaugen sehen, welche Idee sie hatte.«

Erst als Alma schwieg und ihren Kopf zur Seite drehte, begriff ich, was ich gesagt hatte. Oh nein - jetzt zitterte sogar ihre Unterlippe! Ich und meine dummen Sprüche - hatte ich tatsächlich Superaugen gesagt? Nein, nein! Zwar war Alma oft ziemlich nervig, aber sie absichtlich verletzen, das wollte ich nicht.

»Tut mir so furchtbar leid, Alma!« Ich stieg sogar zu ihr ins Wasser und drückte meinen Kopf gegen den ihren. »Bitte entschuldige! Das war wirklich gedankenlos von mir. Du weißt doch, dass ich manchmal rede, bevor ich denke - obwohl ich so schlau bin.«

Sie lächelte leicht, aber hielt ihren Kopf weiterhin von mir weggedreht. Trotzdem sah ich, dass ihre Augen voll mit Tränen waren. Das hatte ich ja wieder wunderbar hinbekommen. »Ich habe das nicht böse gemeint. Eigentlich hast du ja tatsächlich Superaugen, weil du mehr erkennen und fühlen kannst, als wir anderen zusammen.«

Endlich drehte sie sich zu mir und schlug erneut mit ihrer Pfote so heftig ins Wasser, dass auch mein Kopf total nass wurde. Na gut, das hatte ich wahrhaftig verdient. »Ja, du superschlauer Bruder, nun sag schon, was Luna meinte.«

Ich stieg aus dem Wasser und schüttelte mich kurz. »Sie will Toran um Hilfe bitten. Er kann ja von den Bergen aus alles überwachen und uns Rückendeckung geben.«

In dem Moment kam Luna auch schon in den Garten, gefolgt von unseren Eltern. Tante Rosa hatte wohl ihre Kinder ins Körbchen gebracht und bewachte nun ihren Schlaf. Ich hatte den Eindruck, dass keiner von uns irgendwo allein bleiben wollte, obwohl der Hunderäuber mit Sicherheit nicht auf unsere Finca kam, wenn alle Menschen zuhause waren.

Luna setzte sich auf eine freie Fläche, reckte ihren Hals und heulte sehr laut. »Pa-paaa! Hier Lu-naa! Pa-paa!«

Es vergingen nur ein paar Sekunden und da hörten wir schon eine Antwort aus weiter Ferne in den Bergen. »Lu-naa!«

Das war eindeutig Toran. Als Luna ihm kurz erzählte, was geschehen war und wie er uns vielleicht helfen konnte, versprach Toran es sofort. Er hatte ebenfalls schon diesen Menschen hinter dem Busch entdeckt, hatte sich jedoch von ihm fern gehalten. Das war ein Mann gewesen, aber mehr konnte er nicht sagen - nur noch, dass dieser Mann mit einem weißen Wagen unterwegs war. Was Toran noch beiläufig ergänzte, ließ das Nackenfell bei uns allen hochstehen. Er hatte vor ein paar Tagen beobachtet, wie ebendieser Wagen in der Nähe unserer Finca angehalten hat - neben einem Wohnmobil! Es machte den Anschein, dass die Fahrer sich kurz miteinander unterhielten, bevor derjenige mit dem Wohnmobil zu unserer Finca fuhr. Dieser Stefan und der verdächtigte Hunderäuber sollten sich kennen!

Toran versprach, sich sofort zu melden, wenn er etwas Komisches beobachtete. Wir saßen eine Weile schweigend zusammen und versuchten, diese Neuigkeit zu verdauen. Papa schaute uns eindringlich an. »Wir wissen nicht, was das alles zu bedeuten hat. Vielleicht gibt es für dieses Treffen eine einfache Erklärung - kann zum Beispiel sein, dass dieser Stefan nur nach dem Weg gefragt hat.« Das war sicher möglich, aber ich wusste, dass niemand von uns richtig daran glaubte. »Auf jeden Fall müssen wir äußerst vorsichtig sein und gut aufeinander aufpassen, falls dieser Stefan doch irgendetwas im Schilde führt.«

Darauf würde ich meine nächsten zehn Mahlzeiten verwetten. Er hat nicht nur unerwähnt gelassen, dass der Wagen uns entgegengekommen ist, sondern auch, dass er mit jemandem gesprochen hat, der den gleichen Wagen - oder besser gesagt, ebendiesen Wagen - fährt. So wenig Ahnung von Autos konnte keiner haben. Anderseits ist er seit seiner Ankunft andauernd bei uns gewesen und konnte deshalb nicht direkt etwas mit diesen gestohlenen Hunden zu tun haben. Ich wusste nicht, was ich davon halten sollte. Zum Glück würde er in ein paar Tagen wieder verschwunden sein - so lange konnte sogar ich dafür sorgen, dass wenigstens meine Schwester in Sicherheit war. Das dachte ich jedenfalls.

Als Stefan sein Telefonat beendet hatte und zurück zum Haus kam, beobachteten wir ihn argwöhnisch. »Das war ja eben ein schönes Konzert! War das tatsächlich ein Wolf, der da in den Bergen geheult hat? Oder wohl eher ein streunender Hund.« Er setzte sich hin. »Das ist ja bei euch richtige Wildnis!«

Oma Martha zeigte in Richtung der Berge. »Das war wirklich ein Wolf - dort oben leben ein paar Wölfe. Aber sie sind sehr scheu und absolut keine Gefahr für die Menschen.«

»Für die Menschen sicher nicht«, betonte Stefan, »aber wahrscheinlich für kleinere Tiere. Es könnte doch sein, dass ein Wolf oder sogar mehrere Wölfe etwas mit diesen verschwundenen Hunden zu schaffen haben. Diese Winzlinge sind ja für so ein Raubtier eine leichte Beute.«

So etwas selten Dämliches hatte ich noch nie gehört. Toran und seine Verwandten würden uns niemals angreifen, geschweige denn fressen. Luna wollte gerade etwas erwidern, aber Opa Gerhard hatte anscheinend den gleichen Gedanken, weil Luna bei seinen Worten zufrieden nickte.

»Das halte ich für vollkommen ausgeschlossen, Stefan. Die paar Wölfe, die hier in den Bergen ansässig sind, finden dort mehr als genug zu fressen. Außerdem sind alle Hunde tagsüber verschwunden - und du kannst sicher sein, dass kein Wolf der Welt sich bei Tageslicht in die Nähe der Menschen traut. Wenn überhaupt, dann sind sie bei Dunkelheit unterwegs. In den ganzen Jahren, die wir hier leben, haben wir noch nie einen Wolf zu Gesicht bekommen.«

»Ja, es war halt nur eine Idee.« Warum schaute er uns so intensiv und berechnend an? Oder bildete ich mir das nur ein, nachdem wir nun erfahren hatten, dass er irgendeinen Kontakt zu diesem Hunderäuber gehabt hat. Vorsichtshalber knurrte ich ihn kurz an. »Was hat der denn jetzt? Der Gedanke als Wolfsbeute zu enden scheint ihm nicht besonders gut zu gefallen.« Dieser Stefan lachte mich doch tatsächlich aus! Alma legte beschwichtigend ihre Pfote auf meine.

»Wir sollten ihn besser ignorieren«, flüsterte sie. »Falls er unschuldig ist, wird er eh bald wegfahren. Aber falls nicht, sollten wir seine Aufmerksamkeit lieber nicht zu sehr auf uns lenken.« Das war ein guter Hinweis von ihr. Irgendwie hatte ich das Gefühl, dass sie doch schneller erwachsen wurde als ich. Als sie jedoch weitersprach, konnte ich mit einer gewissen Erleichterung feststellen, dass sie keineswegs ihre hibbelige Art verloren hatte.

»Lass uns lieber über den morgigen Tag sprechen!« Alma trippelte wieder mit ihren Pfoten. »Terri hat ja gesagt, dass wir zum Meer fahren. Da waren wir noch nie und Rudi soll auch mitkommen. Ist es nicht toll, dass Terri und Mateo nun zusammen sind? Wir sehen Rudi viel öfter und auch den Anton - weißt du noch, wie du am Anfang so viel Angst vor ihm hattest? Aber er ist nur nett, und Rudi ist nett und Mateo auch, oder? Denkst du, dass wir im Meer schwimmen können? Ich habe gehört, dass es in einem Meer sehr große Fische gibt. Vielleicht will so ein Fisch mich fressen! Oder vielleicht gibt es dort sogar diese riesigen Wale und diese meterlangen Krokodile! Das wird so spannend! Zum Glück habe ich meinen Bodyguard dabei - du sorgst sicher dafür, dass kein Fisch mich mitnimmt, oder?«

So quasselte sie noch lange weiter. Ich brauchte kein einziges Wort zu sagen, nur hin und wieder einmal zu nicken oder zu lächeln. Aber sie hatte recht - der Gedanke an den nächsten Tag erfüllte auch mich mit Freude. Ich war wirklich gerne mit meinen Freunden zusammen und dazu durfte ich noch das Meer sehen. Wahrscheinlich war Luna schon einmal dort gewesen und ich überlegte, ob ich sie wegen der Fische fragen sollte. Diese machten mir doch etwas Sorgen - mit einem kleinen Fisch würde ich schon fertig werden, aber so ein Wal müsste fast so groß sein wie unser Zuhause. Und falls es dort Krokodile gab, dann musste ich Alma das Schwimmen untersagen. Aber die Menschen würden sicher in dem Fall auch nicht ins Wasser gehen, oder? Bevor meine Freude wieder verflog, zwang ich mich dazu, an etwas Positives zu denken. Terri hatte etwas über Proviant gesagt! Und das hieß, dass wir etwas Essbares dabeihaben würden. Terri wird sicher nicht vergessen, auch für uns Hunde etwas mitzunehmen. Das hoffte ich jedenfalls.

Oma Martha war endlich in der Küche verschwunden. Das bedeutete nämlich, dass die Menschen doch noch etwas essen wollten. Unauffällig positionierte ich mich etwas näher an den Tisch, aber achtete darauf, dass ich diesem Stefan bloß nicht zu nahekam. Alma quasselte einfach weiter, ohne zu bemerken, dass ich mich von ihr entfernt hatte. Man hätte meinen können, dass dies wieder etwas gemein von mir war, aber ich fand, dass meine Gutmütigkeit für einen Tag schon erschöpft war. Ich brauchte jedoch kein schlechtes Gewissen zu haben, weil sie eh abrupt mit dem Reden aufhörte, als ein Auto vorfuhr. Wie jedes Mal erkannte sie sofort, dass es Mateos Wagen war, und lief schnell zum Tor. Diesmal stiegen aber nur Mateo und Terri aus.

»Na, Alma! Kein Rudi diesmal dabei - aber du siehst ihn ja morgen wieder!« Terri nahm die etwas enttäuschte Alma auf ihren Arm und kam gemeinsam mit Mateo zur Terrasse. »Was für ein stressiger Tag in der Klinik! Zum Glück war Mateo so nett und hat mich abgeholt.« Sie setzten sich hin.

Oma Martha kam aus der Küche. »Hallo ihr zwei! Ich habe für uns alle ein bisschen Abendbrot zubereitet.« Sie stellte ein paar Teller mit Brot, Wurst und Käse auf den Tisch - wunderbar! »Hattet ihr denn so viele Notfälle in der Klinik?«

Terri seufzte. »Das noch nicht einmal. Aber das Telefon läutete fast ununterbrochen. Es hat sich wohl herumgesprochen, dass einige Chiliers, die durch unsere Klinik vermittelt worden sind, verschwunden sind. Die Leute sind ziemlich nervös - fast jeder Anrufer wollte wissen, ob die Klinik mehr Informationen über diese Angelegenheit hat. Wir konnten nur sagen, dass wir der Sache nachgehen und dass die Polizei eingeschaltet worden ist.«

Mateo runzelte die Stirn. »Das ist alles mehr als unerfreulich. Der gute Ruf unserer Klinik steht wieder einmal auf dem Spiel.« Obwohl er netter war, als wir am Anfang dachten, musste er immer wieder betonen, wie wichtig die Klinik doch für ihn war. »Silva hat mich angerufen und gefragt, ob es möglich ist, dass jemand die Adressen der Hunde aus den Vermittlungsunterlagen hat. Aber ich habe mich daran gewöhnt, mein Büro immer abzuschließen, wenn ich nicht dort bin. Das ist also eigentlich unmöglich. Und ich selbst würde natürlich niemals vertrauliche Daten weitergeben!«

Endlich begannen sie mit dem Essen und tatsächlich fielen hin und wieder ein paar Brocken Käse herunter, besonders bei Terri. Manchmal hatte ich den Eindruck, dass sie das absichtlich tat - wohl aus Mitleid mit dem verhungernden Hundejungen. Trotzdem waren die Brocken wirklich winzig und ich war froh, dass die anderen kein Interesse daran zeigten. So musste ich wenigstens diese mickrige Beute nicht teilen. Allerdings verlor ich fast den Appetit als ich hörte, was Terri als Nächstes zu erzählen hatte.

»Die Polizei war in der Klinik und hat dasselbe wie Silva gefragt. Aber wie gesagt, wir haben keine Vorstellung davon, wie das alles mit unserer Klinik zusammenhängen könnte und ob überhaupt. Die Polizei hat uns mitgeteilt, dass noch weitere Meldungen über vermisste Hunde eingegangen sind. Diesmal sind es zwei Jack Russel Terrier und ein Kleinspitz, die ebenfalls nur kurz vor einem Laden angebunden waren und von dort spurlos verschwunden sind. Das nimmt einfach kein Ende!«

10. GÄSTE IN DER NACHT

In dieser Nacht schlief ich total unruhig und weckte deswegen Alma wiederholt auf. Ich hatte furchtbare Albträume über böse Menschen, die Hunde mit einem Lächeln auf den Lippen grausam quälten. Letztendlich hatte Alma genug von meinem Herumgewälze und schubste mich unsanft. »Arlo! Hör auf damit! Ich will schlafen!«, schrie sie fast.

»Shhh! Sei still - du weckst ja noch alle anderen auf!« Um meine Worte zu betonen, legte ich meine Pfote auf ihren Kopf, was ihr so gar nicht gefiel. Sie schlug meine Pfote zur Seite und flüsterte direkt in mein Ohr: »Ich wecke alle auf? Ich? Du bist doch derjenige, der hier wie ein Wildschwein im Maisfeld herumtrampelt!«

Ich war mir sicher, dass sie noch nie ein Wildschwein oder ein Maisfeld gesehen hat, aber ich wollte das lieber nicht erwähnen. Wenn Alma sich über etwas ärgerte, konnte sie so richtig zickig werden - und mitten in der Nacht hatte ich wirklich keine Lust auf einen Streit.

»Tut mir leid«, flüsterte ich stattdessen. »Ich habe schlecht geträumt. Diese ganze Geschichte mit den verschwundenen Hunden wird mir langsam etwas zu viel.« Ich stieg leise aus unserem Korb und ging in Richtung Garten, um mich dort zu erleichtern und auch zu beruhigen.

»Arlo! Wo gehst du hin? Du darfst nicht alleine im Dunkeln herumlaufen - wir müssen doch aufeinander aufpassen!« Ich hörte ihre kleinen Schritte hinter mir. »Warte auf mich! Ich kann jetzt eh nicht gleich wieder einschlafen.«

Nachdem wir kurz geschnüffelt und uns erleichtert hatten, setzen wir uns direkt vor die Treppe. Sicher war sicher, obwohl alles nur still und ruhig war. Wir sahen die Sterne und den fast vollen Mond, dessen Licht sich so schön auf der Wasseroberfläche des Schwimmbeckens spiegelte. Wir erzählten uns - einander ergänzend - leise noch einmal die Geschichte, wie wir uns aus den Fängen des Monsters befreien konnten und wie wir auf die Finca Assisi kamen. Diese war eine unserer schönsten Erinnerungen, weil wir damals gezeigt hatten, wie mutig wir sein konnten. Normalerweise erheiterte es uns immer, aber diesmal wollte die Beklemmung in meiner Brust einfach nicht weichen. Die ganze Sache mit den verschwundenen Hunden belastete mich sehr, weil ich mir überhaupt nicht sicher war, wie wir behilflich sein konnten. Und uns war sonnenklar geworden, dass auch wir in Gefahr schwebten. Falls der Hunderäuber uns angreifen sollte, musste ich in der Lage sein, wenigstens Alma zu beschützen - aber wie? Ich seufzte und wollte gerade vorschlagen, dass wir hineingehen sollten. Da hörten wir plötzlich ein Geräusch aus dem dunklen Garten.

»Was war das denn? Es klang fast so, als ob jemand über den Zaun geklettert wäre!« Ich stellte mich schützend vor Alma. »Kommt der Hunderäuber jetzt?« Doch bevor ich Alarm schlagen konnte, hörten wir leise Stimmen, die mit Sicherheit keinem Menschen gehörten. Zuerst konnten wir nichts verstehen, aber die Stimmen kamen langsam näher.

Ich blieb auf der Stelle stehen und versuchte herauszufinden, was dort nun auf uns zukam.

Alma schien alles wieder schneller als ich zu erkennen. »Die sind aber mutig. Oder haben die noch nicht begriffen, dass hier so viele Hunde leben?« Die? Als die Stimmen noch näherkamen, begriff ich es auch - Katzen! Die hatten aber wirklich Nerven. Ich hatte schon öfter streunende Katzen von Weitem gesehen, aber in unseren Garten hatte sich bisher noch keine getraut. Etwas unsicher darüber, wie ich mich in diesem Fall verhalten sollte, blieb ich einfach stehen und wartete ab. Vielleicht wäre es besser gewesen, wenn ich die Erwachsenen auf die Eindringlinge aufmerksam gemacht hätte, aber irgendwas hielt mich davon ab. Wahrscheinlich war es nur die Erleichterung darüber, dass es doch nicht der Hunderäuber war, obwohl ich gehört hatte, dass auch Katzen ziemlich heimtückisch sein konnten. Mama hatte einmal erzählt, dass diese ganz scharfe Krallen haben und es nicht angenehm sei, die Krallen auf der eigenen Nase zu spüren.

»Sollten wir nicht besser wieder hineingehen, Alma?« Mir fiel nämlich ein, dass eine Katze fast so groß sein konnte wie ein Löwe. »Oder wenigstens Luna Bescheid sagen?« Wenn diese Katzen Luna sehen würden, würden sie sicher genauso schnell verschwinden, wie sie gekommen sind.

Alma winkte ab. »Ach was - warten wir einfach ab und gucken, was sie wollen.« Wann war sie denn so mutig geworden? Ich wollte mich als ihr Bodyguard nicht überflüssig fühlen und befahl ihr, unter allen Umständen hinter mir zu bleiben. Zwei dunkle Gestalten kamen immer näher und es wirkte, als ob sie nach etwas suchen würden.

»Wo ist sie jetzt hin? Gerade war sie doch noch direkt vor

uns!« Sie hatten uns noch gar nicht entdeckt, aber ich konnte schon erkennen, dass es eine braune und eine weiße Katze waren.

»Wenn wir nicht über den blöden Zaun hätten klettern müssen, hätten wir sie schon in den Krallen«, sagte die Braune ziemlich verärgert. »Oder wenn du nicht wieder mit der Beute hättest spielen wollen...«

Die Weiße hörte sich genervt an. »Ach, meine Schuld? Du auch mit Maus spielen!« Sie sprach aber eigenartig.

»Sicher - aber dabei lasse ich die Beute nicht entkommen!«

Bevor die beiden Katzen richtig in einen Streit gerieten, bemerkten sie uns und blieben augenblicklich stehen. Als sie beide sich mit hochstehendem Fell unheimlich groß machten, fing ich an, leicht zu zittern. Das war aber nicht mehr so witzig! Ich wollte gerade Alma in Richtung Haus schieben, aber sie trat todesmutig vor und begrüßte diese Bestien noch freundlich.

»Hallo! Ich bin Alma und das ist mein Bruder Arlo!« Bevor ich sie daran hindern konnte, lief sie sogar zu den Katzen hin. Alma! »Ich kann riechen, dass ihr etwas Angst vor uns habt, aber das braucht ihr nicht!« Die beiden schwiegen noch, aber schienen sich zu beruhigen. »Hier wohnen zwar ziemlich viele Hunde, aber ich bin sicher, dass euch keiner von uns etwas Böses will. Es ist doch wunderbar, endlich auch Katzen kennenzulernen!« Na ja, wir hatten sicher nichts Böses im Sinn - aber ob Luna es so locker hinnahm, dass die zwei hier auftauchten, wusste ich nicht.

Endlich räusperte sich die Braune. »Ähm - guten Abend... uns war nicht bewusst, dass wir direkt in ein Hunderudel hineinlaufen. Am besten hauen wir einfach wieder ab. Allerdings, falls ihr alle solche Winzlinge seid, brauchen wir uns keine Sorgen zu machen.«

»Willst du sehen, wie winzig meine Zähne sind, du Mäusefresser?«, schnaubte ich sie an und zeigte mein Beißwerkzeug, was unvermittelt große Wirkung zeigte, da die beiden blitzschnell auf einen Baum kletterten. Zuerst war ich äußerst zufrieden mit mir, aber dann spürte ich jemanden hinter mir stehen. Luna! Deswegen hatten die Katzen es so eilig gehabt.

»Was ist hier denn los? Warum schlaft ihr nicht? Ihr sollt doch nicht alleine rausgehen!« Sie hätte uns wohl noch eine längere Standpauke gehalten, aber in dem Moment bemerkte sie die Katzen. »Was...?« Sie lief zu dem Baum, auf dem die beiden saßen und zitterten, wie ich mit einer gewissen Genugtuung feststellen konnte. Alma lief ihr hinterher.

»Du tust ihnen doch nichts, Luna! Sie sind sicher ganz nett und wollen nur eine Maus fangen!« Ja, und uns beleidigen, so etwas von unverschämt die beiden. Sie machten nur große Augen und schwiegen. Tja, und nun - von den großen, gefährlichen Tigern war ja nicht viel übrig geblieben. »Luna! Sie haben sicher Angst vor dir!«

Luna setzte sich unter den Baum. »Das sind ja tatsächlich Katzen - wie mutig von denen, sich hierher zu trauen.« Wenn man so schnell auf einen Baum verschwinden konnte, war es ja nicht gerade schwer, etwas Mut zu zeigen. Luna schaute die Katzen an und ich wartete drauf, wie ihr Angriff verlaufen würde. Sie schien jedoch nicht besonders verärgert über die Eindringlinge zu sein, im Gegenteil. Sie berührte Alma beschwichtigend mit ihrer Schnauze. »Keine Sorge, Alma. Natürlich tue ich ihnen nichts - vorausgesetzt, sie wissen sich zu benehmen.« Von den Katzen kam immer noch keine Reaktion. Luna richtete ihre Worte jetzt an sie.

»Ich bin Luna. Ihr seid zwar zwei sehr ungewöhnliche Gäste, trotzdem ein herzliches Willkommen auf unserer Finca. Wer seid ihr und woher kommt ihr?«

Die Katzen schauten sich an und endlich äußerte die Braune sich. »Wir müssen uns zuerst einmal entschuldigen. Wir wussten nicht, dass dieses Revier bereits von Hunden besetzt ist. Wenn ihr etwas zurücktreten könntet, würden wir gerne einfach abhauen.«

Luna trat tatsächlich ein paar Schritte zurück. »Ihr könnt gerne bleiben, wenn ihr möchtet. Wir haben ja Platz genug. Außerdem ist es da draußen sehr gefährlich, besonders nachts. Außer ihr wohnt hier irgendwo in der Nähe.«

Die Katzen schienen sich etwas zu entspannen, aber sie blieben weiterhin oben im Baum hocken. Die Braune war bei denen wohl diejenige, die das Sagen hatte. »Vielen Dank für das großzügige Angebot. Wir sind bisher nur Hunden begegnet, die uns verjagt haben. Aber ihr scheint alle anders zu sein. Ich bin übrigens Domino und das ist mein Bruder Alfonso.« Ach, also zwei Jungen, bei Katzen konnte ich das nur sehr schwer erkennen. »Wir haben leider kein Zuhause«, fuhr er fort. »Nicht mehr - aus irgendeinem Grund wurden wir vor einer Weile einfach in eine Box gepackt, mit einem Auto weggebracht und hier in der Nähe ausgesetzt. Unsere Menschen wollten uns nicht mehr.«

Endlich traute sich dieser Alfonso etwas zu sagen. »Meine Schuld! Mir war ganz schlecht. Ganz, ganz schlecht. Das neue Sofa dreckig gemacht! Meine Schuld! Kein Zuhause mehr!« Er regte sich so sehr darüber auf, dass er den Halt verlor und direkt vor Luna fiel. Obwohl er vollkommen verblüfft aus dem Fell schaute, sah der Fall doch elegant aus -

eine Landung sanft auf allen vier Pfoten! So gut hätte ich das nicht hinbekommen - er schien sich auch nichts gebrochen zu haben, sondern wollte direkt wieder hinaufklettern.

»Lass das, Alfonso! Ich komme auch runter. Diese Hunde wirken doch sehr freundlich!«

Sicher waren wir freundlich, obwohl ich das mit dem Winzling nicht vergessen hatte. Aber ich interessierte mich doch mehr dafür, wie so eine Katze war. Sie konnten gut klettern, anscheinend - zumindest manchmal - Mäuse fangen und sogar wie ein Supertier herunterfallen. Ich ging etwas näher heran und versuchte sie zu erschnüffeln, ohne sie berühren zu müssen. Sicher war sicher. Sie rochen wirklich ganz anders als Hunde, aber nicht unangenehm. Dieser Alfonso hatte sich hingesetzt und leckte zuerst seine Pfote und fuhr mit dieser dann über sein Gesicht. Das war ja eine coole Art sich zu putzen! Als er sich umblickte, konnte ich jedoch erkennen, dass er sich dadurch nur beruhigen wollte. Im Unterschied zu seinem Bruder wirkte er ziemlich zerstreut, wenn nicht sogar vollkommen verwirrt.

Domino setzte sich zu seinem Bruder. »Es ist nicht deine Schuld gewesen, Alfonso!« Er sah uns an. »Mein Bruder ist sehr sensibel. Er hat unsere Menschen richtig geliebt und kann nicht verstehen, warum wir ausgesetzt worden sind. Manchmal hat er eh Schwierigkeiten mit dem Verstehen, aber dafür bin ich ja da. Ich übersetze ihm oft die Welt.« Das war natürlich für Alma ein gefundenes Fressen. Sie sprang zu den Katzen hinüber, die kurz zuckten, aber nicht wegliefen.

»Das ist ja fast wie bei Arlo und mir! Ich kann nicht sehen und deswegen erzählt mein Bruder mir oft, was um mich herum geschieht. Es ist so schön, jemanden zu haben, der einem immer hilft! Ohne Arlo wäre ich wirklich verloren!«

Durch ihr Lob wurde ich etwas verlegen und wusste nicht, was ich sagen sollte. Ich leckte kurz meine Lippen und blickte zur Seite. Sicher war ich immer für Alma da, obwohl es mich ehrlich gesagt manchmal nervte. Bestimmt haben es unsere Eltern nicht ganz ernst gemeint, als sie mich zu ihrem Bodyguard ernannten. Doch mir war diese Aufgabe wichtig. Allerdings wurde mir in Zeiten wie diesen, wenn irgendwo ein Hunderäuber sein Unwesen trieb, alles etwas zu viel. Ich wollte nicht dafür verantwortlich sein, falls Alma doch etwas Schlimmes passierte. Sicher würde niemand mir die Schuld geben, aber ich würde es mir niemals verzeihen.

Alfonso machte große Augen, als Alma wieder mit ihrer Trippelei anfing. So einer Zappelmaus war er sicher noch nie zuvor begegnet. Sein Schwanz fing an, ziemlich nervös zu zucken und ich ging noch näher, um einschreiten zu können, falls er doch auf dumme Gedanken kam. »Du blind«, stellte er fest. Anscheinend war er wirklich nicht der Schlaueste. »Keine Maus für Alma?«

Domino verdrehte die Augen, wie sympathisch. »Alfonso! Hunde, die mit Menschen leben, müssen gar nicht jagen, das weißt du doch.« Alfonso schwieg nur und sah aus, als ob dies für ihn eine vollkommene Neuigkeit wäre. Ich wollte nicht erwähnen, dass einige Hunde trotzdem jagen müssen oder sogar wollen. Zum Beispiel Condesa. Sie hatte früher bei einem Jäger gelebt, der sie zum Jagen gezwungen und misshandelt hatte, aber das war eine längere Geschichte. Die Hauptsache war, dass sie nun in Sicherheit bei Silva leben durfte.

Domino nickte in Richtung Haus. »Dabei fällt mir auf,

dass hier tatsächlich Menschen leben müssen. Wie sind sie denn so? Müssen wir uns Sorgen machen? Vielleicht mögen sie keine Katzen und werden uns verjagen.«

Luna schüttelte den Kopf. »Darüber braucht ihr euch bestimmt keine Gedanken zu machen! Zwar seid ihr hier die ersten Katzen, aber unsere Menschen sind sehr tierlieb und werden euch sicher anbieten zu bleiben - wenn ihr das möchtet.«

Domino wechselte mit Alfonso einen Blick. »Das werden wir dann sehen. Ob wir länger bleiben, werden wir noch überlegen. So gute Erfahrungen mit Menschen haben wir ja nicht gemacht.«

»Unsere Familie mag uns nicht mehr.« Alfonso war den Tränen nahe. Er sah mit seinen unschuldigen Augen wirklich mitleiderregend aus. Ich verstand nicht, wie ein Mensch so durch und durch böse sein konnte, dass er so etwas zustande brachte. Alfonso machte den Eindruck, als wenn er keinem etwas Böses tun könnte - außer man war eine Maus. Domino leckte kurz den Kopf seines Bruders. »Ich weiß, Alfonso, ich weiß.«

In diesem Augenblick ging ein Licht im Haus an und kurz darauf tauchte Terri auf. »Was macht ihr hier mitten in der Nacht? Kommt doch wieder hinein - schlaft noch eine Weile!«

Als sie die Katzen entdeckte, schwieg sie kurz. Domino und Alfonso traten ein paar Schritte zurück und wollten wohl gleich verschwinden. »Na das ist ja eine schöne Überraschung! Zwei Katzen!« Terri kniete sich hin. »Wie süß! Und ihr habt sie gar nicht gemeldet oder weggejagt! Brave Hunde! Sie haben bestimmt Hunger - sie sind ja furchtbar dünn. Mietz-mietz-mietz!« Sie versuchte die Katzen zu sich zu locken, aber diese beobachteten sie nur stillschweigend. »Ihr seid ja noch schüchtern. Wartet mal kurz, ich hole euch etwas zu essen, vielleicht möchtet ihr danach mit hineinkommen. Nicht weglaufen!«

Das mit dem Essen hörte ich gerne und hoffte, dass sie damit nicht nur die Katzen gemeint hatte. Ich würde mich auch gerne mit etwas Leckerem ins Haus locken lassen. Gerade als Terri zurückkam, hörten wir ein Auto näherkommen. Als es schon fast auf Höhe unserer Finca war, wurde es noch langsamer. Jedoch bemerkte der Fahrer offenbar, dass Licht auf der Finca brannte, da das Auto abrupt wendete und schnell fortfuhr. Ich konnte nur dem Scheinwerferlicht folgen, aber Alma fing an zu zittern.

»Arlo! Das war derselbe Wagen, der uns neulich entgegengekommen ist! Ich konnte ihn am Geräusch erkennen - das gerade war der weiße Kombi von diesem Hunderäuber!«

Ich wollte umgehend zu den Eltern laufen und ihnen das erzählen, schaute jedoch dem Wagen noch nach, um sicher zu gehen, dass dieser wirklich nicht zurückkehrte. Dabei entdeckte ich einen Schatten beim Wohnmobil. Kurz darauf verschwand dieser und ich hörte, wie jemand die Tür des Wohnmobils leise schloss.

11. KEIN RISIKO EINGEHEN!

Aufgrund der aufregenden Geschehnisse in der Nacht hatte ich große Schwierigkeiten am nächsten Morgen aufzustehen. Ich hätte noch stundenlang schlafen können, aber Alma war wieder frisch und munter wie immer und verhinderte durch ihr Gequassel alle meine Versuche, etwas mehr Schlaf zu bekommen. Außerdem hatte sie irgendwoher noch so viel unverbrauchte Energie, dass sie keine Sekunde still sitzen konnte, sondern entweder im Garten oder im Haus herumlief. Letztendlich gab ich auf und zwang meine Beine dazu, mich in die Küche zu tragen, wo Tante Rosa mit ihren Kindern gerade mit dem Frühstück fertig geworden war. Terri stand an der Spüle und gab mir bemerkenswert schnell meinen Futternapf.

»Guten Morgen, lieber Arlo!« Tante Rosa lächelte mich an. »Toni und Tina waren vorhin so aufgeregt, dass nicht an Essen zu denken war.«

So etwas würde mir aber nie passieren - egal ob nervös oder todmüde, wie jetzt, essen konnte ich immer. Ich sah, wie Toni gerade das letzte Stück Futter aus Tinas Napf stibitzte. Bevor er auch nur im Entferntesten auf die Idee kommen konnte, dasselbe bei mir zu versuchen, warf ich ihm einen warnenden Blick zu. Knurren brauchte ich nicht noch zusätzlich, da er mit Tina schnell verschwand. Es wäre auch etwas schwierig gewesen, so mit voller Schnauze.

»Die Kinder sind ja gar nicht zu bremsen - sie haben noch nie Katzen gesehen. Und nun sitzen sogar zwei Stück im Garten! Besonders dieser Alfonso scheint sehr kinderlieb zu sein, sie spielen schon den ganzen Morgen zusammen.« Tante Rosa schaute ihren Kindern nach. Anscheinend waren Domino und Alfonso also die Nacht lieber draußen geblieben, aber wenigstens waren sie nicht abgehauen. »Ich glaube, wir bleiben heute lieber hier - zwei Katzen sind genug an Neuigkeiten für meine Kleinen an einem Tag.«

Zuerst verstand ich nicht, was sie meinte, aber dann fiel es mir wieder ein - das Meer! Heute sollten wir alle den Ausflug ans Meer machen! Als ich sah, dass Terri gerade dabei war, sogar für meinen Geschmack sehr viel Proviant einzupacken, hellte meine Laune sich augenblicklich auf. Endlich mal etwas, worüber Hund sich nur freuen konnte, ohne irgendwelche Sorgen und frei von Verantwortung. Obwohl ich sicher wegen der riesigen Fische und womöglich sogar wegen der gefährlichen Krokodile auf Alma aufpassen musste, würde wenigstens ein Hunderäuber uns dort in Ruhe lassen.

Ich ging auf die Terrasse, um zu sehen, wo alle geblieben waren. Wie erwartet, spielte Alma mit den Kindern und Alfonso. Sie versuchten offenbar irgendein Insekt zu fangen, das auf der Erde panisch hin und her sprang. Domino hingegen war nirgendwo zu sehen - wahrscheinlich war er vor den aufgedrehten Kindern geflüchtet, was ich gut verstehen konnte. Ich mochte Toni und Tina sehr, aber manchmal war ihre unerschöpfliche Spielenergie etwas ermüdend. Alma passte mit ihrer hibbeligen Art perfekt zu ihnen und verwendete viel Zeit darauf, sich neue Spiele auszudenken. Ich ließ meinen Blick über den Garten schweifen und entdeckte

103

meine Eltern mit Luna am Schwimmbecken. Hinter Lunas Rücken lugten zwei braune Ohren hervor - da hatte Domino wirklich ein gutes Versteck gefunden! Papa winkte mich zu ihnen.

»Luna hat uns soeben erzählt, was du in der Nacht beobachtet hast, Arlo«, sagte Papa deutlich besorgt. »Ihr habt einen fremden Wagen gehört und du hast jemanden beim Wohnmobil gesehen, nicht wahr?«

Ich nickte und setzte mich zu ihnen. »Genau! Alma ist sich sicher, dass das ebendieser weiße Kombi war. Wir konnten nur die Scheinwerfer in der Dunkelheit sehen, aber sie hat ja ein besseres Gehör als wir alle zusammen. Und ich wüsste nicht, wer sonst, außer diesem Stefan selber, beim Wohnmobil etwas zu suchen gehabt hätte.«

Papa schaute in Richtung Parkplatz, wo Stefan gerade aus dem Wohnmobil stieg. »Wir haben heute auch niemanden außer ihm dort gesehen oder gehört. Aber warum die Heimlichtuerei? Terri war doch auf und mit euch im Garten. Er hätte wenigstens grüßen können.«

Luna schüttelte den Kopf. »Das war mitten in der Nacht. Der fremde Wagen ist schnell wieder verschwunden, vielleicht hatte jemand sich nur verfahren. Und vielleicht konnte dieser Stefan auch nicht schlafen und wollte nur kurz frische Luft schnappen.«

Mama sah nicht besonders überzeugt aus. »Wir waren zwar nicht dabei, aber ich glaube daran, was unsere Kinder gesehen und gehört haben.« Ich schaute sie dankbar an, weil ich inzwischen selbst nicht mehr sicher war, ob ich überhaupt etwas gesehen hatte. »Sie haben uns ja erzählt, dass mit diesem Wohnmobil irgendetwas nicht stimmt und nun taucht hier der Wagen von dem Hunderäuber auf - da muss es doch irgendeinen Zusammenhang geben.«

»Das erscheint mir höchstwahrscheinlich, meine Liebste.« Papa legte kurz seinen Kopf auf Mamas Rücken. »Wie das alles zusammenhängt, wissen wir noch nicht. Jedoch eines wissen wir mit Sicherheit, nämlich dass der Hunderäuber sich sehr für Chiliers interessiert. Wir und besonders alle unsere Kinder müssen äußerst achtsam sein - dieser Hunderäuber scheint mit allen möglichen Tricks zu arbeiten!«

Domino gähnte ausgiebig und schaute sich um. »Sogar Alfonso und ich hatten Schwierigkeiten, über den Zaun zu klettern. Deswegen ist uns die leckere Maus entwischt, zu blöd aber auch! Meines Erachtens nach sollte der Zaun für einen Menschen unüberwindbar sein - und das Tor wird wohl immer abgeschlossen sein. Ich würde meinen, dass ihr hier auf der Finca in Sicherheit seid.«

Er leckte seine Pfote und fuhr über sein Gesicht - das war wirklich praktisch. Ich versuchte es ihm nachzumachen, was anscheinend etwas albern aussah, denn alle lächelten mich an. Ich ließ es dann bleiben und versuchte durch einen schnellen Sprung in das Schwimmbecken meine Verlegenheit zu verbergen, wobei ich unabsichtlich Domino etwas nass spritze.

»He - was soll das? Igitt!« Er sprang auf und schüttelte sich angewidert. Das waren wirklich nur ein paar harmlose Wassertropfen gewesen. Ich schwamm im Kreis und setzte eine Unschuldsmiene auf. Da hatte ich wohl etwas entdeckt, was diesen Katzen nicht so gut gefiel. Ich hatte schon befürchtet, dass sie uns Hunden in allen sportlichen Aktivitäten überlegen waren. Zur Sicherheit setzte Domino sich etwas weiter entfernt vom Becken hin und sah ziemlich verärgert aus. Doch nur ziemliche Weicheier diese Minitiger.

»In gewisser Hinsicht hast du sicher recht, Domino«, sagte Luna. »Doch scheint dieser Hunderäuber sehr rücksichtslos zu sein - bei unserer guten Freundin Silva ist er tatsächlich am helllichten Tag eingebrochen. Und wenn er sich nun in der Nähe unserer Finca aufhält, wie vermutet, müssen wir sehr aufpassen.«

Domino zeigte seine Krallen, die wirklich gefährlich aussahen, und ich entschied mich, ihn in Zukunft bloß nicht mehr zu ärgern. »Soll er doch nur kommen!«, fauchte er. »Er wird dann einiges erleben!«

Luna wirkte wenig überzeugt. »Vielen Dank für deine Bereitschaft, uns zu helfen. Ihr solltet euch aber im Fall der Fälle nicht selber in Gefahr bringen.«

In diesem Augenblick hörten wir einen Wolf in den Bergen heulen - Toran! Wir alle erschraken, weil es äußerst selten vorkam, dass er sich vor Anbruch der Dämmerung meldete. Luna antwortete ihm kurz und setzte sich hin, um besser hören zu können. Ich stieg aus dem Wasser und schüttelte mich in sicherer Entfernung von Domino. Was Toran zu berichten hatte, musste sehr wichtig sein.

»Der Mann ist wieder zurück hinter dem Busch!«, rief er aufgeregt. »Er beobachtet eure Finca!«

Ich lief schnell zur Rückseite des Hauses, um eine bessere Sicht auf die Berge zu haben. Und tatsächlich - genau an der Stelle, wo ich diesen Busch vermutete, sah ich etwas in der Sonne blitzen. Das musste ein Fernglas sein! Als ich hörte, wie Toran versprach, dem Mann umgehend etwas Angst einzujagen, blieb ich stehen und beobachtete diese Stelle. Obwohl die Entfernung relativ groß war, konnte ich gerade noch einen Schreckensschrei wahrnehmen und hörte kurz danach, wie dort ein Auto gestartet wurde. Wie ich Toran kannte, hat er sich dem Mann nur flüchtig zeigen müssen, um die gewünschte Wirkung zu erreichen. Vor meinem geistigen Auge sah ich ihn gerade breit grinsen.

»Das ist gar nicht gut«, seufzte Papa. »Wenn er tatsächlich uns beobachtet hat, gehören wir zu seinen nächsten Opfern. Und alle Menschen wollen doch heute diesen Ausflug ans Meer machen.«

Mama sah sehr besorgt aus. »Rosa möchte mit ihren Kindern auf der Finca bleiben. Aber wenn alle weg sind, hat der Räuber freie Bahn. Das ist viel zu gefährlich!«

Luna nickte zustimmend. »Ich versuche Terri klarzumachen, dass ich nicht mitfahren möchte. Wie ich das mache, weiß ich zwar nicht, aber so kann ich die Kleinen beschützen.« Sie sah wirklich grimmig aus und aus Erfahrung wusste ich, dass sie nicht nur nett sein konnte. Falls jemand ihre Familie oder ihre Freunde bedrohte, wurde jedem deutlich, dass sie ein halber Wolf war. Bevor wir überlegen konnten, wie sie Terri das erklären konnte, kam diese schon aus dem Haus zu uns.

»Bereit für unseren Ausflug? Mateo kommt bald«, sagte sie fröhlich. Na ja, an sich freute ich mich sehr auf den Ausflug, aber gleichzeitig fühlte ich die allzu bekannte Angst in mir hochsteigen. Wir waren einfach zu klein um uns zu wehren. Terri wurde etwas ernster. »Allerdings möchte ich unter diesen besonderen Umständen die Finca nicht ohne Aufsicht lassen. Oma und Opa sind der Meinung, dass wir alle in Ruhe fahren können, wenn Luna zu Hause bleiben würde. Dann traut sich keiner hier hinein. Würdest du das machen, Lunalein?«

Um ihre Zustimmung zu demonstrieren, leckte Luna Terris Hand und wedelte mit dem Schwanz. Wenigstens dieses

Kommunikationsproblem war damit beseitigt. Terri blickte sich um. »Wie schön, dass die beiden Katzen noch hier sind. Ich muss mir morgen unbedingt ein Lesegerät für die eventuell vorhandenen Chips von der Klinik borgen, um zu wissen, ob sie nicht doch jemandem gehören. In der Zwischenzeit sollen sie jedoch ihre Mägen füllen dürfen.« Domino miaute kurz. Fast wurde ich neidisch, aber dann erinnerte ich mich daran, wie viel Proviant Terri eingepackt hatte. Sehr großzügig und erwachsen lächelte ich ihn nur an.

Stefan schlenderte, eine Tasche bei sich tragend, in den Garten. »Wollen wir dann los? Ich habe meine Badesachen eingepackt. Es ist sicher möglich, bei dem schönen Wetter ins Meer zu springen.« Ich sah, wie Domino sich bei seinen Worten angewidert schüttelte. »Haben wir denn genug Platz, wenn ihr alle Hunde mitnehmt? Oder sollte ich lieber mit meinem Wohnmobil fahren?« Bloß nicht - nicht dass jemand noch auf die Idee kam, dass wir in diesen furchtbaren Käfigen mitfahren sollten.

Terri schüttelte ihren Kopf. »Das wird nicht nötig sein. Du kannst mit Oma und Opa fahren und ich mit Mateo. Er müsste gleich hier sein. Und Luna lassen wir eh zu Hause, damit in der Zeit nichts Unerfreuliches passieren kann. Die kleinen Welpen mit ihrer Mutter haben sich wieder in ihren Korb gelegt und schlafen tief und fest. Ich glaube, der Ausflug wäre für sie etwas zu anstrengend.«

Stefan blickte sich um. »Das ist doch hier alles eingezäunt und sicher - ist das jetzt nicht etwas übertrieben, die große Hündin von dem Ausflug auszuschließen? Bei ihrem Fell wäre ein erfrischendes Bad im Meer sicher sehr angenehm.«

»Sie hat ja hier unser Schwimmbecken«, antwortete Terri. »Solange dieser Hunderäuber hier in der Gegend aktiv ist, gehe ich kein Risiko ein.«

»Ja, müsst ihr ja wissen.« Natürlich zuckte er wieder mit den Schultern, woraufhin ich meine Augen verdrehte. Wir waren bald schon ein gut eingespieltes Team. Aber was ging es ihn an, wer mitkam und wer eben nicht? »Aber die Kleinen bleiben also hier?« Er zeigte in Richtung Terrasse, auf welcher der Korb von Tante Rosa und unseren Cousins immer tagsüber stand. Terri nickte nur, aber ich hatte den Eindruck, dass sie sich ebenso über Stefans Interesse wunderte. In diesem Augenblick hörten wir, dass Mateo auf die Finca vorfuhr.

Alma war selbstredend als Erste am Tor und fing mit ihrer Trippelei an. »Rudi! Anton! Wir machen einen Ausflug! Wir machen einen Ausflug!«

Mateo stieg mit Rudi und Anton aus dem Wagen und ließ alle Türe offen, wahrscheinlich, weil es jetzt schon sehr warm war. Alma konnte kaum an sich halten. »Wir machen einen Ausflug!« Und auf diesen Hampelhund musste ich aufpassen! Ich konnte nur froh darüber sein, dass unsere Eltern diesmal mitfuhren - auf sie würde Alma in jedem Fall hören.

Rudi stürmte durch das Tor und sprang um Alma herum. »Das wird ein Spaß! Klasse! Ein Spaß! Ein Spaß!« Sie passten doch wirklich sehr gut zusammen.

Ich hatte vollkommen vergessen, welchen Eindruck Anton beim ersten Mal machen konnte. Er war wirklich wahnsinnig groß und mit seinem wachsamen Blick eine echte Erscheinung - außer er war nach dem Autofahren müde, so wie jetzt. Deswegen bemerkte er wohl auch nicht sofort, was sich hinter uns im Garten abspielte. Aus dem Augenwinkel sah ich Domino und Alfonso auf leisen Pfoten und in gebückter Haltung zu einem Baum laufen und sekundenschnell hochklettern. Vielleicht hätte ich sie vorher warnen müssen, aber nun war es eh zu spät.

Alfonso fing an, furchtbar zu jammern. »Ui, ui, ui! Was ist das? Ich habe so Angst! Ich will heim! Ui, ui, ui!«

Da ich meinen netten Tag hatte, erwähnte ich nicht, dass sie eigentlich kein Zuhause mehr hatten - außer unserer Finca. Domino sagte nichts, beobachtete Anton jedoch ganz genau. Anscheinend begriff er, dass Anton sich nur strecken musste, um die unteren Äste des Baumes zu erreichen, da er Alfonso vor sich weiter nach oben schob. Alfonsos ununterbrochenes 'ui-ui-ui' erregte schließlich doch Antons Aufmerksamkeit und als er die zwei Katzen im Baum entdeckte, schaute er mich fragend an.

»Neue Fincabewohner - Domino und Alfonso«, erklärte ich. »Es ist wohl am besten, wenn ich sie etwas zu beruhigen versuche. Dieses Gejammer geht einem ja ziemlich auf die Nerven.« Ich ging zum Baum. »He, Kumpels! Das ist nur unser Freund Anton - er ist sehr freundlich! Ihr braucht keine Angst zu haben.« Wenigstens wurde Alfonso daraufhin still, aber als Anton sich bewegte, wollte er gleich wieder loslegen.

»Hör auf!«, herrschte Domino ihn an. »Wenn Arlo sagt, dass er ein Freund ist, dann ist er das auch.« Er sprang vom Baum, aber blieb noch vorsichtshalber daneben sitzen. Anton winkte ihnen von Weitem nur zu und ging zur Terrasse. Alfonso kletterte mutig auf einen der unteren Äste. Die schlimmste Krise war anscheinend vorbei und ich lief hinter Anton her. Terri hatte wohl gerade Mateo erzählt, dass Luna auf der Finca blieb, um auf die kleineren Hunde aufzupassen.

»Angesichts der Ereignisse der letzten Tage halte ich das für eine gute Idee«, sagte er und überlegte kurz. »Hmm - dann lassen wir doch Anton auch hier. Sie haben dann Gesellschaft, und worin Anton wirklich gut ist, ist Beschützen. Oder, Anton?« Er streichelte seinen Kopf. »Du hast doch nichts dagegen?« Zur Bestätigung legte Anton sich vor den Korb von Tante Rosa und den Welpen.

Stefan, der ebenfalls auf der Terrasse stand, wurde auf einmal unruhig. »Ich habe noch etwas vergessen. Ich bin gleich wieder da!« Die anderen beachteten ihn kaum, aber ich folgte ihm bis zum Tor. Er ging hinter das Wohnmobil, damit niemand ihn sehen konnte. Dann hörte ich ihn reden, leider so leise, dass ich ihn nicht verstehen konnte. Er telefonierte mit jemandem - nur, warum so heimlich und unerwartet?

12. DAS MEER UND SEINE KROKODILE

Ich wollte an meiner Vorfreude noch etwas länger festhalten und so hielt ich meine Augen geschlossen, als wir am Strand ankamen. Erst als Terri uns die Autotür öffnete, blickte ich hinaus - und wurde augenblicklich enttäuscht und zwar zutiefst. Da war ja nur Sand zu sehen, ein richtiger Berg von Sand. Hatte ich alles falsch verstanden? So stellte ich mir eher eine Wüste vor - hatte Terri doch nicht das Meer sondern die Sahara gesagt? Ich wusste, dass diese Sahara in Afrika lag, aber zwischen uns und Afrika sollte doch das Meer sein. Vielleicht war meine Vorstellung vom Meer verkehrt - es konnte sein, dass in Wirklichkeit das Meer winzig klein war und man praktisch direkt mit nur einem Schritt darübersteigen konnte. Aber mir fiel ebenso wenig irgendein Miniaturmeer auf, nichts, nur Sand. Ich wollte gerade zurück zum Auto, weil ich zum Sandspielen absolut keine Lust hatte. Alma trippelte neben mir.

»Wo willst du hin, Arlo? Das ist die falsche Richtung - das Meer ist doch dort!« Sie zeigte mit ihrer Hibbelpfote in Richtung Sandberg. »Es riecht ja schon herrlich!«

Rudi sprang natürlich ebenso aufgeregt herum. »Ja, komm Kumpel! Das wird ein Spaß!«

Ich konnte nicht verstehen, was an einem Sandberg so interessant sein sollte. Um Alma einen Gefallen zu tun, nahm ich einen tiefen Atemzug und ließ meine Supernase ihre Arbeit machen. Wie erwartet roch ich zuerst Staub, Erde, Gras

- aber dann: Fische! Es roch tatsächlich nach Fisch und nach Salz - und wenn ich mich noch etwas anstrengte, hörte ich ein komisches Geräusch. Es hörte sich an, wie die Bewegung des Wassers in unserem Schwimmbecken bei heftigem Wind, aber tausendmillionenmal stärker. Unsere Eltern kamen mit Oma Martha und Opa Gerhard zu uns.

»Nur noch über diese Düne und dann sind wir schon da«, sagte Oma Martha und zeigte auf einen kleinen Pfad, der durch diesen Berg zu führen schien. Mateo und Stefan halfen Terri, die Badesachen und den Proviant zu tragen, und Rudi durfte zwischen uns ohne Leine laufen. Opa Gerhard half Papa, weil es für ihn zu schwierig gewesen wäre, in dem weichen Sand zu laufen.

Als wir oben auf dieser Düne ankamen, leinte Terri uns alle ab.»Hier könnt ihr frei herumtoben! Wie ich gesagt habe, ist diese Stelle so abgelegen, dass meistens keine anderen Menschen da sind. Passt aber bitte am Wasser auf, nicht zu weit hineingehen!«

Sie versperrte uns zuerst die Sicht, aber als sie endlich zur Seite trat und uns vorbeiließ, musste ich vor lauter Staunen sofort wieder stehen bleiben. Das Meer! Alma schnüffelte aufgeregt neben mir und Rudi lief schon die andere Seite der Düne herunter. Fast zu spät fiel mir auf, dass Alma von all dem nichts sehen konnte.

»Du hattest recht, Alma! Das ist wirklich herrlich!« Wieder gutgelaunt umarmte ich sie sogar kurz mit meinem Bein. »So viel Wasser habe ich noch nie gesehen - es ist so viel, dass man ein Ende gar nicht erkennen kann! Und alles so blau - und das Geräusch ist ja wahnsinnig!«

Ein Schatten huschte über Almas Gesicht und für eine Millisekunde sah sie traurig aus. Es war sicher nicht leicht für sie, dass sie nichts selber sehen konnte, aber meistens ließ sie sich davon nicht irritieren. Auch diesmal war es nicht anders. »Das Geräusch ist wirklich krass, Arlo! Und wie es hier riecht! Lass uns schnell zum Wasser laufen!« Und so flitze sie an mir vorbei und stürmte direkt in Richtung Meer. Ich folgte ihr so schnell ich nur konnte.

»Alma, nein! Warte!« Sie hatte schon Rudi erreicht. »Alma! Vorsichtig! Fische!« Innerhalb der nächsten zwei Sekunden hätte sie das Meer erreicht. »Krokodile!!« Vollbremsung! Wenn es nicht so gefährlich gewesen wäre, hätte ich laut losgelacht. Fünf Zentimeter vor dem Wasser stand sie nun da mit Vierpfotenbremse an und schaute sich ängstlich um.

»Wo ist ein Krokodil? Kommt es auf mich zu?« Als die erste niedrige Welle sie erreichte, trat sie schnell ein paar Schritte zurück. Rudi warf mir einen vorwurfsvollen Blick zu.

»Veräppele sie doch nicht so, Arlo! Was soll das?« Endlich hatte ich sie erreicht und blieb mit steifen Beinen und einem bohrenden Blick ganz dicht neben Rudi stehen.

»Meinst du etwa, dass ich meine Schwester nicht beschützen sollte?«, fragte ich verärgert. Er wich aus und drehte sogar seinen Kopf zur Seite. Ja, Kumpel, du solltest inzwischen wissen, was mir das Wichtigste auf der Welt ist. Alma trat zwischen uns.

»Streitet doch nicht, Jungs! Wir müssen wirklich aufpassen, dass kein Wildtier uns fangen kann. Arlo wollte uns nur warnen!« Wenigstens sie kapierte, was Sache war.

Rudi grinste breit. »Tut mir leid, ich wollte dich nicht ärgern. Ich habe vergessen, dass ihr zum ersten Mal am Meer seid. Aber Arlo - es gibt hier mit Sicherheit keine Krokodile!«

Nein? Er musste es eigentlich wissen. Etwas beschämt setzte ich mich und bohrte mit einer Pfote in den Sand, bis mir die anderen Gefahren einfielen.»Und was ist denn bitte mit den Fischen? Diese Pfütze hier ist so groß, dass ich mir kaum vorstellen mag, welche riesigen Fische darin leben.«

»Da ist schon etwas dran, Kumpel«, gab Rudi mir recht. Bevor ich jedoch damit meine Warnungen rechtfertigen konnte, fuhr er fort. »Aber in der Nähe zum Strand ist es ganz flach. Große Fische könnten hier gar nicht schwimmen. Und zu weit ins Wasser sollten wir eh nicht gehen - das wäre dann tatsächlich gefährlich.«

Mir fiel dazu in dem Moment nichts weiter ein. Trotzdem wollte ich nicht direkt zugeben, wie wenig Ahnung ich hatte. Stattdessen grub ich weiter mit meiner Pfote im Sand und hatte schon ein kleines Loch zustande gebracht, das sich umgehend mit Wasser füllte. Interessant! Ich fing an, mit zwei Pfoten etwas heftiger zu graben und genau dasselbe passierte wieder. Das machte aber wirklich Spaß! Alma und Rudi machten mir nach und bald hatten wir ganz lange Wassergräben ausgehoben. Das mit dem Sand spielen war doch nicht so öde, wie ich zuerst gedacht hatte! Mama und Papa setzten sich zuerst einmal etwas weiter weg vom Wasser, dort wo der Sand noch trocken war, und lächelten uns zu. Oma Martha breitete zwei große Decken aus und die Menschen verteilten sich auf diese. Ich behielt sie im Auge, nicht, dass sie mit dem Essen ohne uns anfingen.

»Ist das nicht herrlich!«, rief Oma Martha. »Diese endlose Weite des Meeres, diese Ruhe! Das ist schon ein wunderschönes Fleckchen Erde!«

Ich sah Terri und Mateo Händchen halten und sie lehnte sogar den Kopf an Mateos Schulter. »Das stimmt«, sagte sie.

»Man kann sich hier echt gut entspannen.«

Stefan erhob sich. »Na, entspannen können wir uns immer noch - das Wasser sieht viel zu verlockend aus. Ich will unbedingt rein springen!« Er ging sich zuerst hinter einem großen Felsen umziehen, rannte dann direkt ins Wasser, stolperte jedoch nach ein paar Metern und vollzog eine unelegante Bauchlandung. Das sah absolut lächerlich aus, was ihm selbst wohl auch bewusst war, da er ganz schnell weiter watete und weit hinausschwamm.

Mateo grinste Terri an. »Wollen wir versuchen, ob wir es auch so fein hinbekommen?« Anscheinend hatten sie ihre Badesachen schon vorher angezogen, weil sie nur die T-Shirts und die kurzen Hosen auszuziehen brauchten. »Ich bin Erster!«, rief Mateo und rannte los.

»Nein, ich!« Terri lief kichernd hinter ihm her und winkte uns im Vorbeisausen zu. »Spielt schön weiter! Bin gleich bei euch!« Sie erreichte Mateo und sprang auf seinen Rücken, woraufhin auch sie beide unelegant in die Wellen stürzten. Ich verdrehte meine Augen vor so viel Tollpatschigkeit und schaute mich um.

Dieser Strandabschnitt war nicht sehr breit, aber hinter den Felsen auf beiden Seiten ging es wohl weiter. Ich überlegte gerade, ob wir eine kleine Erkundungstour machen sollten, aber in dem Augenblick sah ich, wie eine schwarze Rakete den Strand entlang auf uns zugeschossen kam. Sie würde ich immer und überall sofort erkennen - Condesa! Bevor ich überhaupt die Zeit hatte, die anderen auf sie aufmerksam zu machen, landete sie schon bei uns - und diesmal wirklich elegant! Sie bremste aus voller Geschwindigkeit und blieb ruhig vor uns stehen. Sie hechelte nicht einmal, sondern lächelte einfach freundlich. Ich wäre bei diesem Sprint vollkommen außer Atem gewesen, obwohl ich mindestens zehn Mal länger für die Strecke gebraucht hätte. »Da seid ihr ja alle!«, grüßte sie uns fröhlich. »Der Rest kommt gleich - ich musste einfach losrennen - bei dem schönen Strand hier!«

Der Rest? Ich guckte an ihr vorbei und sah zwei kleine Gestalten und eine Frau auf uns zukommen. Eindeutig Silva und unsere großen Geschwister! Rudi und Alma liefen ihnen aufgeregt entgegen. »Tristan! Isolde!« Der Tag wurde ja immer besser. Obwohl ich mich sehr freute, sie alle zu treffen, wunderte es mich etwas, dass sie auf einmal dort auftauchten. Aber als Silva unsere Menschen erreichte, bekam ich die Erklärung.

Silva gab Oma Martha und Opa Gerhard die Hand und winkte den Schwimmern zu. »Das ist wirklich ein schöner Tag für so einen Ausflug. Vielen Dank für die Einladung ihr zwei!«

»Diesen Ort hat Terri entdeckt«, sagte Opa Gerhard. »Es ist sehr gut, dass wir die Hunde mitnehmen konnten. Unsere Kleinen haben auf jeden Fall noch nie das Meer gesehen, so erschrocken wie sie zuerst wirkten.«

Ich darf doch sehr bitten - ich war nicht erschrocken, ich erfüllte meine Verpflichtungen als Bodyguard meiner Schwester! Da ich mich so sehr über unsere Freunde freute, verflog mein Ärger jedoch blitzschnell. »Seid ihr schon einmal hier gewesen?«, fragte ich Condesa.

»Nein, genau hier nicht. Das Meer haben wir allerdings schon gesehen - es gibt sehr viele schöne Strände. Silva hat uns oft frühmorgens vor ihrer Arbeit zum Meer gebracht, weil ich so gerne am Strand renne. Tristan und Isolde dürfen dann mit, aber sie planschen lieber im Wasser oder bauen solche interessanten Gräben, wie ihr auch - wie ich gerade sehe.«

Ich war ein bisschen stolz auf unsere Bauarbeiten und zeigte ihr, welche Abschnitte ich selbst gemacht hatte. Sie nickte anerkennend. Als wir uns kennengelernt hatten, machte Condesa eher einen stillen und etwas distanzierten Eindruck, aber sie war nur etwas schüchtern gewesen. Heutzutage war sie ganz anders, wohl auch deswegen, weil sie mit Tristan und Isolde zusammenleben durfte. Die zwei waren nämlich das genaue Gegenteil von schüchtern. Von dem Tag an, als sie bei Silva ein Zuhause bekommen haben, sind sie richtig aufgeblüht.

Wir spielten alle zusammen zuerst Fangen und dann Wellenreiter - dabei ging es darum, wer sich am weitesten ins Meer traute. Mir war das Spiel nicht unbedingt geheuer, weil ich dauernd Alma im Auge behalten musste. Sie schien allerdings selber etwas Bange vor den Wellen zu haben und blieb brav neben mir, obwohl ihr Rudi todesmutig in die Wellen sprang. Sogar Mama und Papa kamen kurz ins Wasser. Tristan und Isolde waren bei dem Spiel nicht viel schlechter als Rudi, aber die Siegerin war eindeutig Condesa. Sie war ja auch ungefähr zehn Mal größer als wir, aber als ich sah, wie sehr sie sich freute, gönnte ich ihr den Sieg.

Da die Schwimmer aus dem Wasser kamen und sich auf die Decken setzten, um sich erst einmal wieder aufzuwärmen, konnten Silva und die Großeltern einen kleinen Spaziergang am Wasser entlang machen. Ich hörte noch, wie jemand sagte, einer solle immer auf uns Hunde aufpassen. Wir waren zwar keine Babys mehr, doch irgendwie fühlte ich mich dabei wohler. Hund konnte ja nie wissen, wo die Gefahr lauerte. Insgeheim hoffte ich, dass sie endlich mit dem Essen anfangen würden. Wozu sonst hatten sie den ganzen Proviant mitgeschleppt?

Isolde setzte sich zu Condesa und mir. Wir schauten zu, wie Alma, Rudi und Tristan ihre Baukünste noch verfeinerten und ein paar Gräben miteinander verbanden. Isolde nickte in Richtung Silva. »Seit diesem versuchten Einbruch ist unsere Silva noch vorsichtiger geworden, was ich einerseits verstehen kann, aber andererseits ist das alles ziemlich nervig. Wir dürfen seither nur hinter Schloss und Riegel sitzen, wenn sie nicht zu Hause ist.«

Condesa stimmte ihr zu. »Es dient alles natürlich nur unserer Sicherheit. Wenn dieser Verbrecher endlich aus dem Verkehr gezogen ist, wird alles wieder normal.«

»Falls das jemals passiert«, musste ich hinzufügen. »Die Menschen scheinen in dieser Sache nicht richtig voranzukommen. Ich fürchte, wir müssen das in die eigene Pfote nehmen, wieder einmal. Darauf hätte ich eigentlich so gar keine Lust.«

»Das kann ich sehr gut verstehen, Arlo.« Condesa lächelte mich kurz an. »Ihr habt alle so viel Schlimmes erlebt. Man könnte meinen, wir wären nun an der Reihe, das Leben einfach zu genießen. Ich fürchte allerdings, dass wir in die Geschichte verwickelt werden, ob wir es nun wollen oder nicht.«

Isolde wirkte besorgt. »Es macht mich sehr nachdenklich, dass die verschwundenen Hunde fast ausschließlich so wie wir sind. Wer hat so ein großes Interesse an Chiliers, dass er bereit ist, zu jedem Mittel zu greifen?«

»Mir fällt nur ein Mensch ein - unser Monsterzüchter Rodriguez!« Nicht nur ich, sondern auch Isolde zitterte leicht bei diesem Namen. »Es ist aber unmöglich. Er ist ja ein für alle Mal erledigt.«

Isolde seufzte. »Ja, es ist wirklich unmöglich. Vielleicht ist das doch nur ein Zufall und der Hunderäuber hat einfach die Gelegenheit genutzt, als er irgendwo einen unbeaufsichtigten Chilier gesehen hat - genau wie bei den anderen verschwundenen Hunden.«

Condesa legte ihre Pfote sanft auf meinen Kopf. »Wir werden euch beschützen, bis zum letzten Atemzug!« Sie zog ihre Lefzen ein bisschen hoch, damit ich einen Blick auf ihre beeindruckenden Zähne werfen konnte. »Auf der Finca wird Luna genauso denken, da bin ich mir sicher. Und wie ich eben von euren Eltern erfahren habe, ist Toran ebenfalls eingeschaltet. Lasst uns den heutigen Tag einfach genießen - Sorgen können wir uns auch noch später machen.« Ihre Berührung und der Gedanke an unsere Beschützer beruhigten mich tatsächlich. Ich hätte sowieso nicht gewusst, was wir in dieser Sache hätten machen können - außer gegenseitig auf einander aufzupassen.

Endlich sah ich, wie die Menschen anfingen, den Proviant auszupacken. Wir rannten alle zu ihnen und setzten uns artig vor die Decken. Sogar mir war bewusst, dass wir vollkommen verdreckt von unseren Spielen waren. Alma war zudem noch in einen der tieferen Gräben gefallen und war deshalb von Kopf bis Pfote mit einer Schlammsicht bedeckt.

Terri lachte. »Oh nein, wie siehst du denn aus, Alma? Komm, wir gehen kurz zum Wasser, damit ich dich ein bisschen sauber machen kann. Danach gibt es etwas zu Essen!« Ich seufzte - also noch länger warten, aber Oma Martha hatte vorher wenigstens schon unsere Trinknäpfe herausgeholt, und wir konnten unseren Durst stillen. Herrlich das kühle Wasser! Ich verschluckte mich jedoch fast, als ich hörte, was Mateo gerade sagte.

»Ich habe mit meinem Vater über diese dubiosen Diebstähle der Hunde gesprochen und dabei erwähnt, dass wir diesen komischen weißen Kombi beobachtet haben.«

Opa Gerhard, inzwischen mit Oma Martha und Silva von dem Spaziergang zurückgekehrt, unterbrach ihn. »Moment mal! Einen weißen Kombi? Tatsächlich?« Mateo erzählte ihm von der Begegnung in den Bergen.

Opa Gerhard runzelte die Stirn. »Dieser Wagen wurde auch in einem anderen Zusammenhang gesehen. Ein Zeuge hat einen weißen Kombi beobachtet, kurz bevor wieder drei Hunde verschwunden sind.«

Ich blickte zu Stefan, der versuchte, möglichst unbeteiligt auszusehen. Doch ich konnte sein Unbehagen förmlich riechen. Als ich dann hörte, was Mateo als Nächstes sagte, wurde dieser Stefan mir völlig gleichgültig.

»Ja, in diesem Zusammenhang wollte ich euch noch eine Nachricht von meinem Vater übermitteln.« Mateo fuhr mit der Hand durch seine nassen Haare. »Jeder von uns weiß sicher noch, dass sich das Anwesen von dem Ehepaar Rodriguez direkt in unserer Nachbarschaft befindet. Mein Vater lässt ausrichten, dass er gestern oder vorgestern gesehen hat, wie ein weißer, fremder Kombi in Richtung des Anwesens gefahren ist.«

13. EIN MANN MIT KRATZERN

Anscheinend waren unsere Menschen ebenso hungrig wie ich, da sie sich auf den Proviant stürzten. Terri gab uns allen Fleischbällchen, die zwar sehr winzig aber äußerst lecker waren. Trotz der Sorgen und der Anspannung aßen wir mit gutem Appetit und bekamen sogar noch einen Nachschlag. Auf so einem Ausflug achtete man wohl nicht so sehr auf die Linie, denn zum Nachtisch gab es noch einen Kauknochen.

Terri setzte sich auf die Decke und nahm sich ein Sandwich aus einem Korb. »Nun sind die Hunde wohl für eine Weile beschäftigt und ruhig. Mann, habe ich einen Hunger! Es schmeckt irgendwie alles an der frischen Luft noch viel besser.«

Stefan klopfte auf seinen flachen Bauch. »Du kannst ja noch essen, was du möchtest! In meinem Alter muss man schon aufpassen, dass man die gute Figur nicht verliert.« Er nahm sich trotzdem noch ein weiteres Stück Kuchen. »Das schmeckt aber wirklich gut hier draußen. Wir müssen unbedingt gleich einen längeren Spaziergang machen. Der Tag ist so schön und wir haben bestimmt keine Eile zurückzufahren, oder?« Alle verneinten und Stefan mampfte zufrieden weiter. Ich hatte jedoch bemerkt, dass er immer wieder auf seine Uhr schaute. Das machen die Menschen doch, wenn sie irgendwie einen Termin haben oder so etwas. Und nun gab er vor, alle Zeit der Welt zu haben. Merkwürdig.

Als alle satt und zufrieden die Sonne genossen, kam Opa Gerhard auf das vorherige Thema zurück. »Dein Vater hat also einen weißen Kombi in der Nähe der Finca von Rodriguez gesehen, Mateo?« Er nickte. Opa Gerhard schüttelte leicht den Kopf. »Ich glaube ehrlich gesagt nicht, dass es sich dabei um den verdächtigten Wagen handelt. Soweit ich weiß, steht die Finca leer und wird durch einen Makler zum Verkauf angeboten.«

»Genau!«, stimmte Silva ihm zu. »Ich verfolge aus eigenem Interesse den Immobilienmarkt hier in der Gegend, weil ich mich vergrößern möchte. Insbesondere der Garten wird langsam mit so vielen Hunden zu klein. Zumindest gestern, als ich nachschaute, stand diese Finca noch im Internet. Aber mit ihrer Geschichte ist sie mir ein bisschen zu gruselig.«

Bei dem Gedanken an die Rodriguez-Finca und daran, was dort auf dem Grundstück geschehen war, schauderte es uns alle. In diesem Haus würde ich niemals leben wollen, dort hätte ich bestimmt jede Nacht noch schlimmere Albträume, als ich eh schon hatte.

»Die Finca ist tatsächlich noch nicht verkauft worden«, bestätigte Mateo. »Wir haben jedenfalls nichts Gegenteiliges gehört. Ab und zu fährt der Makler hin - oder ein Interessent, der das Anwesen besichtigen will.«

Stefan zuckte mit den Schultern - das hatte doch schon etwas Zwanghaftes an sich! »Das war also sicher nur jemand, der sich das angebotene Haus zuerst einmal ansehen wollte. Man sollte nicht gleich überall Gespenster sehen - meistens gibt es doch für alles eine ganz einfache Erklärung. Welchen Sinn würde es überhaupt ergeben, falls es dieser Hunderäuber gewesen sein sollte, zu einer leerstehenden

Finca zu fahren? Da gibt es sicher keine Hunde zum Stehlen.« Ja, nicht mehr. Anscheinend hatte er keine Ahnung, was dort passiert war, was ihm wohl selbst auf einmal und meiner Meinung nach etwas zu spät auffiel. »Wieso soll das Haus gruselig sein? Spukt es dort oder wie?«

Terri seufzte. »Das ist eine längere Geschichte, aber eines ist sicher - Hunde gibt es dort tatsächlich nicht mehr. Kurz zusammengefasst - das Ehepaar Rodriguez betrieb eben dort diese Qualzucht, aus der unsere und auch Silvas Kleinen stammen.«

Stefan nickte zur Abwechslung. »Ach ja, ihr habt davon erzählt, jetzt weiß ich es wieder.«

Oma Martha blickte auf. »Weiß eigentlich einer von euch, was diese Carla Rodriguez heutzutage macht?« Bei der Erwähnung dieser Frau, die uns für jede Kleinigkeit noch öfter bestraft und geschlagen hatte, als ihr brutaler Ehemann, wurde mir ganz schlecht. Dass man seine Brutalität noch übertreffen konnte, war wirklich eine Leistung, und daran erinnert zu werden, war richtig schlimm. Alma setzte sich dicht zu mir, ihr ging es wohl nicht anders. Meine Eltern mit Tristan und Isolde rückten ebenfalls näher zusammen. Was uns allen dort widerfahren war, würden wir niemals mehr vergessen können.

»Soweit ich weiß, sitzt diese Frau nach wie vor im Gefängnis. Und ich hoffe, das bleibt auch weiterhin so«, sagte Silva zornig. »Sie hat Glück gehabt, dass ich das Gesetz nicht in die eigene Hand nehmen konnte. Als ich sah, in welchem schrecklichen Zustand die geretteten Hunde waren, die wir in unserer Klinik behandeln konnten, ist mir fast die Sicherung durchgebrannt.«

Mateo hob Rudi auf den Schoß und kraulte ihn hinter den

Ohren. »Das war eine ganz schlimme Geschichte, aber jetzt geht es ja allen gut! Es gibt bestimmt einen vollkommen harmlosen Grund, wieso dieser Wagen dort herumgefahren ist. Wie wäre es, wenn wir nun ein bisschen spazieren gehen, wie Stefan vorgeschlagen hat?«

Stefan stand sofort auf. »Genug mit den trüben Gedanken! Von mir aus kann es ruhig mehr als nur ein bisschen Spazieren sein!«

Oma Martha blieb jedoch sitzen. »Geht ihr nur ruhig! Ich bleibe hier und passe auf unsere Sachen auf. Lasst euch ruhig Zeit!« Terri wollte schon protestieren, doch Oma Martha winkte ab. »Ein bisschen Ruhe tut mir gut!«

Silva setzte sich wieder hin. »Dann leiste ich dir Gesellschaft - keine Widerrede! Oder hast du etwas dagegen, meine Hunde ebenfalls mit euch mitzunehmen, Terri?«

»Natürlich nicht! Wir sind ja ausreichend Leute.« Sie nahm Leinen für uns alle mit und teilte diese den anderen Menschen aus. Das war wohl nur reine Vorsicht, weil wir dann doch unangeleint loslaufen durften. Ich lernte schnell, dass es viel einfacher war, dort zu laufen, wo der Sand noch etwas nass war. Sonst wäre ein Vorankommen gar nicht so leicht gewesen, weil ich andauernd mindestens knietief in den feinen Sand versank. Nachdem ich den Dreh raushatte, gab ich Vollgas, um Rudi und Alma, die schon fast hinter dem Felsen verschwunden waren, wieder einzuholen. Plötzlich schoss der schwarze Blitz an mir vorbei und bremste erst vor Rudi und Alma.

»Halt!« Condesa schaute uns sehr streng an, was ich so von ihr gar nicht kannte. »Habt ihr denn nicht gehört, dass eure Mama nach euch gerufen hat?« Nein, sogar Alma schüttelte den Kopf, wir hatten keinen Ton gehört oder, wohl besser gesagt, wahrgenommen. »Ihr solltet unbedingt in Sichtweite bleiben. Es ist gefährlich, besonders für euch Chiliers! Was wenn hinter dem Felsen der Hunderäuber genau auf eine solche Gelegenheit wartet?«

Erschrocken über unsere Sorglosigkeit entschuldigten wir uns und warteten auf die anderen. Als wir dann alle zusammen um den Felsen bogen, wurde der Schreck noch größer - da war tatsächlich jemand! Ein Mann saß auf einem großen Stein und tat so, als ob er uns gar nicht bemerken würde. Na ja, vier Menschen und sieben Hunde konnte man eigentlich unschwer übersehen. Terri bat uns näher beieinander zu bleiben und erst als alle den Mann im Vorübergehen grüßten, drehte er den Kopf in unsere Richtung. Obwohl er eine Kappe und eine große Sonnenbrille trug, konnte man erkennen, dass er im ganzen Gesicht ziemlich üble und frisch aussehende Kratzer hatte. Er murmelte irgendeinen Gruß, sprang auf und verschwand in Richtung Straße.

Terri schaute ihm erstaunt nach. »Was war denn das für ein komischer Typ?«

Diesmal zuckte Mateo mit den Schultern. »Wahrscheinlich nur jemand, der seine Ruhe haben wollte. Dafür ist die Gegend hier geradezu ideal - so abgelegen wie es hier nun einmal ist. Es sind ja nicht alle solch freundliche und soziale Mitmenschen, wie mein Schatzilein!«

Terri ergriff freudestrahlend seine Hand, aber es war wieder einmal Stefan, der in dem Moment meine Aufmerksamkeit auf sich zog. Er war stehengeblieben und tippte schnell etwas in sein Handy. Außerdem war er trotz der Sonnenbräune und der Hitze kreidebleich geworden. Er schob das

Handy zurück in seine Tasche und folgte uns etwas zögerlich. Alma lief zu mir.

»Kommst du jetzt weiter, Arlo?« Als ich ihr erzählte, was dieser Stefan gemacht hatte, machte sie große Augen.

»Ich habe gerade eben so ein Bling gehört, wie wenn Terri auf ihrem Handy eine Nachricht erhält.« Sie zeigte mit ihrer Pfote auf die Düne. »Es kam aus der Richtung, in die dieser komisch riechende Fremde soeben verschwunden ist.«

Wieder nur ein ungewöhnlicher Zufall? Oder hatte Stefan dem komischen Mann eine Nachricht geschickt? Ich hatte zwar selbst nichts gehört, aber Alma war bei uns ja das Superohr. Eigentlich sind bei ihr alle Sinne außergewöhnlich - im Vergleich zu meinen. Mir blieb nur das Sehen und dabei waren meine Augen nur ganz alltägliche und langweilige Glotzbälle ohne jegliche Superkraft. Bevor Alma zurück zu Rudi lief, rief sie mir noch etwas über ihre Schulter hinweg zu: »Du bist ein Superbruder und ein Superbeschützer!« Ich schüttelte leicht irritiert meinen Kopf - sie war schon erstaunlich.

Ich trottete hinter ihr her und passte dabei sehr genau darauf auf, dass wir unsere Menschen nicht aus den Augen verloren. Vielleicht lief ja noch irgendein verdächtiger Typ herum und versuchte, uns eine Falle zu stellen. Ich blickte immer wieder zu Stefan, aber er wirkte nun vollkommen normal. Vielleicht war alles nur ein Zufall und ich bildete mir ungerechterweise ein, dass etwas mit ihm nicht stimmte. Uns gegenüber war er die ganze Zeit freundlich, wenn auch distanziert, gewesen. Es kam mir nur ein bisschen seltsam vor, dass jemand, der sogar Hunde aus dem Tierschutz mit dem Transport half, kein einziges Mal versucht hatte, uns zu streicheln. Es ist dann eine andere Sache, ob ich ihm das erlaubt hätte, aber probieren hätte er es können. Oder war das wieder etwas, was nur in meinen Augen verdächtig wirkte?

»Condesa?« Ich holte sie ein.

»Hmm?« Sie hat schon wirklich lange Beine. Obwohl sie gemütlich und für ihre Verhältnisse sicher im Schneckentempo lief, musste ich mich anstrengen, um mit ihr Schritt halten zu können.

»Dieser Mann da vorhin - der war doch irgendwie komisch, oder?«

»Komisch war er tatsächlich. Sicher hat jeder ein Recht darauf, alleine zu sein, aber er verschwand richtig schnell, obwohl wir nur vorbeilaufen wollten.« Sie blickte sich um, aber niemand folgte uns.

Ich musste neben ihr fast rennen, was das Reden etwas beschwerlich machte. »Puuh...hast du sein Gesicht gesehen?«, hechelte ich.

Condesa schien meine Schwierigkeiten zu bemerken und verlangsamte ihren Gang weiter. Sie sagte dazu aber nichts, wofür ich ihr dankbar war. »Na ja, viel konnte man nicht erkennen. Also bekannt kam er mir auf jeden Fall nicht vor. Aber diese zahlreichen Kratzer....« Sie schwieg nachdenklich für einen Moment.

»Ja?«, fragte ich. Diese waren mir nämlich auch aufgefallen, wohl jedem, so wie sie sein ganzes Gesicht verunstalteten.

»Ich lebte ja früher bei einem Jäger. Ähnliche Verletzungen habe ich manchmal bei uns Hunden gesehen. Es ist mir etwas peinlich, das zu erzählen. Wir wurden von diesem Jäger meistens in kleinen Käfigen gehalten, aber ab und zu ließ er uns auf seinem Hof herumlaufen. Es kam manchmal vor, dass streunende Katzen sich auf den Hof verirrten - und bei so vielen Jagdhunden, die dazu noch wahnsinnig hungrig waren, hatten sie keine Chance. Aber sie kämpften immer bis zum bitteren Ende und solche Kratzer waren dann die Folge.« Sie schaute beschämt zur Seite. Wahrscheinlich hatte sie mitbekommen, dass bei uns auf der Finca nun auch zwei Katzen lebten.

»Um zu überleben muss Hund oft Dinge tun, die er sonst niemals tun würde, ich weiß.« Ich berührte ihre Pfote, die mindestens zweimal so groß war wie meine, mit meiner. Sie sah mich dankbar an, aber bevor sie etwas sagen konnte, kehrten die Menschen um.

»Kommt alle mit!«, rief Opa Gerhard. »Wir kehren jetzt lieber um!«

Als wir wieder um den Felsen herumkamen und Oma Martha zusammen mit Silva in weiter Ferne sitzen sahen, bekamen wir die Erlaubnis, frei zu rennen. Das hieß für uns Wettkampf! Rudi sprintete los, gefolgt von Tristan und mir. Isolde und Alma fielen schon zu Beginn zurück - Mädchen halt! Bevor ich sie damit aufziehen konnte, musste ich feststellen, dass Rudi und auch Tristan viel schneller als ich waren.

Plötzlich spürte ich, wie jemand mich an meinem Geschirr hoch hob - Condesa! Mit ihrem schelmischen Blick fragte sie mich, ob ich zu einem Sprint Lust hatte. Und ob ich das hatte! Ohne jegliche Mühe trug sie mich und lief - nein, flog! - über den Sand. Der Wind sauste in meinen Ohren und das Meer war nur eine einzige blaue Linie. Sie war so schnell! Ich war so schnell! Ohne jegliche Anstrengung überholte sie Rudi und Tristan, die wilde Fluche rufend noch einen Gang zulegten, aber das war vergebens! Als

Condesa mich am Ziel wieder absetzte, konnte ich nur noch laut lachen.

»Das war so irre! Danke!« Ich kullerte mich im Sand und konnte mich gar nicht mehr beruhigen. »Irre, sag ich! Irre!«

Condesa grinste breit und sprang kurz ins Wasser. So ausgelassen hatte ich sie noch nie erlebt - die Gesellschaft von Tristan und Isolde tat ihr wirklich gut. Als die Schnecken uns endlich erreichten, führte ich einen regelrechten Freudentanz auf, so wie das echte Gewinner halt tun. Halb verärgert, halb belustigt schoben die anderen mich in Richtung Wasser, bis eine kräftigere Welle über meinen Kopf schlug. Hustend rettete ich mich auf den trockenen Sand und sah Terri schnell auf mich zukommen.

»Oje, Arlo! Da ist ja fast ein Unfall passiert! Huch!« Halb so wild, Mädchen, aber ich ließ mich trotzdem von ihr trösten. »Es ist für euch ein bisschen viel auf einmal. Vielleicht ist es besser, wenn wir langsam zurück nach Hause fahren.«

Schlagartig fühlte ich mich auch sehr müde, so richtig erschöpft, wie schon lange nicht mehr. Terri hob Alma und mich auf ihren Arm und deutete den anderen, uns zurück zu den Decken zu folgen. Als Terri uns schließlich ins Auto legte, fiel ich innerhalb von einer Sekunde in einen tiefen Schlaf.

14. DIE KATASTROPHE

Als Mateo scharf vor der Finca bremste, wachte ich auf. Terri starrte erstaunt auf etwas vor uns. »Wie...?«, stotterte sie nur. Opa Gerhard war aus seinem Auto gestiegen und eilte zu uns. Ich versuchte zu erkennen, was nun passiert war, aber ich konnte zuerst nichts sehen. Alma und Rudi trippelten so heftig neben mir, dass die gesamte Rückbank wackelte. Ich spürte aber augenblicklich, dass uns garantiert keine freudige Überraschung erwartete.

»Wieso steht das Tor offen?«, fragte Opa Gerhard überrascht. »Wir haben es doch mit absoluter Sicherheit verschlossen!«

Terri schüttelte den Kopf. »Ich weiß nicht - das gibt es doch nicht! Vor allem, warum kommen uns Luna und Anton nicht begrüßen, wenn das Tor nun mal offen steht? Ich habe kein gutes Gefühl dabei.« Das hatte ich allerdings ebenso wenig. Die beiden, die zum Wachpersonal ihrer Familien gehörten, wären sofort auf die sich nähernden Autos aufmerksam geworden und wären schon lange vor uns beim Tor gewesen. Das war wirklich alles andere als gut.

»Warte bitte hier mit Oma. Mateo, kommst du bitte mit mir - lass uns mal nachsehen, was hier los ist.« Opa Gerhard schaute sich um. »Es ist alles ruhig. Vielleicht haben wir diesmal einfach vergessen, das Tor abzuschließen und eine Windböe hat es dann aufgestoßen.« Niemand wirkte von

131

diesen Worten überzeugt. Es war ruhig - viel zu ruhig! Auch Stefan folgte Opa Gerhard und Mateo auf die Finca, allerdings nicht ohne zuerst einen prüfenden Blick auf sein Wohnmobil zu werfen.

Ich sah, wie die Männer sich vorsichtig umblickten, als sie das Grundstück durch das Tor betraten und in Richtung Haus gingen. Wir konnten sonst keinerlei Bewegung wahrnehmen oder irgendein Geräusch hören.

Plötzlich fing Alma zu zittern an. »Arlo! Es ist etwas ganz Schlimmes passiert. Das Böse kommt auf uns zu!« Sie jaulte und wimmerte wahnsinnig laut, zitterte am ganzen Körper und war weder von mir noch von Rudi zu beruhigen. Sie wurde absolut panisch und kratzte an der Autotür, um flüchten zu können.

»Das Böse! Das Böse!«

Terri stieg aus und öffnete die Hintertür. »Was hast du denn, Kleines?« Und dann passierte das Unvorstellbare: Alma schnappte in ihrer Panik nach Terris Hand und biss zu! Nein! Alma! Nein!

Sie sprang aus dem Wagen und rannte blitzschnell davon - Alma! Terri knallte die Autotür zu und so konnte ich auch nicht hinter Alma her. Alma! Ich sah Blut aus einer Wunde an Terris Hand tropfen, aber trotzdem versuchte sie Alma zu fangen - doch die war viel zu schnell! Alma verschwand im Pinienwald und ich konnte dabei nur hilflos zuschauen! Und mich darüber wundern, wie sie es mit einem Mal schaffte, gegen keinen Baum mehr zu rennen.

Rudi bellte ganz laut, damit jemand auf uns aufmerksam werden würde. »Wir müssen Alma suchen! Lasst uns hier raus!«

»Hallo! Hört ihr uns nicht?« Ich bellte nun ebenfalls so

laut ich nur konnte. »Wir müssen sie finden! Hallo!«

Doch niemand beachtete uns. Terri musste sich geschlagen geben und kam zu Oma Martha zurück, die ebenfalls ausgestiegen war. »Alma ist fort! Irgendetwas muss sie total erschreckt haben und sie hat mich in ihrer Panik sogar gebissen.« Sie zeigte Oma Martha ihre blutende Hand. »Ist nicht schlimm. Aber Alma kann ja gar nicht sehen, wo sie hinläuft! Wir müssen Luna holen und sofort nach ihr suchen!«

Daraus wurde aber nichts, da Mateo auf uns zugerannt kam. »Kommt schnell mit!«, rief er aufgeregt. »Luna und Anton liegen bewusstlos im Garten! Hier ist etwas Furchtbares passiert!«

Terri wurde blass. »Oh nein! Aber wir können die Hunde nicht hier in der Hitze sitzen lassen. Und Alma ist gerade in Panik davongelaufen!«

»Anscheinend war es dann doch nicht der Wind mit dem Tor«, stellte Oma Martha sichtlich verängstigt fest. »Vielleicht ist der Einbrecher noch auf der Finca.«

Mateo schüttelte den Kopf. »Nein, da ist niemand mehr. Aber wir können die Hunde nicht frei laufen lassen, bevor wir nicht wissen, was mit Luna und Anton passiert ist. Nicht, dass da zum Beispiel Giftköder herumliegen.«

»Wir können sie anleinen und zuerst einmal neben dem Tor warten lassen, dort ist auch Schatten.« Terri holte die Leinen aus dem Kofferraum und eilte mit uns zum Tor. Ich versuchte verzweifelt sie in Richtung Alma zu ziehen und auch Rudi zerrte an seiner Leine, aber es half nichts. Wir mussten durch das Tor gehen und uns noch festbinden lassen. Alma! Alma!

»Ich sehe schnell nach Luna und Anton«, sagte Terri direkt zu mir. »Dann suchen wir sofort nach deiner Schwester!« Wenigstens begriff mal jemand, wie verzweifelt die Lage war. Rudi und ich hörten keine Sekunde lang auf, nach Alma zu rufen in der Hoffnung, dass sie dadurch ihre sinnlose Flucht beenden und zurückkehren würde.

Terri rannte mit den anderen hinter das Haus, kam jedoch fast umgehend zurück. »Sie sind mit irgendetwas betäubt worden. Mateo bringt sie mit Opa zur Klinik! Wir müssen Alma finden!« Sie leinte mich wieder ab und ich lief in die Richtung, in die Alma verschwunden war. Terri musste mir wirklich nicht sagen, was ich zu tun hatte. Bald hatte ich Almas Spur gefunden und folgte ihr so schnell ich nur konnte.

Wie hat sie es bloß geschafft, durch den Wald zu rennen? Die Spur führte immer weiter hinauf in die Berge, der Weg wurde immer gefährlicher. Falls sie in ihrer Panik stolpern sollte und in irgendeine Schlucht fiel, würde sie kaum eine Chance haben. Ich versuchte noch an Tempo zuzulegen, aber es war zu schwer, gleichzeitig der Spur zu folgen. Mir fiel ein, dass Alma nicht einmal zu stolpern brauchte - da sie nichts sehen konnte, würde sie jegliche Gefahr zu spät bemerken. Ich spürte leichte Panik in mir aufsteigen und winselte leise.

»Ich weiß, Arlo! Das ist furchtbar!« Terri zwang mich dazu, eine Pause einzulegen, damit ich mich etwas beruhigen konnte. »Wenn Alma so verängstigt ist, wird sie wahrscheinlich sogar vor uns flüchten. Wir sollten uns ihr möglichst vorsichtig nähern - wenn wir sie dann erst einmal sehen...«

Sie hörte sich genauso wenig zuversichtlich an wie ich

mich fühlte. Ich hechelte vor Anstrengung und vor Angst, Alma jetzt tatsächlich für immer verloren zu haben. Warum musste sie nur wegrennen? Sie sollte doch wissen, dass es bei mir oder bei uns immer am Sichersten war. Da sie es doch vorzog, alleine zu flüchten, muss etwas richtig Schlimmes sie erschreckt haben. Aber auf der Finca war kein Einbrecher mehr - die Gefahr hätte eigentlich vorbei sein sollen, oder etwa nicht? Hatten wir etwas übersehen? Ich schaute in Richtung Finca, aber konnte sie durch den Wald nicht mehr sehen. Wie weit konnte sie überhaupt laufen? Ich seufzte.

»Wollen wir langsam weiter? Ich weiß, dass es für dich nicht leicht ist.« Terri streichelte mich leicht, was mich etwas beruhigte und ermunterte. Ich nahm die Spur wieder auf und folgte ihr nun mit etwas mehr Konzentration. Wäre bloß Luna dabei, sie hatte doch viel mehr Erfahrung als ich. Wir liefen noch weiter auf einem schmalen Pfad den Berg hinauf. Gerade als ich dachte, dass ich bald nicht mehr konnte, hörte die Spur plötzlich auf.

»Alma! Alma!«, rief ich verzweifelt. Aber um uns herum war es nur vollkommen still und Alma war nirgendwo zu sehen. Ich lief noch eine Weile hin und her, aber sie war wie vom Erdboden verschluckt. Zum Glück gab es an dieser Stelle keine Schluchten oder sonst irgendetwas, wo sie hätte hineinfallen können. Die Spur endete einfach. Ich schaute zu Terri auf.

»Was ist, Arlo? Du zeigst mir an, dass du nichts mehr findest. Wie ist das nur möglich? Wo ist Alma hin?« Sie schaute sich um, aber sie konnte auch nicht mehr entdecken als ich. Es gab dort nur den Pfad, einige Bäume, etwas Gras und sonst nichts. Ich konnte das nicht verstehen. Wäre es möglich, dass meine Supernase mich an dieser Stelle einfach im Stich ließ? Dass die Spur da war, aber ich sie nicht riechen konnte? Konnte ich überhaupt noch irgendetwas riechen? Ich schnüffelte aufgeregt und stellte erleichtert fest, dass meine Nase in Ordnung zu sein schien. Aber wo war Alma abgeblieben?

Da ich mich allein auf ihren Geruch konzentriert hatte, begriff ich erst nach einem Moment, was ich sonst aufgenommen hatte. Etwas, was mir doch bekannt war - etwas Wildes und Einschüchterndes - es roch nach einem Wolf! Und nicht nur nach irgendeinem, sondern nach Toran - dem Vater von Luna! Seinen Geruch hätte ich überall erkannt, weil er Alma und mich damals zur Finca gebracht hatte. Konnte es sein, dass Toran hier gewesen war? Oder war er vielleicht nur irgendwann den Pfad entlanggelaufen und es hatte mit Alma nichts zu tun? Der Geruch war noch stark, so stark, dass er mir eigentlich schon früher hätte auffallen müssen. Ich lief einige Meter zurück, doch seine Spur fing erst dort an, wo Almas Spur endete.

Terri inspizierte die sandige Erde neben dem Pfad und hatte wohl etwas entdeckt. »Oh nein! Hier ist ein Pfotenabdruck, ein großer ... ich fürchte, er ist von einem Wolf. Ach mein armes kleines Mädchen!« Sie brach in Tränen aus und dachte wohl, ich hätte nichts verstanden, weil ich aufgeregt um sie herum sprang. »Ach Arlo, es tut mir so leid! Aber ich glaube, wir müssen die Suche abbrechen. Dass das Leben der lieben kleinen Alma so enden musste, ist einfach furchtbar. Warum habe ich bloß die Autotür geöffnet? Es ist alles meine Schuld!« Sie weinte noch heftiger und kniete sich vor mich hin.

Ich versuchte sie zu trösten und leckte sogar ihre Hand,

was sonst so gar nicht meine Art war. Ich legte noch meine Pfote auf ihr Knie, aber ich konnte ihr nicht verständlich machen, dass die Lage nicht so schlimm war. Wenn Alma tatsächlich Toran getroffen hatte, würde ihr keinerlei Gefahr mehr drohen. Toran musste sie zuerst einmal mitgenommen haben.

Langsam kehrten wir zur Finca zurück. Oma Martha und Stefan waren dabei, den Garten nach Giftködern zu durchsuchen, unterbrachen die Suche jedoch sofort, als sie uns entdeckten. Terri erzählte ihnen schluchzend, was vermutlich mit Alma passiert war, woraufhin auch Oma Martha in Tränen ausbrach. Meine Eltern und Rudi schauten mich fragend an, weil ich breit lächelte und kaum stillhalten konnte.

»Ich habe Toran gerochen!«, rief ich aufgeregt. »Ich konnte Alma zwar nicht finden, aber ich bin sicher, dass sie mit Toran unterwegs ist. Er wird sie beschützen und zurück zu uns bringen!«

»Wenn es nur so wäre«, seufzte Mama sorgenvoll, »dann ist sie tatsächlich in Sicherheit. Toran wird sich sicher später melden. Warum ist Alma nur so sinnlos weggelaufen?«

»Sie hat etwas wie 'das Böse kommt' geschrien. Wir konnten sie nicht aufhalten. Ich weiß nicht, was sie gemeint hat. Hier scheint doch alles ruhig zu sein, oder?« Ich schaute mich um.

»Deine Schwester ist sehr empfindsam«, sagte Papa. »Vielleicht hat das, was mit Luna und Anton passiert ist, sie schockiert. Hoffentlich bekommen wir alle unversehrt zurück.«

Anscheinend war im Garten nichts Weiteres zu finden und wir wurden endlich abgeleint. Gerade als ich zu meinem Trinknapf laufen wollte, hörte ich das Handy von Oma

Martha klingeln.

»Ja, Gerhard?« Sie hörte eine Weile zu. »Wie ist das denn möglich?« Wieder hörte sie zu und verabschiedete sich dann.

Terri und Stefan kamen zu ihr. »Das war Gerhard aus der Klinik. Luna und Anton sind mit einem Narkosemittel betäubt worden. Sie wachen jetzt langsam auf, Gott sei Dank. Der Tierarzt vermutet, dass jemand sie mit Hilfe eines Betäubungsgewehrs, genauer gesagt mit Hilfe eines Betäubungspfeils, außer Gefecht gesetzt hat. Solche Dinge benutzen meistens die Tierärzte in den Zoos.«

Terri sah verzweifelt aus. »Aber warum tut jemand so etwas? Dafür braucht man schon eine Menge an krimineller Energie und Planung. Und obwohl unsere Finca sehr schön ist, kann man sie nicht als eine Luxusvilla betrachten, wo viel zu klauen wäre, oder?« Dieser Stefan schwieg nur die ganze Zeit über.

Oma Martha schüttelte den Kopf. »Ich verstehe das auch nicht. Es ist nichts zerbrochen und unsere wenigen Wertsachen scheinen allesamt noch da zu sein.«

Als ich in Richtung Terrasse blickte, überkam mich ein furchtbarer Verdacht. Ich lief hinein, durchsuchte jedes Zimmer, lief zurück in den Garten, hinter das Haus - aber nein, sie waren nirgendwo zu finden! Tante Rosa mit Toni und Tina war verschwunden! Ich zerrte ihren Korb an die Treppe, um die Menschen darauf aufmerksam zu machen. Als Oma Martha mich bemerkte, wurde sie augenblicklich kreidebleich.

»Oh nein, nein! An sie haben wir in diesem Durcheinander gar nicht gedacht.« Sie sprang auf und durchsuchte genauso wie ich das ganze Haus. »Das darf nicht wahr sein!

Das Wertvollste hat jemand gestohlen - Rosa, Toni und Tina!«

15. DER BÖSE GREIFT AN

Der Polizeibeamte hatte versichert, dass sie alles Menschenmögliche tun würden, um die Sache zu klären. Inzwischen waren fünf weitere Meldungen über verschwundene Hunde bei der Polizei eingegangen und immer war es ähnlich abgelaufen - eine kurze Unaufmerksamkeit von den Besitzern und schon waren die Hunde nicht mehr da. Nur bei uns hatten dabei weitere Hunde Schaden genommen, was darauf hindeutete, dass der Hunderäuber immer skrupelloser vorging. Viele Hundebesitzer seien aber nun alarmiert und machten es ihm schwer, noch weitere Hunde zu entwenden.

»Doch Spuren oder gar einen Verdächtigen haben Sie nicht?«, hatte Stefan gefragt.

»Nein, leider nicht. Einige Augenzeugen erwähnen aber einen weißen Kombi, dessen Fahrer ebenso gut einen völlig harmlosen Grund haben könnte«, hatte der Polizeibeamte erzählt. »Er soll zum Beispiel eine leerstehende Finca besichtigt haben - vielleicht sucht jemand einfach nur eine geeignete Immobilie für sich.« Er hatte sich auf unserer Finca umgeschaut. »Derjenige, der für diese Tat hier verantwortlich ist, hat Sie mit Sicherheit beobachtet und muss über die größeren Hunde Bescheid gewusst haben. Dass man sogar ein Pfeilrohr oder etwas Ähnliches benutzt haben soll, ist schon sehr außergewöhnlich.«

Der Polizeibeamte hatte auf mich gezeigt. »Dieser Hund hier ist doch genau so ein Chilier, oder? Würde ein Weiterverkauf von diesen Hunden wirklich so viel einbringen, dass diese Art von Aufwand sich lohnt? Allerdings ist uns bewusst, dass es kriminelle Gruppierungen gibt, die sich eben auf Hundediebstähle spezialisiert haben. Aber dass in unserer Gegend nun plötzlich so eine Gruppe tätig sein sollte, ist etwas unglaubwürdig.«

»Ob es sich lohnt, hängt sicher davon ab, wie viele solche Hunde jemand hat«, hatte Oma Martha überlegt. »Aber bei einem einzelnen Hund würde das wohl kaum die Kosten decken.«

»Ich habe fast den Eindruck, als wenn das hier eher etwas Persönliches wäre.« Der Polizeibeamte hatte sich noch irgendeine Notiz gemacht.

Ich hatte etwas in Stefans Augen kurz aufleuchten gesehen, so wie er sein plötzlich entstandenes Interesse hätte versucht zu verdecken. »Es kommt mir sehr mühsam vor«, hatte er gesagt. »Es wird sich sicher herausstellen, dass das alles nur unglückliche Zufälle sind. Wahrscheinlich sind die Kleinen hier von der Finca einfach abgehauen, als das Tor offen stand.«

Ja, sicher hätte ein gewöhnlicher Einbrecher dahinterstecken können, woran jedoch keiner von uns glaubte. Kurz nachdem der Polizeibeamte weggefahren war, kamen Opa Gerhard und Mateo mit Luna und Anton zurück. Die beiden waren noch etwas wackelig auf den Beinen, aber als wir hörten, dass sie sich vollkommen erholen würden, war die Freude groß. Endlich etwas Positives an diesem grauenhaften Tag! Niemand hatte aber daran gedacht, dass weder

Luna noch Anton bewusst war, was sich auf der Finca abgespielt hatte.

»Wie? Alma ist weg - und Tante Rosa mit ihren Kleinen auch?« Luna setzte sich schockiert hin. »Das darf doch nicht wahr sein!«

Anton war ebenfalls zutiefst betroffen. Es war ja seine wichtigste Aufgabe im Leben, auf seine Familie und auf seine Freunde aufzupassen. »Ich habe vollkommen versagt.«

Rudi sprang zu ihm. »Niemand hätte es geschafft, Anton! Wir haben gehört, dass jemand mit einem Pfeilrohr auf euch geschossen hat.«

Anton seufzte. »Wir haben nur ein leises Geräusch am Zaun hinter der Finca gehört, aber als wir nachschauen wollten, schoss jemand sofort durch den Zaun auf uns. Er muss hinter einem Baum oder einem Busch gestanden haben, weil wir niemanden gesehen haben.«

Luna leckte kurz ihre Flanke. »Ja - plötzlich hatte ich so eine komische Spritze hier stecken und bald danach wurde alles schwarz.«

Papa nickte den beiden zu. »Da hätte wirklich niemand etwas dagegen tun können. Das ist alles auf keinen Fall eure Schuld und wir sind einfach nur froh, dass es euch wieder gut geht. Wir wollen nun hoffen, dass es für unsere Verschwundenen auch gut ausgeht.«

Luna stand auf. »Arlo hat gemeint, mein Vater würde Alma begleiten. Das muss ich ihn sofort fragen. Fall es nicht so ist, will ich mir gar nicht vorstellen, wie es unserem kleinen Mädchen alleine dort draußen gehen mag.«

Sie ging hinter das Haus und reckte ihren Kopf in Richtung der Berge. »Pa-paaa! Al-maaa!«, heulte sie so laut wie sie nur konnte. Zuerst hörten wir gar nichts und ich befürchtete schon, dass meine Vermutung vielleicht nicht stimmte und Toran sogar weitergezogen war. »Pa-paaa?« Endlich hörten wir ihn.

»Al-maa bei miiii-ir!«

Vor lauter Erleichterung brach ich in Tränen aus und sah, dass es Rudi nicht viel anders ging. Meine Eltern umarmten sich und lächelten glücklich. Toran erzählte, dass Alma zwar unverletzt sei, aber sehr große Angst habe. So wie es im Moment auf der Finca zuging, konnte ich sie verstehen. Vielleicht war der einzige Platz, wo sie wirklich in Sicherheit war, genau dort bei Toran. Er erzählte noch, dass er den Vorfall auf der Finca beobachtet hatte, aber zu weit entfernt gewesen sei, um eingreifen zu können. Sogar mein Held hätte sich nicht gegen einen Narkosepfeil wehren können, da war ich mir absolut sicher. Aber er hatte Alma gerettet!

Als wir uns erleichtert zusammensetzten, fiel mir doch noch etwas ein. Wo waren eigentlich unsere Katzen? Vielleicht waren sie einfach weggelaufen, aber daran konnte ich nicht so richtig glauben. Ich schaute mich im Garten um, allerdings konnte ich sie nirgendwo entdecken - auch die Bäume waren diesmal leer. Um die anderen nicht erneut zu beunruhigen, schlug ich Rudi vor, dass wir noch eine Runde im Garten spielen könnten.

»Ich habe keine Lust zu spielen. Hol dir doch einen Ball oder so!« Dass der hibbelige Rudi keine Lust hatte, war mir ganz neu. Wahrscheinlich machte er sich immer noch sehr große Sorgen um Alma - ihre Zuneigung beruhte eindeutig auf Gegenseitigkeit.

»Komm jetzt bitte einfach kurz mit!«, drängte ich ihn. Widerwillig folgte er mir. Etwas entfernt fragte ich schließlich:

»Hast du die Katzen gesehen, Domino und Alfonso?«

»Nee - aber wahrscheinlich sind sie eh bei dem ganzen Trubel hier abgehauen.«

»Mag sein, ich möchte trotzdem das Grundstück absuchen. Hilfst du mir?« Bevor er wieder nein sagen konnte, fügte ich noch hinzu: »Alma würde sich sicher freuen, wenn sie zurückkommt und ihre neuen Spielkameraden wiederfindet.«

Das war die Zauberformel - Rudi zögerte nicht länger und so fingen wir an, systematisch nach den Katzen zu suchen. Der Garten vor dem Haus war tatsächlich vollkommen leer. Ich hatte fast den Eindruck, als ob sogar sämtliche Vögel irgendwie verschwunden waren. Als wir hinter das Haus liefen und dort bis in die hinterste Ecke schauten, wo sich ein großer Busch befand, hörten wir eine Stimme.

»Ui-ui-ui! Ui-ui-ui!«

Dieses Heulen hätte ich überall wiedererkannt - Alfonso! Rudi und ich gingen vorsichtig zu dem Busch und sahen Alfonso darunter hocken. Neben ihm lag Domino und atmete äußerst schwer mit geschlossenen Augen.

»Ui-ui-ui! Ui-ui-ui!«

»Alfonso! Ich bin es, Arlo!« Er blickte zu mir auf, schien mich zuerst jedoch gar nicht wahrzunehmen. Erst als ich unter den Busch kroch, erkannte er mich.

»Ui-ui-ui! Ui-ui-ui!« Er hörte sich noch verzweifelter an, wenn überhaupt möglich.

»Alfonso, es wird alles wieder gut!« Ich versuchte ihn zu beruhigen, aber er zitterte nur und zeigte mit seiner Pfote auf Domino. Dieser sah gar nicht gesund aus. »Was ist passiert, Alfonso? Sag es mir!« Ich schubste ihn leicht und er heulte noch ein paar Mal auf, bevor er in der Lage war, überhaupt etwas zu sagen.

»Das Böse! Das Böse war hier!« Das hatte Alma ebenfalls geschrien, bevor sie weglief.

Rudi tauchte neben uns auf. »Dein Bruder braucht Hilfe! Erzähle uns, was ihm zugestoßen ist! Also ein böser Mensch war hier oder wie?«

Die bestimmende Art von Rudi zeigte wenigstens etwas Wirkung. »Ein böser Mann! Ui-ui-ui!«

Alfonso schaute sich um, aber Rudi legte eine Pfote auf seine Schulter. »Hier ist kein böser Mann mehr - er ist fort! Hat er euch etwas angetan?«

»Er wollte etwas Böses! Ein ganz böser Mann!« Er schien sich ein wenig beruhigen zu können. »Sprangen von einem Baum auf ihn! Kratzten! Kratzten! Sein Gesicht blutig!« Na, das war wirklich mutig von den Jungs gewesen, alle Achtung! Ich nickte ihm anerkennend zu und bat ihm fortzufahren.

Er schluckte laut. »Ich fiel herunter! Domino hat er am Nacken gepackt! Gegen einen Baum geschleudert! Gegen einen Baum!« Er fing an, Domino am Kopf zu lecken, woraufhin er kurz seine Augen öffnete.

»Domino kroch hierhin. Steht nicht mehr auf! Ui-ui-ui!«

»Er muss sofort in die Klinik! Ich hole Hilfe!«

So schnell ich nur konnte rannte ich zu Terri, die immer noch weinend auf der Treppe saß. Ich sprang auf ihre Knie und schnell wieder herunter, lief ein paar Schritte weiter und blieb stehen sie über meine Schulter guckend. Und die ganze Prozedur noch einmal, bis sie es verstand.

Terri wischte ihre Tränen weg. »Was ist, Arlo? Willst du mir etwas zeigen?« Sie folgte mir endlich zu dem Busch und entdeckte sofort die Katzen. »Oh nein! Der Horror nimmt ja kein Ende!«

Alfonso versuchte sich hinter mir zu verstecken, was etwas schwierig war, weil er doch größer als ich war. Domino blieb einfach liegen und öffnete die Augen nur für einen kleinen Spalt. Terri schaute Alfonso genauer an, aber als dieser auf einen Baum neben dem Busch kletterte, stellte sie fest, dass er unverletzt war. »Ich hole eine Transportbox und bringe mit Mateo den anderen Kater in die Klinik!«

Bald fuhren beide davon, begleitet von einem lauten 'ui-ui-ui' aus dem Baum. »Alfonso, komm bitte herunter!«, versuchte ich ihn zu locken. »Das Böse ist weg und Domino wird geholfen! Komm zu uns!«

Er blieb jedoch auf seinem Ast sitzen, hörte aber wenigstens mit seinem Geheul auf. Ich leistete ihm Gesellschaft auf der Erde unter dem Baum und genoss den kühlen Schatten und die Ruhe, die allerdings nicht lange andauerte. Anscheinend fiel Rudi gleichzeitig mit mir wieder ein, was Alfonso gesagt hatte.

»Hast du...«, fingen wir beide an. Ich ließ ihn weiterreden.

»Also, du hast gehört, was Alfonso erzählt hat - dass sie den bösen Mann kräftig gekratzt haben.« Ich wusste, dass er genau das Gleiche dachte wie ich. »Wir haben doch am Strand diesen komischen Mann gesehen, dessen Gesicht voller Kratzer war. Glaubst du, dass...?«

»Das glaube ich allerdings! Er war garantiert derselbe Mann, so merkwürdig, wie er sich benommen hat. Es war der Hunderäuber! Wenn Condesa uns nicht gestoppt hätte, wären wir direkt in seine Arme gelaufen!«

Rudi nickte. »Dafür können wir Condesa sehr dankbar sein! Zeitlich hätte das hinhauen können - wir waren ja ziemlich lange dort, bevor er auftauchte. Aber wie konnte er wissen, wo wir waren?«

Das war tatsächlich ein Rätsel. Falls er zuerst auf die Finca eingedrungen war und Tante Rosa mit den Kindern mitgenommen hat, dann hätte er nicht von den Bergen aus beobachten können, wohin wir fuhren. Ich versuchte mich daran zu erinnern, wie alles an diesem Tag abgelaufen war. Und plötzlich hatte ich das Bild vor Augen, wie Stefan vor unserer Abfahrt hinter seinem Wohnmobil mit jemandem telefoniert hat. Ich erzählte es Rudi.

»Hmm...«, überlegte er, »das könnte natürlich die Erklärung sein. Aber traust du ihm so etwas wirklich zu? Er ist doch der Neffe von Opa Gerhard! Praktisch ein Teil der Familie!«

»Ich weiß es nicht. Möglich wäre es schon. Sie haben ja lange keinen Kontakt gehabt, wer weiß, wie tief so ein Familienband dann noch ist. Aber ich weiß nicht, ob er tatsächlich mit dieser Geschichte etwas zu tun hat, vielleicht sind alles nur Zufälle.«

Irgendetwas stimmte mit diesem Stefan nicht, doch ich wollte einfach nicht glauben, dass er irgendwie mit diesem Hunderäuber zusammenarbeitete. Da er mit Oma und Opa zum Strand gefahren war, konnte ich nicht wissen, ob er womöglich bei der Ankunft den genauen Ort weitergegeben hat.

»Der böse Mann mag Stefan«, kam aus dem Baum.

Ich schaute nach oben und sah Alfonso mit großen Augen auf uns herunter starren. Er brachte da sicher etwas durcheinander, aber ich fragte trotzdem nach. Sprechen war immerhin besser als sein ewiges Geheul, womit er bestimmt gleich wieder anfangen würde, wenn wir ihn nicht ablenken konnten.

147

»Wie meinst du das, Alfonso?«

»Ich mag dich, bekommst eine Maus von mir. Ein Geschenk.«

Ich konnte nicht anders, sondern musste einfach meine Augen verdrehen. »Ja, das ist sehr nett von dir, Kumpel. Aber warum sollte der böse Mann Stefan mögen?«

Alfonso zitterte leicht - bitte nicht wieder weinen! »Ui!« Ich seufzte. Das brachte uns doch überhaupt nicht weiter, aber er riss sich wohl zusammen und fuhr fort. »Ein Geschenk vom bösen Mann. Er mag Stefan.«

Rudi und ich starrten ihn nur verständnislos an. Was war das nun wieder für ein Unsinn? Plötzlich sprang Rudi auf. »Willst du erzählen, dass Stefan ein Geschenk von dem bösen Mann bekommen hat?«

»Ui! Ja, ein Geschenk!«

Ich schüttelte den Kopf, aber anscheinend hatte Rudi mehr Geduld als ich. »Was für ein Geschenk hat Stefan bekommen?«, erkundigte er sich.

Ich gähnte, weil erstens das Gespräch mich ziemlich langweilte und zweitens ich die Anstrengungen des Tages jede Minute deutlicher spürte. Als ich jedoch hörte, was Alfonso sagte, wurde ich plötzlich hellwach.

»Einen Hund! Er legte einen Hund in das da!«, rief Alfonso laut und deutlich aus dem Baum und zeigte mit seiner Pfote auf Stefans Wohnmobil.

Das durfte nicht wahr sein! »Alfonso, schau mich bitte an!«, sagte ich. »Der Böse Mann hat einen Hund in das Wohnmobil von Stefan gelegt?«

Er nickte eifrig. »Ein Geschenk!«

Konnte das sein? Um sicher zu sein fragte ich noch einmal nach. »Welchen Hund denn?«

»Mama von Toni und Tina! Ui-ui-ui!«

16. VIELE GESCHENKE

Auf meine Bitte hin kletterte Alfonso auf einen Baum, der dem Wohnmobil am nächsten stand, und versuchte etwas innerhalb des Fahrzeuges zu erkennen. Er glaubte, eine Bewegung wahrgenommen zu haben - oder wie er sagte: »Geschenk lebt.« Weil die Fenster abgedunkelt waren, konnte er nichts Genaueres erkennen. Ich bedankte mich bei ihm und lief mit Rudi zu den anderen.

»Mama! Papa! Alfonso sagt, dass sich Tante Rosa in diesem Wohnmobil von Stefan befindet!« Ich erzählte ihnen alles, was Alfonso gesagt oder gemeint hatte, woraufhin alle zuerst einmal schwiegen. Stefan saß vollkommen unbekümmert am Tisch auf der Terrasse und unterhielt sich mit Opa Gerhard. Ich knurrte ihn leise an, doch er bemerkte mich nicht einmal.

Papa räusperte sich. »Das ist eine schwerwiegende Anschuldigung«, fing er an, »aber wir haben keinen Grund, an den Worten von diesem jungen Kater zu zweifeln.« Er schaute diesen Stefan an und knurrte ebenfalls, woraufhin Stefan kurz aufblickte und mit den Schultern zuckte. »Ich verstehe nur nicht, welchen Sinn das alles haben soll. Warum sollte jemand, der gezielt Hunde einfängt, einen von seiner Beute abgeben wollen?«

Anton nickte bedächtig. »Eine gewisse Logik sehe ich darin schon. Wie ich erfahren habe, sind fast alle verschwundenen Hunde solche wie eure Kinder. Rosa hingegen ist eine Chihuahua, wie du, verehrte Haya.« Er schaute zu Mama.

»Das stimmt schon«, überlegte Papa, »aber was bedeutet das? Glaubst du, dass der Hunderäuber nur Chiliers haben will? Und wie du selber gesagt hast - wie wir schon vorher gehört haben - sind ebenfalls einige andere kleine Hunde gestohlen worden. Und wie passt nun unser Stefan ins Bild?«

Mama wurde zusehends unruhig. »Rosa und ich sind nicht nur keine Chiliers, sondern auch älter als die meisten der Verschwundenen. Unsere Kinder sowie die anderen Welpen sind für Kriminelle verlockend, weil sie bestimmt leichter und gewinnbringender verkauft werden können. Vielleicht sammelt jemand andere kleine Hunde, zu einem ganz anderen Zweck. Die einen werden verkauft, die anderen missbraucht...«

Rudi und ich wechselten einen Blick. Dank Condesa hatten wir heute noch einmal Glück gehabt und vermutlich wäre unser Schicksal nicht das allerschlimmste gewesen. Er als junger, reinrassiger Jack Russell Terrier und ich als halbwüchsiger Chilier wären wohl schnell verkauft worden. Aber für Alma mit ihrer Blindheit hätte alles ganz furchtbar enden können. Für die meisten Menschen wäre sie wohl nicht viel Wert - nur eine mangelhafte Ware, die höchstens für die Monster, die illegale Hundekämpfe organisierten, von Interesse wäre.

 Es schauderte mich als ich darüber nachdachte, wie leichtsinnig wir doch gewesen waren. Und dabei wussten wir ganz genau, dass dieser Hunderäuber unterwegs war! Auch Tante Rosa würde vermutlich zu dieser Kategorie gehören. Sie war alt, sogar noch älter als meine Mutter, und hatte unzählige Male für das Monsterpaar Rodriguez Welpen produzieren müssen, wodurch ihre Gesundheit nicht mehr die Beste war.

Alfonso kletterte von dem Baum herunter und kam vorsichtig um sich guckend zu uns. »Ui-ui!« Was hatte er jetzt schon wieder? Mama lächelte ihn ermutigend an, woraufhin er sich traute, neben ihr Platz zu nehmen. »Viele Geschenke!«

Ich schaute ihn irritiert an. »Ja, Alfonso, wir sind ziemlich viele Hunde. Aber du brauchst nicht 'Geschenk' zu uns zu sagen.«

Jetzt war er an der Reihe, irritiert zu schauen - also noch mehr, als eh schon. »Nein! Du bist Arlo! Geschenke dort!« Er zeigte erneut mit seiner Pfote in Richtung Wohnmobil. Langsam begriffen wir alle, was er meinte. Anton starrte ihn ungläubig an.

»Junge? Meinst du, dass es sich mehrere Hunde in dem Wohnmobil befinden?«

Alfonso nickte. Alles wurde ja immer schlimmer! Falls das stimmte, war es kein Wunder, dass Alma in Panik geflüchtet war. Aus dem Wohnmobil war kein Ton zu hören, da es ja schallisoliert war, wie dieser Stefan stolz erzählt hatte. Aber als wir vor ein paar Tagen dort drinnen gewesen waren, gab es da nur leere Käfige. Einen Hund hätten wir bestimmt bemerkt, geschweige denn mehrere Hunde.

»Wie ist das möglich?«, fragte Papa verzweifelt. »Wie kann es sein, dass wir absolut nichts mitbekommen haben? Woher kommen diese Hunde auf einmal?«

»Vielleicht ist es passiert, als Luna und ich aus dem Verkehr gezogen waren«, überlegte Anton. »Der Hunderäuber muss auch diese Hunde dorthin gebracht haben. Habt ihr nicht gesagt, dass dieser Stefan morgen zurück nach Deutschland fahren will?«

Ich nickte. »Genau! Er wollte aber Hunde von einem Tierschutzverein weiter im Norden mit nach Deutschland nehmen. Von irgendwelchen weiteren Hunden hat er nichts gesagt.«

Luna blieb immer noch skeptisch. »Vielleicht weiß Stefan gar nicht, was er in seinem Wohnmobil hat. Oder hat jemand beobachtet, ob er seit eurem Strandausflug wieder dort hineingeschaut hat?«

Obwohl wir alle verneinen mussten, konnten wir nicht so richtig an so etwas glauben. Das würde ja noch weniger Sinn machen, als alles andere. Allerdings wirkte dieser Stefan weiterhin fröhlich und vollkommen unbekümmert. Hätte er sich jedoch nicht etwas mehr Sorgen machen oder wenigstens etwas Mitgefühl zeigen müssen, da nun Hunde ebenfalls von unserer Finca verschwunden waren? Dabei fielen mir Toni und Tina ein, die sicher in diesem Moment große Angst haben mussten.

Mama hatte wohl denselben Gedanken. »Rosa muss ganz krank vor Sorge sein, so von ihren Kindern getrennt. Und niemand hat auch nur die leiseste Ahnung, wohin Tina und Toni gebracht worden sind.«

Anton fletschte die Zähne. »Wäre es nicht das Beste, wenn wir diesen Stefan einfach anfallen würden? Dann könnte er wenigstens für eine ganze Weile nicht mehr aus dem Bett aufstehen.« Das nahm ich ihm sofort ab. Ich hatte ihn zwar noch nie wütend gesehen, aber alleine die Kraft, die er ausstrahlte, war sehr einschüchternd.

Papa schüttelte den Kopf. »An sich ist das eine ausgezeichnete Idee, aber dann würden wir sicher nie erfahren, wohin er mit den Hunden unterwegs ist. Oder wohin die Welpen gebracht worden sind. Falls unsere Menschen darauf aufmerksam werden, dass wir uns ihm gegenüber plötzlich feindselig verhalten, dann werden sie höchstwahrscheinlich der Sache nachgehen und das Resultat wäre womöglich dasselbe - wir würden niemals erfahren, wo die Welpen sind.«

»Das können wir auf keinen Fall riskieren«, stimmte Mama ihm zu. »Ich weiß mit Bestimmtheit, dass für Rosa ihre Welpen am allerwichtigsten sind. Sie würde es sich oder uns nie verzeihen, wenn wir eine Möglichkeit, und sei diese auch noch so klein, verpassen, um ihre und die anderen Welpen wiederzufinden.«

Welche Möglichkeit sie meinte, wusste ich nicht. Ich hatte das Gefühl, dass allen bewusst war, dass wir nicht tatenlos zusehen konnten, wie sich alles entwickelte. Aber gleichzeitig erkannte ich, dass keiner von uns die leiseste Ahnung davon hatte, was wir unternehmen könnten. Die Menschen konnten uns gar nicht helfen, weil sie diesen Stefan weiterhin nicht verdächtigten. Außerdem wären sie genau in so einer Lage wie wir - Stefan aufzuhalten würde bedeuten, dass wir zwar die Hunde aus seinem Wohnmobil befreien könnten, alle anderen Verschwundenen jedoch nicht.

Alma war bei Toran in Sicherheit, aber von Toni und Tina fehlte jede Spur. Und ob da in dem Wohnmobil überhaupt andere Hunde außer Tante Rosa waren, konnten wir nicht mit Sicherheit wissen. Alfonso war zwar für eine Katze sehr nett, aber auch etwas sonderbar.

Ich war so in meinen Gedanken gewesen, dass ich das Auto erst bemerkte, als Alfonso wieder mit seinem 'ui-ui-ui' anfing und zum Tor eilte. Terri und Mateo kamen zurück, hoffentlich mit Domino! Wenigstens hatten sie diese Transportbox bei sich, aber das hieß ja noch nichts. Als sie näher kamen, sah ich, wie Terri wieder in Tränen ausbrach und Mateo tröstend seinen Arm um sie legte.

Oma Martha ging ihnen entgegen. »Doch nicht auch noch der süße Kater....«

Mateo wedelte beruhigend mit der Hand. »Nein, nein! Er hat eine schwere Rippenprellung, aber zum Glück ist nichts gebrochen.« Die Erleichterung bei uns allen war direkt greifbar, sogar Alfonso hörte mit seinem Gewinsel auf und ging näher zu der Box, die Terri vorsichtig auf die Terrasse legte.

»Es ist nur alles so grauenhaft!«, schniefte sie. »All die verschwundenen Hunde - und dann noch unsere Alma, die auf diese furchtbare Weise sterben musste!«

Nun flossen bei Oma Martha ebenfalls die Tränen. »Ich weiß, Liebes. Wir können nur hoffen, dass die Polizei bald eine Spur findet. Alma können wir leider nicht mehr helfen, aber wenigstens durfte sie in ihren letzten Monaten Liebe und Fürsorge erleben.«

»Wäre ich ihr nur sofort gefolgt, vielleicht hätte ich sie vor dem Wolf einholen können«, sagte sie weiter weinend.

Opa Gerhard stand auf und drückte Terri fest an sich. »Das glaube ich nicht. Es ist alles so furchtbar schnell passiert. In ihrer Panik wollte sie nur flüchten - und wie sie das trotz ihrer Blindheit durch den Wald geschafft hat, werden wir wohl nie in Erfahrung bringen können.«

Ich wusste nicht, wie ich diese guten Menschen trösten könnte, wie ich ihnen erklären könnte, dass Alma mit Sicherheit nicht von Toran verspeist worden war. Luna wirkte ebenso verzweifelt wie ich - sie konnte ihre Menschen genauso wenig traurig sehen. Sie lief schnell hinter das Haus und heulte in Richtung der Berge.

»Pa-paa! Al-maa! Alles gu-uut?«

Innerhalb von ein paar Sekunden kam die Antwort. »Jaaaaa!« Zuerst war nur die tiefe Stimme von Toran zu hören, aber als sogar die Menschen ganz still geworden waren, hörten wir danach noch ein etwas piepsiges und viel leiseres 'Jaa! Jaa!' - eindeutig von Alma!

Terri schaute auf. »Das kann doch nicht sein.... das hörte sich an wie... wie Alma!« Ich wusste, dass Terri uns schon öfter dabei beobachtet hatte, als wir gemeinsam mit Luna in die Berge riefen. So ein Heulen war nämlich richtig ansteckend und es machte sehr viel Spaß, aber dass sie tatsächlich Almas Stimme erkennen konnte, hätte ich nicht gedacht.

»Das ist wohl eher Wunschdenken.« Dieser Stefan musste sich wieder einmischen. »Eine blinde halbwüchsige Miniaturhündin sollte eine Wolfsattacke überlebt haben? Tut mir leid, aber das ist wirklich schwer zu glauben.«

Terri ließ sich nicht irritieren, sondern trocknete ihre Tränen und schaute uns fragend an. Sie hatte allen Anschein nach nicht vergessen, wie sie unabsichtlich bei der Rettungsaktion vor einigen Monaten uns mit ein paar Wölfen zusammen gesehen hatte. Damals hatte sie sogar richtig erraten, dass einer von denen der Vater von Luna sein musste. Mama ging zu ihr und leckte ihre Hand, ich trippelte so, wie Alma es immer tat, und Rudi sprang um uns herum. Zum ersten Mal seit diesen katastrophalen Ereignissen sah ich Terri kurz lächeln. Dann bückte sie sich und öffnete die Box von Domino. Alfonso kam umgehend näher.

»Schau mal, da ist dein Bruder wieder!« Terri hob Domino vorsichtig auf eine Decke. »Ihr seid doch Brüder, oder? Es wird ihm bald besser gehen. Er hat starke Schmerzmittel bekommen und ist sicher noch ein bisschen benommen.« Alfonso hockte sich zu ihm und als Domino sein leises 'ui-ui-ui' wahrnahm, öffnete er kurz die Augen.

»Alles bestens, Alfi! Lass uns noch ein bisschen schlafen!« Sie lagen dicht aneinander geschmiegt da und sogar Alfonso konnte sich entspannen und die Augen schließen.

Es dämmerte schon. Oma Martha ging in Richtung Küche. »Trotz allem müssen wir etwas zu uns nehmen. Seit unserem Picknick sind ja schon Stunden vergangen. Mit leerem Magen fühlt sich alles noch schlimmer an.« Ich teilte vollkommen ihre Meinung und war froh zu sehen, dass Terri ihr folgte und anfing, unsere Näpfe zu füllen. Selbstredend wurden Rudi und Anton ebenfalls zum Abendessen eingeladen.

Opa Gerhard setzte sich neben Stefan an den Tisch. »Tja, unsere gemeinsame Zeit neigt sich leider dem Ende zu. Musst du wirklich morgen schon fahren?«

»Es lässt sich leider nicht ändern«, seufzte Stefan. »Ich wäre sehr gerne noch länger geblieben, aber die Termine muss ich einhalten. Letztendlich geht es um Hunde, deren neue Familien schon sehnlichst auf sie warten.« Er tat tatsächlich glaubwürdig so, als ob er ein guter Samariter wäre, und jeder Mensch schien ihm das abzukaufen.

»Vielleicht habe ich mal die Gelegenheit wiederzukommen«, fuhr er fort. »Der Aufenthalt bei euch war alles andere als langweilig!« Er lachte laut auf, aber ich beobachtete, dass weder Opa Gerhard noch Mateo das irgendwie amüsant fanden. Langweilig war es sicher nicht gewesen, aber man musste schon einen extremst seltsamen Humor haben, um in den Geschehnissen etwas Witziges zu sehen.

Als ich hörte, was er noch hinzufügte, wurde es mir ganz anderes. »Ich will sehr früh losfahren, um nicht in der größten Hitze bei den Hunden zu sein. Die Strecke sollte ich in gut zwei Stunden schaffen. Dann kann ich vor einer Pause zur Mittagszeit wahrscheinlich schon über der Grenze sein. So früh will ich euch nicht stören, sondern werde mich jetzt heute Abend von euch verabschieden. Ich muss eh ziemlich früh in die Federn.«

Alle anderen hatten das Gespräch ebenfalls mitbekommen. Papa sprach aus, was wir alle dachten. »Morgen früh! Nun bleibt uns nicht mehr viel Zeit, um einen Plan auszuarbeiten, wie wir diesen Stefan aufhalten und die Welpen finden können.«

Zuerst sagte niemand ein Wort, weil wohl keinem etwas dazu einfiel. Nach einer Weile räusperte Anton sich. »Wir dürfen ihn leider nicht aufhalten. Aber er darf auch nicht entkommen. Da bleibt dann wohl nur eines übrig - wir müssen ihm folgen. Oder besser gesagt, wir müssen mit ihm fahren.«

17. DAS ROCKEN WIR ZUSAMMEN!

Der Plan von Anton war der einzige, der uns einfiel, obwohl es für einen Plan schon etwas sehr dürftig war. Um Stefan und die Hunde nicht aus den Augen zu verlieren, mussten wir seinem Wohnmobil folgen und zu Fuß ging es ja nun mal nicht. Allerdings was dann weiter geschehen sollte, wenn er sein Ziel erreicht hatte, konnte niemand sagen. Sich freiwillig in die Hände von Stefan oder sogar - und noch wahrscheinlicher - in die des Hunderäubers zu begeben, war nicht nur dämlich sondern auch sehr gefährlich. Aber es war unsere einzige Chance.

Luna seufzte. »Am besten wäre es, wenn Anton und ich mit ihm fahren würden. Ich vermute jedoch, dass er kein Interesse an uns hat, weil wir einfach zu groß sind.« Sie schaute betrübt auf ihre Pfoten, die wirklich riesig waren. Sie waren fast so groß, wie mein Kopf, stellte ich mit ein bisschen Ehrfurcht wieder einmal fest. Sie und Anton würden innerhalb von ein paar Sekunden Stefan überwältigen können, falls es notwendig wäre. Doch das wäre viel zu einfach gewesen.

»Da hast du leider recht, fürchte ich«, stimmte Anton ihr zu. »Bis jetzt sind alle Verschwundenen entweder Chiliers oder eben sonst kleine Hunde gewesen. Zu Schade - wenn er an seinem Ziel angekommen wäre, hätten wir zwei ihn mit Leichtigkeit überwältigen können.« Ja, genau meine Worte.

159

Die anderen brauchten nichts Weiteres zu sagen. In Frage kämen in diesem Fall nur Rudi und ich oder meine Eltern, die allerdings wegen ihrem Alter und Papas Behinderung Gefahr liefen, als Trainingsköder zu enden. Wenigsten hätten Rudi und ich eine Chance, an eine Familie verkauft zu werden. Wenn wir Tante Rosa und den anderen helfen wollten, dann gab es nur diese Alternative: Rudi und ich.

Rudi legte seine Pfote auf meine. »Das rocken wir zusammen! Arlo und ich werden es machen, oder nicht?«

Am liebsten wäre ich irgendwohin unter einen Busch gekrochen und hätte geweint, bis ich keine Tränen mehr gehabt hätte und bis diese ganze Sache vorbei wäre. Ich hatte entsetzliche Angst und wollte nur meine Ruhe haben, ein einfaches Leben in Sicherheit auf der Finca. Stattdessen sollte ich es mit Rudi, der kaum größer als ich war, mit einem Kriminellen oder sogar mehreren aufnehmen. Ich konnte nicht verstehen, woher Rudi diese, ja, fast Unbekümmertheit und den Mut hernahm. Ihm musste es doch auch vollkommen klar sein, wie gefährlich das alles für uns werden könnte. Ich wollte es nicht, ich konnte es nicht - trotzdem nickte ich und sagte:

»Na klar doch!«

Mama schaute uns an. »Ach ihr lieben Jungs! Ich weiß nicht, ob wir das wirklich machen sollten. Wenn wir nun alle anderen verlieren sollten, würdet ihr uns erhalten bleiben. So egoistisch dürfte ich gar nicht denken....«

»So wild wird es schon nicht werden«, sagte Rudi voller Zuversicht, die ich auch gerne verspürt hätte. »Mateo wird uns nämlich mit Leichtigkeit wiederfinden können!« Wir sahen ihn nur völlig verständnislos an - wie sollte er uns jemals finden, wenn wir irgendwo in der weiten Welt mit

Stefan unterwegs waren?

Anton nickte. »Ach, du meinst...«

»Ja, genau!« Rudi strahlte regelrecht. »Seht ihr dieses kleine Ding hier auf meinem Geschirr? Neulich hat Mateo es gekauft, weil er meinte, sicher ist sicher. Das ist ein GPS-Tracker, hat er erzählt. Er kann die Signale mit seinem Handy überall empfangen und immer wissen, wo ich bin! Ich könnte sogar bis nach Finnland gebracht werden und trotzdem würde er mich dort finden können. Genial, oder?«

Wie kam er jetzt ausgerechnet auf dieses Finnland? Mir fiel ein, dass ich die Tage im Fernseher eine Sendung über dieses komische Land gesehen hatte - vielleicht war es bei ihm genauso. Ich war mir nicht sicher, ob ich jemals dahin gebracht werden möchte. Sie hatten berichtet, dass es dort sehr viel Wasser gibt, was an sich nicht so schlecht ist, aber dieses Wasser wird im Winter immer ganz hart und man konnte sogar mit einem Auto darüber fahren. Das wäre doch für so einen Hunderäuber ein gefundenes Fressen - auch ein See würde ihn dann nicht aufhalten können! Alma würde sich sicher freuen, weil es dann so kalt wäre, dass wir mit Sicherheit irgendeinen Mantel anziehen müssten. Ich sah sie vor meinem geistigen Auge mit irgendetwas in Pink und mit Glitzer herumstolzieren. Allerdings habe ich gehört, dass dort der Weihnachtsmann wohnt, der zu allen Kindern an Weihnachten Geschenke bringt. Ob wir wohl dazu zählen? Ich schüttelte mich, um mich wieder auf unsere Aufgabe zu konzentrieren.

Das mit diesem GPS-Gerät war allerdings eine gute Sache - wenigstens solange, bis jemand ihm sein Geschirr auszog oder eventuell das Gerät fand. Das sagte ich aber nicht laut, weil es doch der einzige Hoffnungsschimmer war, den wir hatten. Wir würden den Weg aufzeigen und die Menschen würden den Hunderäuber entlarven und letztendlich auch uns retten. Das war der Plan. Da konnte nicht viel schief gehen, oder? Zuversicht war zwar nicht mein zweiter Vorname, jedoch beruhigte mich das Wissen um dieses kleine Gerät insoweit, dass ich meine Fluchtgedanken vertreiben konnte. Da fiel mir ein neues Problem ein.

»Wie werden wir es schaffen, dass Rudi bei Stefans Abfahrt hier sein kann?«, fragte ich in die Runde und bekam nur Schweigen als Antwort. Stefan würde ja erst morgen früh fahren und wenn wir es irgendwie schaffen sollten, schon an diesem Abend in das Wohnmobil zu gelangen, würde Mateo uns doch sofort finden, wenn er nach Hause fahren wollte. Dass Rudi in der Nacht zu Fuß zurück zu uns laufen könnte, war ausgeschlossen. Der Weg war einfach zu weit und zu gefährlich im Dunkeln. Würde das bedeuten, dass ich doch alleine mit diesem Stefan fahren musste? Die winzige Portion Mut, die ich kurz verspürt hatte, löste sich schneller in Luft auf als Alfonso 'ui' sagen konnte.

Papa kam direkt zu mir. »Es ist ausgeschlossen, dass wir dich alleine fahren lassen. Mit Rudi und seinem Ortungsgerät wäre das machbar gewesen, obwohl mir trotzdem nicht ganz wohl bei dem Gedanken war. Es gibt nun nur die Möglichkeit, dass ich selbst mitfahre.«

Ich schreckte hoch. »Nein, Papa, das darfst du nicht machen! Du bist ja immer noch nicht ganz gesund und du weißt doch, welchen Zweck behinderte Hunde für so einen Hunderäuber haben....«

»Es geht aber um das Leben der anderen Hunde, auch von unserer Rosa mit ihren Kindern. Wir können sie nicht im Stich lassen«, sagte Papa sehr bestimmend.

Alfonso hatte anscheinend unser Gespräch verfolgt, weil er uns mit großen Augen anschaute. »Ui!« Ach nee, nicht schon wieder! Aber er hatte tatsächlich eine Idee. »Anton bleibt. Rudi bleibt. Ich habe Angst vor dem bösen Mann.«

Mama strahlte ihn an. »Alfonso, mein Junge, das ist ein sehr guter Gedanke von dir. Wenn Anton und Rudi über Nacht bei uns bleiben, haben wir ja das Problem gelöst. Und du brauchst wirklich keine Angst zu haben - wenn unsere Menschen hier sind, wird kein böser Mann kommen.«

»Und wie erklären wir unseren Menschen, dass ihr unbedingt bleiben müsst?«, fragte Luna und zuckte nervös mit ihrer Pfote. Tja, das war eine gute Frage. Manchmal blieb Mateo schon länger, doch übernachtet hatte er bei uns noch nie. Es war inzwischen vollkommen dunkel geworden und wir mussten befürchten, dass er bald aufbrechen würde. Die Lösung unseres Problems war schon pfotengreiflich gewesen und nun saßen wir alle wieder nur schweigend da. Ich sah, wie Stefan sich gerade überschwänglich von den anderen verabschiedete - Umarmungen, Hände schütteln - und wie er in sein Wohnmobil einstieg. Es konnte sich nur noch um Minuten handeln, wir mussten sofort eine Idee haben.

Anton stand auf. »Eines könnten wir versuchen. Der kleine Kater ist ja gar nicht so dumm wie....öhm...also ich meine, er ist sehr klug.«

Ich musste grinsen, aber als ich sah, wie Alfonso strahlte, fühlte ich ihm gegenüber eine Welle der Sympathie in mir aufsteigen. Ich wurde wohl noch sentimental in meinen frühreifen Jahren. Ich konnte jedes Lebewesen verstehen und es in seinem Dasein ermutigen und fördern. Almas strenger Blick ruhte auf mir und ich musste mich umschauen um sicher zu sein, dass sie nicht doch wirklich da war. Na gut, es war vielleicht etwas übertrieben, aber ich war doch auf einem guten Weg dorthin - zu einem Retter der Gepeinigten! Ja-haa, Alma! Ich konzentrierte mich darauf, was Anton gerade sagte.

»Ihr könntet gegenüber den Menschen zum Ausdruck bringen, dass ihr alle Angst habt«, fuhr er fort. »Nach dem heutigen Tag ist es ja auch nicht gerade schwer zu machen. Und Luna und ich zeigen, dass wir euch bewachen. Vielleicht lassen sie uns dann zusammenbleiben.«

Na ja, so grandios war diese Idee nun wirklich nicht und ich bezweifelte stark, ob es funktionieren würde, aber irgendetwas mussten wir ja versuchen. Anton und Luna taten so, als wenn sie uns zusammentreiben und in Richtung der Terrasse bringen würden. Wir winselten leise und Anton bellte kurz, woraufhin die Menschen auf uns aufmerksam wurden und stillschweigend unser Schauspiel beobachteten. Luna und Anton blieben wachsam vor dem Korb stehen, in den wir uns alle hineinzwängten und noch lauter winselten. Aus dem Augenwinkel sah ich Terri vom Tisch aufstehen und zu uns kommen. Ich schaffte es, sogar ein bisschen zu zittern, was bei dem Gedanken an den Hunderäuber gar nicht so schwer war.

»Was habt ihr?«, fragte Terri und schaute sich um. »Ihr habt wohl sehr viel Angst - aber es ist doch alles jetzt ruhig und friedlich, oder?« Luna knurrte geistesgegenwärtig ganz laut und richtete ihren Blick in den dunklen Garten. Das war ja eine überraschend gute Leistung von ihr, die auch gleich ihre Wirkung zeigte. Opa Gerhard kam zu Luna und versuchte etwas in der Dunkelheit zu erkennen.

»Hallo? Ist da jemand?«, rief er laut, aber es blieb still. Wer sollte da schon herumlaufen? Mateo spielte den Mutigen und lief an Opa Gerhard vorbei in den Garten. Er schaltete das Licht an seinem Handy ein. »Ich gehe mal kurz gucken. Anton, komm mit!« Also doch nicht so mutig, wobei ich grinsen musste und fast für einen Moment vergaß, dass ich doch ängstlich wirken sollte. Mateo lief eine Weile herum, kam jedoch bald kopfschüttelnd wieder zurück.

»Ich habe nichts entdecken können. Das gefällt mir alles trotzdem nicht. Heute ist bei euch schon einmal eingebrochen worden. Wer weiß, ob derjenige nicht noch hier irgendwo auflauert und nur darauf wartet, dass ihr euch hinlegt.«

Ja, seine Gedanken gingen schon in die richtige Richtung. Luna bellte einmal kurz und ließ sogar ihr Nackenfell hochstehen. Sie spielte in diesem Drama wirklich die Hauptrolle. Allerdings musste ich daran denken, dass Luna für ihre Fähigkeiten eigentlich schon fast zu gut war. Hatte sie doch irgendetwas Verdächtiges gehört oder gerochen? Ich konnte in dem Moment nicht zu ihr, um das zu erfahren, weil wir ja in diesem Korb winseln sollten. Als ich Luna genauer beobachtete, bemerkte ich, dass sie Anton angrinste. Anscheinend hatte sie einfach nur ihr geheimes Talent entdeckt.

Mateo legte seinen Arm um Terris Schulter. »Ich muss leider gleich nach Hause fahren, weil ich noch ein paar Unterlagen für die Klinik vorbereiten muss.« Ich dachte schon, dass unser Plan offenbar nicht funktioniert hatte, aber Mateo fuhr fort. »Es würde mich jedoch beruhigen, wenn ich euch in dieser Situation etwas unterstützen könnte. Wie wäre es, wenn ich euch über Nacht Anton und Rudi hier

165

lasse? Anton ist ein guter Wachhund und Rudi meldet sich bombensicher bei jedem Geräusch, das ihm ungewöhnlich vorkommt.«

Terri strahlte ihn an. »Das ist sehr nett von dir! Wir würden uns mit solchen zusätzlichen Kräften wirklich sicherer fühlen. Oder was meint ihr, Oma und Opa?« Als die beiden lächelten und nickten, wollten wir aufspringen und jubeln, aber in letzter Sekunde erinnerte uns der strenge Blick von Anton daran, weiterhin die Ängstlichen zu spielen. Bald darauf fuhr Mateo fort und unsere Menschen machten sich bereit für die Nacht. Terri kam noch einmal zu uns.

»Was für ein Tag! Wenn ihr etwas braucht oder wenn euch etwas merkwürdig vorkommt, meldet euch bitte sofort. Ich lasse meine Tür offen, dann werde ich euch sofort hören. Oder ihr könnt einfach bei mir im Zimmer schlafen.«

Oh nein, bitte nicht. Wie sollten Rudi und ich dann unauffällig zum Wohnmobil gelangen? Terri schien es sich zum Glück anders zu überlegen. »Andererseits ist es drinnen wahrscheinlich viel zu warm für euch. Bleibt ruhig hier auf der Terrasse. Ich bin ja nicht weit weg.« Endlich ging sie in ihr Zimmer und schaltete kurze Zeit später das Licht aus.

Ich konnte es kaum erwarten, dass alles endgültig still und friedlich war, weil mir gerade etwas Wichtiges eingefallen war. Als wir das leise Schnarchen von Oma und Opa wahrnahmen, traute ich mich etwas zu sagen. Ich schaute in Richtung des Wohnmobils. »Rudi und ich sollten ja beim Wohnmobil sein, wenn Stefan morgen früh aufwacht und uns entdecken kann, bevor er fortfährt.« Alle nickten. Ich räusperte mich zuerst einmal. »Ja nun, wie sollen wir dorthin gelangen? Da ist ja der Zaun dazwischen.«

Wieder dieses kollektive Schweigen, das ich langsam als

ziemlich nervtötend empfand. Früher hatten Alma und ich es geschafft, bei Bedarf das Tor zu öffnen, aber als die Menschen dahinterkamen, installierten sie noch einen zusätzlichen Riegel darauf. Durch das Tor konnten wir nicht, darüber klettern, wie die Katzen, würden wir auch niemals können. Ich glaubte nicht, dass es ausreichen würde, wenn wir nur direkt am Tor stehen würden. Stefan würde uns womöglich gar nicht sehen oder falls doch, sogar uns ignorieren. In diesem Augenblick erkannte ich noch ein weiteres Problem.

»Falls wir es überhaupt schaffen sollten, zum Wohnmobil zu gelangen, wie können wir erstens Stefan auf uns aufmerksam machen und zweitens ihn dazu bringen, uns mitzunehmen?«

Zuerst erntete ich wieder nur Schweigen, aber dann räusperte Papa sich. »Falls sich unser Verdacht in Bezug auf seine Tätigkeiten bewahrheiten sollte, wird er euch mit Sicherheit mitnehmen. Allerdings können wir nicht wissen, ob er überhaupt aussteigt, bevor er losfährt. Vor allem die hintere Tür zu diesen Käfigen wird er wohl nicht hier in der Nähe von unserer Finca öffnen. Sonst würden die Hunde dort drinnen sofort anschlagen.« Unser Plan war mir zu Beginn sehr einfach vorgekommen, aber jetzt hatten wir nur Probleme und kaum Zeit, diese zu lösen. Ich fing an, richtig nervös zu werden.

Auf einmal sprang Rudi auf. »Ich weiß es! Wir können zwar nicht durch das Tor oder darüber - aber doch darunter hindurch!« Er konnte sich nur mit Gewalt daran hindern, mit der Trippelei anzufangen. In letzter Sekunde hatte er wohl daran gedacht, Terri bloß nicht aufzuwecken. »Ich bin ein Meistergräber! Das habt ihr ja schon am Strand gesehen!«

Anton stupste ihn leicht. »Das bist du tatsächlich und so sieht unser Garten auch aus!« Rudi grinste ihn an. Anton zeigte mit seiner Pfote in Richtung Hinterhof. »Komm mal mit mir, Rudi! Wir werden dort hinten sicher einen geeigneten Platz finden, wo wir möglichst unauffällig buddeln können. Am besten wartet ihr anderen hier, damit die Menschen möglichst nichts mitbekommen.« Er verschwand mit Rudi in der Dunkelheit. Falls sie es tatsächlich schaffen sollten, dann hätten wir ein Problem weniger.

Gerade als ich mir meinen Kopf darüber zerbrach, wie wir in das Wohnmobil gelangen könnten, hörte ich das allzu bekannte 'ui', zum Glück nur ganz leise. Alfonso kam etwas näher zu uns und machte ganz große Augen.

»Ui! Alfonso hat Angst. Aber will helfen!«

Ich schüttelte leicht den Kopf. »Das ist sehr nett von dir, Kumpel, aber ich wüsste nicht, wie du uns helfen könntest. Jedoch vielen Dank für dein Angebot!«

»Klettern und springen!«, beharrte er. »Stefan die Kralle zeigen! Am Fenster! Er muss aus dem Auto raus!«

Es war diesmal Luna, die Alfonso als Erste verstand. Vielleicht waren ihre Gemüter ähnlich strukturiert und so war es für sie leichter zu interpretieren. »Alfonso, das würdest du für uns tun?« Alfonso nickte heftig, doch ich verstand das alles immer noch nicht. Luna strahlte uns an. »Habt ihr das gehört?« Ja, das schon... »Alfonso würde über den Zaun klettern und auf die Motorhaube des Wohnmobils springen. Stefan wird ihn verscheuchen wollen und dafür wird er höchstwahrscheinlich aussteigen.«

Papa nickte anerkennend. »Das ist sehr mutig von dir, Alfonso! In diesem Moment können Rudi und Arlo unauffällig hineinspringen und sich hinter den Sitzen verstecken. Stefan hat ja gesagt, dass er dort eine Liegefläche eingebaut hat.«

Papa schaute mich an. »Falls er jedoch trotzdem einfach losfahren sollte, egal was Alfonso macht, dann müsst ihr euch vor den Wagen stellen und abwarten, was passiert.« Das war ja eine schöne Option. Entweder würde er uns also mitnehmen - oder womöglich einfach nur überfahren.

18. DER TUNNEL ZUR GEFAHR

Kurze Zeit später kamen Anton und Rudi auf leisen und mit äußerst dreckigen Pfoten zu uns zurück. Rudi grinste breit, setzte sich auf seine Hinterpfoten und zeigte uns stolz die Vorderen. »Was habe ich gesagt? Meistergräber, hmm? Auftrag erledigt! Wir haben einen schönen Tunnel unter den Zaun gebuddelt. Da kann ich mit Arlo im Nu durch!« Rudi winkte mich zu sich und als Papa mit dem Kopf zustimmend nickte, liefen wir hinter das Haus.

Zuerst konnte ich überhaupt nichts Ungewöhnliches entdecken. Ich folgte Rudi in die hinterste und dunkelste Ecke des Grundstücks, wo er plötzlich spurlos verschwand, nur um mich ein paar Sekunden später von der anderen Seite des Zauns aus frech anzugrinsen. »Na, was sagst du, Kumpel?« Vor mir sah ich einen überraschend geräumigen Tunnel, der unter dem Zaun herführte. Ich krabbelte ohne jegliche Schwierigkeiten hindurch und nickte anerkennend.

»Das ist ja eine großartige Leistung von dir, Rudi - alle Achtung!« Er lächelte mich an. Ich zeigte mit meinem Kopf auf das Wohnmobil. »Wollen wir kurz schauen, ob wir schon etwas in Erfahrung bringen können - damit wir ein bisschen besser vorbereitet wären?«

Vorsichtig näherten wir uns dem Wagen, der uns im Dunkeln ziemlich riesig vorkam. Ich weiß nicht, wie es Rudi erging, aber ich wurde mit jedem Schritt zunehmend nervöser. Das war wahrscheinlich keine gute Idee, so alleine mitten in der Nacht dort herumzulaufen. Wir konnten bei bedecktem Himmel fast nichts erkennen. Obwohl alles ruhig und friedlich war, strahlte das Wohnmobil irgendwie Bedrohlichkeit aus. Oder waren es nur meine Nerven, die mir langsam aber sicher durchgingen? Ich schielte zu Rudi, der die Augen geradeaus und die Ohren nach oben gerichtet hatte. Er machte den Eindruck, als ob er sich einfach vollkommen konzentrierte, aber durch seine Muskelspannung und ein leichtes Zittern ahnte ich, dass er wohl genauso nervös war wie ich.

Als wir beim Wohnmobil angekommen waren, stupste er mich und flüsterte: »Wir sollten uns auf den hinteren Teil konzentrieren. Vielleicht können wir herausfinden, ob dort wirklich mehrere Hunde sind.«

Da hatte er Recht. Obwohl Alfonso total lieb und sogar mutig war, war er doch auch etwas seltsam und Hund wusste nicht immer zu deuten, was er so von sich gab. Domino konnte seine Aussagen nicht bestätigen, weil er nach dem Tierarztbesuch immer noch fröhlich vor sich hin schlummerte. Wir kannten die beiden erst seit ein paar Tagen, trotzdem war ich heilfroh, dass es ihn nicht schlimmer erwischt hatte. Irgendwie fand ich Katzen richtig interessant. Ich folgte Rudi zu der hinteren Tür des Wohnmobils und setzte meine Supernase ein, die mich diesmal nicht im Stich ließ.

Hören konnten wir nichts, aber der Geruch oder besser gesagt die Gerüche waren eindeutig. »Bemerkst du das auch?«, fragte ich ihn. »Tante Rosa muss tatsächlich dort drin sein!«

Rudi nickte. »Ja - und leider ebenso einige andere Hunde. Oder roch es genauso, als du in diesem Wagen drin warst?«

Ich überlegte und versuchte mich daran zu erinnern, wie es damals war. Egal, wie sehr ich mich auch anstrengte, ich konnte es nicht mit Sicherheit sagen. Da ich gerade an den Besitzer des Wohnmobils denken musste, zuckte ich kurz mit den Schultern.

»Fang bloß nicht noch an, diesen Stefan nachzuahmen!«, sagte Rudi sichtlich genervt. »Falls er mit diesem Hunde- räuber zusammenarbeitet, wie es aussieht, möchte ich keine Minikopie von ihm neben mir stehen haben.«

Eine Minikopie? »Du denkst wohl, du wärest viel größer als ich, was?« Ich starrte ihn direkt an und machte mich steif. »Obwohl dein Mitbewohnerhund Anton eine stattliche Größe hat, kannst du selber wohl nicht gerade unendliche Höhen auf der Messlatte erreichen!«

Rudi seufzte nur und wendete sich etwas von mir ab. »Halt mal den Ball flach, Arlo! So habe ich das doch gar nicht gemeint. Du bist aber ziemlich empfindlich heute und nicht nur... Ach, lassen wir das einfach!«

Eindeutig wollte er keinen Ärger, jedoch alles ließ ich auch nicht durchgehen. Ich war kurz davor, ihm noch meine Zähne zu zeigen. Das sollte ihn daran erinnern, wie empfindlich seine Haut war, falls er eine Begegnung mit meinem Beißwerkzeug riskieren wollte. In diesem Moment hörten wir eine Stimme hinter uns.

»Da bin ich nur kurz fort und sofort musst ihr wieder an- fangen zu spinnen!«

Alma!

Wir drehten uns schnell um - da saß sie und lächelte uns an! Alma! »Wie..?«, riefen Rudi und ich gleichzeitig und sprangen zu ihr. »Erzähl!« Wieder im Chor. Wir begrüßten sie überschwänglich und hatten enorme Schwierigkeiten, um nicht zu laut zu jubeln. Alma war wieder da! Alma!

»Wie hast du zurückgefunden?«, fragte ich Alma und gab ihr sogar ein Küsschen auf ihren kleinen Kopf. Sie zeigte mit ihrer Pfote in Richtung der nächsten Bäume.

»Ich habe Toran gebeten, mich zurückzubringen.« Erst da bemerkten wir eine große Gestalt zwischen den Bäumen, die ein paar Schritte näher trat. Das war eindeutig Toran. Mir war klar, dass er nicht lange bleiben konnte, so bevor ich Alma richtig ausfragen konnte, lief ich schnell zu ihm.

»Toran!« Ich blieb etwas eingeschüchtert vor ihm stehen. Obwohl ich wusste, dass er mein Freund und Retter war, hatte ich ein bisschen Bange vor ihm. Oder eigentlich war es wohl eher Respekt. Doch er schaute mich nur freundlich an und nickte zur Begrüßung.

»Hallo, Arlo! Wie geht es dir denn? Deine Schwester hat euch sicher einen ordentlichen Schrecken eingejagt.«

»Das kannst du laut sagen!« Na ja, das meinte ich nicht wortwörtlich. Wir mussten ja leise sein, obwohl ich am liebsten vor lauter Freude und Aufregung alle Menschen und Tiere der Welt aufgeweckt hätte. »Sie ist voller Panik weggelaufen und ich dachte, ich würde sie nie mehr finden. Aber dann habe ich deine Spur gerochen und wusste, dass sie in Sicherheit ist!« Ich traute mich sogar, noch einen Schritt näher zu gehen.

Toran legte seine Pfote, die noch mindestens zwei Mal so groß wie die von Luna war, auf meine Schulter. Ich wusste, dass er mich nur sanft berührte, trotzdem bin ich unter dem Gewicht fast zusammengebrochen. Seine Augen wanderten ununterbrochen herum, weil er die Umgebung genauestens beobachtete. »Das hast du richtig verstanden, mein Junge.

Ich habe Alma tatsächlich völlig außer sich im Wald gefunden. Ich dachte, es wäre am besten, wenn ich sie zuerst einmal mitnehme, damit sie sich beruhigen kann. Sie wollte jetzt aber unbedingt wieder zurück.«

»Wir sind dir alle sehr dankbar, Toran.«

Er winkte nur ab. »Das war doch selbstverständlich. Da fällt mir etwas auf - was macht ihr um diese Zeit hier draußen? Alma wollte vor dem Tor warten, bis jemand aufwacht, um sie hinein zu lassen. Wieso seid ihr nun nicht im Haus? Das ist doch gefährlich für euch.«

Seine Augen machten keine Pause, was mich bei jedem anderen nervös gemacht hätte, aber bei ihm hatte ich das Gefühl, als wenn er mein - oder unser - Bodyguard wäre. Vielleicht konnte ich das mit den Augen ebenfalls machen, wenn ich auf Alma aufpassen musste, was bis jetzt ja nicht so optimal geklappt hatte. Ich versuchte Toran nachzuahmen, aber nach ein paar Mal hin und her Blickerei wurde mir fast schlecht. Ich seufzte und erzählte Toran alles, was wir über Stefan, sein Wohnmobil, den Hunderäuber und das Verschwinden von Tante Rosa mit ihren Welpen wussten.

Zum Schluss nickte ich in Richtung Zaun. »Rudi und Anton haben einen Tunnel unter dem Zaun gegraben, damit wir morgen früh hierhin können. Wir wollen mit dem Wohnmobil mitfahren, um herauszufinden, wohin all die entführten Hunde gebracht werden.«

Toran starrte mich kurz an. »Das ist wohl nicht euer Ernst? Weißt du nicht, wie gefährlich solche Menschen sein können?«

Ich richtete mich auf, um etwas größer zu wirken, was natürlich neben Toran zwecklos war. »Rudi und ich müssen es

wenigstens versuchen. Außerdem hat Rudi so ein Ortungs-
ding an seinem Geschirr, wodurch Mateo ihm folgen und
uns wiederfinden kann.«

Toran schien alles andere als zufrieden zu sein. »Hmm...
es kann alles trotzdem ordentlich schief gehen, Arlo. Das
gefällt mir so gar nicht. Moment mal!« Sein Blick heftete
sich an etwas beim Tor. »Luna!«

Als Toran äußerst vorsichtig in Richtung Tor ging, erkannte ich, dass Luna tatsächlich dort stand. Sie hatte wohl
mitbekommen, dass ihr Vater hier war. Ich hörte sie sogar
leise winseln und hoffte, dass sie daran dachte, bloß nicht
die Menschen aufzuwecken. Aber als Toran den Zaun erreichte, hörte sie auf und sie unterhielten sich leise miteinander. Mir war bewusst, dass Toran einzig und alleine ih-
retwegen hier in der Gegend geblieben war. Vorher hatte
ich gedacht, dass so ein Leben alleine in den Bergen ziemlich einsam sein musste, aber dann hatte ich erfahren, dass
er nicht nur ein paar Verwandte in der näheren Umgebung
hatte, sondern dass er sogar eine neue Partnerin gefunden
hatte. Lunas Mutter war nämlich schon vor Jahren verstorben, wie sie uns einmal erzählt hatte.

Ich war wieder einmal so tief in Gedanken versunken,
dass ich gar nicht mitbekommen hatte, wie Rudi und Alma
zu mir gekommen waren. »Na, Bruderherz, wie geht es dir
denn? Rudi hat mir alles über euren Plan, mit dem Wohnmobil mitzufahren, erzählt.«

Dass sie in diesem Moment Pfoten hielten, störte mich
diesmal nicht. Ich war einfach nur froh, dass meine hibbelige Schwester unversehrt wieder bei uns war. Außerdem
war ich Rudi für seine Hilfsbereitschaft sehr dankbar. Mit

ihm einen Streit kurz vor unserer Aktion darüber anzufangen, wer das Recht hatte, die Pfote meiner Schwester zu berühren, wäre sicher nicht so klug. Trotzdem versuchte ich meine Wichtigkeit für sie dadurch zu betonen, dass ich wieder diese Augenbewegung von Toran nachzumachen versuchte.

»Arlo! Hast du irgendeinen Anfall?«, fragte Rudi besorgt. Das hatte ich ja prima hinbekommen und zudem war mir jetzt so schwindelig, dass ich mich kurz hinlegen musste. Bevor die beiden sich noch weiter wundern konnten, bat ich Alma zu erzählen, was eigentlich passiert war. Alma vergewisserte sich noch mit einer prüfenden Berührung mit ihrer Pfote, dass mir nichts Ernsthaftes fehlte, und fing dann an zu erzählen.

»Als wir von unserem Ausflug an den Strand zurückkamen, fühlte ich plötzlich ungeheure Bösartigkeit und Gemeinheit, die mir von unserer Finca entgegenschlugen - von unserer Finca! Ich wusste, dass etwas Furchtbares passiert war und musste einfach sofort weg.« Bei diesen Erinnerungen fing sie an, leicht zu zittern. Rudi und ich setzten uns noch dichter zu ihr. »Ich lief ziellos durch den Wald...« An dieser Stelle unterbrach ich sie.

»Wie war es überhaupt möglich? Ich meine, wie konntest du erkennen, wo du hinläufst? Normalerweise triffst du alle paar Meter einen Baum.« Sie warf mir einen etwas genervten Blick zu und überlegte wohl kurz, ob sie beleidigt sein sollte oder nicht.

»Tja, das weiß ich nicht so genau«, fuhr sie fort. »Irgendwie habe ich Schatten wahrgenommen, denke ich jedenfalls. Ich war so aufgeregt, dass ich alle meine Sinne darauf konzentrierte, bloß von hier wegzukommen.« Sie hielt inne. Ich schwieg auch kurz, aber ich wusste, dass ich ihr eine bestimmte Frage stellen musste.

»Du...«, fing ich an. Sie schaute mich fragend an und ich musste mich zuerst räuspern, weil etwas kratziges plötzlich meinen Hals befallen hatte. Als ich spürte, dass mir sogar Tränen in die Augen stiegen, sprach ich schnell weiter. »Du weißt doch, dass ich...oder dass wir dich immer beschützen werden. Und trotzdem bist du einfach von uns weggelaufen? Wir würden niemals zulassen, dass dir etwas Schlimmes zustößt.« In diesem Moment konnte ich nicht wissen, dass ich meine letzten Worte bald würde zurücknehmen müssen.

»Ehrlich gesagt konnte ich in dem Augenblick keinen klaren Gedanken fassen«, sagte sie und gab mir ein Küsschen. »Außerdem dachte ich, dass ihr mit mir kommen würdet. Als ich jedoch bemerkte, dass ich vollkommen alleine im Wald war, habe ich meine Flucht doch etwas bereut. Aber dann tauchte Toran auf... und den Rest der Geschichte kennt ihr ja.«

Als ob er seinen Namen gehört hätte, kam Toran zu uns. »Ich muss gehen. Diese Menschengegend ist mir zu gefährlich. Genauso wie euer Plan - der beinhaltet viel zu viele Risiken. Da ich aber weiß, dass ich euch das nicht ausreden kann, werde ich für eine zusätzliche Sicherheit garantieren.« Wir schauten ihn nur mir großen Augen an. »Ihr wisst ja, dass ich überall in den Bergen und in den Wäldern Verwandte habe - auch in anderen Ländern. Wir werden die Route des Wohnmobils beobachten und wenn nötig, in Aktion treten.« Er nickte zum Abschied und verschwand schnell zwischen den Bäumen.

Wir saßen eine Weile still da. Einerseits war ich darüber

sehr erleichtert, was er gesagt hatte. Andererseits wusste ich, in welche Gefahr die Wölfe sich dadurch begaben. Falls sie Menschen angreifen würden - seien es denn böse und kriminelle, würden sie ihr Leben aufs Spiel setzen, weil sie dadurch die Jäger auf den Plan riefen. Mir war jedoch bewusst, dass es aussichtslos war, die Sache Toran auszureden. Er würde mit seinen Verwandten uns bewachen - oder es wenigstens versuchen. Ich hatte keine Ahnung, wohin die Reise uns bringen würde oder wie es in irgendwelchen anderen Ländern aussehen würde. Zum Beispiel in dem Tal vor unserer Finca würde man wohl nie einen Wolf sehen - denn, wie Toran mehrmals gesagt hatte, sie mögen keine Nähe zu den Menschen und deren Häusern. Was wenn es in den anderen Ländern nur solche Flächen gab? Dann würden die Wölfe uns sicher nicht mehr folgen können oder wollen. Ich seufzte.

Alma stupste mich an. »Es wird sicher alles gut werden! Ich muss zugeben, dass ich mich diesmal völlig getäuscht habe. Vielleicht habe ich im Auto einfach schlecht geträumt und bin deswegen so in Panik geraten. Alles halb so wild! Hier ist doch alles ruhig und nichts Schlimmes ist passiert! Manchmal muss ich schon über mich selber lachen.«

Rudi und ich schauten uns an, weil uns klar wurde, dass Alma keine Ahnung davon hatte, was an dem vergangenen Tag hier auf der Finca geschehen war.

19. DAS WOHNMOBIL DER WERTLOSEN

Als ich in Richtung unseres Hauses nickte, verstand Rudi mich ohne Worte. Wir mussten Alma zuerst einmal hinter den Zaun bringen, bevor wir ihr überhaupt etwas erzählten, damit sie nicht wieder weglaufen konnte. Ich hatte keine Ahnung, wie sie reagieren würde, wenn sie erfuhr, dass alle ihre Ängste gut begründet waren. Wir führten sie zum Tunnel und als wir wieder hindurch gekrabbelt waren, bat ich Luna sich vor den Eingang zu setzen. Sicher war sicher. Anton wartete auf uns auf der Treppe.

»Ich wollte gerade schon nach euch schauen...«, fing er an, aber hielt gleich inne. »Ach...da ist ja unsere kleine Ausreißerin! Hallo Alma!« Ihr schien es nicht zu stören, dass jemand sie klein nannte, da sie fröhlich hüpfend zu Anton lief und sich auf seine Pfote setzte.

»Ich habe einen kurzen Ausflug in die Wildnis gemacht!« Alma lächelte breit. Sie hatte wohl tatsächlich keine Ahnung, wie gefährlich das alles gewesen ist. Was wenn Toran sie nicht gefunden hätte oder sie in irgendeine Schlucht gefallen wäre oder so? Sie war genauso unbekümmert wie immer und trippelte fröhlich auf Antons Pfote, als unsere Eltern zu ihr gingen.

Papa schaute sie ernst an. »Das war sehr gefährlich, was du da gemacht hast, mein Mädchen! Deine Mama und ich haben uns große Sorgen gemacht.«

Alma hörte vielleicht für eine Sekunde mit ihrer Trippelei

auf, aber wechselte dann einfach auf Antons andere Vorder-
pfote. Er hatte schon eiserne Nerven, so etwas würde ich
mir nicht gefallen lassen. Allerdings waren meine Pfoten im
Vergleich zu seinen wahrhaftig nicht für so etwas geeignet
- auf meinen konnte höchstens ein winziger Käfer balancie-
ren.

Mama setzte sich direkt vor Alma hin und wartete, bis
Alma sich endlich beruhigte. »Wir meinen das im Ernst,
Alma. Du musst uns versprechen, dass du nie wieder al-
leine wegläufst. Wenn Toran nicht dort gewesen wäre, hät-
ten wir dich womöglich tatsächlich für immer verloren.
Versprichst du uns das?«

Alma wurde nun doch etwas verlegen und leckte kurz
ihre Schnauze. »Es tut mir leid! Ich habe nicht daran gedacht, dass ihr euch Sorgen gemacht habt. Mit Toran fühlte
ich mich vollkommen sicher. Es war wirklich doof von mir,
ganz alleine wegzulaufen. Natürlich verspreche ich, dass
ich das nie wieder tue. Ich weiß auch nicht, was über mich
kam - meine Panik war ja total grundlos.« Sie schwieg für
einen Moment. Ich wollte ihr schon erklären, dass sie sich
leider richtig gefühlt hat, aber ihr fiel eh gerade auf, dass
etwas anders war.

»Wieso ist Anton eigentlich auch hier? Und wo ist Tante
Rosa? Die Kleinen schlafen sicher schon.« Sie wirkte etwas
irritiert und versuchte durch schnüffeln mehr zu erkennen.
Wir alle schwiegen wohl etwas zu lange, weil sie zunehmend nervös wurde. »Was ist hier los? Arlo?«

Ich seufzte, wieder einmal. Mama bemerkte meine Unsi-
cherheit und übernahm zum Glück das Sprechen. »Mein
liebes Mäuschen!« Bei diesem Wort sah ich Alfonso den
Kopf heben, aber als er keine Beute entdeckte, beruhigte er

sich wieder. »Es ist etwas Schlimmes passiert«, fuhr Mama fort. »Anton ist hier zu unserer Sicherheit. Jemand ist in unsere Finca eingebrochen und hat anscheinend Tante Rosa sowie ihre Welpen mitgenommen.«

Alma schreckte hoch und fing an, unkontrolliert zu zittern. »Nein, nein! Das darf nicht wahr sein! Sag dass das nicht wahr ist!« Mama konnte sich nur noch näher zu Alma setzen und ihr kleine Küsschen geben. Alma zitterte noch stärker und ich fürchtete, dass sie wieder eine Panikattacke bekam. »Mein Gefühl war also doch richtig! Das Böse war auf unserer Finca!« Sie schrie fast und ich war mir sicher, dass zumindest Terri jeden Augenblick aufwachen würde.

Anton streichelte Alma kurz über den Rücken. »Wir konnten das leider nicht verhindern. Der Hunderäuber hat Luna und mich betäubt. Ich habe mich noch nie zuvor so nutzlos gefühlt.« In diesem Moment tat er mir leid. Ich wusste, wie wichtig ihm die Aufgabe war, seine Familie und Freunde zu beschützen. Aber gegen die Heimtücke von diesem Hunderäuber hätte niemand etwas tun können.

»Ui!« Oh nein, nicht auch noch Alfonso! Er kam zu uns und nickte wissend. »Tante Rosa ist ein Geschenk!« Wenigstens war Alma jetzt so verblüfft, dass sie sogar mit dem Zittern aufhörte. Ich klärte sie auf.

»Alfonso meint, dass dieser Hunderäuber Tante Rosa als Geschenk für unseren Stefan auserwählt hat. Tante Rosa soll in dem Wohnmobil eingesperrt sein.« Alma musste wohl diese Neuigkeit zuerst einmal verdauen, weil sie nur schwieg und verwirrt wirkte.

»Ui-ui-ui! Viele Geschenke!« Ja, Alfonso, das hatte ich nicht vergessen, aber ich wusste nicht, ob Alma schon bereit war, auch das noch zu erfahren. Rudi wollte anscheinend etwas dazu sagen, als ich jedoch kurz meinen Kopf schüttelte, schwieg er.

Alma weinte leise. »Und was ist mit Toni und Tina? Sind sie ebenfalls dort in diesem Wohnmobil?«

Papa räusperte sich und legte eine Pfote auf Almas Schulter. »Nein, wir wissen leider nicht, wohin sie gebracht worden sind. Deshalb versuchen Rudi und dein Bruder morgen früh mit Stefan mitzufahren, obwohl das sehr, sehr gefährlich werden kann.«

Ja, musste er denn das noch ausdrücklich erwähnen? Sicher konnte es gefährlich werden, aber welche Alternative hatten wir? Meine einzige Hoffnung war, dass Mateo uns tatsächlich finden würde, bevor es ganz schlimm wurde. Ich musste mich regelrecht dazu zwingen, mir nicht auszumalen, was alles passieren konnte. Sonst würde ich garantiert nicht in das Wohnmobil einsteigen.

»Ui! Viele Geschenke!« Alfonso musste das natürlich wiederholen und dazu zeigte er noch mit seiner Pfote auf das Wohnmobil. Alma war ein bisschen ruhiger geworden und schien etwas zu überlegen. Ich räusperte mich.

»Domino und Alfonso wollen gesehen haben, dass der Hunderäuber mehrere Hunde aus irgendeinem Grund ins Wohnmobil gebracht hat. Es sollen ebenfalls kleine Hunde gewesen sein, allerdings keine Chiliers.« Ich beobachtete Alma ganz genau und war bereit, bei jedem Fluchtversuch Luna zu alarmieren. Sie blieb jedoch sehr gefasst, was mich wunderte oder besser gesagt, was mir fast unheimlich vorkam. War sie nun in eine Schockstarre gefallen? Sie saß nur schweigend da. Kann man sitzend ohnmächtig werden? Ich wollte sie schon anstupsen, aber gerade in diesem Moment schüttelte sie sich kurz.

»Das ist alles so grauenhaft«, seufzte Alma. »Ich muss zugeben, dass die Panik nicht weit weg ist, aber ich lasse sie nicht mehr die Oberpfote gewinnen. Wenn ich an unsere kleinen Cousins denke, dann wird mir ganz anderes. Sie müssen furchtbare Angst haben.«

Mama gab ihr einen weiteren Kuss. »Angst werden sie sicher haben. Sie sind jedoch gesunde Welpen, die dieser furchtbare Hunderäuber sicherlich zum Verkauf vorgesehen hat. Deswegen wird er sie bestimmt gut behandeln.«

Alma schüttelte den Kopf. »Ich kann hier nicht tatenlos herumsitzen und darauf warten, was als nächstes passiert. Ich muss etwas tun!« Rudi schaute mich bittend an, anscheinend hatten wir wieder denselben Gedanken. Warum war ich immer derjenige, der Alma die Tatsachen vor Augen führen musste? Nun ja, dieser Spruch war in ihrem Fall nicht gerade passend, aber das änderte nichts daran, dass ich es machen musste. Ich seufzte.

»Alma, hör mal«, fing ich vorsichtig an. Ich musste mich noch räuspern. Das war aber diesmal noch schwerer als sonst. »Es ist vielleicht besser, wenn du tatsächlich hier auf der Finca bleibst und wartest. Du kannst ja nicht...«

Sie musste natürlich sofort protestieren. »Auf gar keinen Fall! Ich werde mit euch mitfahren und helfen, die verschwundenen Hunde zu finden!« Um ihren Worten Gewicht zu verleihen, versuchte sie sich ganz groß zu machen und zeigte sogar für eine Sekunde ihre Zähne. Allerdings hatte sie wohl vergessen, dass sie immer noch auf Antons Pfote stand, weshalb sie stolperte und über ihre eigenen Pfoten fiel. Sie sah gleichzeitig so zornig und so beschämt aus, dass niemand es wagte zu lachen.

Papa schaute sie streng an. »Das wirst du mit Sicherheit

nicht tun, junge Dame. Für Rudi und Arlo ist es schon gefährlich genug, und sie sind beide gesund. Für dich könnte diese Reise ganz anderes enden.«

»Ihr meint, weil ich blind bin, oder? Ist es deswegen? Weil ich blind bin?« Alma war fast außer sich. »Ihr glaubt wohl, dass ich deswegen nichts kann! Dass ich deswegen vollkommen nutzlos bin! Habe ich nicht schon öfter gezeigt, dass ich trotzdem fast alles schaffe? Ihr habt ja kein bisschen Vertrauen zu mir!«

Sie stampfte mit ihren Pfoten und war kurz davor, die Beherrschung völlig zu verlieren. Anton legte beruhigend seine Pfote auf ihren Kopf, was aussah, als ob Alma eine riesige Fellmütze aufgesetzt hätte. Man sah nur noch einen Teil von ihren Augen und ein Stück von ihrer Schnauze.

»Das denkt niemand, meine kleine Freundin», sagte Anton. »Wir wissen alle, wie tapfer und mutig du bist, genau wie dein Bruder. Aber diesmal ist es wirklich viel zu gefährlich. Leider denken einige Menschen - und besonders solche bösen, wie dieser Hunderäuber - dass Hunde mit einer Behinderung nicht so viel Wert sind. Falls etwas schief laufen sollte, würdest du höchstwahrscheinlich als Köder für illegale Hundekämpfe enden.« Wenigstens war Anton mutig genug, ihr die nackte Wahrheit zu sagen, was auch seine Wirkung nicht verfehlte.

Alma ließ den Kopf hängen und als sie sprach, zitterte ihre Stimme deutlich. »Irgendwie muss ich helfen können. Ich denke an die anderen Hunde, unter denen es vielleicht ebenfalls Kranke oder Behinderte gibt. Sie müssen doch auch gerettet werden!«

»Wir werden versuchen, alle zu retten, da kannst du sicher sein!«, sagte Papa mit mehr Zuversicht in seiner

Stimme, als ich in mir spürte. In diesem Augenblick fiel mir noch eine Sache ein. Ich ging zu Alfonso, der etwas abseits neben seinem schlafenden Bruder saß.

»Ui-ui?« Er blickte mich fragend an.

»Ja, ui-ui, Alfonso!« Es war wohl am besten, wenn ich versuchte, seine Sprache zu sprechen. »Du hast ja erzählt, dass es in diesem Wohnmobil viele andere Hunde....öhm...Geschenke gibt.«

»Ja, viele! Ui!«

»Genau. Kannst du mir vielleicht sagen, wie viele Geschenke es sind?« Ich hätte eigentlich wissen müssen, dass ich mit dieser Frage ihn vollkommen überforderte. Er starrte mich nur an. Ich machte einen neuen Versuch. »Sind das mehr Hunde... äh...Geschenke, als die Geschenke...äh..mein Gott...Hunde, die du hier auf der Terrasse siehst?« Alfonso schaute sich um und überlegte wohl fieberhaft.

»Nein. Ui.«

»Also weniger?« Das konnte ja noch lange dauern.

»Nein. Ui.« Ja, das konnte noch sehr lange dauern. Ich vermutete, dass es ungefähr so viele Hunde waren, wie wir es waren, wenn überhaupt. Die Antwort auf die Frage war eigentlich nicht so wichtig, so ließ ich es dabei bewenden. Etwas anderes würde Alfonso vielleicht leichter beantworten können.

»Sehr schön, Alfonso!« Er strahlte mich an. »Kannst du mir noch sagen, ob all diese Geschenke anders als Alma und ich aussehen?« Jetzt brauchte ich nicht lange zu warten. Alfonso nickte heftig.

»Ja, ganz anders! Ui! Aber klein! Und Tante Rosa!« Die

185

Information habe ich befürchtet. Mir war nämlich eingefallen, dass es irgendeinen Sinn ergeben musste, warum dieser Hunderäuber irgendwelche Hunde in Stefans Wohnmobil gebracht hat. Ich bedankte mich bei Alfonso und eilte zu den anderen.

»Hört mal zu! Alfonso erzählte, dass nicht nur Tante Rosa, sondern auch andere kleine Hunde in dem Wohnmobil eingesperrt sind.« Ich wurde zunehmend aufgeregt. Alle schauten mich nur an, weil es für sie keine Neuigkeit war. Nur Alma fing wieder an, leicht zu zittern, aber ich konnte mich nicht in diesem Moment um sie kümmern. Als ich sah, dass Rudi wieder seine Pfote auf die ihre stellte, fuhr ich erleichtert fort.

»Sie teilen die Hunde in Gruppen auf!« Ich musste mich regelrecht dazu zwingen, leiser zu sprechen. »Der Hunderäuber behält selbst die jungen und die gesunden Chiliers. Sie stehlen jedoch auch andere Hunde, kleine, aber auch ältere. Diese landen dann anscheinend in diesem Wohnmobil.«

Alle nickten, aber niemand wusste etwas mit diesen Gedanken anzufangen. Mama sah Papa an, der wiederum fragend zu Anton blickte. Alma schüttelte langsam den Kopf. »Das Wohnmobil wäre dann wohl auch der Ort für meinesgleichen, für die Wertlosen. Oder für alle, die nicht eben Chiliers sind.«

Papa sah sehr besorgt aus. »Falls die Aussage von diesem jungen Kater stimmt, müssen unsere Jungen es unbedingt schaffen, mitzufahren. Diejenigen, die dort drin sind, werden irgendwo billig verkauft. Solche Menschen haben bestimmt kein Interesse zu prüfen, was die Käufer mit den Hunden tatsächlich vorhaben.«

»Das wird sicher so sein, lieber Paison«, stimmte Anton ihm zu. »Wir können nur hoffen, dass Mateo tatsächlich das Wohnmobil erreicht und die Polizei alarmieren kann, bevor es zu spät ist.«

Das war alles wichtig, doch wunderte mich, dass keiner von ihnen auf das Nächstliegende kam. »Rudi und ich werden alles versuchen, um dort mitfahren zu können. Aber Stefan ist ja nicht alleine. Was ist mit dem Hunderäuber? Was passiert mit all den anderen verschwundenen Hunden, wenn sie nicht in dem Wohnmobil sind? Was passiert mit allen jungen und gesunden Chiliers - wie unserer Tina und unserem Toni? Wo sind sie?«

»Ui-ui-ui!« Ja, Alfonso, das traf den Nagel ziemlich genau auf den Kopf.

20. WENN DER WAGEN SCHWIMMEN KANN

Uns blieb nichts weiter übrig, außer abzuwarten, wohin Stefan fahren würde - falls es uns überhaupt gelang, es bis in das Wohnmobil hinein zu schaffen. Luna erinnerte uns zwar daran, dass ihr Vater und die anderen Wölfe uns und den Hunderäuber im Auge behalten würden, doch niemand konnte garantieren, dass sie es auch tatsächlich konnten. Letztendlich legten wir uns einfach hin, um uns etwas auszuruhen, bevor es losging. Anton versprach am Tor aufzupassen und sich sofort zu melden, wenn Stefan sich in dem Wohnmobil rührte.

 Alma lag zwischen Rudi und mir und war sofort eingeschlafen. Der Tag war ja besonders für sie sehr anstrengend gewesen. Ich bekam kein Auge zu, weil ich viel zu aufgeregt war. Oder besser gesagt, zu ängstlich, wie ich mir eingestehen musste. Was war das nur für eine hirnrissige Idee, dass Rudi und ich - zwei kleine Hunde - etwas gegen Stefan und den furchtbaren Hunderäuber ausrichten konnten? Noch bescheuerter war, dass ich zugestimmt hatte, obwohl die Erfolgschancen nicht gerade groß waren.

 Auf unserer Finca bei Tageslicht konnte man gut den Helden abgeben, wenn dazu noch Luna und Anton sowie unsere Menschen auf einen aufpassten. Jedoch sich alleine mit zwei Kriminellen irgendwo tapfer durchzuschlagen war eindeutig zu viel für unsereins. Na gut, Rudi würde dabei sein, aber zwei kleine Hunde machten sicher genauso wenig einen furcherregenden Eindruck. Was war bloß in mich gefahren, dass ich überhaupt daran gedacht hatte, bei so etwas Lebensgefährlichem mitzumachen?

Ich gab es auf. Einschlafen würde ich mit Sicherheit nicht können. Ich stand vorsichtig auf und lief leise zu Anton. Er lag ruhig und hellwach vor dem Tor und hatte anscheinend alles im Blick. »Na, Arlo, alles ein
bisschen aufregend, oder?«

»Ja.« Etwas Weiteres konnte ich nicht sagen, weil ich ihm nicht zeigen wollte, dass mir nur zum heulen zu Mute war. Er verstand es jedoch auch so und nahm mich einfach zwischen seine Pfoten. Ich drückte meinen Kopf gegen seine breite Brust und hörte, wie sein Herz gleichmäßig und kräftig schlug. Er hatte bestimmt keine Angst. Eine Weile schwiegen wir beide und langsam beruhigte ich mich. Ich blickte auf und sah das Wohnmobil direkt hinter dem Zaun stehen. Es blieb alles noch still und dunkel.

»Glaubst du, dass es stimmt, was Alfonso erzählt hat? Dass dort viele Hunde eingesperrt sind?«, fragte ich ihn, weil der Gedanke mir unheimlich war. Wie würden sie sich in diesem Moment fühlen? Es musste grauenhaft sein. Anton überlegte kurz, aber nickte dann mit dem Kopf.

»Ich glaube, ihm fehlt... öhm... er hat nicht das Talent, so etwas zu erfinden. Also muss es stimmen, leider. Und dein Gedanke über die verschiedenen Gruppen der Hunde war einleuchtend.« Er schaute mich kurz an. »Es tut mir in der Seele weh, dass ich nicht mitfahren kann. Ich weiß, dass das alles für Rudi und dich sehr, sehr beängstigend sein muss.« Ich konnte nichts sagen, so nickte ich nur.

»Denk bitte daran, dass Toran ein sehr fähiger Beschützer

ist - und nicht nur er alleine. Seine Verwandtschaft ist weit verbreitet, sie werden euch bestimmt nicht aus den Augen verlieren.«

Da ich ihm meine Dummheit nicht offenbaren wollte, erzählte ich nichts von meinen Bedenken. Vielleicht war allen außer mir bewusst, dass unser Tal das einzige auf der Welt war und es sonst überall nur Wald und Berge gab. Na gut, auch das Meer, aber mit einem Auto konnte man wohl schlecht darauf fahren, oder doch? Im Fernsehen hatte ich Schiffe gesehen, die viel größer als das Wohnmobil waren, und die konnten auch auf dem Meer fahren. Aber ein Auto war doch etwas anderes als ein Schiff. In dieser einen Sendung hatte ich außerdem gesehen, wie Autos auf dem gefrorenen See dort in Finnland gefahren sind. Wie kalt musste es eigentlich werden, damit das Meer zufriert?

Allerdings war Stefans Auto kein normales Fahrzeug - es hatte ja ein Bett und so. Hatten Schiffe eigentlich auch Räder? Es gab einfach so viel, was ich nicht wusste. Ich musste mich plötzlich heftig schütteln, um nicht in eine Almaähnliche Panik zu verfallen. Die Erwachsenen wussten solche Sachen und sie hätten es sicher erwähnt, falls so etwas möglich wäre. Es war alles eh schon schlimm genug.

»Aber falls Mateo uns nicht...«, fing ich an, doch unterbrach Anton mich sofort.

»Mateo wird! Mateo wird euch finden, da kannst du sicher sein!«, sagte er mit Nachdruck und tätschelte mich mit seiner Pfote. »Mateo wird euch nicht im Stich lassen! Obwohl er manchmal etwas unwirsch ist, hat er doch ein sehr gutes Herz. Er würde seinen Rudi niemals verlieren wollen, dich natürlich genauso wenig. Ich hoffe nur... na ja, es wird schon gut gehen...«

Was hat er damit gemeint? Ich konnte ihn nur anstarren. Er hoffte nur... was denn? Da stimmte doch wieder etwas nicht! Wenn sogar Anton sich irgendwelche Sorgen machte, sah es wirklich nicht gut aus für uns. Ich war mir überhaupt nicht sicher, ob ich tatsächlich wissen wollte, was er hatte sagen wollen. Eigentlich müsste ich es wissen - aber wenn es etwas ganz Schlimmes war, würde ich vielleicht auch noch den winzigen Rest Mut verlieren und doch nicht mitfahren können. Argh! Warum hat er bloß damit angefangen? Ich musste es einfach wissen.

»Was wolltest du sagen, Anton? Was hoffst du?« Sogar meine Stimme hörte sich piepsig an, was meine Stimmung ganz genau widerspiegelte.

Anton winkte ab. »Ach, das war nicht so wichtig...«

»Anton!« Ich starrte ihn eindringlich an. Zum Glück hatte er seinen Kopf abgewendet, sonst hätte er mich womöglich wegen meiner Respektlosigkeit gerügt. Doch er seufzte nur.

»Darüber braucht ihr euch sicher keine Sorgen zu machen...« Er schwieg kurz und drückte mich wieder an seine Brust. »Es ist nur so, dass dieses GPS-Gerät von Rudi... also...« Er musste sich noch räuspern. Was meinte er nur? »Also dieses Gerät hat irgendeinen Akku oder eine Batterie oder so etwas... und es muss immer wieder aufgeladen werden, damit es funktioniert.« Kurzes Schweigen. Ich kapierte immer noch nicht, worauf er hinaus wollte. »Eine Ladung hält schon einige Tage, nur...« Ja, was nur? »Nur weiß ich nicht, wann das Gerät das letzte Mal aufgeladen worden ist.«

In diesem Augenblick begriff ich die volle Bedeutung seiner Worte. Falls das Ortungsgerät ausging, würde Mateo uns niemals finden können. Und niemand wusste, wie lange er uns folgen musste, bis wir irgendwo anhielten und er uns aufholen konnte. Falls das Gerät vorher seinen Geist aufgegeben hatte, wären Rudi und ich vollkommen auf uns alleine gestellt. Und das womöglich auf dem Meer! Nein! Nein, nein, nein! Ich fing an, unkontrolliert zu zittern, woraufhin Anton mich noch etwas fester an seine Brust drückte.

»Arlo! Es wird bestimmt alles gut! Denk daran, dass Toran euch bewacht!«

»Er kann doch nicht so weit schwimmen!«, platzte es aus mir heraus.

Anton zuckte überrascht kurz. »Schwimmen? Was meinst du, Junge?«

Es war mir nun egal, ob er mich für strohdumm hielt oder nicht. »Vielleicht wird das Wohnmobil ein Schiff und auf dem Meer kann uns keiner mehr helfen!« Ich brach sogar in Tränen aus - na, wunderbar. Ich hätte wetten können, dass ich Anton kurz auflachen hörte, aber als er sprach, war er vollkommen ernst.

»Davor brauchst du keine Angst zu haben, Arlo. Dieses Wohnmobil würde sich keine Sekunde lang über Wasser halten können. Allerdings... aber das wird sicher nicht passieren, nein...« Schon wieder! Anton! Bevor ich noch nervöser wurde, fuhr er fort. »Manchmal fahren Autos in ein Schiff und können so Meere überqueren. Das Schiff wird sie quasi tragen.«

Das durfte jetzt nicht wahr sein! Wie viele Möglichkeiten gab es noch, dass alles wirklich schlimm enden würde? Ich wollte nur vor lauter Frust schreien und mich irgendwo verstecken, einfach abhauen und von mir aus mit den Wölfen leben, falls diese mich überhaupt akzeptieren würden.

Das wohl eher nicht - wohin denn? Ich hatte keinen Ort, ich hatte keine Zukunft, mein Leben würde sicher bald enden - entweder alleine in der Wildnis oder bei dem furchtbaren Hunderäuber!

»Ui-ui-ui!«, kam aus meinem Mund. Auch das noch - ich würde langsam und sicher alles verlieren, auch den Rest von meinem Verstand. Ich wandte mich zwischen Antons Pfoten und versuchte mich aus seiner Umarmung zu befreien. Er hielt mich jedoch fest und sagte etwas, was ich zuerst in meiner Panik gar nicht verstand.

»Ganz ruhig, Arlo! Denk daran, was er gesagt hat!«

Wer soll etwas gesagt haben? »Weißt du noch, was Stefan gesagt hat?«, fragte Anton nachdrücklich.

Ich versuchte ein paar Mal tief ein- und auszuatmen, um mich zu beruhigen und dachte nach. Ja! Jetzt wusste ich es wieder! Stefan hat erzählt, dass er nach diesem Deutschland fährt - dass er über die Grenze fährt! Nicht mit dem Schiff, sondern ganz einfach mit dem Wohnmobil. Nun kam mir der Gedanke, mit ihm fahren zu müssen, gar nicht mehr so furchtbar vor. Hauptsache kein Schiff weit und breit! Den Rest würden Rudi und ich schon schaukeln - zusammen mit Toran und Mateo. An die eventuellen Täler wollte ich nicht mehr denken - Toran würde schon wissen, was er tat. Gerade als ich mich bei Anton für seinen Zuspruch bedanken wollte, hörten wir sehr leise Schritte hinter uns.

»Habe ui-ui-ui gehört?« Alfonso starrte uns fragend an. »Alfonso hilft! Keine Angst!«

Da ich wusste, wie sensibel er war, wollte ich ihm nicht genauer erklären, worüber wir gesprochen hatten. Ich war nur froh, dass er nicht mitbekommen hatte, wie mich für einen Augenblick der ganze Mut verlassen hatte. Dann hätte er womöglich ebenfalls nichts mehr auf die Reihe bekommen. Nun lächelte ich ihn an.

»Alles gut, Alfonso! Ich konnte nur nicht schlafen und leistete Anton Gesellschaft. Dass du uns helfen willst, finde ich so toll, und deswegen habe ich dich ein bisschen nachgemacht. Wir sind sehr stolz auf dich!«

Alfonso fing an, dieses komische Geräusch zu machen, das ich schon ein paar Mal von den beiden gehört hatte. Ich würde es nicht direkt als Knurren bezeichnen, weil sie es nur dann machten, wenn sie zufrieden wirkten. Es ist wie wenn Oma Martha in der Küche das Handrührgerät anmacht und man sitzt selber irgendwo ganz weit weg im Garten, sodass man es nur ganz vage wahrnimmt. Allerdings bei Katzen hörte man das Geräusch nur kurz und dann gab es eine winzige Pause, bevor es wieder weiterging. Ja, so ungefähr war es.

Ich versuchte es Alfonso gleich zu tun, jedoch hörte es sich bei mir so an, als ob ich gleichzeitig knurren und mich verschlucken würde. Da Anton mich verwundert anschaute, ließ ich es dann bleiben. Ich blickte mich um, aber alles war genauso still und dunkel wie zuvor. Kein Mensch zu sehen - aber etwas schlich von der Terrasse her auf uns zu. Anton hatte es natürlich bereits vor mir bemerkt und sagte nur kurz:

»Rudi.«

Er kam schwanzwedelnd zu uns. »Ach, hier bist du, Arlo! Ich bin aufgewacht und habe mich gewundert, wohin du verschwunden bist. Alma schläft zum Glück tief und fest, nicht dass sie wieder damit anfängt, dass sie mitfahren will.«

Ich seufzte. »Bei ihr weiß man allerdings nie, was ihr noch

einfällt. Stur ist sie ja.« Ich schwieg kurz und schaute mir das Gerät an Rudis Geschirr genauer an. »Sag mal, Rudi, das Ding da - weißt du, wann Mateo es das letzte Mal aufgeladen hat?«

Rudi verstand zuerst nicht, worauf ich hinauswollte. Als es ihm jedoch klar wurde, setzte er sich hin. »Oh nein, das weiß ich jetzt nicht! Daran haben wir ja gar nicht gedacht!« Eben. Ich zwang mich, ruhig zu bleiben.

»Anton und ich haben gerade darüber gesprochen. Das können wir nun eh nicht ändern. Wie Anton sagte, wir sollten auf jeden Fall daran denken, dass Toran uns im Auge behalten wird.«

Wohl um nicht mit dem Thema wieder anfangen zu müssen, deutete Anton auf das Wohnmobil. »Stefan kann jeden Moment aufstehen. Wir sollten uns besser darauf vorbereiten. Wenn er aus dem Wohnmobil steigt, musst ihr ja sehr schnell sein.«

»Ich klettere! Ui!«

Bevor ich sagen konnte, dass Alfonso genauso gut unseren Tunnel benutzen konnte, war er schon nach ein paar gezielten Griffen oben auf dem Zaun und sprang einfach auf die andere Seite herunter. Na, das war ja schon einmal einfach! Er setzte sich hin und winkte mit der Pfote.

»Alfonso bereit! Ui!«

Ich hoffte, er wusste auch, was er machen wollte, falls Stefan versuchen sollte, ohne uns wegzufahren. Jedoch ahnte ich, dass das mit ihm zu üben, wohl ziemlich sinnlos war und nur zu Verwirrung bei ihm führen würde.

Rudi stupste mich kurz an. »Schon cool so eine Katze, oder? Die können vielleicht springen!«

»Ja, mit dem Können einer Katze hätte Hund sicher ein

paar Vorteile«, stimmte ich ihm zu. »Lass uns überlegen, wie wir das am besten machen, wenn Stefan aussteigt. Wo sollten wir stehen?«

Wir schauten auf das Wohnmobil und dachten fieberhaft nach. Anton zeigte mit der Pfote auf die Fahrertür. »Durch diese Tür wird er wohl aussteigen. Er wird sich auf Alfonso konzentrieren und sicher nach vorne blicken. Es wäre am besten, wenn ihr auf der Seite direkt hinter der Türöffnung liegt - oder steht -. dann wird er euch wahrscheinlich nicht bemerken.«

Immer dieses 'wahrscheinlich' und dieses 'wohl' - besonders beruhigend war das nicht. Ich maß Rudi mit meinen Augen. »Soweit ich das einschätzen kann, passen wir gerade noch unter das Auto. Vielleicht wäre es sicherer, dort zu warten.«

Rudi und Anton nickten. »Aber wir müssen wirklich schnell sein«, fügte ich noch hinzu. »Am besten gehen wir schon einmal in Position. Wer weiß, wann er aufsteht. Er sagte ja, dass er sehr früh fährt, und es wird langsam heller.«

Ich lief noch schnell auf die Terrasse, um mich von meinen Eltern kurz zu verabschieden. Mama hatte deutlich Tränen in den Augen und Papa drückte mich fest. Ohne weitere Worte folgte ich Rudi, der schon am Tunnel wartete. Als wir problemlos hindurch gekrabbelt waren, meinte ich ein leises Geräusch hinter einem Busch gehört zu haben. Ich hielt kurz inne, aber konnte nichts weiteres entdecken . Irgendwie roch es schwach nach Alma, was sicher nur Einbildung war. Sie schlief doch tief und fest auf der Terrasse. Allerdings fiel mir ein, dass ich gerade gar nicht auf

sie geachtet hatte. Ich hatte keine Zeit mehr, noch zurück-
zulaufen und das zu überprüfen, weil wir in diesem Moment eine Bewegung innerhalb der Fahrerkabine wahrnahmen.

21. NICHT DIESER ORT!

Blitzschnell flitzten Rudi und ich zum Wohnmobil. Gerade als wir uns unter das Auto gezwängt hatten, stieg Stefan aus - und schloss die Fahrertür hinter sich! Oh nein! Alfonso war zwar lautlos auf die Motorhaube gesprungen, jedoch hatte Stefan ihn gar nicht entdeckt. Er ging mit eiligen Schritten zu den Bäumen und erleichterte sich. Rudi atmete neben mir irgendwie übertrieben ruhig, ich dagegen konnte nichts gegen mein Zittern tun. Das lief alles nicht so, wie wir es uns gedacht hatten. Warum musste er auch die Tür schließen? Als ich ihn zurückkommen sah, rief ich leise zu Alfonso.

»Alfonso! Du musst etwas tun! Die Tür ist zu!«

»Ui-Ui!«

Falls dieser eigenartige Kater es nicht schaffte, blieb uns nichts anderes übrig, als uns direkt vor das Wohnmobil zu stellen und darauf zu hoffen, dass Stefan uns nicht überfuhr. Ich zitterte schon fast unkontrollierbar, was auch Rudi bemerkte. Er legte seine Pfote kurz auf die meine und flüsterte:

»Immer mit der Ruhe!«

Ich verstand nicht, wie er anscheinend gar keine Angst hatte. Als ich kurz zu ihm blickte, bemerkte ich jedoch seine ziemlich steife Haltung. Ganz ohne Nerven war er also auch nicht geboren. Ich versuchte in demselben Rhythmus wie er ein- und auszuatmen - und es half tatsächlich! Stefan stieg ins Auto und wir warteten ab.

Er startete den Motor, schaltete die Scheinwerfer ein - und schrie erschreckt auf! Ich wagte einen kurzen Blick nach vorne und sah, wie Alfonso sich vor der Frontscheibe total groß gemacht hatte. Er fauchte Stefan richtig furchterregend an und versperrte mit Sicherheit ihm völlig die Sicht. Gut gemacht, Kumpel! Stefan bediente die Scheibenwischer und spritze mit dem Wasser Alfonso sogar nass - doch dieser ließ sich davon nicht beirren! Ich hätte ihm am liebsten laut zugejubelt, was für eine Leistung von dieser Katze! Schließlich stieß Stefan die Fahrertür auf und stieg wutentbrannt aus.

»Was soll das! Hau ab, du dämliche Katze!« Als er nach vorne ging, ließ er die Tür offen! Alfonso verharrte immer noch auf der Motorhaube und fauchte wild! »Hau ab!« Jetzt war unsere Chance gekommen! Rudi kletterte schnell in die Fahrerkabine und ich ihm hinterher - und hinter uns tauchte noch jemand auf und sprang die Stufen hoch! Alma!

»Was machst du hier? Bist du verrückt geworden?«, fuhr ich sie an. Uns blieb jedoch keine Zeit mehr etwas anderes zu machen, als uns hinter dem Fahrersitz auf Stefans Liegefläche zu verstecken. Ich hätte Alma am liebsten kräftig mit meinen Zähnen gekniffen, aber dann hätte sie nur aufgeschrien. Rudi und ich schubsten sie hinter uns und versuchten noch ein Kissen zwischen uns und Stefan zu ziehen. Besser ging es nicht. Alfonso war wohl heruntergesprungen, weil Stefan laut vor sich hin schimpfend zurückkam.

»Was für eine blöde Kreatur! So wie ich nicht schon genug Stress hätte! Verdammtes Vieh!« Er knallte die Tür zu und schnallte sich an. Dann fuhr er langsam von der Finca fort. Da wir uns geduckt halten mussten, konnten wir überhaupt nichts erkennen. Es war zum Glück noch dunkel in der Kabine, so konnte er ebenso wenig uns entdecken, wenn wir nur still waren. Alma musste natürlich nervös mit einer Pfote zucken, aber als ich meine Pfote ganz fest auf die ihre drückte, hörte sie damit auf. Kurz darauf spürte ich, dass ich unbedingt niesen musste - oh nein! Ich versuchte meine Schnauze ganz fest auf die Matratze von Stefans Liegestätte zu drücken, doch es half nichts.

»Hatschi!«

Rudi und Alma hielten den Atem an, ich wagte gar nicht hochzuschauen. Erst jetzt hörte ich, dass das Handy von Stefan klingelte und das wohl mein Niesen übertönt hatte. Endlich atmeten wir wieder aus.

Stefan antwortete. »Was ist?« Kurze Pause. »Ja, bin doch gleich da. Ich hatte mich ein paar Minuten verschlafen und dann war da noch so eine bescheuerte Katze....« Kurze Pause. »Ist jetzt egal. Mach dich fertig! Und schau, dass du irgendwoher für mich einen Kaffee besorgst.«

Er legte auf. »Das fängt ja wieder gut an«, murmelte er vor sich hin. »Bin froh, wenn die ganze Sache überstanden ist... « Er beschleunigte und da ich nicht durch irgendein Fenster gucken konnte, wurde mir natürlich schlecht. Das fehlte ja noch, dass ich mich übergeben musste - dann wäre unser Versteckspiel im Nu vorbei. Was er dann mit uns machen würde, war sicher nichts Angenehmes. Ich biss die Zähne zusammen und versuchte an irgendetwas anderes zu denken. Zahlen! Ja, Zahlen! Ich war so stolz gewesen, dass ich gelernt hatte, bis zu Zehn zu zählen, und konzentrierte mich nun voll darauf.

Ich musste bei meiner Zählerei trotz der Anspannung eingeschlafen sein, weil Rudi mich leicht stupste. »Aufwachen!

Wir haben angehalten«, flüsterte er.

Ich spürte Almas Atem in meinem Nacken. Bei der nächstbesten Gelegenheit würde ich ihr deutlich, und zwar sehr deutlich und absolut unmissverständlich, klar machen, was ich von ihrem verantwortungslosen Handeln hielt. Es war echt nicht zu fassen! Trotz der Verbote von unseren Eltern und trotz der Gefahr, in die sie sich selbst wieder einmal gebracht hatte, hatte sie so eigensinnig und so verdammt blöd gehandelt. Was wollte sie hier großartig bewerkstelligen? Bevor ich mich richtig in Rage redete, fiel mir ein, was sie gesagt hatte. Dass jemand auch an die kranken, die alten und die behinderten Hunde denken musste...sie retten musste... Auf einmal verstand ich, warum sie unbedingt mitkommen wollte. Sie war von uns die einzige, die von dem Hunderäuber in solche Gruppe eingeteilt werden würde. Sie dachte, dass sie für diese armen Hunde die einzige Chance auf Rettung war. Ach, Alma! Meine Wut verrauchte augenblicklich und ich drückte sie vorsichtig, woraufhin sie mich anlächelte. Trotzdem erkannte ich sofort, dass sie ebenso wie wir sehr große Angst hatte.

Stefan stieg aus. Wir hörten seine Schritte auf dem Kies und wagten endlich einen Blick durch das Fenster. Zuerst bemerkte ich, dass es schnell hell wurde und dass wir vor einer Finca standen. Anscheinend brauchte auch Rudi ein paar Sekunden, bevor wir beide erkannten, wo wir hier gelandet waren.

»Oh nein!«, riefen wir beide gleichzeitig. »Nicht dieser Ort!«. Wieder im Chor. Alma wurde unruhig und verlangte nach einer Erklärung. Ich bekam nur einzelne, nichtssagende Laute heraus und Rudi schluckte auch schwer.

»Wo sind wir, nun sagt doch schon!« Alma drängte sich zwischen uns. Rudi fasste sich als Erster.

»Leider sind wir alle hier schon einmal gewesen!« Er musste erneut schlucken. »Das ist das Anwesen von dem Ehepaar Rodriguez! Von den Monstern! Von den Hundequälern!«

Alma schrie erschrocken auf. »Nein! Oh nein! Das ist nicht gut, das ist gar nicht gut!« Ich drückte mich näher zu ihr, damit sie auf keinen Fall wieder vollkommen ausflippte. »Das kann doch nicht sein«, fuhr sie fort. »Das Haus von den Monstern sollte doch leer stehen. Was will Stefan hier?« Ja, das war eine gute Frage, und ich wusste nicht, ob ich wirklich die Antwort wissen wollte. Die ganze Sache entwickelte sich in eine ganz furchtbare Richtung.

Rudi nickte in Richtung des Hauses. »Da ist aber definitiv jemand drin, der soeben Stefan die Tür aufgemacht hat.« Wir sahen, wie Stefan im Haus verschwand und wie die Tür hinter ihm wieder geschlossen wurde.

Ich zitterte wieder leicht. »Ich weiß nicht, was wir machen sollen. Vielleicht benutzen Stefan und der Hunderäuber diesen Ort nur als Treffpunkt, eben weil das Haus leer steht.«

Gerade als wir uns mit diesem Gedanken etwas beruhigt hatten, hörten wir, wie ein Auto näherkam und schließlich neben dem Wohnmobil anhielt - der weiße Kombi! Aber wenn der Hunderäuber im Haus mit Stefan war, wer fuhr dann diesen Wagen? Ich wollte, ich hätte die Antwort auf diese Frage niemals bekommen. Als wir sahen, wer aus dem Auto stieg, wurde ich fast ohnmächtig. Carla Rodriguez! Die Ehefrau von diesem Monster und unsere schlimmste Quälerin! Carla Rodriguez, die angeblich in

Deutschland im Gefängnis saß - wir hätten sie jederzeit und überall wiedererkannt.

Stefan hatte das Fenster einen Spalt breit offen gelassen, wodurch auch Alma durch Schnüffeln die grauenhafte Wahrheit erkannte. »Das riecht doch nach...« Sie hielt kurz inne. »Das kann doch nicht sein! Arlo! Die böse Frau, diese Rodriguez! Ist sie es wirklich?« Ich konnte dies nur bejahen, woraufhin sie fast hysterisch wurde. »Wir können hier nicht bleiben! Warum bin ich nur mitgekommen? Sie wird uns umbringen! Arlo! Rudi! Tut doch etwas!«

Was sollten wir denn großartig tun können? Unsere Lage war wieder einmal ziemlich aussichtslos. So wie es jetzt aussah, hatte diese Rodriguez etwas mit dem Verschwinden von all den Hunden zu tun, und das bedeutete nichts Gutes. Ich überlegte fieberhaft, was wir jetzt tun könnten, mir fiel jedoch absolut nichts Vernünftiges ein. Rudi hatte zum Glück von der Grausamkeit dieser Monster nur aus unsere Erzählungen erfahren, obwohl er auch selber in seiner Vergangenheit genug Schlimmes erlebt hatte. Er konnte anscheinend in diesem Augenblick einen einigermaßen kühlen Kopf bewahren.

Rudi stupste mich leicht an. »Du musst mir helfen, mein Geschirr loszuwerden.« Ich sah ihn nur vollkommen verständnislos an. Wieso sein Geschirr loswerden - da hing doch das Ortungsgerät? Er zeigte jedoch mit seiner Pfote auf den hinteren Teil des Wohnmobils. »Stefan hat dort doch angeblich einige kleine Hunde eingesperrt, die er irgendwo verkaufen will. Aber wir haben keine Ahnung, wo all die anderen Hunde sind.«

Ich begriff immer noch nicht, worauf er hinaus wollte. Er seufzte. »Wir müssen irgendwie aus diesem Wagen hinaus.

Die anderen Hunde haben sicher diese Rodriguez und der Hunderäuber irgendwo versteckt. Ohne uns wird niemand sie jemals finden!«

Ich schüttelte den Kopf. »Aber ohne dieses Ortungsgerät wird niemand mehr uns finden!«

Alma sprang auf. »Ich weiß, was Rudi meint!« Na, dann mal her mit deiner Weisheit, Schwesterherz! Sie trippelte mit den Vorderpfoten, für mehr reichte der Platz dort auch nicht aus. »Wenn Rudis Geschirr hier bleibt, wird Mateo diesem Wagen folgen und sicher mit Hilfe der Polizei den Verkauf verhindern können. Und wir werden versuchen, alle anderen zu retten!«

»Aber Tante Rosa...«, versuchte ich noch.

»Mateo wird sie zurückbringen, das weiß ich mit Sicherheit!«, sagte Alma voller Überzeugung.

Das würde Mateo sicher schaffen, wenn das Ortungsgerät denn nicht vorher ausging. Aber daran wollte ich jetzt nicht denken. Trotzdem war mir das alles nicht geheuer. »Wenn wir dieses Wohnmobil verlassen, müssen wir es direkt mit dem Hunderäuber und dieser Monsterfrau aufnehmen! Wie sollen wir das denn schaffen?«

Alma legte ihre Pfote auf meine Schulter. »Den Kampf gegen diese Frau haben wir schon ein Mal gewonnen. Wir müssen nur herausfinden, wo die anderen Hunde versteckt sind. Vielleicht befinden sie sich hier auf dem Grundstück, wie damals alle Welpen.« Ich verstand nicht, wie Alma sich so schnell hat beruhigen können. Dagegen wurde ich immer nervöser.

»Und falls die Hunde nicht hier in der Nähe sind, was dann?«, warf ich noch ein. »Wollt ihr freiwillig der Monsterfrau von Angesicht zu Angesicht gegenüber stehen? Das ist doch reiner Selbstmord! Wenn sie uns wiedererkennt, gibt es keine Gnade, da bin ich mir sicher!« Ich stieß ihre Pfote von meiner Schulter herunter und kräuselte sogar wütend und frustriert meine Schnauze.

Alma drehte ihren Kopf zur Seite und hätte wohl einige Schritte rückwärts getan, wenn der Platz dazu ausgereicht hätte. »Arlo, ich habe doch auch Angst, sehr sogar! Ich weiß ganz genau, wozu diese Frau fähig ist. Und eben deswegen müssen wir alles hundemögliche versuchen, was in unserer Macht steht. Wir dürfen es nicht zulassen, dass all die anderen Hunde diesen bösen Menschen hilflos ausgeliefert sind!«

Rudi nickte zustimmend. »Deine Schwester hat Recht, Arlo. Die Hunde hier in diesem Wohnmobil haben durch Mateo eine sehr realistische Chance, gerettet zu werden. Aber wenn keiner den anderen hilft, werden sie mit Sicherheit auf Nimmerwiedersehen verschwinden. Das dürfen wir nicht zulassen - wir müssen wenigstens versuchen, das zu verhindern!«

Alma berührte ganz kurz meine Pfote, wohl um herauszufinden, ob ich noch immer so aufgebracht war. Ich ließ es kommentarlos geschehen. Sie lächelte mich an. »Wir sind immerhin zu dritt. Und wir dürfen nicht vergessen, dass Toran versprochen hat, uns im Auge zu behalten.«

Das stimmte allerdings. Obwohl Toran nicht direkt gesagt hat, dass er uns mit seinen Verwandten beobachtet, sondern das Wohnmobil - oder hat er den weißen Kombi gemeint? Und nun waren es schon zwei Fahrzeuge und wir saßen bald in keinem von beiden mehr, wie ich inzwischen hoffte. Die schlimmste Alternative wäre jedoch, wenn es dieser

Monsterfrau gelingen würde, uns zu fangen und irgendwohin zu verschleppen. Ich seufzte. Es war alles echt zu viel. Wir waren nur drei kleine Hunde und keine Superhelden. Dass diese Rodriguez jetzt auf der Bildfläche erschienen war, machte alles tausendmal schlimmer und gefährlicher. Es half alles nichts, wir mussten einfach unser Möglichstes versuchen.

Ich blickte zu Rudi. »Wie sollst du denn das Geschirr ausziehen können? Das geht doch gar nicht.« Warum musste ich immer derjenige sein, der die anderen auf Probleme aufmerksam machen musste?

Rudi schüttelte sich jedoch nur kurz. »Das Geschirr sitzt ziemlich locker. Siehst du den Ring auf meinem Rücken? Wenn du da das Geschirr festhältst, kann ich herausschlüpfen.«

Ob es so einfach ging, da hatte ich so meine Zweifel. Ich hielt den Ring mit meinen Zähnen so fest, wie ich es nur konnte - und innerhalb von zwei Sekunden hatte Rudi sich tatsächlich durch ein paar kräftige Schritte rückwärts aus dem Geschirr befreit. »Tja, das war doch einfach, oder etwa nicht?« Rudi schüttelte sich und grinste uns an. »Wenn Mateo das wüsste....«

Ich ließ das Geschirr auf die Decke fallen und schaute mich um. »Na gut. Aber wie sollen wir hier hinaus können? Kannst du etwa auch eine Autotür öffnen?« Bevor Rudi antworten konnte, geschweige denn etwas versuchen, sahen wir Stefan zurück zum Wohnmobil eilen. Wir drückten uns in die Ecke und warteten ab. Als Stefan ziemlich außer Atem eingestiegen war, holte er sofort sein Handy hervor.

»Hallo? Kommissar Müller? Hier ist Stefan Schneider. Ich

habe es sehr eilig. Wir fahren gleich los und sollten pünktlich den ausgemachten Treffpunkt erreichen. Sind Sie und Ihre Kollegen schon bereit?« Kurze Pause. »Sehr gut. Und nein, ich glaube nicht, dass sie etwas verdächtigen.« Gerade als er auflegte, und bevor wir uns Gedanken über das soeben Gehörte machen konnten, musste ich wieder niesen.

»Hatschi!« Oh nein, verdammt noch mal! Was war nur mit mir los? Stefan drehte sich um.

»Was zur....? Wie?« Er starrte uns an. »Das ist doch nicht möglich!« Er blickte schnell zum Haus, in dem alles noch ruhig war. Er stieg noch einmal aus und ging zur Beifahrerseite, die von dem Haus aus nicht zu sehen war, und öffnete die Autotür. »Jetzt aber schnell raus hier - los verschwindet! Lauft zurück zur Finca oder sonst wohin. Nur fort von hier - es ist viel zu gefährlich für euch! Los hopp-hopp!«

Das brauchte er uns nicht zweimal zu sagen. Ich stupste Alma an, damit sie hinter Rudi die Autostufen herunterspringen würde, und flitzte selbst als letzter an Stefan vorbei. Wir versteckten uns hinter einem Busch gerade noch rechtzeitig! Diese Monsterfrau Rodriguez kam mit einem Mann anscheinend näher, da wir ziemlich aufgeregte Stimmen aus Richtung des Hauses wahrnahmen.

22. ENTTARNUNG

Wir lagen ganz flach hinter dem Busch, konnten jedoch durch die Blätter gut erkennen, was sich vor uns abspielte. An der hinteren Tür des Wohnmobils stand Stefan mit der Monsterfrau neben einem Mann, der eine Kappe und eine Sonnenbrille trug. Trotzdem konnten wir sofort erkennen, dass es sich um den Mann handelte, den wir am Strand getroffen hatten. Sein Gesicht sah wirklich übel aus, da hatten Domino und Alfonso wirklich ganze Arbeit geleistet. Auch seine Arme waren voll von tiefen Kratzern. Dieser Hunderäuber trug zwei Transportboxen, die er soeben vor seine Füße stellte.

»Ich habe noch Nachschub gefunden«, sagte er und grinste. »Die sollen hier mitfahren. Carla möchte jedoch zuerst die Chihuahua-Hündin sehen, die ich von eurer Finca mitgehen ließ.« Er musste damit Tante Rosa meinen. Ich robbte sehr vorsichtig etwas zur Seite, damit ich einen besseren Blick hatte, falls sie die Tür zum Wohnmobil aufmachten.

Die Monsterfrau nickte. »Genau! Ich möchte wissen, ob das Vieh tatsächlich eines von den meinen ist. Ich fasse es immer noch nicht - über fünfzig Hunde hatten diese Verbrecher von mir gestohlen! Nun habe ich mir wenigstens einen Teil von meinem Eigentum zurückgeholt - dank eurer Hilfe!«

Stefan fuhr mit der Hand durch sein Haar. »Du hattest ja erwähnt, dass jemand die ganze Zucht von euch gestohlen hat.«

Von wegen gestohlen - wir hatten die Welpen mit ihren Eltern aus dieser Hölle von den Rodriguez befreit! Sonst wären alle Babys viel zu früh ins Ausland gebracht und dort verkauft worden. All die Geretteten sind durch unsere Tierklinik und mit Hilfe von hiesigen Tierschutzvereinen in gute Familien vermittelt worden. Und nun hat diese Monsterfrau sie sich zurückgeholt? Gestohlen hat sie sie!

»Das war unerhört, sag' ich euch!« Sie schüttelte den Kopf. »Was musste mein Mann leiden! Was musste ich leiden! Jemand hatte mir gefälschte Dokumente untergeschoben und deswegen musste ich sogar ins Gefängnis! So eine Ungerechtigkeit! Zum Glück wurde ich endlich entlassen - zwar auf Bewährung, aber ich lasse mir eh nichts zu Schulden kommen. Seine eigenen Hunde zurückzuholen ist doch kein Verbrechen, oder? Und trotzdem muss ich mich bedeckt halten und sogar meine eigenen Zuchttiere verstecken. Wo leben wir nur?« Sie konnte sich aber gut von jeglicher Schuld freisprechen. Wir wussten nur allzu gut, dass sie alles, was ihr vorgeworfen worden war, auch getan hatte - und noch vieles mehr!

Der Hunderäuber tätschelte ihre Schulter. »Ach Carla, ich bin so froh darüber, dass ich dir behilflich sein kann. Wir sind ja schon seit Jahren Geschäftspartner und da ist es doch selbstverständlich, dass man sich gegenseitig unterstützt. So läuft es doch in unserer Branche. Und dass ich als kleiner Bonus die anderen kleinen Hunde behalten und zum Verkauf mitnehmen darf, ist auf jeden Fall bemerkenswert von dir. Da wird auch für mich gutes Geld herausspringen.«

»Apropos, Geld!« Die Monsterfrau griff in ihre Tasche und zog ein Bündel Geldscheine raus. »Dank meiner alten Kontakte sind schon fast alle Chiliers so gut wie verkauft. Die nutzlosen kranken und älteren Köter kannst du dann ja einem Hundekampfring abgeben, leider sicher nur gegen eine geringere Bezahlung, aber immerhin besser als nichts. Wenn dieses Haus hier endlich verkauft ist, werde ich dieser Gegend mit Sicherheit den Rücken kehren. Jedoch habe ich ja versprochen, dass du deinen Anteil bekommst. Hier!«

Als der Hunderäuber das dicke Bündel Geldscheine entgegennahm, stutze Stefan. »Wollten wir nicht den Erlös zwischen uns aufteilen? Sowohl das Geld als auch die Hunde, so war doch die Vereinbarung, als ihr mich engagiert habt.«

Die Monsterfrau und der Hunderäuber schauten sich kurz an und schwiegen. Nachdem er die Geldscheine in seine Hosentaschen gestopft hatte, drehte sich der Hunderäuber direkt zu Stefan. »Ja, wer hat dich eigentlich engagiert, mein lieber Stefan? Ich weiß nur, dass Frank, unser bisheriger Fahrer, sich plötzlich krankgemeldet hat und du dann eingesprungen bist.«

Stefan zuckte mit den Schultern - was für eine Überraschung, dachte ich mir und verdrehte die Augen. Jeder hatte so seine Angewohnheiten. Ich sah aber, wie Stefan etwas rot wurde.

»Ähm, ja...«, stammelte er. »Also den Frank kenne ich durch einen gemeinsamen Bekannten, mit dem ich zusammen gesessen habe. Der hat mir so einiges über euer Geschäftsmodell erzählt. Als ich entlassen wurde, habe ich Frank kontaktiert und gefragt, ob er nicht irgendeinen Job für mich wüsste. Irgendwie muss auch ich ja meine Brötchen verdienen. Wie es der Zufall nun einmal so will, hatte sich Frank gerade sein Bein gebrochen und musste kurzfristig für sein Wohnmobil einen Fahrer finden. Da unser gemeinsamer Kumpel für mich gebürgt hat, war es einfach - ta-daa! Da bin ich nun!«

Genauso wenig wie wir konnte wohl der Hunderäuber seiner Erklärung glauben, da er nach einem weiteren kurzen Blickwechsel mit der Monsterfrau blitzschnell hinter sich fasste und etwas aus seinem Hosenbund zog. Fast hätten wir alle aufgeschrien, als wir sahen, was er nun in der Hand hielt - eine Waffe! Stefan erblasste augenblicklich und nahm ein paar Schritte rückwärts.

»Was...«

»Halt die Klappe!«, herrschte der Hunderäuber ihn an. »Carla und ich haben uns so unsere Gedanken gemacht. Frank hat sich nämlich nur per eine Kurzmitteilung bei uns gemeldet, was gegen unsere Regeln stößt. Wir konnten ihn gar nicht telefonisch erreichen, wodurch bei uns schon alle Alarmglocken schrillten. Für diese Fahrt war jedoch alles schon geplant, so wollten wir abwarten und schauen, was da auf uns zukommt.«

Die Monsterfrau nickte. »Ich habe über dich Erkundigungen eingeholt. Du hast tatsächlich gesessen, und auch in demselben Gefängnis, wie der Kumpel von Frank. Ein kleines Vöglein hat mir jedoch gezwitschert, dass deine vorzeitige Entlassung für alle sehr überraschend kam. Einige sind sogar der Ansicht, dass du einen Deal mit der Polizei oder mit der Staatsanwaltschaft abgeschlossen hättest. Ist das so, Stefan?«

»Ich...nein... natürlich nicht!«, stammelte Stefan nur. »Wer behauptet denn so etwas? Das wäre ja gegen jede Ehre und erst recht ein Verbrechen!«

Die beiden Ganoven schienen immer noch nicht überzeugt zu sein. Die Monsterfrau streckte Stefan ihre Hand hin. »Gib mir mal dein Handy! Ich habe soeben durch das Fenster sehen können, dass du telefoniert hast. Schauen wir mal nach, wer alles so auf deiner Anrufliste stehen!«

Stefan versuchte noch ein paar Schritte zurückzuweichen, stieß dabei allerdings gegen die Wand des Wohnmobils. Er hob abwehrend die Hand. »Das könnt ihr doch nicht verlangen! Ich habe nichts zu verbergen, aber mit wem ich telefoniere, ist wirklich meine Privatsache!«

Der Hunderäuber sprang neben ihn und hielt ihm die Waffe direkt unter sein Kinn. »Deine Privatsachen interessieren uns nicht. Gib das Handy her!« Der leichenblass gewordene Stefan händigte dem Hunderäuber sein Handy aus, welcher es direkt weiter an die Monsterfrau reichte. »Carla, schau mal nach, was unser Goldjunge die letzten Tage getrieben hat.«

Die Monsterfrau durchforschte das Handy und nickte langsam. »Anrufe sind zu deiner Nummer gegangen - und hier ist eine Nummer aus dieser Gegend, muss wohl die Nummer dieser dämlichen Finca sein. Und dann ist da nur noch eine Nummer aus Deutschland - der letzte Anruf dorthin erst vor wenigen Minuten. Wer ist das, Stefano?« Ihre Stimme war ruhig, doch ich sah ihre eiskalten Augen, die Stefan anstarrten. Dieser schwieg jedoch nur.

»Hast du nicht gehört? Carla hat dich doch sehr höflich etwas gefragt. Also, antworte gefälligst! Wer ist das?«, brüllte der Hunderäuber.

Als Stefan immer noch schwieg, holte dieser aus und ließ

die Waffe mit voller Wucht auf Stefans Kopf prallen, woraufhin Stefan augenblicklich zu Boden ging. Ich sah, wie aus einer Wunde immer schneller Blut über Stefans Gesicht floss, obwohl er versuchte, seine Hand fest auf die Wunde zu drücken. Ich erzählte Alma flüsternd, was soeben passiert war, doch viel konnten wir in diesem Moment nicht tun. Oder eigentlich gar nichts.

Der Hunderäuber bückte sich zu Stefan hinunter. »Dann rufen wir jetzt gemeinsam dort einfach noch einmal an - aber mit Lautsprecher. Wenn das etwas Harmloses ist, wie zum Beispiel eine heiße Braut, dann hast du ja nichts zu befürchten. Doch ich warne dich - ein falsches Wort und ich werde dir eine Kugel durch dein süßes Gesicht jagen!« Der Hunderäuber wählte die Nummer und hielt das Handy vor Stefan. Nach nur zweimal Läuten nahm jemand den Anruf entgegen.

»Hier Müller!«, tönte es aus dem Lautsprecher. »Was ist los, Schneider? Gibt es Probleme?«

Stefan blickte kurz auf die Waffe vor seinen Augen und schluckte schwer. »Nein, nein! Ich wollte nur kurz durchgeben, dass ich erst etwas später losfahren kann.«

»Wie? Das bringt den Zeitplan aber etwas durcheinander. Melde dich dann sofort, wenn du etwas Genaueres weißt. Ich muss dann die Kollegen von der Bundespolizei über die Verspätung informieren.«

Mit voller Wucht warf der Hunderäuber das Handy gegen die Wand des Wohnmobils und trat noch heftig drauf, als es auf die Erde fiel. Daraufhin drückte er die Waffe an Stefans Stirn. »Du verdammter Spitzel! Ich wusste es! Für so etwas habe ich ein ganz feines Gespür!« Er schlug mit der Waffe erneut auf Stefans Kopf ein, der vor Schmerzen aufschrie.

Carla packte den Arm des Hunderäubers. »Halt! Nicht hier! Das gibt zu viele Blutspuren! Was wenn mein Makler vorbeikommt - er soll nichts Verdächtiges entdecken. Hinter dem Haus habe ich den feinen Zuchtstall für die Hunde. Schleppen wir ihn dorthin. Ich hole schnell etwas, womit wir ihn fesseln können, nicht dass er uns noch auf dumme Gedanken kommt.« Sie verschwand im Haus, kam jedoch schnell wieder zurück.

»Hier - einige Kabelbinder, das müsste zuerst einmal reichen. Gib mir die Waffe! So leicht lasse ich diesen Verräter nicht davonkommen! Fast hätte er uns alles ruiniert!«

Als sie Stefan fortbrachten, sahen wir, dass er richtig heftig aus den Kopfwunden blutete. Wir wussten nur zu gut, wohin sie unterwegs waren. Hinter dem Haus auf dem Grundstück gab es einen alten, vergammelten Schuppen - den feinen Zuchtstall - , in dem wir damals mit den anderen Welpen und unseren Eltern gefangen gehalten worden waren. Plötzlich fiel ein Schuss und wir hörten Stefan laut vor Schmerzen schreien. Bevor wir überhaupt reagieren konnten, kamen die Monsterfrau und der Hunderäuber schon wieder zurück.

Die Monsterfrau zeigte auf die Hundeboxen, die immer noch auf der Erde standen. »Pack jetzt die Hunde ein und fahr los! Nimm aber auf keinen Fall die geplante Route. Ich bin sicher, dass dort dich ein Hinterhalt wartet. Die Chihuahua-Hündin von der Finca kannst du behalten. Beeil dich!«

»Und was wirst du machen?«, fragte der Hunderäuber. »Willst du die Ratte dort hinten verbluten lassen?«

»Das kann dir doch egal sein, oder?«, entgegnete die Monsterfrau. »Entweder er verblutet oder er schreit solange, bis er vor Erschöpfung zusammenbricht. Hier wird ihn keiner hören. Der Stall ist aus gewissen Gründen Schallisoliert, also kann er schreien, so viel er will.« Die Monsterfrau grinste hämisch. »An sich ist ja so ein Knieschuss nicht tödlich, aber mit dem Laufen wird er schon seine Schwierigkeiten haben.«

»Warum hast du ihn denn nicht gleich umgebracht?«

»Sehe ich etwa aus, wie eine Mörderin? Falls er verblutet, kann ich doch nichts dafür. Ich werde eh bald meine Hunde ins Auto packen und abhauen. Niemand, abgesehen von euch beiden, hat mich hier in der Gegend gesehen. Durch den Schuss habe ich uns einfach einen zeitlichen Vorsprung verschafft. Falls dieser miese Verräter doch noch gerettet werden sollte, wer sollte ihm dann glauben, wenn er etwas über mich schwafelt? Und dich kennt er ja gar nicht - sogar deinen richtigen Namen nicht!«

Der Hunderäuber nickte. »Das ist richtig. Frank hat außerdem dafür gesorgt, dass das Wohnmobil, wie üblich, gestohlene Kennzeichen hat. Vielleicht ist es nun einfach am besten, wenn ich losfahre. Wir telefonieren dann später. Wo hast du eigentlich deine Hunde versteckt?«

»Dort drüben gibt es noch eine verlassene Finca, die ich zurzeit als Unterschlupf nutze.« Sie zeigte in Richtung des Tals. »Ich wollte auf keinen Fall hier in meinem Haus bleiben, man weiß ja nie, ob der Makler oder sonst wer vorbeikommt. Dass wir uns immer nur hier getroffen haben, hat schon seine Gründe. Nicht dass ich dir nicht vertrauen würde...«

Der Hunderäuber grinste. »Ja, ja, immer die überaus vorsichtige Carla! Na gut, wir hören voneinander!«

»Genau! Ich wünsche dir eine gute Fahrt. Ich möchte auch

so schnell wie nur möglich fort von hier.« Carla seufzte. »Ich habe jedoch noch eine Sache zu erledigen - sonst lässt es mir keine Ruhe. Ich will unbedingt diese zwei Chiliers von mir noch zurückholen, die durch Betrug und unter falschen Angaben damals in Deutschland von einer Frau erworben worden sind. Sie hat ja dann versucht, unsere hervorragende Zucht in den Schmutz zu ziehen. Weißt du, welche ich meine? Die beiden hast du ja leider vergebens versucht mitzunehmen. Es sind meine schönsten Zuchthunde überhaupt - Tristan und Isolde! Ohne sie wird meine Rache nicht vollständig sein!«

23. WIR MÜSSEN HILFE HOLEN!

Als die beiden Fahrzeuge fortgefahren waren, blieben wir noch eine Weile unter dem Busch liegen, weil wir etwas unschlüssig darüber waren, was wir als nächstes machen sollten. Dem Kombi von der Monsterfrau zu folgen hatte wenig Sinn, zu Fuß würden wir es nie schaffen. Ich hoffte, Toran konnte sein Versprechen halten und vielleicht sogar beide Fahrzeuge im Blick behalten. Sonst würden wir wohl nie herausfinden können, wo diese Monsterfrau die gestohlenen Hunde versteckt hielt. Wir mussten es ebenfalls irgendwie schaffen, Tristan und Isolde zu warnen, bevor diese Monsterfrau zuschlug - nur wie? Ein weiteres Problem duldete jedoch keinen Aufschub - Stefan!

Alma zitterte leicht. »Wir müssen Stefan helfen! Er ist doch angeschossen worden!«

»Wer hätte gedacht, dass er zu den Guten gehört - dass er mit der Polizei zusammenarbeitet?« Rudi schüttelte den Kopf.

»Er benahm sich aber auch eigenartig«, gab ich zu bedenken. »Trotzdem muss es stimmen, sonst hätten die anderen ihn ja nicht angegriffen. Und am Telefon war dann wohl wirklich ein Polizist. Sollen wir nicht zu ihm gehen? Wir müssen uns etwas einfallen lassen.«

Vorsichtig krochen wir hinter dem Busch hervor und liefen schnell am Haus der Rodriguez vorbei zur Hinterseite des Grundstücks. Nach ein paar Schritten durch die Bäume sahen wir den Schuppen, den nie wieder sehen zu müssen mein großer Wunsch gewesen war. Auch Alma war zuerst einmal stehen geblieben und schien genauso einen Widerwillen zu verspüren wie ich. Doch es half alles nichts, wir mussten hin. Als ich an das ganze Blut dachte, dass Stefan schon vor dem Schuss verloren hatte, gab ich mir einen Ruck und lief bis zur Tür des Schuppens. Alma und Rudi waren direkt hinter mir. Wir sahen, dass die Tür geschlossen, aber zum Glück nicht verriegelt war.

Plötzlich öffnete sich die Tür einen Spalt breit und wir konnten Geräusche aus dem Schuppen hören. Es klang, als wenn etwas über den Boden geschleift wurde. Im nächsten Augenblick wurde die Tür von innen ganz aufgestoßen und Stefan versuchte, hinaus ins Freie zu kriechen. Er blieb jedoch auf der Türschwelle liegen und stöhnte vor lauter Schmerzen. Er sah aber auch richtig übel aus - überall das Blut und dazu kam noch der Dreck von der Erde. So erschöpft wie er wirkte, würde er wohl gleich ohnmächtig werden. Unter einem Bein bildete sich eine immer größer werdende Blutlache. Seine Hände waren vorne mit den Kabelbindern zusammengebunden.

Alma hatte das ganze Blut gerochen und konnte sich wohl vorstellen, wie es um Stefan stand. »Das ist furchtbar! Was können wir bloß machen?« Sie ging direkt zu Stefan und berührte mit ihrer Pfote seine Schulter, woraufhin Stefan die Augen aufmachte.

»Was...? Uhhh...«, stöhnte er. »Ihr seid noch hier. Lauft weg! Sie können zurückkommen! Lauft!« Stefan versuchte uns mit seinen gefesselten Händen zu verscheuchen, doch diese Bewegung schien ihn vollkommen zu überanstrengen und er schloss seine Augen wieder. »Hilfe!«, rief er ganz leise und verstummte dann. Ich stupste ihn leicht an, aber er reagierte nicht mehr. Atmen tat er jedenfalls noch.

Ich schaute Alma und Rudi an. »Wir müssen Hilfe holen! Ist bei euch noch jemand zu Hause, Rudi?« Von unserer damaligen Rettungsaktion wussten wir, dass sich die Finca von Mateo und seinem Vater nicht sehr weit weg vom Schuppen befand. Man konnte durch den Pinienwald laufen und innerhalb von ein paar Minuten das Haus erreichen. Anton war ja noch auf unserer Finca, ihn konnten wir nicht um Hilfe bitten, aber vielleicht waren Mateo und sein Vater zu Hause.

Rudi blickte kurz zum Himmel. »Ich weiß nicht. Es ist schon ziemlich hell und Mateo fährt meistens sehr früh zur Arbeit. Vielleicht wollte er sogar Anton und mich vorher abholen. Eigentlich müsste er gleich bemerken, dass ich sozusagen auf Reisen bin. Sein Vater sollte jedoch noch dort sein. Ich laufe schnell hin!«

Bevor er lossprinten konnte, hielt ich ihn zurück. »Du kannst nicht selber dorthin, Rudi! Sonst merken sie doch, dass du nicht verschwunden bist. Dann werden sie womöglich gar nicht dem Signal von dem Ortungsgerät folgen!«

Rudi musste mir zustimmen und so war die einzige Alternative für uns alle klar. Ich musste versuchen, dort jemanden auf mich aufmerksam zu machen und ihn dann noch dazu bringen, mit mir mitzukommen. Ich seufzte, aber als ich Stefan wieder stöhnen hörte, machte ich mich schnell auf den Weg. Alma setzte sich dicht neben Stefan, wohl um ihn zu trösten. Rudi beobachtete die Umgebung, um nicht doch noch von der Monsterfrau überrascht zu werden.

Ich fand einen kleinen Pfad und hoffte, dass er eben der

Richtige war. So schnell ich nur konnte, lief ich durch den Wald, hüpfte über unzählige Wurzel und umrundete Büsche, bis ich endlich die Grundstücksmauer von Mateos Finca fand. Irgendwo an der Seite gab es ein geheimes Loch, wodurch wir damals in den Garten gelangen konnten. Wo war es nur? War es überhaupt auf dieser Seite, oder irrte ich mich? Ich wurde zunehmend verzweifelt und hatte das Gefühl, mich völlig verlaufen zu haben, aber dann entdeckte ich einen krumm gewachsenen Baum, den ich sofort wiedererkannte. Neben dem Baum sollte dieses Loch sein und die Stelle fand ich auch augenblicklich. Oh nein! Nein, nein, nein! Das Loch war zugemauert worden! Nein! Und jetzt?

Die Mauer schien in beide Richtungen endlos weiterzugehen. Irgendetwas musste ich mir einfallen lassen und zwar sofort. Ich überlegte fieberhaft und stellte mir alles vor, was ich über dieses Anwesen wusste. Das Haus an sich lag dort drüben in dem großen Garten, der eben von dieser Mauer umschlossen war - bis auf das Tor!

Ich sah das Tor vor meinem geistigen Auge - es bestand aus massiven Metallstreben und war sehr hoch. Damals konnten wir das Tor nicht benutzen, weil Anton und wohl sogar der Rudi kaum dadurch gepasst hätten - aber ich war immer noch viel kleiner als sie. Könnte es möglich sein, dass meine Größe mir endlich den entscheidenden Vorteil verschaffen konnte? Ich entschied mich für eine Richtung und lief die Mauer entlang, bis ich kurz danach tatsächlich das Tor erreichte. Es sah jedoch viel kleiner aus als in meiner Erinnerung - und besonders die Zwischenräume der Metallstreben kamen mir sehr viel enger vor. Aber es war unsere einzige Chance.

Ich unternahm noch den Versuch, mich unter dem Tor

hindurch zu graben, aber die Erde war dort überall stein-hart. Vielleicht konnte ich warten, bis jemand durch das Tor kam und ihn dann auf mich aufmerksam machen. Ich ver-warf diesen Gedanken jedoch gleich wieder, weil ich keine Ahnung hatte, wie lange ich dann warten müsste. Zeit hat-ten wir nicht zu verlieren. Langsam schob ich meine vorde-ren Pfoten zwischen den Metallstreben hindurch, was na-türlich noch der einfachste Teil war. Wenn ich meinen Kopf schief legte, passte dieser auch durch, aber dann war zuerst einmal Ende. Jetzt hing ich an diesem Tor fest, weil meine Hinterpfoten keinen Halt mehr fanden. Na, super! Ich ver-suchte mich durchzuziehen, aber es gelang einfach nicht.

»Soll ich dich mal ein bisschen schubsen?«, sagte plötzlich eine etwas amüsierte Stimme hinter mir. Toran!

»Toran! Was machst du denn hier? Oh ja, bitte hilf mir!« Toran hob kurz seine riesige Pfote und gab meinem Hinter-teil einen ordentlichen Schubser, durch welchen ich auf der anderen Seite des Tores zu Boden kullerte. Das sah wohl nicht so elegant aus, weil ich Toran breit grinsen sah.

Ich schüttelte mich kurz. »Danke! Aber sag nun, wie bist du auf einmal hier?«

Toran durchforschte wieder ununterbrochen mit seinen Augen die Umgebung. »Ich werde gleich fort müssen, es ist mir schon viel zu hell. Ich habe euch beobachtet und mitbe-kommen, was dort bei diesen Rodriguez los war. Es gefiel mir überhaupt nicht, dass du alleine losgerannt bist, so musste ich dir folgen. Meine Kumpels beobachten weiter-hin die Fahrzeuge, damit wir sie bloß nicht verlieren. Aller-dings scheint sich das Wohnmobil mit hoher Geschwindig-keit nach Norden zu bewegen.«

Toran verabschiedete sich von mir. »Ich bleibe noch eine

Weile dort oben im Wald hinter dem Anwesen von diesen Rodriguez. Da sollte es sicher sein und du kannst mich jederzeit rufen, wenn ihr Hilfe braucht.«

Er verschwand schnell und ich lief die Einfahrt in Richtung des Hauses hinunter. Ich hatte gerade die breite Eingangstür erreicht, als ich sah, wie Mateos Auto um die Ecke geschossen kam. So schnell wie sie vorbei waren, konnte ich gar nicht reagieren - ja, sie! Ich konnte gerade noch erkennen, dass auch Mateos Vater mit im Auto saß. Damit war alle Hoffnung zunichte gemacht, dass wir hier Hilfe bekommen würden. Ein leeres Haus nützte uns nicht viel. Dazu fiel mir noch ein, dass nicht nur dies ein Problem war, sondern ich selbst war nun in diesem Garten gefangen. Alleine würde ich es nicht noch einmal durch das Tor schaffen. Das durfte jetzt alles nicht wahr sein!

Bevor ich vollkommen in Panik geriet, zwang ich mich meine Zählübungen zu machen - bis zu Zehn, bis zu Zehn, bis zu Zehn! Langsam beruhigte ich mich wieder ein wenig und überlegte, ob ich überhaupt irgendetwas machen konnte. Ich lief um das Haus herum zur Terrasse, wo immer Wassernäpfe für Hunde bereitstanden. Es war schon ewig her, dass ich etwas zu essen bekommen hatte - ich wusste gar nicht mehr, wann es gewesen sein sollte - aber wenigstens meinen Durst konnte ich jetzt stillen.

Als ich mich umschaute, fiel mir ein Gegenstand auf einer Bank auf - ein Handy! Einer der beiden - höchstwahrscheinlich Mateos Vater - musste es in der Eile wohl dort vergessen haben. Konnte es uns irgendwie nützen? Obwohl ich sehr schlau und reif für mein Alter war, konnte ich wahrhaftig nicht ein Handy bedienen. Mit Sicherheit würde ich es sehr schnell lernen, falls jemand sich die Mühe machen würde, es mir beizubringen. Oder so viel Mühe müsste man sich sicher nicht machen, so schnell wie ich immer lernte. Wieder fühlte ich den mahnenden Blick von Alma auf mir ruhen. Ja-haa!

Vielleicht konnte Stefan etwas mit dem Handy anfangen, falls er nicht inzwischen verstorben war. Aber das war er sicher nicht, oder doch? Ich nahm hastig und dennoch vorsichtig das Handy in meine Schnauze und lief zurück zum Tor. Und nun? Toran war sicher schon viel zu weit weg, um meine Rufe zu hören, trotzdem versuchte ich es ein paar Mal.

»Toran! Hu-huu! Hallo! Hörst du mich?« Plötzlich hörte ich eine andere Stimme.

»Moment! Bin gleich da!« Das war aber nicht Toran, sondern Rudi, der gerade aus dem Wald auftauchte. Er war vollkommen außer Atem und musste zuerst einmal kurz verschnaufen. »Puh, bin ich gerannt! Wir sahen soeben Mateo und seinen Vater dort oben furchtbar schnell vorbeifahren. Da sie keinerlei Anstalten machten, anzuhalten, wussten wir sofort, dass du sie nicht erreichen konntest. Deswegen habe ich zu Alma gesagt, dass ich nach dir schauen muss! Aber wieso hast du nach Toran gerufen?«

Ich erzählte ihm kurz, wie Toran mir durch das Tor geholfen hat und zeigte ihm, was ich auf der Terrasse gefunden habe. »Das Handy ist wohl unsere einzige Hoffnung.« Ich schob es mit meiner Pfote unter dem Tor hindurch. »Du musst es zu Stefan bringen. Vielleicht ist er noch in der Lage, es zu benutzen.«

Rudi schaute mich fragend an. »Öhm... und warum kommst du jetzt nicht mit?«

War er auf einmal so schwer von Begriff, oder was? Ich hatte ihm doch gerade erzählt, dass ich nicht alleine durch das Tor konnte - und er würde mir mit Sicherheit keine großartige Hilfe leisten können. Bevor ich etwas Passendes erwidern konnte, zeigte er auf die Seite der Mauer, wo ich vorhin nicht entlanggelaufen war.

»Dort drüben gibt es ein neues Loch in der Mauer, das Anton und ich gefunden und etwas vergrößert haben. Wir lassen uns doch nicht einsperren, sondern wollen weiterhin unsere Abenteuer erleben. Habe ich dir das nicht erzählt?« Ich schaute ihn nur grimmig an, was wohl Antwort genug war.

Er wies mich an, der Mauer zu folgen, und lief auf seiner Seite dieselbe Strecke ununterbrochen quasselnd, wodurch ich keinerlei Schwierigkeiten hatte, das neue Loch hinter einem großen Busch zu finden. Schnell war ich hindurchgeschlüpft und musste ihm zuerst einmal einen kräftigen Schubser geben.

»Das findest du alles auch noch lustig, oder?«

Rudi grinste mich nur an. »Tut mir leid, dass ich vergessen habe, diese Kleinigkeit zu erwähnen. Aber du musst doch selber zugeben, dass es sicher ein bisschen lustig ausgesehen hat, wie du da am Tor festgehangen hast, oder?«

Widerwillig stimmte ich ihm zu und dachte, dass ich ohne Toran dort wohl immer noch hängen würde, aber nun hatten wir wirklich keine Zeit mehr zu verlieren. Rudi schnappte sich das Handy und wir liefen zu Alma und Stefan zurück.

Stefan lag immer noch so da, wie zuvor - auf der Türschwelle - und Alma hockte dicht neben ihm. Ich hatte allerdings den Eindruck, als wenn seine Kopfwunden nicht mehr ganz so stark bluteten. Das war sicher ein gutes Zeichen.

»Hat er noch etwas gesagt?«, fragte ich Alma. Sie schüttelte nur den Kopf. Stefan hielt die Augen geschlossen und lag nur regungslos da. Falls er gar nicht mehr zu sich kommen würde, war das Handy nutzlos.

»Mateo und sein Vater folgen wahrscheinlich dem Ortungssignal, so schnell, wie sie hier vorbeigerast sind«, bemerkte Rudi. »Dieser Teil unseres Plans scheint also zu funktionieren!« Ja, Rudi, immer der Optimist.

»Wir müssen Stefan irgendwie wach kriegen«, sagte ich zu Alma. »Ich habe ein Handy gefunden und er könnte selbst Hilfe rufen, aber dafür muss er ja bei Bewusstsein sein.«

Alma hob ihre Pfote auf die Brust von Stefan. »Das wird nicht leicht werden. Er atmet sehr flach und sogar unregelmäßig, finde ich.« Ich schaute ihn mir noch genauer an und musste Alma zustimmen. Er sah wirklich nicht gut aus, aber wir konnten ihn auch nicht einfach dort liegen lassen. Ich überlegte fieberhaft und schaute mich um, wobei mein Blick an etwas im Inneren des Schuppens hängenblieb.

»Das wäre vielleicht einen Versuch wert«, dachte ich laut nach. »Alma, weißt du noch, wie die Monster unsere Käfige dort drinnen immer sauber machten?«

Alma richtete sich auf. »Ach ja, das war so furchtbar - immer das viele Wasser und wir konnten uns davor nicht schützen. Den harten Strahl von dem Schlauch kann ich immer noch spüren!« Dann verstand sie, was ich meinte. »Der Schlauch! Wenn wir Stefan mit Wasser bespritzen, wird er vielleicht aufwachen!«

»Genau! Ich schau mal nach!« Meinen Widerwillen überwindend ging ich vorsichtig in den Schuppen hinein und meinte die Angst von damals noch zu riechen, aber das konnte nur Einbildung sein. Der Schlauch lag tatsächlich in einer Ecke und er war sogar noch am Wasserhahn angeschlossen. Ich schnappte mir das Ende und zog es zur Tür, bis mir das nächste Problem auffiel.

»Weiß denn einer von euch, wie wir den Wasserhahn öffnen können?«

Rudi schüttelte nur deprimiert den Kopf, doch Alma trippelte kurz, was ihre Aufregung verriet. »Immer bevor das Wasser kam, habe ich so ein kurzes Knirschen gehört. Bei dem Wasserhahn muss es einen Schalter oder etwas ähnliches geben.«

Als ich mit Rudi zurück in den Schuppen ging, sahen wir an der Wand neben dem Schlauch tatsächlich einen Hebel. Zum Glück lag er in unserer Reichweite und mit vereinten Kräften konnten wir ihn bewegen. Ich hörte ein leises Blubbern. »Wir müssen noch einmal kräftig drücken!« Und es klappte! Das Wasser schoss mit voller Kraft durch den Schlauch und dann aus ihm heraus. Dabei spritze es nicht nur Stefan völlig nass, sondern auch Alma.

»He! Warum sagt ihr mir nicht Bescheid!«, rief sie verärgert, aber bevor sie noch weiter schimpfen konnte, sahen wir, dass Stefan die Augen öffnete! Ich sprang zu ihm hin und schob mit meinen Zähnen den Wasserschlauch zur Seite.

»Uh! Was soll das? Wo bin ich?« Er schaute sich um, stöhnte jedoch sofort vor Schmerzen. Bevor er wieder ohnmächtig wurde, trat ich zu ihm und legte das Handy auf seine Brust. Alma schubste seinen Kopf sanft mit ihrer Pfote.

Endlich erblickte Stefan das Telefon auf seiner Brust. »Ein Handy? Wie?« Wieder stöhnte er, konnte jedoch das Handy trotz der gefesselten Hände hochheben. »Ich schaffe das nicht...«

Es sah aus, wie wenn er gleich wieder das Bewusstsein verlieren würde. So nahm ich den Schlauch erneut in die Schnauze und richtete den Strahl diesmal direkt auf sein Gesicht, wobei ich ihn wohl fast ertränkt hätte, so sehr wie er plötzlich husten musste. Als ich den Schlauch weg-schubste, sah ich, wie Stefan ein paar Mal auf das Handy tippte.

»Hilfe!«, rief er hinein. »Ich bin angeschossen worden. Das Anwesen von Ehepaar Rodriguez! Hinterhof!« Danach ließ er das Handy fallen und schloss die Augen wieder.

»Mehr können wir für ihn nicht tun«, stellte ich fest. »Wir müssen jetzt fort. Niemand darf uns sehen, sonst können wir die anderen Hunde nicht retten. Toran weiß ja, wohin diese Monsterfrau sie gebracht hat. Er wartet auf uns dort drüben.« Ich nickte in Richtung des Waldes.

Alma weigerte sich jedoch, Stefan zu verlassen, bevor sie nicht sicher sein konnte, dass er wirklich Hilfe bekam. Ich platzte fast vor Ungeduld, wusste allerdings, dass ich sie nicht dazu zwingen konnte, ihn so zurückzulassen. Jedoch sofort als wir die Sirenen hörten, duldete ich keine Wider-worte mehr.

24. DAS HAUS DES MONSTERS

Wir standen hinter den Bäumen und beobachteten, wie ein Rettungswagen mit Blaulicht in Richtung Stadt fortfuhr. Stefan würde es bestimmt schaffen, obwohl er sehr viel Blut verloren hatte. Als wir jedoch sahen, dass mehrere Polizeiautos vor dem Haus hielten, trieb Toran uns an.

»Wir müssen jetzt wirklich gehen! Bald wimmelt es hier nur so von Menschen und wegen der Schießerei werden sie sicher überall nach Spuren suchen. Mir gefällt das ganz und gar nicht.«

Obwohl ich die ganze Situation mit Spurensuchen und Polizei sehr spannend fand, musste ich ihm recht geben. Wir wussten ja ohnehin, was dort passiert war und dass die Verantwortlichen schon längst weg waren.

Toran führte uns weiter in den Wald hinein. »Das Haus, wo diese Monsterfrau die Hunde versteckt hält, ist nicht sehr weit weg. Allerdings müssen wir durch ein etwas schwieriges Gelände, sonst müssten wir einen langen Umweg in Kauf nehmen. Ich hoffe, ihr schafft das. Ich vergesse immer wieder, wie klein ihr seid.« Da war es wieder, dieses 'klein'. Aber im Vergleich zu Toran war sogar Anton fast klein, welcher Gedanke mich aufheiterte.

Ich nickte voller Zuversicht. »Das werden wir sicher hinbekommen! Wir mögen zwar etwas klein sein, aber dafür sehr flink! Unser Rudi hier ist sogar ein Supergräber und ich kann problemlos jeder erdenklichen Spur folgen, falls das in diesem Fall notwendig sein sollte!«

Alma musste sich wieder räuspern, so schwieg ich und folgte Toran durch den Wald. In Wahrheit wünschte ich, dass der Weg doch nicht zu lang wäre. Ich konnte mir auch nicht vorstellen, was ein etwas schwieriges Gelände für einen Wolf war. Außerdem knurrte mein Magen wie wild und erinnerte mich daran, wie leer er war. Alma und Rudi schienen mit so einer unfreiwilligen Fastenzeit keinerlei Schwierigkeiten zu haben - oder hatten sie in meiner Abwesenheit etwas zu essen gefunden? Vielleicht irgendwelche Reste noch in dem Schuppen? Hätten sie so etwas machen können, ohne es mir zu erzählen? Oder sogar ohne mir etwas übrig zu lassen? Das hielt ich sogar für sehr wahrscheinlich, so entspannt, wie die beiden wirkten. Langsam wurde ich richtig wütend auf sie.

»Na, hat es euch gut geschmeckt?«, fragte ich und hielt so abrupt an, dass Alma direkt in mich hineinlief. Das gab mir natürlich noch einen weiteren Grund, sie etwas fester zu schubsen, woraufhin sie aufjaulte und mich vollkommen verblüfft anschaute.

»Was ist mit dir los? Warum schubst du mich? Das hat weh getan!« Alma leckte ihre Pfote, die wohl etwas geknickt war. Aber einem nichts vom Essen abzugeben war für mich ein schlimmer Verrat! Toran bemerkte, dass wir stehen geblieben waren und kam zurück.

»Nicht streiten! Worum geht es? Beruhigt euch doch.« Er zwängte sich oder besser gesagt eine von seinen Pfoten zwischen uns und schubste mich mit Leichtigkeit zur Seite. Ich war so frustriert und vor allem so hungrig, dass mir fast die Tränen kamen. Ich schluckte ein paar Mal.

»Die beiden haben mir nichts von dem Essen abgegeben.

Und ich habe so einen Hunger!« Rudi und Alma schwiegen und schauten sich an. Rudi zuckte mit den Schultern und Alma schüttelte nur den Kopf. Sehr komplizenhaft!

»Wovon redet Arlo?«, wollte Toran wissen und schaute diese beiden Verräter fragend an. Und erneut dasselbe Schauspiel - Rudi mit den Schultern, Alma mit dem Kopf, was mich noch wütender machte.

»Die beiden haben Futter in dem Schuppen gefunden und heimlich alles allein aufgegessen!«, schrie ich und zeigte knurrend meine Zähne. Toran hielt mich mit seiner Pfote fest, sonst wäre ich womöglich auf diese beiden Kretins losgegangen.

Alma kam todesmutig näher. »Arlo, das stimmt doch gar nicht. Ich habe keine Ahnung, wovon du redest! Glaubst du, wie wären so fies zu dir? Wenn wir etwas gefunden hätten, dann hätten wir es mit Sicherheit mit dir geteilt, nicht wahr, Rudi?«

Er nickte eifrig. »Natürlich! Ich habe tatsächlich den Schuppen durchgesucht, aber da war gar nichts Essbares drin! Ich habe auch einen riesigen Hunger, aber wir haben zuerst einmal eine wichtige Aufgabe zu erledigen.«

Toran nahm endlich seine Pfote weg. Ich wusste, dass die beiden mir die Wahrheit sagten und schämte mich. Ich verstand nicht, auf welche Ideen ich wieder einmal gekommen war. Alma und Rudi waren meine besten Freunde und würden mir nie so etwas antun. »Bitte verzeiht mir! Das war ungerecht von mir. Ich habe nur so einen furchtbaren Hunger und weiß nicht, ob ich noch einen Schritt weiterlaufen kann, wenn ich nichts zu essen bekomme!«

Toran nickte in Richtung des Tals. »Wir müssen eh noch etwas weiter bergab. Dort hinter den nächsten Bäumen gibt es einen kleinen Bergbach mit gutem Wasser. Da werden wir eine kleine Pause machen, ihr könnt trinken und ich schaue, ob ich euch etwas zu essen organisieren kann. Ich vermute aber, dass rohes Wild- oder Vogelfleisch nicht so eure Sache ist, oder?« Als er sah, wie betreten wir aus dem Fell guckten, seufzte er. »Ja, das habe ich schon befürchtet. Kommt jetzt mit!«

Er hatte nicht zu viel versprochen. Der Bach war wegen der Sommerhitze zwar fast ausgetrocknet, aber wir konnten trotzdem daraus gut trinken. Das Wasser war kristallklar und herrlich kalt - es schmeckte wie das beste Getränk der Welt. Toran befahl uns dort zu warten und verschwand zwischen den Bäumen. Ich hoffte, dass er wirklich verstanden hatte, wie unsere Meinung zu irgendeiner Jagdbeute war. Obwohl ich so hungrig wie noch nie in meinem Leben war, wusste ich nicht, ob ich so etwas mit Blut und Fell oder gar mit Federn herunterbekommen würde. Das Wasser füllte meinen Magen ein bisschen, wodurch wenigstens das Knurren nachließ.

Kurze Zeit später tauchte Toran wieder auf und legte etwas vor uns auf die Erde. Es war ein großes Stück Wurst! »Das sollte euch schmecken. Teilt es gerecht unter euch auf!«

Er grinste uns an, aber wollte nicht erzählen, woher er diese prächtige Mahlzeit hervorgezaubert hatte. Anscheinend hatten Wölfe so ihre Berufsgeheimnisse. Letztendlich war es mir auch vollkommen egal, Hauptsache Hund musste in diesem Waldgebiet nicht verhungern. Eigentlich hätte ich nach dem Essen etwas ausruhen wollen, doch Toran trieb uns wieder an.

»Los jetzt! Es wird immer heller und ich muss mich bald

in die Berge zurückziehen. Und den schwersten Teil der Strecke haben wir ja noch vor uns.«

Was er damit meinte, wurde uns sehr schnell klar. Der kleine Pfad, dem wir zuerst einmal mühelos gefolgt waren, endete nach einer Weil im Nichts und danach mussten wir uns durch das immer dichter werdende Unterholz schlagen. So als wenn das nicht schon gereicht hätte, hielt Toran plötzlich an.

»Nun ja, lasst uns mal schauen, wie wir hier rüber kommen.« Vor uns öffnete sich eine ziemlich breite und sehr tiefe Schlucht, die in beide Richtungen schier endlos erschien. Uns war sofort klar, dass Klettern nicht in Frage kam.

Ich schluckte. »Gibt es wirklich keinen anderen Weg?«

Toran schüttelte den Kopf. »Wir müssten sonst ganz nach unten bis ins Tal laufen und dann wieder die andere Seite nach oben. Dieser Weg ist für euch erstens viel zu lang und zweitens für mich wegen der Häuser und der Menschen viel zu gefährlich.«

Alma versuchte zu erkennen, wie breit die Schlucht war. »Können wir nicht einfach darüber springen? Wenn ihr mir sagt, wie weit ich springen muss, werde ich es mit Sicherheit schaffen.«

Rudi machte ein paar Schritte am Rand der Schlucht. »Hmm... versuchen könnte man es. Allerdings wenn es schief läuft, fällt man schon richtig tief. Also, so einen Sturz würde keiner von uns überleben. Toran ist natürlich eine Ausnahme - du kannst sicher mit Leichtigkeit darüber springen?«

Toran nickte. »Sicher. Es geht jedoch um euch. Ich glaube nicht, dass ihr zwei kleineren es schaffen könntet, Rudi wahrscheinlich schon.« Ich überhörte das mit dem 'kleineren', weil mich etwas anderes noch mehr störte - dieses 'wahrscheinlich'.

Ich räusperte mich. »Das ist doch viel zu gefährlich! Wir können nicht riskieren, dass einer von uns abstürzt!«

»Aber die anderen Hunde brauchen unsere Hilfe«, sagte Alma mit Nachdruck. »Irgendwie müssen wir es schaffen. Rudi, zeig mal den anderen, wie weit du springen kannst.«

Rudi suchte sich eine freie Stelle am Rand der Schlucht, nahm Anlauf und sprang so weit er konnte - und das war wirklich sehr weit! Ich konnte nur staunen und ihm anerkennend zunicken. Toran maß mit seinen Augen die Breite der Schlucht ab und verglich es mit den Sprungspuren.

»Alle Achtung, Junge! Du kannst aber gut springen, das hätte ich nicht gedacht. Wenn du mit so viel Schwung über die Schlucht springst, wirst du keine Schwierigkeiten haben.«

Bevor ich Rudi bitten konnte, es sich trotzdem noch einmal zu überlegen, ging er einige Schritte zurück, lief los - und sprang! Rudi! Alma schrie auf und ich schloss meine Augen, aber nach einer Sekunde hörten wir ihn auf der anderen Seite der Schlucht jubeln!

»Habt ihr das gesehen?« Nein. Aber er hatte es geschafft und trippelte dort nun aufgeregt. »Das war ja einfach!«

Sicher. Für unsereins war die Schlucht unüberwindbar. So weit würden wir niemals springen können. Sollten wir nicht doch lieber den Umweg über das Tal nehmen? Würden wir Zeit dafür haben und würden wir ohne Toran den Weg überhaupt finden? Es dürfte eigentlich nicht so schwer sein, wenn wir nur der Schlucht folgen würden, bis es flach genug wurde.

Bevor ich mich entscheiden konnte, schnappte Toran sich Alma in seine Schnauze und sprang über die Schlucht. Na gut, das war natürlich auch eine Möglichkeit. Toran sprang umgehend zurück und ich ließ dieselbe Prozedur über mich ergehen. Das war zwar eine etwas beschämende Art, dieses Hindernis zu überwinden, aber was sollte es. Hauptsache wir konnten endlich weiter.

»Es ist nicht mehr weit«, sagte Toran. »Ich zeige euch noch das Haus, aber danach muss ich wirklich von hier verschwinden.«

Kurze Zeit später sahen wir ein Gebäude hinter den Bäumen auftauchen. Es war wohl ein Gartenhaus oder ein Lager und als wir uns vorsichtig näher heranschlichen, erkannten wir noch ein kleines, offenbar sehr altes Steinhaus auf der anderen Seite des kleinen Hofes. Als wir den weißen Kombi vor dem Haus entdeckten, blieben wir stehen und beobachteten die Umgebung. Wir sahen keine Menschen und hörten zuerst einmal auch nichts. In diesem Augenblick ging die Tür des Hauses auf und die Monsterfrau erschien auf der Treppe und irgendwo aus dem Inneren des Hauses drang leises Bellen zu uns. Wir duckten uns noch tiefer hinter die Büsche.

Toran war sichtlich unwohl zumute. »Tut nichts Unüberlegtes! Ich muss mich etwas zurückziehen, aber ich versuche noch, hier in der Nähe zu bleiben. Wenn die Frau mich entdeckt, wird sie sicher die Jägerschaft auf mich hetzen, und dazu verspüre ich keine große Lust. Ihr könnt ja das Haus beobachten - heute Abend, wenn es wieder dunkel wird, kann ich mich euch wieder anschließen.«

Er nickte uns noch kurz zu und verschwand. Ohne seine

große Gestalt neben uns fühlte ich mich augenblicklich vollkommen schutzlos. Was sollten wir, drei kleine Hunde, hier überhaupt ausrichten können? Das war doch wieder ein hirnrissiger Plan, den wir hatten. Oder eigentlich hatten wir ja gar keinen richtigen Plan - ich wüsste nicht, dass jemand sich Gedanken gemacht hätte, was wir machen sollten, nachdem wir nun dieses Haus gefunden hatten.

Alma schien wieder einmal meine Gedanken zu lesen. »Und jetzt?«, fragte sie leise. »Ich rieche die Monsterfrau und das Bellen habt ihr sicher ebenfalls gehört. Was sollen wir nun tun? Was macht diese schreckliche Frau gerade?«

»Sie sitzt nur dort auf der Treppe und trinkt wohl Kaffee. Sie hält eine Tasse in der Hand. Tja, was machen wir nun?« Rudi hatte also ebenso wenig eine Idee wie ich auch. »Die anderen Hunde sind auf jeden Fall dort im Haus.« Scharf beobachtet, Kumpel, darauf wäre ich nie gekommen.

»Das Bellen war ziemlich leise«, fuhr er fort. »Vielleicht sind die Hunde irgendwo im Keller eingesperrt oder so.«

Da musste ich ihm wiederum recht geben. Das Bellen war tatsächlich sehr gedämpft gewesen - frei herumlaufen würden die Hunde eh nicht dürfen. Allerdings sah das Haus nicht so aus, als wenn es einen Keller hätte, obwohl ich zugeben musste, dass meine Kenntnisse über die Konstruktion eines Hauses eher lückenhaft waren.

Wir beobachteten diese Frau weiterhin und ich überlegte fieberhaft, was unsere nächsten Schritte sein könnten. Unsere Aufgabe war es, die anderen Hunde zu retten, aber zwischen uns und unserem Ziel stand nicht nur dieser grauenhafte Mensch, sondern höchstwahrscheinlich auch eine verschlossene Tür oder sogar mehrere. Sollten wir nicht doch am besten darauf warten, bis es wieder dunkel werden würde, damit Toran zurückkommen konnte? Er konnte wenigstens dann uns beschützen, was allerdings keines von den anderen Problemen löste - Frau und Tür.

Als ich an Toran dachte, fiel mir ein, dass wir etwas vergessen hatten. Tristan und Isolde! Wir hätten sie darüber warnen sollen, dass diese Monsterfrau sie erneut ins Visier genommen hat. Wie hatte ich das vergessen können? Toran hätte vielleicht Condesa erreichen können - oder Luna hätte irgendetwas machen können. Vielleicht so laut heulen, dass sogar Condesa es hören würde. Unsere Piepserei würde dafür niemals ausreichen.

»Wir haben Tristan und Isolde vergessen«, sagte ich betrübt.

Alma legte ihre Pfote auf die meine. »Ich habe schon daran gedacht, aber wir haben momentan keine Möglichkeit, sie zu kontaktieren.«

»Aber Toran hätte...«, fing ich an, aber Rudi unterbrach mich.

»Ich weiß, wo sie wohnen. Ich muss nur hinunter ins Tal laufen, es kann nicht so weit sein.« Er zeigte mit seiner Pfote in die Richtung, aus der wir gekommen waren. »Ich kann der Schlucht bis nach unten folgen, das ist sicher kürzer als die ganze Straße entlang zu laufen.«

Ich nickte. »Ja, das ist wohl der beste Weg. Nur, wie willst du das richtige Haus finden? Das Tal ist doch groß.«

Er grinste mich an. »Vergiss bitte nicht, dass ich viel herumgestreunt bin, bevor ich zu Mateo kam. Im Tal kenne ich mich bestens aus. Und so lange diese Monsterfrau sich nicht vom Fleck bewegt, sind wenigstens Tristan und Isolde in Sicherheit.«

Da hatte er recht. Und so lange diese Monsterfrau sich

nicht bewegte, konnten wir auch nur abwarten.

25. PURE VERZWEIFLUNG

Wir beobachteten stillschweigend das Haus und die Monsterfrau nachdem Rudi sich auf den Weg gemacht hatte. Ich drückte ganz fest meine Zehe, dass er auch das Haus von Silva wirklich finden würde. Die Monsterfrau saß einfach weiterhin auf der Treppe, was mir schon gruselig genug war. Ihre Gegenwart vergiftete die ganze Luft um sie herum und die Nähe zu ihr verursachte bei mir regelrecht Übelkeit. Allerdings falls ich mich wirklich übergeben musste, würde sie uns womöglich entdecken. Um das zu vermeiden, konzentrierte ich mich auf das Haus.

Es war wirklich sehr alt, die Steinwände waren löchrig und das Dach schien auch nicht mehr in Ordnung zu sein. Im Vergleich zu ihrer früheren Finca war dieses Haus eine richtige Bruchbude, was jedoch für uns ein Vorteil sein konnte. Vielleicht gab es irgendwo eine Stelle, wo wir in das Haus hineingelangen konnten - vorausgesetzt natürlich, dass diese Monsterfrau irgendwann weggehen würde.

Ich schubste Alma leicht. »Hast du eine Idee, wie wir vorgehen sollten? Die Monsterfrau sitzt nur da.«

»Wir können wohl nur abwarten und hoffen, dass sie uns nicht entdeckt.« Alma schnüffelte intensiv. »Sie riecht genauso übel wie damals. Wie sieht das Haus aus? Könnten wir irgendwie unentdeckt an ihr vorbei und ins Haus gelangen?«

Ich glaubte meinen Ohren nicht. »Bist du wahnsinnig? Ins

Haus, obwohl die Monsterfrau anwesend ist? Das soll ein gut überlegter Vorschlag von dir sein?« Ich konnte nur den Kopf schütteln.

»Woher soll ich denn wissen, wie es hier aussieht, wenn du mir nichts beschreibst?«, gab sie verärgert zurück. »Du willst ernsthaft nur abwarten und nichts tun? Wenn die Hunde dort im Haus wenigstens wüssten, dass wir da sind, wäre es sicher eine Erleichterung für sie.«

Jetzt reichte es mir aber langsam mit ihrem Übermut. »Glaubst du wirklich, sie würden es hilfreich finden, wenn zwei von ihresgleichen ihnen irgendetwas durch ein Fenster oder so zuflüstern? Und dazu noch diese Monsterfrau im Nacken?«

Alma zwang sich anscheinend dazu, ruhig zu sprechen, aber ich hörte, wie ihre Zähne knirschten. »Tatsächlich glaube ich daran, dass man sich nicht mehr so hilflos fühlt, wenn man weiß, dass man nicht mehr alleine ist. Wie wäre es, wenn du - anstatt mit mir irgendeinen Streit anfangen zu wollen - nun endlich erzählst, wie das Haus aussieht - vor allem die Fenster und die Tür?«

Ich schluckte meinen Ärger herunter. Sie hatte schon recht, ein sinnloser Streit würde uns sicher nicht helfen, und womöglich nur die Aufmerksamkeit dieses Monsters auf uns lenken. Ich fing an, Alma das Grundstück und das Haus zu beschreiben - soweit ich das alles von dort erkennen konnte. Es war alles alt und verkommen, zwar waren die Fenster intakt, aber sahen sehr brüchig aus, genau wie die Tür.

»Lass uns vorsichtig um das Grundstück herum auf die andere Seite des Hauses laufen«, schlug ich vor. »Vielleicht können wir dort etwas Nützliches entdecken. Bleib aber bitte dicht bei mir - nicht dass die Monsterfrau uns entdeckt.«

Wir liefen sehr langsam und in einem großen Bogen um das Haus herum. Ich achtete jede Sekunde darauf, dass wir hinter den Bäumen und den Büschen in Deckung blieben. Allerdings verloren wir dadurch das Monster aus den Augen, aber ich wollte nur einen kurzen Blick auf die Rückseite des Hauses werfen. Eigentlich hätte ich Alma bitten können, auf mich zu warten, doch ich fühlte mich etwas besser, wenn wenigstens sie bei mir war. Könnte sie also recht gehabt haben - dass die anderen Hunde sich besser fühlen würden, wenn sie über unsere Anwesenheit Bescheid wüssten?

Endlich hatten wir eine Stelle erreicht, von der aus ich einen guten Blick auf die Rückseite des Hauses hatte. Dort gab es eine kleine, überwucherte Terrasse - und tatsächlich noch eine Tür. »Alma!«, flüsterte ich aufgeregt. »Dort gibt es eine Terrassentür, die meines Erachtens sehr wackelig aussieht. Ich glaube, es ist so eine Art Schiebetür, wie auf unserer Finca auch.«

»Oh! Das ist gut! So eine Tür können wir doch öffnen - falls sie nicht verriegelt ist...«

»Ich müsste näher dran, um das zu erkennen. Ehrlich gesagt traue ich mich nicht, wenn die Monsterfrau nur ein paar Meter entfernt sitzt.« Ich zitterte leicht. Alma legte ihre Pfote auf die meine, was mich etwas beruhigte.

»Wie weit ist es bis zu dieser Terrasse?«, fragte sie. »Ist die Tür direkt vor uns?«

»Na ja, das sind schon noch einige Schritte, weswegen ich auch nicht erkennen kann, ob die Tür verschlossen ist. Aber direkt vor uns ist sie, ja.« Kaum hatte ich das gesagt, da flitze Alma schon in Richtung des Hauses.

»Alma!«, rief ich so laut, wie ich es nur wagte. Was hatte dieses dumme Huhn jetzt wieder vor? Ich blieb, wo ich war, damit ich sie wenigstens warnen konnte, falls dieses Monster um die Ecke kam. Alma war wirklich nicht mehr zu retten. Ich musste noch mit ansehen, wie sie eine Stufe nicht wahrnahm und auf die Terrasse stolperte und dabei so viel Krach machte, dass dies Tote hätte aufwecken können. Oder hallte es nur in meinen Ohren so furchtbar laut? Alles schien noch ruhig zu bleiben. Alma schüttelte sich kurz und lief schnurstracks zu der Tür. Ich weiß nicht, wie sie all das immer wieder schafft - trotz ihrer Blindheit. Sie presste ihr Ohr an die Tür und klopfte mit der Pfote kurz dagegen. Wunderbar, mach nur noch mehr Lärm! Meine Nerven wollten mit mir durchgehen - was machte sie bloß da? Sie hielt ihre Pfote an die Türkante und bellte ein paar Mal! Und das hörte nun auch diese Monsterfrau, die gerade um die Ecke bog!

»Alma! Achtung! Sie kommt!«, rief ich kurz und sah zu meiner Erleichterung, dass Alma sich sofort umdrehte und zu mir zurückeilte. Gerade noch rechtzeitig! Die Monsterfrau ging zur Terrasse und schaute sich um. Als sie nichts Verdächtiges entdecken konnte, zuckte sie nur mit den Schultern. Wohl zu lange in der Gesellschaft von Stefan gewesen, dachte ich bei mir, während sie wieder zu Vorderseite des Hauses ging. Ich hatte gar nicht bemerkt, dass ich die ganze Zeit mein Atem angehalten hatte, wodurch mir jetzt fast schwindelig wurde. Ich zog gierig Luft ein und drehte mich zu Alma um.

»Bist du nun vollkommen verrückt geworden?«, schnaubte ich sie an und haute sie etwas zu heftig mit der

Pfote auf den Kopf. Sie musste mit aller Gewalt ein Aufjaulen unterdrücken. Wenigstens schien sie zu verstehen, dass sie keinen Lärm mehr machen durfte. »Das Monster hat dich fast erwischt!«

»Jemand musste doch dort nachschauen«, sagte sie ziemlich beleidigt. »Du musst mich nicht immer bei jeder Gelegenheit hauen! Fast hätte diese Frau uns deswegen entdeckt!«

Das wurde ja immer besser. »Ach, das ist jetzt meine Schuld? Bin ich etwa derjenige gewesen, der sich am helllichten Tag in Gefahr gebracht hat? Wo dieses Monster noch hier ist? Wenn du ansonsten nicht zur Vernunft kommst, klopfe ich gerne noch ein bisschen mehr auf dein Köpfchen. Vielleicht bewegen sich dann ein paar Gehirnzellen etwas schneller!«

Was jetzt passierte, hatte es noch nie zuvor gegeben: Alma zeigte mir ihre Zähne und knurrte kurz. »Lass mal gut sein, Brüderchen! Wenn ich die mutigere von uns bin, muss ich mir nicht so einen Blödsinn von dir anhören. Was glaubst du eigentlich, wer du bist?«

Ich muss zugeben, dass ich mich in diesem Moment etwas erschreckte und das dringende Bedürfnis verspürte, sie zu beschwichtigen. Vielleicht beschützte ich sie tatsächlich zu sehr - seit wir Babys waren, habe ich mich um sie gekümmert. Die Tatsache, dass sie sich inzwischen weiterentwickelt hatte und eigentlich sehr gut alleine zurechtkam, war mir irgendwie entgangen, obwohl sie das mir jeden Tag deutlich vor Augen führte. Einerseits fühlte ich mich in diesem Augenblick etwas nutzlos, andererseits war ich schon sehr stolz auf sie. Sollte ich mich nun entschuldigen? Besser war es wohl.

Ich seufzte. »Es tut mir leid, Alma. Du weißt doch, dass ich mir immer Sorgen um dich mache, obwohl ich es wohl nicht bräuchte. Ich verspreche dir, dass ich dich nicht mehr haue - außer dass es sich als unbedingt notwendig erweisen sollte.«

Zuerst dachte ich, dass sie weiter schmollen würde, aber plötzlich grinste sie. »Das Letzte war nun dann wohl ein Scherz. Aber gut, ich nehme deine Entschuldigung an. Ich habe nämlich gute Nachrichten und finde diesen Streit wirklich überflüssig.«

Ob das ein Scherz gewesen war oder nicht, ließ ich lieber unbeantwortet und setzte mich stattdessen hin. »Was hast du denn erfahren?«

Alma strahlte mich an. »Die Tür ist tatsächlich unsere beste Möglichkeit, etwas zu unternehmen. Sie ist nicht ver- riegelt. Sogar ich konnte sie mit meiner Pfote etwas bewe- gen - wenn wir es zu zweit versuchen, können wir sie sicher aufschieben! Und ich konnte die anderen Hunde dort drin- nen hören und habe ihnen zugerufen, dass wir hier sind. Aber dann kam ja diese Frau.«

»Das sind ja wirklich gute Nachrichten! Lass uns zurück auf die andere Seite des Hauses gehen, ich möchte wissen, was diese Frau jetzt tut.«

Die Monsterfrau saß wieder dort auf der Treppe, aber hatte jetzt die Tasse neben sich gestellt und hielt stattdessen ein Handy in der Hand. Als wir wieder unter unserem Busch Platz nahmen, wählte sie eine Nummer.

»Hallo? Ist dort die Tierklinik?« Was hatte dieses Mons- ter jetzt vor? Keiner von uns war damals auch nur in die Nähe einer Tierklinik gekommen, obwohl sie behauptet hatte, dass alle Dokumente von ihrer Welpenzucht in Ordnung seien.

»Hier spricht Monzales. Es ist kein direkter Notfall, aber es ist doch dringlich. Ich rufe im Auftrag von Frau Schneider an. Sie ist Stammkundin bei Doktor Heising und sie hat mich gebeten nachzufragen, ob Doktor Heising heute arbeitet und eventuell noch einen Termin für einen ihrer Hunde frei hätte.« Sie schwieg kurz. »Ach, sie hat heute Frühsicht - um elf? Ja, das passt sehr gut, danke.«

Sie legte auf und grinste. »Tja, Doktor Heising«, sagte sie laut vor sich hin, »ich hoffe, Sie haben sich ordentlich von Ihren Hunden verabschiedet. Tristan und Isolde werden heute nämlich zu ihrer rechtmäßigen Besitzerin zurückkehren!«

»Alma, du hast das sicher auch gehört. Unsere Oma Martha hat mit dieser Monsterfrau garantiert nichts zu tun. Außerdem hat sie eh einen falschen Namen benutzt. Was sollte das alles?«

»Auf jeden Fall nichts Gutes«, seufzte Alma. »Ich hoffe, Rudi schafft es tatsächlich, Tristan und Isolde zu warnen. Diese Frau wollte wahrscheinlich nur eine Information aus der Klinik.«

»Genau! Sie wollte sicher nur wissen, ob Silva heute arbeitet, damit sie bei ihrem Haus freie Bahn hat. Das ist ja furchtbar! Ich verstehe eh nicht, warum sie unbedingt Tristan und Isolde zurückhaben will. Sie hat sie doch freiwillig verkauft.«

»Diese Frau schwafelt ja andauernd etwas über einen Verrat. Wahrscheinlich glaubt sie wirklich, dass sie betrogen worden ist.« Alma schüttelte den Kopf. »Wenn man selber so bösartig ist, wie diese Frau, sieht man wohl überall Verrat und Heimtücke.«

Wir sahen, wie die Monsterfrau ins Haus ging, aber gleich wieder hinauskam und in ihr Auto stieg. Ich versuchte zu berechnen, ob Rudi inzwischen genug Zeit gehabt hatte, um zu Silvas Haus zu laufen. Es gab aber auch nichts, was wir hätten tun können. Die Frau konnten wir nicht aufhalten und hinter Rudi herzulaufen würde absolut nichts nützen. Vielleicht konnten wir es nun wagen, ins Haus hinein zu gehen. Als der weiße Kombi hinter der ersten Kurve verschwunden war, stupste ich Alma an, diesmal jedoch nur leicht. Lernfähig war ich immerhin - vielleicht war es tatsächlich nicht so optimal, wenn ein Bodyguard seinen Schützling hin und wieder eine klatschte, obwohl ich es persönlich manchmal schon notwendig fand oder gefunden hatte.

»Los, Alma, lass uns die Abwesenheit von diesem Monster dazu nutzen, uns im Haus umzuschauen. Vielleicht können wir die anderen Hunde sogar befreien.«

Wir liefen wieder zur Terrasse und diesmal klopfte ich an die Tür. Sofort hörten wir mehrere Hunde bellen, allerdings war das immer noch so gedämpft, dass sie wohl irgendwo hinter einer weiteren Tür gehalten wurden. Ich ließ mich jedoch nicht entmutigen, sondern bat Alma darum, sich neben mich zu stellen, damit wir die Tür mit gemeinsamen Kräften aufschieben konnten - und es klappte auf Anhieb! Vorsichtig spähten wir hinein, aber konnten nur einen verdreckten Flur erkennen. Wenigstens konnten wir sicher sein, dass sich keine Menschen dort aufhielten, weil bei dem aufgeregten Bellen hätte jemand wohl nachgeschaut.

Alma schnüffelte an der Tür. »Das riecht aber muffig. Außer den Hunden ist hier anscheinend sonst niemand. Sollen wir weitergehen?« Ich versuchte angestrengt alles zu erfassen und traute mich, ein paar Schritte den Flur entlang zu gehen.

»Ich glaube, wir können uns schnell umschauen«, sagte ich. »Hier ist ein langer Flur und ich sehe zwei geschlossene Türe auf beiden Seiten. Das Bellen kommt von dort hinten.«

Vorsichtig folgten wir den Rufen der Hunde, wobei ich jetzt einzelne Stimmen erkennen konnte. Das waren eindeutig alle genau so kleine Hunde wie wir, wahrscheinlich alle sogar Chiliers. Allerdings konnte ich auch ein paar Babystimmen hören und erinnerte mich daran, dass einige Hunde bei unserer damaligen Rettungsaktion erst geboren worden waren. Das Monsterehepaar Rodriguez hätte auch sie viel zu früh von den Mutterhündinnen getrennt und im Ausland verkauft. Und nun saßen sie wieder hier als Gefangene der Monsterfrau. So wie sie jetzt durcheinander riefen und jaulten, mussten sie entsetzliche Angst haben. Wer hätte erwarten können, dass sie erneut aus ihrem neuen, guten Leben herausgerissen werden - und ausgerechnet von dem selben Monster! Alma und ich mussten einen Weg finden, sie zu befreien.

Als wir an der Tür ankamen, hinter der anscheinend alle gemeinsam eingesperrt waren, klopfte ich an diese, woraufhin alle plötzlich verstummten. »Hallo! Hier sind Alma und Arlo! Vielleicht erinnert ihr euch an uns - von der Welpenhalle. Wir versuchen euch zu helfen! Die Monsterfrau ist gerade weg.«

Wir hörten, wie kleine Pfoten zur Tür stürzten. »Alma! Arlo! Bitte helft uns! Wir wollen zu Mama!«

Das waren tatsächlich Toni und Tina! Wir versuchten sie etwas zu beruhigen und erzählten, dass auch ihre Mama mit Sicherheit gerettet werden würde und dass sie bald wieder zusammen wären. Was man halt so erzählt, um kleine Kinder zu beruhigen - egal ob man selbst davon überzeugt war, oder eben auch nicht.

Eine erwachsene Stimme mischte sich dazwischen. »Seid ihr wirklich hier? Das ist nicht zu fassen! Ich bin der Älteste hier, mein Name ist Georg. Wir sind sehr verzweifelt!« Einige jüngere Hunde fingen an zu weinen. »Wir haben gehört, dass diese Frau uns alle irgendwo ins Ausland verkaufen will. Wir würden unsere Familien niemals wiedersehen können. Das hier ist ein wahr gewordener Alptraum! Ihr musst uns helfen! Bitte!«

Ich schaute mir die Tür genauer an und bemerkte zu meinem Entsetzen, dass sie zwar kein Schloss besaß, aber dafür einen Riegel, der viel zu hoch für uns war. Wir würden den mit Leichtigkeit hochschieben und die Tür öffnen können, aber sogar Rudi würde nicht so hoch springen können.

Ich erklärte Alma leise, worin das Problem bestand. Da standen wir nun vor der Tür und wussten nicht weiter, doch einfach aufgeben konnten wir ebenso wenig. Bevor uns irgendetwas einfiel, hörten wir zu unserem Erschrecken, dass ein Wagen vor das Haus fuhr. Oh nein - die Monsterfrau kam schon zurück! Ich schubste Alma in Richtung der Terrassentür. »Lauf!«

Zu meiner Erleichterung machte sie ein Mal im Leben das, was ich gesagt hatte, und lief schnell hinaus. Ich blieb noch ein paar Sekunden an der Tür stehen und versuchte mir alle Einzelheiten einzuprägen.

»Wir kommen zurück! Wir kommen mit Sicherheit zurück! Versprochen!«, rief ich noch durch die Tür und eilte Alma hinterher.

26. ALMA! NEIN!

Gerade als ich mit Alma die Terrassentür wieder zuschob, hörte ich Schritte aus dem Flur. Wir trauten uns kaum zu atmen, geschweige denn uns zu bewegen, sondern hockten neben der Tür und hofften, dass diese Frau bloß nicht hinauskam. Die Tür war so dünn, dass wir sie ganz genau hören konnten, was natürlich umgekehrt bedeutete, dass sie uns genau so gut hören konnte. Na gut, so gut wie ein Mensch nun hört, hätten wir wahrscheinlich nicht so viel Angst haben müssen. Sie ging anscheinend in die Küche und öffnete eine Schranktür. Sie hatte sich wohl ein Glas herausgeholt und goss etwas ein.

»Mir doch vollkommen egal, dass es erst Vormittag ist. Diesen Schnaps habe ich mir wahrhaftig verdient.« Da wir keine Antwort wahrnahmen, sprach sie anscheinend mit sich selbst. »Was für eine blöde Kuh sperrt dann ihre Hunde bei dem Wetter im Haus ein? DAS ist doch Tierquälerei und nicht, wenn man ein paar Hundewelpen verkaufen will!«, schimpfte sie vor sich hin. »Ich muss mal diesen unfähigen Idioten anrufen.«

Ja, mach mal, aber bitte nicht auf der Terrasse. Ich spürte, wie Alma neben mir vor Angst zitterte - mir ging es nicht anderes. Falls diese Frau auf die Terrasse kommen würde, wären wir erledigt. Ich schaute mich vorsichtig um, aber konnte überhaupt nichts entdecken, wo wir uns hätten verstecken können. Ein einzelner Blumentopf hätte uns ja schon ausgereicht - aber dort war nichts, nur die vergammelte Terrasse und vor dem schützenden Wald noch eine freie Fläche. Wenn wir jetzt einfach losliefen, würde diese Monsterfrau uns sofort hören und womöglich mindestens Alma einfangen können, weil ich sie mit Sicherheit nicht schnell genug in den Wald lotsen konnte. Erleichtert atmeten wir auf, als die Frau sich in die andere Richtung wendete und wieder durch die Vordertür hinausging. Ich drückte kurz Almas Pfote mit meiner, damit sie mir folgen würde.

»Ich bringe dich in den Wald und laufe dann schnell zurück. Ich muss wissen, mit wem sie telefoniert.« Ich schubste Alma, damit sie sich in Bewegung setzte, aber sie musste wieder auf stur schalten.

»Ich lasse dich garantiert nicht alleine, das kommt überhaupt nicht in Frage!« Ihre Pfoten hatten sich keinen Millimeter bewegt.

»Alma! Für solche Diskussionen haben wir echt keine Zeit!«, flüsterte ich eindringlich. »Sei jetzt bitte vernünftig und tu, was ich dir sage. Die Situation hier ist eh sehr gefährlich! Ich höre bei dem Telefonat nur kurz mit und komme dann zu dir.«

Endlich siegte die Vernunft und sie ließ mich sie hinter den nächstbesten Busch führen. Ich eilte zurück zum Haus und schlich vorsichtig die Seitenwand entlang bis zur Vorderseite. Als ich um die Ecke schielte, sah ich die Monsterfrau wieder auf der Treppe sitzen.

»Und wie lange brauchst du noch bis du an der Grenze bist? Dann ist ja das Schlimmste überstanden«, fragte sie gerade jemanden - oder nicht nur jemanden, das musste der Hunderäuber mit dem Wohnmobil sein. »Ich habe aber noch etwas anderes. Warum hast du mir nicht erzählt, dass die allerwichtigsten Hunde für mich, Tristan und Isolde, mit diesem hässlichen Windhund immer in dem Haus eingesperrt sind?« Pause. »Du weißt nicht, welche Hunde ich meine. Das ist jetzt nicht dein ernst! Meine Goldstücke, die nun bei dieser heimtückischen und richtig kriminellen Tierärztin leben.« Pause. »Genau! Du wurdest überrascht von jemandem? Hast du wenigstens herausgefunden, ob dieses Haus eine Alarmanlage hat? Ich werde meine Hunde auf jeden Fall zurückholen, egal wie.«

Sie hörte noch kurz zu und legte auf, ohne noch ein Wort zu sagen. Sie war ja eine wirklich sympathische Frau. Ich verdrehte meine Augen, wobei mir einfiel, dass ich vollkommen schutzlos dort an der Hausecke stand und keinen blassen Schimmer hatte, was die Monsterfrau jetzt vorhatte. Ich drehte mich vorsichtig um und ging langsam auf sehr leisen Pfoten in Richtung Wald.

Plötzlich packte mich eine Hand am Nacken. »Na sowas! Wen haben wir denn da?« Dieses grauenhafte Monster hob mich am Nackenfell hoch. »Schau sich mal einer den an! Jetzt kommen die Köter schon von selbst zu mir gelaufen! Die wissen wohl, wo sie es gut haben. Das hier ist eindeutig einer von meinen geklauten Welpen!«

Ich zappelte so heftig, wie ich nur konnte, aber ihr Griff war einfach zu fest. Ich jaulte auf und versuchte sie irgendwie mit meinen Zähnen zu packen oder wenigstens mit den Pfoten zu treffen, aber sie hielt mich am ausgestreckten Arm vor sich - und lachte! Dieses Lachen hatte ich gelernt zu fürchten und zu hassen, das kam immer bevor sie etwas ganz Gemeines mit uns vorhatte. Auf einmal schrie sie auf und ließ mich fallen.

Alma hatte sich mit all ihrer Kraft an ihrem Knöchel fest-gebissen. »Lauf, Arlo! Hol Hilfe! Jetzt sofort!«

Ich wusste, dass wir alle verloren waren, wenn ich nicht tat, was Alma verlangte. Ich sah Blut durch die Hose von dem Monster sickern und obwohl diese Frau ihr Bein heftig schüttelte, blieb Alma einfach daran hängen. Als ich schnell weglief und Alma zurücklassen musste, zerbrach es mir das Herz. Kurz bevor ich den Wald erreichte, blickte ich noch einmal zurück und sah, wie die Monsterfrau Alma mit ih-rem anderen Bein heftig trat, woraufhin sie zwei Mal zuckte und dann auf der Erde regungslos liegen blieb.

Alma! Nein!

Aber ich musste Hilfe holen - das Monster würde sonst uns beide vernichten und mit den anderen Hunden spurlos verschwinden!

27. OHNE TORAN VERLOREN

Voller Panik lief ich weiter in den Wald hinein und schrie nach Toran so laut, wie ich nur konnte. Bloß nicht an auf der Erde liegende Alma denken! Was hätte ich tun sollen - hätte ich etwas tun können? So verzweifelt hatte ich mich noch nie zuvor gefühlt - Alma! Wenn ich bei ihr geblieben wäre und mit ihr gegen die Monsterfrau gekämpft hätte, dann hätte sie uns beide mit Leichtigkeit getötet und damit den anderen Hunden die letzte Hoffnung genommen. Das redete ich mir auf jeden Fall ein, sonst wäre ich daran zerbrochen. Alma!

»Toran!«

»Toran!«

»Toran!« Ich lief einfach weiter und rief und rief und rief! Hört mich denn niemand?

Auf einmal tauchte neben mir zuerst ein Schatten auf und dann - Toran! Ich war so erleichtert, dass ich zusammenbrach und nur schluchzen konnte. »Was ist passiert, mein kleiner Freund?«, fragte er in seiner ruhigen Art. »Atme ein paar Mal ein und wieder aus! Ja genauso! Nun, erzähl mir mal - was ist geschehen?«

Langsam konnte ich mich ein bisschen beruhigen und ihm endlich berichten, was mit Alma geschehen war! So furchtbar! Toran blickte in Richtung des Hauses und zögerte kurz. Es war einfach viel zu früh am Tag für ihn, er würde sein eigenes Leben riskieren, wenn ein Mensch ihn in der Nähe einer der Fincas entdeckte. Doch er bat mich einfach genau dort zu bleiben, wo ich jetzt war. Er lief unglaublich schnell in die Richtung, aus der ich gerade gekommen war - und genauso schnell war er wieder zurück. Und er trug Alma in seiner Schnauze! Alma!

Toran legte Almas schlaffen Körper vorsichtig auf die Erde. War sie - sie war doch nicht...? Alma! Hatte das Monster sie etwa umgebracht? Alma! Ich ging vor Furcht zitternd zu ihr und konnte ein leises Winseln nicht unterdrücken. Zu meiner großen Erleichterung sah ich, dass sie atmete - sehr flach, aber doch, sie atmete!

Ich blickte dankbar zu Toran, der mich sehr ernst anschaute. »Deine Schwester braucht sofort ärztliche Hilfe. Diese Frau ist wohl ins Haus zurückgegangen, um die Bisswunde zu versorgen. Alma wurde einfach dort im Dreck liegen gelassen. Sie ist sehr schwer verletzt, wir dürfen keine Zeit verlieren!«

Mir kamen wieder die Tränen vor Verzweiflung. Ich wusste einfach nicht, wie wir jetzt so schnell Hilfe bekommen könnten. Toran erahnte meine Gedanken. »Durch den Wald ist es doch nicht weit zu eurer Finca - habe ich das nicht erzählt?« Trotz der Ernst der Lage grinste er kurz. »Das sind ja nur einige hundert Meter - und dass ohne Berge oder Schluchten oder sonst etwas Schwieriges. Ich trage deine Schwester und du bleibst so gut du kannst direkt hinter mir, ja?«

Ohne weitere Worte zu verlieren hob Toran die bewusstlose Alma vorsichtig wieder hoch und trabte los. Das Unterholz war tatsächlich nicht schwer zugänglich, wodurch ich mit Toran gut Schritt halten konnte, wenn ich mich anstrengte. Trotzdem Toran aus Rücksicht auf Almas Verletzungen langsamer laufen musste, war uns beiden bewusst, dass jede Minute, ja, sogar jede Sekunde zählte. Alma hatte gerade mein Leben gerettet und wahnsinnig viel Mut bewiesen, nun musste ich dafür sorgen, dass sie das ihre nicht verlor.

Ich hatte weiterhin ein furchtbar schlechtes Gewissen, weil ich nicht bei ihr geblieben war. Doch mir wurde inzwischen klar, dass Hilfe zu holen unsere einzige Chance gewesen war. Mit einer blinden Hündin konnte diese Monsterfrau schon früher wenig anfangen und obwohl mein Bein inzwischen gut verheilt war, musste ich ab und zu doch noch hinken. Nachdem ihr Monstermann mein Bein in einem seiner Wutanfälle gebrochen hatte, wurden wir vollkommen unnütz für sie. Und ich würde all meine zukünftigen Mahlzeiten darauf verwetten, dass sich an ihrer Einstellung nichts geändert hatte. Überrascht stellte ich fest, dass sogar der Gedanke an eine Mahlzeit mich in diesem Moment nicht berührte. Ich konnte nur an Alma denken und daran, dass sie womöglich nicht überleben würde. Die Tierklinik ist richtig gut und uns wurde dort immer geholfen, aber ein Wunder vollbringen konnten die Tierärzte dort auch nicht - egal, wie hoch Mateos Meinung über seine Klinik war.

Toran hatte Recht gehabt! Der Weg bis zu unserer Finca war tatsächlich überraschend kurz. Wenn man entlang der Straße hätte laufen müssen, hätte es uns viel zu viel Zeit gekostet. Toran blieb hinter den letzten Pinienbäumen vor der Finca stehen und beobachtete die Gegend aufmerksam.

»Ich lege deine Schwester vor diesen Baum, so ist sie vom

Tor aus zu sehen. Näher kann ich nicht kommen, aber ihr werdet sowieso schon erwartet.« Ich schielte durch seine Beine und sah Anton und Luna hinter dem Zaun stehen. Sie hatten anscheinend uns, oder wohl eher Toran, bereits gerochen.

»Danke, Toran! Ohne dich hätte Alma keine Chance gehabt«, sagte ich mit brüchiger Stimme. »Ich kann mich jedoch nicht zeigen, sonst lassen unsere Menschen mich sicher nicht mehr hinaus. Und ich muss nicht nur an die anderen Hunde denken, sondern auch an Rudi. Er weiß ja noch gar nicht, was passiert ist. Er kommt sicher bald wieder zurück zu diesem Haus. Ich muss unbedingt dorthin!«

Ja, ich musste dorthin zurück, egal, ob ich das nun wollte oder nicht. Als ich da direkt vor unserer Finca stand, fühlte ich eine tiefe Sehnsucht nach der Sicherheit und der Geborgenheit dort, nach meinen Eltern und nach meinen Freunden. Sogar meine Menschen vermisste ich, obwohl ich nie gedacht hätte, dass ich so etwas einmal zugeben würde. Ich fühlte mich wieder unheimlich klein und wäre am liebsten in mein Körbchen dort auf der Terrasse gekrochen und hätte meine Augen vor der Bösartigkeit dieser Welt verschlossen. Toran legte seine große Pfote auf meine Schulter.

»Ich kann mir vorstellen, wie du dich fühlst. Du hast eine große und gefährliche Aufgabe vor dir. Ich kann leider nicht an deiner Seite bleiben, doch werde ich nie sehr weit weg sein. Vielleicht tröstet das dich ein wenig. Ich weiß, dass du mutig genug bist. Ich werde im Wald nach Rudi Ausschau halten und ihm erzählen, was passiert ist. Aber deine Schwester muss jetzt Hilfe bekommen.«

Ich blickte zu Alma und es kam mir so vor, als wenn sie

noch regloser daliegen würde als vorhin - ob so etwas überhaupt möglich war? Ihr Atmen war kaum noch wahrnehmbar und ich zuckte innerlich vor Schmerzen zusammen, als ich sie so sah. Toran legte sie vor den Baum, grüßte Anton und Luna kurz und verabschiedete sich. Ich versteckte mich noch weiter hinten unter einem Busch und wartete angespannt ab.

Anton und Luna verstanden sofort, was erforderlich war und schlugen heftig an. Ein paar Augenblicke später konnte ich sehen, wie Oma Martha zu ihnen eilte und etwas sagte, was ich nicht verstehen konnte. Sie blickte jedoch in dieselbe Richtung wie die beiden und entdeckte Alma.

»Oh nein! Die kleine Alma!« Oma Martha stürzte durch das Tor und lief überraschend schnell für ihr doch sehr hohes Alter zu Alma und kniete sich hin. »Alma! Alma! Oh nein! Bitte wach auf, Alma! Ich muss sie sofort in die Klinik bringen.«

Sie rannte zurück ins Haus, holte eine Decke und hob Alma vorsichtig darauf und fuhr mit ihr blitzschnell los. Ich schaute ihnen tieftraurig nach, solange ich nur das Auto sehen konnte, und richtete dann meine Aufmerksamkeit schweren Herzens wieder unserem Haus zu. Ich war fast sicher, dass Terri und Opa Gerhard nicht zu Hause waren, sonst wären sie bei dem Lärm, den Anton und Luna veranstaltet hatten, sicher mit hinausgekommen. Trotzdem wartete ich noch einen Augenblick. Als alles ruhig blieb, ging ich vorsichtig in Richtung Tor.

Luna entdeckte mich als Erste. »Arlo! Wir haben schon vermutet, dass du dabei bist. Komm hierhin, du musst uns alles erzählen!« Als ich sie fragend anschaute, fügte sie noch hinzu: »Alle Menschen sind fort. Euer Tunnel ist noch intakt, sie haben ihn nicht entdeckt.« Ich lief schnell zum Zaun und durch den Tunnel zur Terrasse, auf der unsere Eltern auf mich warteten.

»Mama! Papa! Alma ist schwer verletzt! Das ist diese Monsterfrau gewesen! Toran hat uns gerettet!«

Zum zweiten Mal an diesem Tag brach ich in Tränen aus. Ich konnte nicht mehr, ich konnte einfach nicht! Sie ließen mich einfach weinen und schmiegten sich tröstend an mich. Ich spürte, dass Mama neben mir leise weinte und dass Papa sehr schwer atmete. Durch die Tränen nahm ich wahr, wie alle sich um mich herum versammelten und gespannt abwarteten, dass ich sie aufklären konnte. Ich wollte aber nicht, ich wollte nur daliegen und weinen und unsere Eltern um mich wissen. Als ich daran dachte, dass ich gleich zurück zu diesem Haus mit dieser Monsterfrau musste, schluchzte ich nur noch lauter. Ich war doch erst zehn Monate alt und meine Schwester schwebte in Lebensgefahr! Ich war zu jung und zu klein für das alles hier!

Alle saßen still um mich herum und ganz langsam versiegten meine Tränen. Ich empfand die Anwesenheit der anderen als sehr tröstlich und konnte fast pfotengreiflich ihr Mitgefühl spüren. Ich versuchte mich zu sammeln und sah mich um. Neben meinen Eltern saßen Luna und Anton und lächelten mich ermutigend an. Sogar Domino war trotz seiner Verletzung zu mir gekrochen, neben ihm sah ich Alfonso liegen. Als unsere Blicke sich trafen, hörte ich ein leises 'Ui-Ui', wobei ich unwillkürlich lächeln musste. Das war also das, was von unserer Truppe übriggeblieben war.

Ich seufzte und fing langsam an zu erzählen, was alles passiert war, seitdem wir die Finca mit Stefans Wohnmobil verlassen hatten. Kaum zu glauben, dass seither nur ein paar Stunden vergangen waren. Es kam mir vor, als wenn es in irgendeinem früheren Leben gewesen sei. Ich ließ nichts aus, auch nicht, wie ich Alma alleine zurücklassen musste. Alle beteuerten, dass es zwar eine sehr schwierige, jedoch die einzige richtige Entscheidung gewesen war. Als ich mit meinem Bericht fertig war, schwiegen alle nachdenklich, bis Papa sich räusperte.

»Was ihr bis jetzt herausgefunden habt, ist sehr nützlich. Jetzt wissen wir, wo die anderen Hunde sind - und dass unser Stefan in Wahrheit zu den Guten gehört. Er hat sich uns gegenüber zwar sehr merkwürdig verhalten, aber das gehörte wohl zu seiner Tarnung. Hoffen wir mal, dass auch er wieder gesund wird.«

Er tätschelte meine Schulter. »Und deine Schwester ist sehr tapfer und zäh - sie wird es sicher schaffen! Wir denken alle ganz fest an sie und vertrauen darauf, dass die guten Tierärzte unsere Kleine retten können.« Da war ich überhaupt nicht so sicher, aber seine Worte taten mir gut. »Das muss ein Schock für euch gewesen sein, als diese Monsterfrau Rodriguez dort auftauchte. Sogar erwachsene Hunde hätten damit Schwierigkeiten gehabt, sich in ihrer Nähe aufzuhalten. Wir wissen ja, zu welchen Gräueltaten sie fähig ist. Ihr habt sehr viel Mut bewiesen!«

Luna nickte. »Unsere Alma wird sicher nicht so leicht aufgeben! Es ist einfach furchtbar, was ihr zugestoßen ist! Diese Monsterfrau wird noch die gerechte Strafe für ihre Taten bekommen. Ich bin sehr stolz auf euch!« Sie tätschelte mich kurz am Kopf und fuhr fort. »Hier war allerdings einiges los, als die Menschen bemerkten, dass ihr fehlt. Terri wollte zur Arbeit, aber als sie euch nirgendwo finden konnte, hat sie sofort Mateo angerufen. Sie hat hinterher erzählt, dass

Mateo daraufhin auf seinem Handy nachgeschaut und bemerkt hat, dass das Ortungsgerät sich tatsächlich schnell bewegt. Ihnen war sofort klar, dass das Signal aus einem Fahrzeug kommen musste. Er und sein Vater sind sofort hinterher gefahren.«

»Ja, wir haben sie gesehen - wie sie vorbeigerast sind, bei dem Anwesen der Rodriguez.« Ich sah mich um. »Wo sind alle jetzt?«

»Opa Gerhard hat versucht mit Hilfe von Luna eure Spur zu finden«, erzählte Mama. »Wir wussten natürlich, dass diese direkt hinter dem Tor endet. Sie können sich nicht sicher sein, dass ihr dort seid, wo Rudi angeblich ist, so suchen sie jetzt überall nach euch - Opa Gerhard mit dem Auto, Terri zu Fuß. Sie haben natürlich den Verdacht, dass ihr dann doch - unabsichtlich - in das Wohnmobil vom Stefan gelangt seid. Sie haben versucht, ihn über sein Handy zu erreichen, aber niemand ist dran gegangen. Jetzt wissen wir ja, warum nicht.«

Alfonso verschwand kurz im Garten, kam aber umgehend wieder zurück. »Ui-ui! Alfonso hat das auf dem Tisch gefunden. Für dich!« Er legte ein Stück Brot vor mich hin und strahlte mich an. Das hatte er wohl eher vom Frühstücktisch stibitzt, dachte ich mir. Doch war ich über seine Geste sehr berührt - denn er hatte das Stück sicher für sich selbst aufgehoben.

»Danke dir, Alfonso! Das ist sehr nett von dir!« Ich fühlte, wie mein Appetit wiederkehrte - was anderes wäre ja auch sehr besorgniserregend gewesen. Da ich wusste, dass die anderen ihr Frühstück bekommen hatten, machte ich mich gierig an das Stück dran. Ich weiß nicht, ob so ein trockenes Stück Brot mir jemals so gut geschmeckt hatte!

Anton beobachtete die Umgebung von der Terrasse aus. »Wir müssen davon ausgehen, dass eure Oma Martha die anderen darüber informiert hat, dass sie die kleine Alma verletzt aufgefunden hat. Ich vermute, Terri und Opa Gerhard werden gleich zurückkommen. Wir sollten überlegen, wie wir vorgehen wollen.«

Da hatte Anton natürlich recht. Sie konnten jeden Augenblick auftauchen und mich auf der Terrasse entdecken. Widerwillig ließ ich das winzige Reststück Brot fallen und ging noch schnell zu den Wassernäpfen, um mich gestärkt auf den Weg zu dem Haus der Monsterfrau zu machen. Ich wollte mich gerade verabschieden und mich bei allen für ihre Unterstützung sowie für die lieben Worte bedanken. Ich fühlte mich tatsächlich besser und konnte mich fast als ein Held bezeichnen, weil alle gesagt hatten, wie wir gewesen sind. Doch als ich hörte, was Domino als nächstes sagte, erlosch meine Hochstimmung innerhalb einer Sekunde.

»Also Arlo soll jetzt zurück zu diesem Haus - und was dann?« Domino schaute uns an. »Wir wissen nur zu gut, wozu diese Menschen fähig sind. Wie soll Arlo diesmal alleine - oder von mir aus auch mit Rudi - mit dieser Monsterfrau fertig werden? Und zudem noch die anderen Hunde befreien?«

Ich hasste das, wie alle nach so einer Frage schwiegen. Das bedeutete immer, dass niemand einen blassen Schimmer davon hatte, wie die Antwort lauten sollte. Ich hatte nur daran gedacht, wie mutig es von mir wäre, mich überhaupt zurück zu dem Haus zu trauen. Vielleicht hätte ich besser darüber mir Gedanken machen sollen, wie wir die Tür zu dem Hundezimmer öffnen könnten oder - und vor allem - was passieren würde, wenn die Monsterfrau anwesend war. Und warum sollte sie nicht anwesend sein? Vielleicht würde sie noch einmal versuchen, Tristan und Isolde in die Hände zu bekommen - aber dann würden wir sowieso auf sie warten müssen, um auch die beiden retten zu können. Eine Begegnung mit dem Monster schien unausweichlich zu sein. Ich fühlte, wie das bisschen Mut mich wieder verließ - es war alles einfach hoffnungslos.

Luna seufzte. »Wir müssten unsere Menschen irgendwie dazu bringen, uns zu helfen und mit uns zu dem Haus zu fahren. Leider weiß ich nicht, wie wir das jemals schaffen sollen.« Als Idee war das gut, weil sie natürlich die Monsterfrau sofort festnehmen lassen könnten. So könnte sie uns nichts mehr tun. Das wäre wirklich die beste Lösung für unsere Probleme, aber gleichzeitig unmöglich zu realisieren. Obwohl besonders Terri gut mit uns umzugehen wusste und vor allem mit Alma auf einer Wellenlänge lag, würde sie so eine komplizierte Sache nicht verstehen. Oder besser gesagt, wir würden es ihr nicht begreiflich machen können.

»Moment mal!«, rief Domino aufgeregt. »Arlo hat doch gerade erzählt, dass dieser Stefan von den anderen bei dem Anwesen von Rodriguez angegriffen wurde. Und dass er vorher euch entdeckt und zur Flucht verholfen hat!«

»Ja, das stimmt.« Ich nickte. »Dann ist der Hunderäuber mit Stefans Wohnmobil weggefahren und sie haben den armen Kerl dort einfach liegen gelassen. Nur, Stefan liegt doch im Krankenhaus und kann uns garantiert nicht helfen.«

»Nein, das meine ich gar nicht!« Domino richtete sich auf und stöhnte dabei vor Schmerzen. »Er weiß aber, wo ihr zuletzt gesehen worden seid. Mateo wird Rudi nicht im

Wohnwagen finden und dich genauso wenig. Sie werden sicher euch weiter suchen. Und ich bin fest davon überzeugt, dass Stefan Opa Gerhard vom Krankenhaus aus kontaktieren und ihm alles erzählen wird.«

Mir dämmerte es langsam, was dieser geniale Kater meinte. »Dann werden sie bestimmt zu dem Anwesen der Rodriguez fahren und Luna als Spürhund mitnehmen!« Ich trippelte, sei es nur zu Ehren von Alma. »Von dort aus kann Luna unserer Spur sicher mit Leichtigkeit zu dem Unterschlupf der Monsterfrau folgen! Die Menschen werden auch wissen, wie sie über die Schlucht gelangen können, wenn Luna anzeigt, dass die Spur auf der anderen Seite weitergeht.«

Domino nickte. »Genau! Die Frage ist nur, wann er telefonieren kann. Ich war ja nach meiner Verletzung sehr benommen - und ich wurde nicht operiert. Allerdings wie du den Angriff auf Stefan beschrieben hast, wird er wahrscheinlich nicht sobald in der Lage sein, irgendjemanden zu kontaktieren. Vielleicht täusche ich mich aber auch.« Wahrscheinlich, vielleicht - ich hasste diese Worte genauso wie das Schweigen.

28. KEIN FEIGLING!

Wenn alles davon abhing, wann jemand unsere Menschen darüber informieren würde, dass Stefan im Krankenhaus lag und wann er soweit wieder bei Sinnen sein würde, dass er die Ereignisse schildern konnte, dann konnten wir uns nicht alleine darauf verlassen. Wir wussten nicht, wie viel Zeit uns blieb, bis die Monsterfrau mit den Hunden aus der Gegend verschwand. Ob sie wirklich darauf wartete, dass es für sie eine Möglichkeit gab, Tristan und Isolde doch noch an sich zu reißen, war unsicher. Zwar schwor sie auf Rache, jedoch müsste die Lage hier vor Ort für sie langsam brenzlig werden. Domino hatte allerdings gut erkannt, dass weder Rudi noch ich in der Lage waren, die Tür zu diesem Hundezimmer zu öffnen. Wir saßen still auf der Terrasse und überlegten angestrengt.

»Zwei gravierende Probleme haben wir offensichtlich«, stellte Papa fest. »Erstens, diese Monsterfrau muss abwesend sein oder abgelenkt werden. Zweitens, wir müssen uns irgendetwas einfallen lassen, wie der Türriegel geöffnet werden kann.«

Alfonso hob seine Pfote. »Ui!« Dann hielt er inne. Papa nickte ihm aufmunternd zu und bat ihn fortzufahren. »Alfonso kann ablenken! Gut im Ablenken! Alfonso kommt mit!«

Domino schüttelte den Kopf. »Das ist viel zu gefährlich! Du hast es zwar bei diesem Stefan und seinem Wohnmobil geschafft, aber diese Frau scheint eine wahre Tierquälerin zu sein! Du müsstest dort schnelle Entscheidungen selbstständig treffen und ich fürchte...«

Alfonso richtete sich auf. »Alfonso kann und will! Ui! Kein Feigling!«

Domino seufzte und schwieg wohl wissend, dass sein Bruder sich das nicht ausreden lassen würde. Ich glaube, das war etwas, was Alfonso wirklich tun musste - nicht nur um uns zu helfen, sondern um seinem Bruder und sich selber zu beweisen, dass er trotz seiner Einzigartigkeit zu mutigen Taten imstande war. Ich konnte ihn gut verstehen, weil ich genau diesen Zwiespalt in mir trug. Trotz meiner nicht vorhandenen Größe und trotz meiner Angst, musste ich tun, was zu tun war. Da führte für mich kein Weg daran vorbei. Ich verstand aber auch Dominos Bedenken, weil es mir mit Alma nicht anders ging. In diesem Moment fiel mir etwas wieder ein.

»Ich finde, wir können die Hilfe von Alfonso gut gebrauchen. Als wir in den Fängen von diesem Monsterehepaar waren, hörte ich, wie sie wiederholt über Katzen sprachen. Der Mann zog die Monsterfrau öfter damit auf, dass diese aus irgendeinem Grund eine entsetzliche Angst vor Katzen hat. Das kann für uns also durchaus von Vorteil sein, wenn wir Alfonso dabei haben. Und er hat ja gezeigt, dass er sehr mutig und entschlossen handeln kann.« Alfonso schaute mich dankbar an und schickte ein kleines 'Ui' in meine Richtung.

Papa nickte zustimmend. »Wenn Alfonso sich das zutraut, wäre es tatsächlich nicht verkehrt, oder was meinst du, Domino?« Domino stimmte widerwillig zu und berührte kurz seinen Bruder mit seiner Pfote. Ich wusste, dass er sich

265

furchtbare Sorgen um seinen Bruder machte. Er hatte dieselbe Beschützerrolle schon seit jeher für Alfonso angenommen, wie ich für Alma. Uns beiden wurde wohl langsam klar, dass unsere Schützlinge allmählich über sich hinauswuchsen. Als ich an Alma dachte, musste ich mit aller Gewalt die Tränen unterdrücken. Mein Weinen würde in diesem Moment niemandem helfen.

»Gut, das eine Problem hätten wir dann gelöst«, sagte Anton. »Da Alfonso sich so tapfer für uns einsetzten möchte, will ich nicht schlechter abschneiden. Wenn ich euch bei der Tür helfe, wäre das andere Problem damit ebenfalls gelöst. Also - ich werde mitkommen!«

Ich starrte ihn an. »Das würdest du tun? Das wäre ja großartig!« Ich wendete meinen Blick ab, bevor dieser ihn ärgerte, aber ich fühlte mich sofort irgendwie leichter, fast unbekümmert. Wenn Anton auf unserer Seite stand, hätte sogar diese Monsterfrau keine Chance. Allerdings hatte ich nicht vergessen, wie Anton und Luna von dem Hunderäuber außer Gefecht gesetzt worden waren, aber die Monsterfrau hatte dieses Betäubungsgewehr sicher nicht bei sich behalten, oder? Ich schüttelte mich, um nicht wieder in diese negativen Gedanken und in die nächsten Probleme zu versinken.

Alle strahlten Anton an, der mit seiner Pfote hinter das Haus zeigte. »Ich muss nur den Tunnel ein bisschen größer machen und das wird etwas Zeit in Anspruch nehmen. Ihr musst die Menschen, die übrigens soeben wieder eintreffen, davon ablenken.«

Was er damit meinte, verstanden wir einen Augenblick später. Wir hörten gleichzeitig Opa Gerhard vor die Finca fahren und sahen, wie Terri aus dem Wald auftauchte. Es wurde höchste Zeit, mich zu verstecken und dann zurück zu dem Haus zu laufen. Allerdings wollte ich zuerst einmal hören, was sie miteinander sprachen. Vielleicht gab es schon Neuigkeiten über Alma oder über Stefan. Ich vermutete, dass sie sich bei dem warmen Wetter auf die Terrasse setzen würden und lief schnell hinter den nächstgelegenen Baum. Um den Schein zu wahren ging Anton mit Luna zuerst zum Tor und begrüßte unsere Menschen. Ich sah, wie er danach ruhig hinter dem Haus lief, und weder Terri noch Opa Gerhard beachteten ihn weiter.

Terri holte Wasser in einer Karaffe und Gläser aus der Küche und setzte sich zu Opa Gerhard an den Terrassentisch. Sogar bis zu meinem Baum konnte ich spüren, wie aufgeregt sie beide waren. Es tat mir sehr leid, dass ich ihnen nicht alles erklären konnte und sie in dem Glauben lassen musste, dass etliche Hunde von unserer Finca einfach verschwunden waren.

»Hat Oma dich inzwischen noch einmal angerufen?«, fragte Terri.

Opa Gerhard verneinte. »Es ist eh noch zu früh. Sie ist mit Alma erst in der Klinik angekommen. Es wird noch eine Weile dauern, bis die Untersuchungen abgeschlossen sind und sie mehr darüber sagen können, was Alma zugestoßen und wie schwer verletzt sie ist.«

Terri rieb ihre Augen. »Das ist alles einfach furchtbar. Mit Sicherheit können wir jedoch sagen, dass kein Wolf Alma angegriffen hat. Sie hatte ja keine Bissspuren, wie Oma erzählt hat.«

Opa Gerhard nickte. »Ja, das stimmt. Allerdings geht es Alma wohl wirklich sehr schlecht, so beunruhigt wie Martha sich am Telefon anhörte. Ich verstehe das alles nicht

267

- was ist hier nur los? Und Stefan kann ich immer noch nicht erreichen. Hast du etwas von Mateo gehört? Haben sie das Wohnmobil schon eingeholt und eventuell nicht nur Rudi sondern auch Arlo gefunden?«

»Nein, das letzte, was ich von ihm hörte, ist, dass sie bald in Sichtweite sein sollen. Das Wohnmobil fährt für so ein Fahrzeug überraschend schnell. Aber irgendwann muss Stefan eine Pause machen und spätestens dann kann man die Sache aufklären.« Daraufhin schwiegen die beiden und tranken aus ihren Gläsern. Ich sah, wie Terri mit einem Bein wippte und hektisch etwas in ihr Handy eingab. »Ich schicke Mateo schnell eine Textnachricht über Alma. Er macht sich ebenfalls so große Sorgen.«

Kurz darauf hörten wir das bekannte Bling für eine neue Nachricht. Als Terri sie las, erblasste sie deutlich. »Mateos Vater hat mir geschrieben - er selber muss ja fahren. Hier steht, dass Mateo sich nicht sicher ist, wie lange dieses GPS-Gerät noch Ladezeit hat. Also, wenn der Akku leer ist, werden sie dem Wohnmobil nicht mehr folgen können.«

»Eigentlich müsste Mateo mit seinem starken SUV mit Leichtigkeit das Wohnmobil erreichen können«, beteuerte Opa Gerhard. »Darüber würde ich mir in diesem Moment keine großen Sorgen machen. Wenn sie in Sichtweite kommen, werden sie es nicht mehr verlieren. Vielleicht können sie es sogar überholen und Stefan auf sich aufmerksam machen.«

»Was können wir nun sonst machen?«, seufzte Terri deprimiert. »Ich kann nicht nur untätig herumsitzen. Alma schwebt in Lebensgefahr - und wo alle anderen sind, davon haben wir keine Ahnung, außer vielleicht von Rudi. Den Hunderäuber scheint niemand erfasst bekommen, von ihm fehlt bisher jede Spur. Sicher ist nur, dass er unsere kleine Hundefamilie gestohlen hat. Oder hat die Polizei dir etwas Neues berichten können?«

Opa Gerhard schüttelte nur den Kopf. »Nein, sie sind anscheinend nicht weitergekommen. Ich habe aber auch nicht gehört, dass noch weitere Hunde gestohlen worden wären. Als ich mit Silva heute früh telefoniert habe, um sie über das dubiose Verschwinden von Rudi und Arlo zu unterrichten, erzählte sie, dass bei ihr bisher alles ruhig geblieben ist. Sie lässt ihre Hunde momentan nur in den Garten, wenn sie selber zu Hause ist.«

Terri war den Tränen nahe. »Wir sind ja alle hier gewesen und trotzdem sind sie verschwunden...«, sagte sie mit zittriger Stimme.

»Das ist wirklich merkwürdig - du brauchst dir daraus keinen Vorwurf zu machen, Terri.« Opa Gerhard tätschelte kurz Terris Hand. »Es kann nicht der Hunderäuber gewesen sein - sonst hätten alle unsere Hunde angeschlagen. Und das hätten wir garantiert nicht überhört.« Er hielt kurz inne. »Ich weiß nicht... manchmal habe ich das Gefühl, als ob unsere Hunde etwas im Schilde führen würden.«

Terri blickte auf. »Wie meinst du das?«

»Ja, irgendwie schwer zu erklären. Als wenn sie irgendeinen eigenen Plan hätten... wie sie manchmal alle zusammensitzen, wirkt es auf mich so, wie wenn sie eine Besprechung halten würden. Ja, ich weiß, das ist ein bisschen lächerlich.«

»Nein, nein, Opa!« Terri lächelte. »Ich glaube, du hast recht. Einiges bei dieser Rettungsaktion vor ein paar Monaten kam mir eh merkwürdig vor. Du weißt doch sicher noch, dass es vieles gab, was wir uns nicht richtig erklären konnten. Vielleicht stimmt das mit dem Plan - es wäre auf jeden Fall eine Erklärung dafür, warum keiner von denen gestern Nacht angeschlagen hat. Rudi und Arlo sind wahrscheinlich von sich aus weggelaufen - aber warum - und vor allem wie?« Bitte, jetzt nicht damit anfangen, den Zaun genauer zu überprüfen! Dann würden sie mit Sicherheit unseren Tunnel entdecken. Ich hielt den Atem an und sah, wie auch alle anderen sehr gespannt auf die Reaktion von Opa Gerhard warteten.

»Da kann ich natürlich nur Vermutungen anstellen. Warum - die Antwort liegt meines Erachtens auf der Hand. So wie Arlo und Rudi an Alma hängen, wollten sie wahrscheinlich nach ihr suchen. Wie die beiden - oder wenigstens Rudi - in das Wohnmobil gelangen konnten, kann ich auch nicht erklären. Und wie - seit dem Arlo seinen Gips los ist, treibt er viel Sport. Und Rudi ist eh sehr flink. Ich vermute stark, dass sie einfach über den Zaun geklettert sind.« Terri nickte und wir atmeten aus. Das war wieder einmal knapp! Wie lange würde Anton noch für die Tunnelerweiterung brauchen?

»Das hört sich plausibel an, Opa. Ich bin mir sicher, dass die beiden alles daran setzen, die kleine Alma zu finden. Wenn sie nur wüssten, dass wir sie schon gefunden haben. Ich mag mir gar nicht vorstellen, wie es wird, wenn Alma nicht...« Terri weinte leise und griff sich ein Taschentuch vom Tisch.

»Daran dürfen wir jetzt nicht denken.« Opa Gerhard sah selber so aus, als wenn sogar er gleich in Tränen ausbrechen würde. »Unsere Klinik ist wirklich gut, wir müssen Vertrauen haben.«

Vertrauen haben ist gut, aber sie wussten auch nicht, was mit Alma wirklich passiert war. Der Tritt von dieser Monsterfrau hätte wahrscheinlich sogar Anton umgehauen. Ich durfte mich nur auf die nächsten Aufgaben konzentrieren und bloß nicht an meine arme kleine Schwester denken. In allem hatten unsere Menschen recht - wir hatten tatsächlich einen Plan, zumindest einen halben, und Rudi und ich - so wie jeder von uns - würden alles für jeden von uns tun, der in Not geraten war. Wir waren eine eingeschworene Truppe, ja, eine richtige Familie.

Terri war gerade im Begriff, wieder aufzustehen. »Ich werde weiter im Wald suchen. Vielleicht irrt Arlo tatsächlich dort herum und versucht doch noch eine weitere Spur von Alma zu finden.«

In dem Augenblick klingelte das Handy von Opa Gerhard. »Das ist Martha!« Terri setzte sich auf der Stelle wieder hin und er nahm das Telefonat entgegen. »Hallo, Martha! Du hast sicher Neuigkeiten über Alma.« Er hörte kurz zu. »Das ist nicht gut, das ist gar nicht gut. Du möchtest mit Sicherheit dort warten, oder nicht?« Opa nickte und verabschiedete sich.

Er schaute Terri sehr ernst an. »Alma muss notoperiert werden. Sie hat schwerwiegende innere Blutungen. Mehrere Organe sind betroffen. Die Ärzte sagen, es würde an ein Wunder grenzen, dass sie überhaupt noch am Leben ist.«

»Oh nein!« Terri brach in Tränen aus.

Opa Gerhard fuhr fort. »Sie meinen außerdem, jemand habe sie getreten oder sie sei überfahren worden. Es ist mit Sicherheit kein Tier gewesen, auch kein Wolf. Sie geben ihr

Bestes, aber können natürlich nichts versprechen. Die Operation wird sehr lange dauern, weswegen Martha zuerst einmal zurückkommen wird.«

Er stand auf, ging zu Terri und nahm sie in den Arm. Terri schluchzte hemmungslos und klammerte sich an Opa Gerhard. Es wäre vielleicht besser gewesen, wenn ich diese Nachricht nicht vor Erledigung unserer Aufgabe gehört hätte. Am liebsten wäre ich zu meinen Eltern gelaufen, die gerade versuchten, einander Trost zu spenden. Luna sah vollkommen untröstlich und hilflos aus. Domino und Alfonso zitterten sogar leicht - wie zu erwarten, hörte ich ein leises 'ui-ui-ui'. Ich musste mich regelrecht zusammenreißen - es ging Alma noch viel schlechter, als wir gedacht hatten. Wie sollte ich mich jetzt auf irgendetwas anderes konzentrieren können?

In diesem Augenblick hörte ich Almas Stimme in meinem Kopf: »Tu es für mich, Brüderchen! Rette die anderen!« Es war genauso deutlich, als wenn sie neben mir gestanden hätte - war es wieder eine von ihren berühmten Gedankenübertragungen oder bildete ich mir alles nur ein? Wenn sie operiert werden musste, stand sie doch unter Narkose. Oder war sie schon gar nicht mehr da und nur ihre Seele hatte Kontakt mit mir aufgenommen und etwas zugeflüstert? Bevor ich mir weiter darüber Gedanken machen konnte, hörte ich wieder das 'Bling' von Terris Telefon.

Terri versuchte durch die Tränen die Nachricht zu entziffern. »Was?« Sie sprang auf und stieß dabei Opa Gerhard so heftig an, dass dieser fast umfiel. »Mateo schreibt, dass sie das Wohnmobil eingeholt und es langsam überholt haben, um Stefan auf sich aufmerksam zu machen. Aber der Fahrer ist gar nicht Stefan! Mateo denkt, es ist dieser komische

Typ, den wir am Strand gesehen haben. Was soll das nun bedeuten? Sie werden dem Wohnmobil nun unauffällig weiter folgen und versuchen herauszufinden, was da los ist. Je nach dem werden sie dann die Polizei einschalten. Aber - wo ist denn Stefan geblieben?«

29. ES GIBT KAUM HOFFNUNG

Opa Gerhard versuchte immer wieder, Stefan über sein Handy zu erreichen. Natürlich vergebens. Er rief sogar seinen Bruder in Deutschland an, um zu fragen, ob dieser etwas von seinem Sohn gehört hätte. Den Arbeitgeber von Stefan konnte er ebenso wenig erreichen, aus dem einfachen Grund, dass niemand wusste, wer dieser Arbeitgeber eigentlich war. Terri lief aufgeregt auf der Terrasse herum und streichelte im Vorbeigehen geistesabwesend jeweils einen von uns.

Ich konnte nur hinter dem Baum hocken und abwarten, was als nächstes passieren würde. Zum Zaun konnte ich in diesem Moment nicht laufen, weil sie mich sofort entdeckt hätten - außerdem war Anton wohl noch nicht mit seinen Grabungen fertig, weil er sich nicht wieder hatte blicken lassen. Ich hoffte, dass seine Abwesenheit weiterhin unentdeckt blieb. Es tat mir jetzt schon für Terri leid - bald musste sie dann feststellen, dass weitere ihrer Tiere verschwunden waren, aber darauf konnte niemand jetzt Rücksicht nehmen.

Opa Gerhard wirkte vollkommen ratlos. »Ich kann mir auf all das keinen Reim machen. Was hat der fremde Mann mit Stefans Wohnmobil zu tun?«

Terri blieb endlich stehen. »Das ist schon richtig merkwürdig. Entweder müssen sie sich kennen oder Stefan ist womöglich überfallen worden. Aber in dem Fall hätte er sich doch bei uns gemeldet, oder? Und dass es jetzt ausgerechnet dieser komische Typ vom Strand sein soll - das kann alles kein Zufall sein!«

»Ich finde es äußerst unwahrscheinlich, dass Rudi mit so einem fremden Menschen mitgefahren ist. Er ist zwar sehr sozial, aber trotzdem. Dabei kam mir ein erschreckender Gedanke! Was ist, wenn Rudi und vielleicht auch Arlo gar nicht freiwillig dort sind? Was ist, wenn dieser Mann tatsächlich der gesuchte Hunderäuber ist?«

»Das wäre ja furchtbar, wenn... « Terri tippte wieder eine Nachricht in ihr Handy. »Ich muss sofort Mateo warnen! Wenn es so sein sollte, müssen sie sehr vorsichtig sein und besser die Polizei informieren. Mir wird schlecht, wenn ich daran denke, dass unsere Hunde vielleicht ebenfalls gestohlen worden sind. Aber...« Sie hielt erneut kurz inne. »Aber dann müsste Stefan etwas mit diesen Hundediebstählen zu tun haben, oder nicht?«

Opa Gerhard winkte ab. »Ach, ich weiß auch nicht. Daran kann ich eigentlich nicht glauben. Es muss eine andere Erklärung geben. Mir macht es nur große Sorgen, dass wir ihn nicht erreichen können. Ich verstehe aber auch nicht, warum so ein Hunderäuber - wenn es dieser Fremde sein sollte - gerade Stefans Wohnmobil benutzen würde.«

Terri zuckte mit den Schultern, wohl zu Ehren von Stefan. »Na ja, sein Fahrzeug ist natürlich für einen Tiertransport bestens ausgerüstet. Vielleicht hat der Fremde Mann in seinem Kombi nicht genug Platz für so viele Hunde. Allerdings hätte er dann wissen müssen, dass Stefans Wohnmobil umgebaut ist. Von außen kann man das ja nicht erkennen.«

Opa Gerhard seufzte. »Spätestens wenn Mateo und sein

Vater oder vielleicht auch die Polizei das Wohnmobil anhalten können, bekommen wir irgendeine Erklärung.« Gerade als er das gesagt hatte, klingelte sein Handy. »Ist das jetzt endlich Stefan? Nein, eine fremde Nummer.«

Er nahm das Telefonat an und hörte zunächst zu. »Ja, ich kenne tatsächlich einen Stefan Schneider. Er ist mein Neffe. Was ist denn passiert?« Er hörte wiederum zu und ich sah, wie seine Augen vor lauter Schreck weiteten. »Ich werde umgehend kommen.« Er legte auf.

»Das war das städtische Krankenhaus. In die Notaufnahme ist heute früh ein Mann eingeliefert worden, angeschossen, geschlagen, bewusstlos. Zum Glück hatte er seinen Ausweis bei sich und jemand machte die Schwester auf den Nachnamen aufmerksam. Wir sind ja die einzigen Schneiders hier in der Gegend und sie haben auf gut Glück versucht, seine Angehörige zu finden. Er hat weder vor noch nach seiner Operation das Bewusstsein wiedererlangt und sie können nicht sagen, wann er das tut. Trotz des hohen Blutverlustes hat er die Operation an sich gut überstanden. Ich muss zu ihm. Das ist ja grauenhaft - angeschossen!«

Terri musste sich auf den Tisch stützen. »Was sagst du da? Angeschossen und geschlagen? Der arme Stefan! Und das vielleicht von diesem fremden Typen, der jetzt sein Wohnmobil fährt. Ich muss Mateo unbedingt sagen, dass er sofort die Polizei einschalten muss. Wenn dieser Mann der Angreifer von Stefan ist, ist er womöglich sogar bewaffnet.«

Opa Gerhard stand auf und nahm seine Autoschlüssel vom Tisch. »Ja, tu das! Ich fahre ins Krankenhaus und werde mich sofort melden, wenn ich etwas Neues erfahre. Martha müsste jeden Augenblick zurück sein. Du kannst ihr ja erzählen, was passiert ist. Pass auf dich auf!« Er sprintete zu seinem Wagen und fuhr in dem Moment davon, als Oma Martha wieder zurückkehrte.

»Was ist denn mit deinem Opa los? Wieso ist er einfach an mir vorbeigerast?«, fragte sie Terri als sie zur Terrasse kam. Terri seufzte tief und berichtete ihr, was alles passiert war, woraufhin Oma Martha sich zuerst einmal hinsetzen musste.

»Der arme Stefan - so hat er sich seine Reise nach Spanien sicher nicht vorgestellt«, sagte Oma Martha entrüstet. »Zuerst wurden seine Sachen gestohlen und nun das! Hier kann der Überfall nicht passiert sein, sonst hätten unsere Hunde Alarm geschlagen.«

»Ich vermute, dass jemand ihn oder besser gesagt sein Wohnmobil ganz gezielt ausgesucht und ihn irgendwo abgefangen hat. Falls Mateo tatsächlich recht hat und der Fahrer derselbe Mann ist, den wir am Strand getroffen haben, dann muss es da einen Zusammenhang geben.« Terri blickte zu Oma Martha.

»Hältst du es für möglich, dass Stefan doch etwas mit diesen Hundediebstählen zu tun hat? Er hat doch erzählt, dass auch sein Geldbeutel unter anderem gestohlen worden ist, bevor er zu uns fuhr. Ich dachte, sein Ausweis wäre dabei ebenfalls abhanden gekommen - aber jetzt hatte er ihn im Krankenhaus bei sich. Das ist doch irgendwie ziemlich merkwürdig, oder nicht?«

»Ich weiß nicht mehr, was ich von all dem halten soll«, sagte Oma Martha kopfschüttelnd. »Für meinen Geschmack sind das ein bisschen zu viele Zufälle - aber ob und wie Stefan in all das verwickelt ist, kann ich mir beim besten

Willen nicht erklären. Hoffen wir mal, dass er bald aufwacht und uns dann erzählen kann, was wirklich vorgefallen ist.«

Das hoffte ich allerdings auch. Wenn er nicht erzählen konnte, wo er überfallen worden ist und dass wir dabei waren, konnten wir mit keinerlei Hilfe bei dem Monsteranwesen rechnen. In dem Augenblick sah ich, wie Anton unauffällig zurückkam, mich selbstredend sofort entdeckte und mir kurz zunickte. Der Tunnel wäre also fertig. Er ging zur Terrasse und flüsterte Alfonso etwas zu, wohl, dass er sich bereithalten solle. Natürlich konnte ich wieder sein 'ui' wahrnehmen.

Terri holte für Oma Martha ein Glas aus der Küche und setzte sich ebenfalls hin. »Erzähl bitte nun alles über Alma.«

Sofort traten wieder Tränen in Oma Marthas Augen und sie stellte das Wasserglas zurück auf den Tisch. »Die arme kleine Maus!« Alfonso schaute augenblicklich um sich, aber er verstand wohl schnell, dass es sich nicht um eine echte Maus handelte und leckte etwas verlegen seine Pfote. Domino schüttelte leicht den Kopf und ich ahnte, was er dachte. Ob Alfonso wirklich die bevorstehende Aufgabe bewältigen konnte - darüber wollte ich mir jedoch jetzt noch nicht den Kopf zerbrechen.

»Alma lag plötzlich dort bei den Bäumen«, fuhr Oma Martha fort. »Alleine kann sie es nicht dorthin geschafft haben, so schwer wie ihre Verletzungen sind. Ich habe aber keine Menschenseele gesehen - allerdings sagten sie in der Tierklinik, dass ihr Nackenfell sehr feucht war. Ich weiß nicht ob das stimmen kann, jedoch meinte jemand, sie sei wahrscheinlich von einem anderen Tier in der Schnauze getragen worden.«

»Wie? Von einem Tier? Das muss ein ziemlich großes Tier gewesen sein, nicht wahr?« Terri schaute in Richtung der Berge und machte sich wohl so ihre Gedanken. »Was haben sie denn über ihre Verletzungen gesagt?«

»Alma hat sehr schwere innere Verletzungen und die Ärzte können nicht sagen, ob sie durchkommen wird«, konnte Oma Martha gerade noch sagen, bevor sie heftig zu weinen anfing. Terri trat zu ihr und umarmte sie fest. Ich sah, wie Mama ebenfalls wieder zu weinen anfing und wie Papa versuchte, sie zu trösten.

Mir wurde vor lauter Wut auf diese Monsterfrau fast übel, aber wenigstens verdrängte dieser Hass die Trauer. Ich würde Alma rächen, ich würde tun, was Alma von mir erwartete - die anderen Hunde retten! Falls Alma sterben musste, wird es auf keinen Fall umsonst gewesen sein! Wie mein Leben danach ohne sie aussehen würde, konnte ich mir nicht vorstellen. Obwohl alle anderen etwas Gegenteiliges sagten, fand ich, dass das alles meine Schuld gewesen war. Ich bin zu unvorsichtig gegenüber dieser Monsterfrau gewesen - wenn Alma nicht mein Leben hätte retten müssen, würde sie jetzt nicht mit lebensbedrohlichen Verletzungen in der Klinik liegen. Ich wusste nicht, woher ich den nötigen Lebenswillen nehmen sollte, falls meine kleine Schwester starb.

Oma Martha versuchte, sich wieder zu beruhigen. »Ach Terri, das ist alles so furchtbar! Die Ärzte werden alles menschenmögliche tun, um Almas Leben zu retten, das weiß ich. Die Prognose ist nicht gut, jedoch können wir nur abwarten und hoffen. Wie schwerwiegend ihre inneren Verletzungen tatsächlich sind, können sie erst bei der Operation feststellen. Sie hat definitiv keine Bissspuren und auch sonst gibt es keine Anzeichen dafür, dass ein anderes Tier das alles verursacht hätte. Bleibt also nur die Bestie Mensch. Viel Hoffnung konnten die Ärzte uns nicht machen.«

Sie schnäuzte ausgiebig und fuhr dann fort. »In der Klinik ist mir übrigens etwas sehr Merkwürdiges passiert. Die Schwester an der Rezeption hat behauptet, dass ich einen Termin mit Silva vereinbart hätte. Oder besser gesagt, jemand dort angerufen hat, und für mich und einen Hund einen Termin in meinem Namen gemacht. Ich verstand überhaupt nicht, wovon sie redete. Ich bin mit Alma so schnell losgefahren, dass ich uns gar nicht erst angekündigt habe, geschweige denn, jemanden darum gebeten hätte. Allerdings sagte sie noch, dass die Anruferin betont hatte, dass es sich nicht um einen Notfall handle - und Alma ist nun wirklich ein Notfall!«

»Das ist tatsächlich sehr merkwürdig. Jemand hat in deinem Namen dort angerufen - welchen Sinn soll das denn haben?«

»Ich weiß es doch auch nicht, Terri. Aber derjenige - oder es ist wohl eine Frau gewesen - diejenige hat ausdrücklich nach einem Termin bei Silva verlangt.«

»Konntest du das ihr schon erzählen?« Oma Martha schüttelte nur den Kopf. Terri dachte angestrengt nach. »Das ist doch irgendwie sehr verdächtigt. Wieder so ein Zufall...« Sie tippte erneut etwas in ihr Handy. »Ich schicke Silva eine Nachricht. Sie kann dann selber entscheiden, ob sie deswegen etwas unternehmen will oder nicht.«

Besser wäre es, ja. Vielleicht kam Silva sogar auf die Idee, nach ihren Hunden zu schauen, obwohl wenn sie gerade in einem OP-Saal stand, war die Hoffnung vergebens. Würde diese Monsterfrau es tatsächlich wagen, am helllichten Tag in Silvas Haus einzubrechen, nur um Tristan und Isolde zu bekommen? Zuzutrauen wäre es ihr schon, doch bezweifelte ich, ob sie das Risiko erwischt zu werden wirklich auf sich nahm. Inzwischen musste Rudi es geschafft haben, Tristan und Isolde zu warnen. Das war wenigstens etwas.

Oma Martha stand auf. »Wir müssen etwas essen. Lass uns etwas zu Mittag machen, Terri. Obgleich - mir ist der Appetit völlig vergangen. Vielleicht bereiten wir einfach einen frischen Salat vor. Außer abzuwarten können wir momentan eh nichts tun. Dein Opa wird sich sicher bald aus dem Krankenhaus melden. Vielleicht hat er dann schon Neuigkeiten über Stefan.«

Terri ging ebenfalls in Richtung Küche. »Ja, ein bisschen essen müssen wir wohl. Ich mache mir so furchtbare Sorgen um alle - ich weiß nicht, ob ich überhaupt etwas herunter bekomme. Eigentlich wollte ich weiter im Wald nach Arlo suchen, aber vielleicht ist es besser zuerst einmal abzuwarten, was Mateo und Opa zu berichten haben.«

Als die beiden in der Küche verschwunden waren, war unser Moment gekommen. Ich winkte Luna, Domino und meinen Eltern kurz zu und flitze mit Anton und Alfonso zum Tunnel, den Anton in der Kürze der Zeit doch beachtlich erweitert hatte. Ich glaubte nicht daran, dass nach unserem Verschwinden dieses riesige Loch lange unentdeckt blieb. Doch es war danach auch egal, ob die Menschen den Tunnel finden würden oder nicht. Brauchen würden wir ihn wahrscheinlich dann nicht mehr. Sogar Alfonso machte bei dem Tunnel große Augen und entschied sich dafür, ihn zu benutzen, anstatt wie üblich über den Zaun zu klettern. Möglichst leise liefen wir über den Parkplatz in den Pinienwald und erst als wir außer Sicht- und Hörweite waren, hielten wir kurz an.

»Das haben wir schon einmal gut gemeistert«, stellte Anton fest. »Nun Arlo, in welche Richtung sollen wir laufen? Wo liegt das Haus denn?«

»Ui?« Alfonso schaute sich verwirrt um.

Hach ja, daran hatte ich gar nicht mehr gedacht. Ich musste ja den Weg zu diesem Haus wiederfinden. Als ich hinter Toran zur Finca lief, hatte ich nicht so sehr auf den Weg geachtet, weil ich mir so große Sorgen um Alma gemacht hatte. Ich schüttelte mich kurz, um mich zu entspannen und auch um Zeit zu gewinnen, da ich fühlte, dass die beiden mich fragend anschauten. Wo war dieser blöde Pfad nur? Oder gab es überhaupt einen Pfad? Was sollte ich jetzt machen? Bevor die aufsteigende Panik mich vollkommen im Griff hatte, zwang ich mich dazu, tief ein- und auszuatmen. Denk nach! Ich sollte doch in der Lage sein, meine eigene Spur zurückzuverfolgen - mit meiner Supernase! Das hatten wir doch mit Terri und Opa Gerhard oft genug geübt, jetzt im Ernstfall würde ich nicht versagen - nein!

Ich blickte zu Anton. »Du hast doch beobachtet, wie Toran Alma vor die Bäume gelegt hat. Kannst du dich noch genau an die Stelle erinnern? Könntest du sie mir zeigen?«

Anton wollte zuerst etwas erwidern, aber er hatte anscheinend verstanden, dass ich irgendein Problem hatte und so schwieg er. Dafür war ich ihm sehr dankbar. Ich tat so, als ob ich ganz genau wüsste, was ich machte, und lief mit großen Schritten neben ihm her. Alfonso sprang um uns herum - immer hin und her - wahrscheinlich sind alle Katzen einfach etwas hibbelig, wobei ich wieder an Alma denken musste und die Zähne zusammenbiss. Ich tat das alles auch und insbesondere für sie! Ich würde jetzt nicht versagen, sondern alles, was ich gelernt hatte, umsetzen. Hoffentlich spürte Alma irgendwie meine Entschlossenheit und vielleicht bekam sie dadurch sogar mehr Kraft. Kämpfe Alma! Ich tue das auch! Es durfte für keinen von uns zu spät sein!

Anton zeigte auf eine Stelle auf der Erde. »Es war gang genau hier. Zwischen diesen beiden etwas merkwürdig aussehenden Bäumen. Sie lag dort in der Mitte und Toran ist hinter diesem Baum aus dem Wald herausgekommen.«

Und da war sie - die Spur! Ich verstand nicht, warum ich so an mir gezweifelt hatte. Die Spur konnte ich so deutlich riechen, als wenn Toran vor mir gestanden hätte. Ich lächelte Anton und Alfonso zufrieden an und zeigte mit meiner Pfote in den Wald. »Dann los - ihr braucht nur mir zu folgen!«

30. NOCH EIN PROBLEM

Kurz bevor wir das Haus der Monsterfrau erreichten, sprang direkt vor uns irgendein Wesen aus dem Busch so plötzlich hervor, dass ich vor Schreck aufjaulte - Rudi!

»Da seid ihr ja endlich!«, quasselte er sofort los. »Ich dachte schon, ich müsste die anderen alleine befreien! Das wäre etwas schwierig geworden, aber nun seid ihr ja da! Toran hat mich gefunden und gesagt, dass ich einfach warten soll. Und Anton, du konntest auch mitkommen? Ach wie schön, dich wiederzusehen! Ein Katerchen ist euch gefolgt - Alfonso, richtig?« Er hatte ohne Zweifel eine große Ähnlichkeit mit Alma - bloß nicht jetzt an sie denken!

»Du hast mich fast zu Tode erschreckt, Rudi!«, schnauzte ich ihn an. Ich blickte um mich und wusste in dem Augenblick nicht, wohin unser Alfonso verschwunden war, bis ich sein 'ui-ui' aus dem Baum neben mir hörte. »Und ich bin nicht der einzige, schau nur, wo Alfonso wieder ist. Wie willst du ihn jetzt ohne seinen Bruder dort je wieder herunter bekommen? Wir brauchen ihn unbedingt. Mir ist nämlich eingefallen, dass diese Monsterfrau eine entsetzliche Angst vor Katzen hat. Das müssen wir für uns nutzen.«

Rudi winkte nur ab. »Komm, Arlo, sei doch nicht immer so ernsthaft! Ich weiß, wie schwierig unsere Lage ist, aber man darf sich doch mal einen kleinen Spaß erlauben. Außerdem wird Alfonso schon selber erkennen können, wer seine Kumpels sind, oder?« Er blickte nach oben und lächelte Alfonso beruhigend an. »Meinst du, dass du hierhin zu mir kommen könntest, Alfonso? Du kannst sicher sogar einfach herunterspringen, ihr Katzen seid ja wahre Akrobaten. Kannst du mir zeigen, wie eine Katze das macht?«

Tatsächlich strahlte Alfonso Rudi an und sprang sofort herunter, elegant wie immer. Rudi warf mir einen Seitenblick zu und grinste. »Hund muss nur wissen, wie man mit diesen Geschöpfen umgehen sollte. Wir Jungs sind doch alle gleich - ein bisschen Lob und wir sind zu allem bereit.« Dazu fiel mir nichts mehr ein, aber ich musste zugeben, dass Rudi die Situation doch sehr gut gemeistert hatte. Ich hätte nur abgewartet, ob Alfonso sich irgendwann von allein beruhigte.

Anton räusperte sich. »Nun gut! Rudi, konntest du Condesa wegen Tristan und Isolde warnen?«

Rudi setzte sich. »Hoffentlich. Also, ihre Finca habe ich mit Leichtigkeit gefunden. Wie wir aber vermuteten, waren Condesa, Tristan und Isolde im Haus. Ich sah jedoch, dass dort ein Fenster auf Kippe war und habe so laut gerufen, wie ich nur konnte, dass diese Monsterfrau im Anmarsch ist. Ich meine, eine Antwort gehört zu haben. Auf jeden Fall wird es dieses Monster nicht leicht haben.«

»Das ist schon einmal sehr gut!« Anton tätschelte kurz Rudis Schulter. »Lasst uns nun zu diesem Haus laufen, ich möchte einen Blick darauf werfen.«

Rudi erzählte uns, dass der weiße Kombi vor dem Haus stand, was natürlich bedeutete, dass die Monsterfrau ebenfalls dort war. Wir schlichen uns vorsichtig näher und wagten einen Blick auf Haus und Grundstück durch die Bäume zu werfen. Zuerst entdeckten wir die Monsterfrau nirgends, aber dann hörten wir Geräusche direkt aus dem Schuppen vor uns. Nur einen Augenblick später kam sie hinaus. Wir traten ein paar Schritte zurück, damit sie uns bloß nicht entdeckte und sogar Alfonso schaffte es, sein 'ui' zu unterdrücken. Zu unserem Entsetzen sahen wir, wie das Monster mehrere Transportboxen aus dem Schuppen holte und zu ihrem Wagen trug.

»Oh nein!«, flüsterte ich. »Sie ist wohl dabei, aufzubrechen. Sie wird sicher gleich die Hunde aus dem Haus holen - wir sind zu spät!« Vielleicht hätten wir trotzdem versucht, unsere Freunde zu retten, wenn wir nicht gesehen hätten, was die Frau als Letztes aus diesem Schuppen holte - nämlich ein Gewehr! Das war höchstwahrscheinlich dieselbe Waffe, mit welcher Anton und Luna betäubt worden waren, und nun hatte die Monsterfrau sie.

Anton sah uns ziemlich verzweifelt an. »Das ist jetzt gar nicht gut. Gegen diese Pfeile bin sogar ich machtlos. Ich weiß zwar nicht, wie schnell diese Frau schießen kann, aber ich möchte es auch nicht unbedingt herausfinden. Die Erfahrung mit der Narkose war nicht unbedingt erfreulich.«

Ich konnte ihn sehr gut verstehen. Mir ist seit meiner Operation auch nicht mehr danach - so schwindelig wie es mir damals gewesen ist. Außerdem konnten wir nicht völlig sicher sein, dass es wirklich dieselbe Waffe war. Nicht auszudenken, wenn es sich um ein gewöhnliches Gewehr handelte und die Folgen von einem Schuss nicht nur einige Stunden Tiefschlaf waren.

»Soll Alfonso die Frau verjagen? Ui!« Er zeigte seine Krallen und machte ein grimmiges Gesicht dazu. Eines musste Hund ihm lassen - an Mut fehlte es ihm wirklich nicht! Das wäre natürlich eine Möglichkeit, doch wir konnten das nicht zulassen. Bevor ich etwas sagen konnte, ergriff Anton das Wort.

»Das ist sehr tapfer von dir, Alfonso, aber auch für dich ist es viel zu gefährlich, wenn diese Frau die Waffe in den Händen hält. Wenn sie soviel Angst vor Katzen hat, wie wir vermuten, wird sie nicht zögern, Gebrauch von dem Gewehr zu machen. Ich fürchte, wir können nur abwarten und schauen, ob es sich für uns eine andere Möglichkeit eröffnet.«

Die Monsterfrau war eindeutig sehr aufgebracht. Sie lief ständig hin und her, stampfte sogar mit ihrem Fuß und murmelte etwas andauernd vor sich hin. War sie jetzt vollkommen verrückt geworden? Zuerst konnten wir kein Wort verstehen, aber je aufgeregter sie wurde, desto lauter sprach sie mit sich selber.

»Nein! Nicht mit mir! Nicht mit Carla Rodriguez!«, schrie sie regelrecht und hob das Gewehr über ihren Kopf. Sie redete sich selber in Rage. »Ohne die beiden werde ich nicht fahren! Nein!« Sie legte die Waffe in den Wagen und reckte ihre Faust gegen den Himmel. »Du wirst leiden, du blöde Kuh! Das wird dir eine Lehre sein, sich Hunde anderer Leute heimtückisch anzueignen! Irgendwann und zwar bald wird jemand die Hunde hinauslassen müssen und dann bin ich bereit!« Sie sprang in ihren Wagen und saß mit hasserfülltem Gesichtsausdruck noch einen Moment hinter dem Lenkrad. Dann fuhr sie mit hoher Geschwindigkeit fort. Wir atmeten aus.

»Die ist ja nicht mehr ganz dicht in der Birne«, sagte Rudi und machte große Augen.

Ich nickte angewidert. »Das kannst du wohl laut sagen. So irre hat sie sich damals öfter benommen, wenn etwas schiefgelaufen war. Meistens hatten wir ihrer Meinung nach irgendeinen Fehler, der uns niemals bewusste war, gemacht. Zuerst tobte sie herum und dann gab es Schläge.« Ich schwieg, weil die Erinnerung an die Schmerzen mich fast überwältigte. Dieser Mensch war durch und durch böse, einfach nur böse.

»Ich befürchte, sie wird zu Tristan und Isolde unterwegs sein«, sagte ich nach einer Weile. »Sie spricht ja ständig darüber, wie diese angeblich durch Betrug von ihr weggenommen worden sind. Sie lebt wohl in ihrer eigenen Realität, trotzdem hoffe ich, dass Condesa auf sie aufpassen kann. Wenn das Monster in dieser Gemütslage ist, ist es zu allem bereit.«

Ich erschauderte und wollte mir gar nicht vorstellen, wie Tristan und Isolde sich fühlen mussten, wenn sie dieser Frau wieder begegneten. Mit einem hatte sie allerdings recht - jemand, vielleicht sogar Silva selbst, musste zwischendurch die Hunde in den Garten hinauslassen. In diesem Moment würde die Monsterfrau zuschlagen, oder es wenigstens versuchen.

»Wir müssen daran glauben, dass unsere Freunde in Sicherheit sind«, sagte Anton. »Auf jeden Fall wird diese Frau eine Weile fort sein - das ist jetzt unsere Chance! Wir dürfen keine Zeit mehr verlieren, sondern müssen sofort ins Haus!«

Wir liefen über den Hof, vorbei an den dort liegenden Transportboxen bis zur Hintertür. Ich schob mit Rudi sie auf und trat in den Flur. »Alfonso, wartest du bitte hier und gibst uns Bescheid, wenn die Monsterfrau oder sonst jemand kommt?« Sichtlich erleichtert darüber, dass er nicht in das fremde Haus mit zahlreichen Hunden hineingehen musste, nickte er und sprang schnell auf die Terrassentreppe.

Wir anderen liefen zu der Hundezimmertür, vor der wir zuerst einmal schweigend stehen blieben. Alle starten die Tür an, hinter der wir schon Geräusche hörten, aber keiner wagte das auszusprechen, was wir sahen. Ich setzte mich und vergrub meinen Kopf zwischen den Pfoten.

»Nein, nein, nein!«, war alles, was ich flüstern konnte.

Rudi kratzte sich mit seiner Hinterpfote, um seine Anspannung etwas zu lindern. »Tja, wer hätte denken können, dass diese Frau so schnell ein Vorhängeschloss herbeizaubern kann.«

Ich schüttelte nur meinen Kopf. Zusätzlich zu dem Riegel hing dort nun tatsächlich ein Schloss, das ich niemals aufbekommen konnte. Hatte die Frau etwas geahnt, als Alma und ich hier auftauchten? War das nun auch unser - oder besser gesagt - mein Fehler gewesen? Wäre ich bloß nicht so unvorsichtig gewesen, dann hätte sie mich nicht erwischt - und Alma auch nicht. Ich war an all diesem Schuld, meinetwegen standen wir nun vor verschlossener Tür. Mir war so schlecht! Ich fühlte mich schuldig und schämte mich zutiefst.

Anton legte seine Pfote auf meinen Rücken. »Das mit dem Schloss hätte niemand ahnen können, Arlo. Sei bitte nicht so betrübt!« Ich seufzte nur und schüttelte erneut meinen Kopf. »In so einer Situation müssen wir uns einfach eine Alternative überlegen«, fuhr er fort. »Wenn es nicht durch diese Tür geht, dann finden wir eine andere Möglichkeit. Wie sieht es zum Beispiel mit den Fenstern aus?«

Bevor ich ihm antworten konnte, hörten wir ein Klopfen an der Tür. »Hallo? Hier ist Georg. Bist du das, Arlo? Bist du tatsächlich zurückgekommen?«

Ich zwang meine Stimme dazu, ruhig zu bleiben, was mir fast meine ganze Willenskraft kostete. »Ja, ich bin hier mit ein paar Freunden. Wir wollen euch helfen, aber die Tür ist verriegelt. Wir werden uns etwas anderes einfallen lassen.« Anton klopfte mir ermutigend auf die Schulter. »Wie viele Fenster hat das Zimmer?«, fragte ich noch.

»Nur ein Fenster«, antwortete Georg. »Dieses ist aber für uns viel zu weit oben. Wir kommen nicht daran, obwohl wir das Fenster schon als Fluchtweg in Betracht gezogen haben. Es sieht nämlich so aus, als ob es nur von einem Stück Holz zugehalten wird. Wenn wir da herankämen, könnten wir es womöglich öffnen.« Na gut. Wenn es jedoch unerreichbar war, hatten sie selbstredend keine Chance.

Anton zeigte mit seiner Pfote zur Terrassentür. »Lasst uns nachschauen, wie es von außen aussieht. Vielleicht haben wir von dort eine Möglichkeit, das Fenster zu öffnen.« Ich prägte mir noch ein, welches Zimmer, von der Anzahl der Türen hergesehen, es sein sollte und lief hinter Anton und Rudi nach draußen.

»Es müsste das Fenster hier sein«, sagte ich und deutete auf eines an der Seite des Hauses. Als Anton sich auf seine Hinterbeine stellte, erreichte er das Fenster mit Leichtigkeit. Er lehnte sich mit den Vorderpfoten gegen die Hauswand.

»Ich kann sogar hineinschauen«, rief er uns zu. »Das sind aber eine Menge kleiner Hunde und alle sehen aus, wie Alma und du, Arlo. Was hat diese böse Frau nur mit all diesen armen vor?«

Ich zitterte leicht. »Ich bin mir sicher, dass sie alle verkaufen will und zwar im Ausland, wie ihr ursprünglicher Plan damals war. Da sie keine Papiere für die Hunde vorweisen kann, will sie alle irgendwo möglichst schnell und billig loswerden. Vermutlich geht es ihr nicht so sehr ums Geld, sondern um die Rache. Sie glaubt ja fest daran, dass ihr Ungerecht angetan worden ist.«

»Anton, kannst du sehen, wie das Fenster zu öffnen ist? Wir müssen sie da herausholen, bevor dieses Monster zurückkommt«, drängte Rudi ihn.

Anton betrachtete das Fenster genauer. »Es lässt sich definitiv nach innen öffnen. Wie Georg sagte, fungiert nur ein kleines Stück Holz als Riegel. Ich versuche mal, das Fenster aufzudrücken.«

Ich glaubte nicht, dass das so einfach gelingen würde, aber musste in dem Augenblick, als das Fenster knirschend aufging, zugeben, dass auch ich mich einmal täuschen konnte. Umgehend fingen alle Hunde an zu bellen und zu rufen.

»Hilfe! Holt uns hier raus! Arlo!«

Rudi trippelte aufgeregt neben mir. »Sie können nicht so hoch springen! Was machen wir jetzt?«

Anton setzte sich hin und überlegte. »Rudi und Alfonso könnten natürlich mit Leichtigkeit hineingelangen, aber den Hunden dort würde es kaum etwas nützen. Außerdem scheint das alles hier etwas viel für unseren Kater zu sein.«

Er deutete mit seinem Kopf in Richtung des Waldes, wo ich Alfonso im erstbesten Baum sitzen sah. Ich seufzte und lief schnell zu ihm hin, obwohl ich das lieber Rudi hätte überlassen sollen, weil er doch besser mit ihm konnte.

»Alfonso«, fing ich an und versuchte möglichst ruhig zu sprechen, »was machst du da?«

»Ui! Zu viele Hunde! Alle kommen raus!« Bevor ich etwas sagen konnte, fuhr er fort. »Alfonso kein Feigling! Alfonso hier sitzt und sieht, wenn die böse Frau kommt. Dann Alfonso die Frau verjagt!« An sich war das keine schlechte Idee, weil er tatsächlich von dort aus einen weitaus besseren Überblick hatte als vom Boden aus.

»Gut mitgedacht, Kumpel!«, lobte ich ihn. »Du brauchst jedoch keine Angst vor den anderen Hunden zu haben, sie sind alle sehr freundlich. Aber sehr gut, dass du so gut aufpasst!«

Alfonso strahlte mich an. »Ui!« Es war schon wahr, dass man mit ein bisschen Lob einiges erreichen konnte. Ich lief zurück zu den anderen, die anscheinend auf eine Idee gekommen waren, da ich Rudi noch aufgeregter trippeln sah als zuvor.

»Anton wird durch das Fenster in das Zimmer springen«, klärte er mich auf. »Er wird jeden Hund einzeln hinaustragen und wir werden alle zuerst einmal in den Wald bringen, damit sie in Sicherheit sind.«

Das war tatsächlich ein guter Plan und Anton vergeudete auch keine Zeit mehr, sondern sprang mühelos hinein und kam mit dem ersten Hund umgehend wieder zurück. Rudi brachte diesen kleinen Rüden sofort hinter die Bäume und ich wartete auf den nächsten Hund. Das wiederholte sich einige Male und wir waren voller Hoffnung, alle Entführten so retten zu können - bis wir aus einem Baum ein Rufen hörten.

»Auto kommt! Böse kommt!«, schrie Alfonso so laut er nur konnte. Wir hatten keine andere Wahl, als uns sofort im Wald zu verstecken. Doch noch waren Georg und ein weiterer Hund in dem Zimmer gefangen.

31. WER HAT ANGST VOR EINEM KATERCHEN?

Wir kauerten nun alle hinter einem Busch und versuchten, uns möglichst still zu verhalten. Was jedoch nicht einfach war, weil die Kleinsten sehr nervös und ängstlich waren. Rudi tat alles, was er konnte, um sie zu beruhigen, aber als sie mitbekamen, wie die Monsterfrau aus ihrem Wagen stieg, war alles vergebens. Ich konnte ihre Angst sehr gut verstehen, fürchtete jedoch, dass wir durch ihr hin- und herlaufen entdeckt würden. Als Anton ihnen einen strengen Blick zuwarf und kurz brummte, wurden sie für einen Augenblick ruhiger, aber ich wusste, das würde nicht lange anhalten.

Ich stupste Rudi an. »Die Kleinen sind viel zu aufgeregt. Du musst sie von hier fortbringen«, flüsterte ich. »Anton und ich werden versuchen, Georg und seinen Kumpel zu retten.«

Tino und Tina schmiegten sich an mich und machten große Augen. Ich tätschelte die beiden kurz auf den Kopf, wie ein großer Bruder das halt so macht. Obwohl ich eigentlich nur ihr Cousin war, fühlte ich mich besonders für die beiden verantwortlich. Es grenzte schon an ein Wunder, dass wir sie überhaupt gefunden hatten. »Geht ruhig mit Onkel Rudi mit«, sagte ich beruhigend. »Er wird gut auf euch aufpassen, bis eure Mama wieder da ist.«

Rudi blickte mich etwas irritiert und fragend an. »Öhm... wohin soll ich sie und die anderen denn bringen?« Das war allerdings eine gute Frage. Bis zu diesem Zeitpunkt hatten wir uns nur darüber Gedanken gemacht, wie wir sie befreien konnten. Was nun danach passieren sollte, wusste wohl wieder keiner.

»Sollen wir zu eurer Finca laufen? Ich glaube, den Weg würde ich finden.« Zumindest zeigte Rudi mit seiner Pfote in die richtige Richtung. Das war eigentlich eine gute Idee, aber bevor ich etwas sagen konnte, äußerte Anton seine Bedenken.

»Ich weiß nicht, ob das so gut ist. Vermutlich suchen eure Menschen schon überall nach euch und dort ist wahrscheinlich niemand, der euch beschützen könnte. Wir wissen ja nicht, ob es dort sicher ist. Wer weiß, ob der Hunderäuber tatsächlich weggefahren ist. Oder was diese Frau hier noch vorhat. Es könnte sogar sein, dass sie noch einen weiteren Komplizen haben.«

»Aber Luna...«, versuchte ich.

»Luna wird höchstwahrscheinlich mit Opa Gerhard auf der Suche nach euch sein«, unterbrach mich Anton, »was mich aber auf eine Idee bringt.« Er schwieg kurz und wir warteten gespannt. Ich versuchte gleichzeitig die Monsterfrau im Auge zu behalten, aber bis jetzt war sie aus irgendeinem Grund noch nicht aus ihrem Auto gestiegen. »Vielleicht hat dieser Stefan inzwischen eure Menschen darüber informiert, wo er euch zuletzt gesehen hat. Falls es so sein sollte, wird Luna eure Spur bald bei dem Anwesen von Rodriguez suchen.«

Ich verstand, was er meinte. »Oh ja! Und sie wird Opa bis zu dieser Schlucht führen! Wenn Rudi die Kleinen auf unsere Seite der Schlucht bringt, werden sie von Luna und Opa Gerhard entdeckt und gerettet werden!«

Anton nickte. »Genau! Und falls Luna nicht auftauchen sollte, seid ihr dort auf jeden Fall in Sicherheit.« An Rudi gewandt fuhr er fort. »Wir werden zu euch stoßen, sobald die Situation hier bereinigt ist. Oder falls ihr schon fort sein solltet, laufen wir zurück zur Finca. Rudi, gib bitte gut darauf acht, dass die Kleinsten nicht auf dumme Ideen kommen. Die Schlucht ist gefährlich.« Rudi nickte, trieb alle mit Antons Hilfe noch enger zusammen und führte sie in Richtung der Schlucht fort. Wenigstens mussten wir uns um sie keine Sorgen mehr machen.

Ich seufzte und schaute mich um. Das Fenster war selbstredend weiterhin offen, aber zum Glück verhielten sich Georg und sein Kumpel still. Das verschaffte uns vielleicht ein paar Augenblicke mehr Zeit, obwohl die Monsterfrau das Verschwinden der Hunde natürlich umgehend bemerken würde. Alfonso saß immer noch auf dem Baum und starrte auf den Wagen. Ich hatte keine Ahnung, was er vorhatte. Er wirkte jedoch fest entschlossen, seine Aufgabe zu erfüllen, was ehrlich gesagt unsere einzige Hoffnung in diesem Moment war. Ich wünschte mir nur, dass er nicht vergaß, wie gefährlich diese Frau war.

Anton richtete sich neben mir auf. »Ich muss die beiden dort noch herausholen. Vielleicht wenn....« Bevor er seinen Satz beenden konnte, sahen wir, wie die Monsterfrau ausstieg. Sie ging zum Kofferraum und als sie die Heckklappe öffnete, hatten wir einen freien Blick dort hinein. Eine einzelne Transportbox stand ganz hinten in dem großen Kofferraum und zu unserem Entsetzten bewegte sich darin ein Hund. Ich versuchte zu erkennen, wer es war, aber die Entfernung war zu groß. Allerdings befürchtete ich, dass diese Monsterfrau erfolgreich gewesen war, und doch Tristan oder Isolde - oder vielleicht sogar beide - an sich reißen konnte.

Die Frau zündete sich eine Zigarette an und begann erneut damit, ihre komischen Selbstgespräche zu führen. Sie war echt gruselig. »Wenigstens der Köter gehört jetzt mir! Endlich! Mit mir soll sich keiner anlegen, meiner Rache entgeht niemand!« Sie lachte düster. »Jetzt ist es an der Zeit, abzuhauen. In dieser Gegend weiß man meine Großartigkeit gar nicht zu schätzen! Welch Wohltaten ich mit meinem Mann vollbracht habe - und keinerlei Dankbarkeit! Unverschämt!« Schimpfend lief sie weiter über den Hof, bis die Seite des Hauses in ihr Blickfeld geriet. Oh nein!

Die Monsterfrau blieb augenblicklich stehen und starrte auf das offene Fenster. »Was zum Teufel....!«, kreischte sie schrill und setzte sich in Bewegung. Sie rannte zum Fenster und schaute kurz hinein. »Argh!«, schrie sie furchterregend. Ich konnte mir kaum vorstellen, wie es Georg und seinem Kumpel dort drinnen ergehen mochte, als sie den zornesroten Kopf dieser Frau am Fenster entdeckten. Wir sahen, wie das Monster zuerst zurück zu ihrem Wagen lief.

»Jetzt oder nie!«, rief Anton. »Arlo, gib mir Bescheid, wenn diese Frau ins Haus kommt.« Ich wusste gar nicht, dass Anton so schnell laufen konnte. Mit einem gezielten Sprung durch das Fenster verschwand er im Haus. Nur einen Augenblick später setzte er zuerst Georg auf die Fensterbank. Anton hatte wohl vor, die beiden auf einmal herauszuholen, was an sich ein guter Plan gewesen wäre, wenn die Monsterfrau nicht in diesem Moment zurück zum Haus geeilte hätte - mit dem Gewehr in der Hand.

»Anton!«, rief ich so laut, wie ich es mich traute, und be-

fürchtete sofort, dass die Monsterfrau mich gleich entdecken würde. Sie lief aber unbeirrt weiter, blieb jedoch abrupt stehen, als irgendetwas ihre Aufmerksamkeit erregte.
Alfonso! Er war vom Baum heruntergesprungen, ohne,
dass ich auch nur ein Geräusch gehört hatte. Jetzt tänzelte
er in Richtung der Frau und machte sich ganz groß.

»Alfonso! Das Gewehr! Pass auf!«

Ich wusste nicht, was ich machen sollte. Hatte Alfonso
überhaupt eine Ahnung, was ein Gewehr war? Wie konnte
ich ihm das begreiflich machen? Die Monsterfrau war kreidebleich geworden und zitterte merklich. Sie machte ab-
wehrende Bewegungen mit ihren Armen und ich hörte irgendein "husch, husch" aus ihrem Mund. Gerade als Alfonso noch näher auf sie zusprang, wurde sie sich wieder
ihrem Gewehr bewusst.

»Alfonso! Gewehr böse! Die Waffe! Spring weg!«

Anscheinend hatte er mich verstanden, denn als die
Monsterfrau das Gewehr ansetzte und direkt auf Alfonso
feuerte, war er schon mindestens zwei Meter zur Seite gesprungen. Wenn die Situation nicht so brenzlig gewesen
wäre, hätte ich einen Augenblick innegehalten, um ihn zu
bewundern. Die Monsterfrau feuerte erneut, verfehlte Alfonso jedoch wieder deutlich, weil dieser nun anscheinend
vollkommen unkontrolliert herumsprang und im Zickzack
lief. Was machte er da bloß? Im Unterschied zu der Monsterfrau, die Alfonso anstarrte, schien er jegliches Interesse
an ihr verloren zu haben. Bevor ich mich darum kümmern
konnte, rief ich Anton zu.

»Jetzt Anton! Beeilung!«

Er verlor keine Sekunde, sondern sprang hinaus den
Kumpel von Georg in der Schnauze haltend. Er legte ihn

sofort auf die Erde und hob Georg von der Fensterbank herunter. Er blickte in meine Richtung und als ich mit der Pfote winkte, lief er blitzschnell mit den beiden zu mir. Vor lauter Erleichterung stiegen mir wieder Tränen in die Augen, aber ich zwang mich dazu, sie zurückzuhalten, weil ich herausfinden musste, was in Alfonso gefahren war.

»Was macht dieser Kater bloß?«, fragte Anton genauso erstaunt wie ich.

Ich zuckte mit den Schultern. »Ich habe keine Ahnung. Aber das Gewehr ist mit Sicherheit kein Betäubungsgewehr - zu unserem Glück scheint sie nicht sehr gut zielen zu können.« Ich glaubte nicht, dass irgendein Mensch es geschafft hätte, Alfonso zu treffen, so wie er dort herumsauste. Augenblick mal - was war das? Das durfte jetzt nicht wahr sein!

»Anton! Er jagt eine Maus! Siehst du, da auf der Erde vor ihm?«

»Tatsächlich!« Anton schüttelte den Kopf. »Der Junge hat echt Nerven.« Ja, das, oder er verstand nicht ganz, in welcher Lebensgefahr er sich befand. Allerdings waren seine Bewegungen durch die Jagd so unvorhersehbar, dass die Monsterfrau vollkommen chancenlos war. Als die Maus auf ihrer Flucht weiter in ihre Richtung lief - und Alfonso natürlich prompt hinterher - gab sie auf und rannte vor Angst schreiend zu ihrem Wagen.

»Anton! Kümmere dich bitte um Alfonso! Ich muss unbedingt versuchen...« Ohne weitere Worte zu verlieren, lief ich so schnell ich nur konnte zu dem Wagen und schaffte es, gerade in dem Moment in den Kofferraum zu springen, als die Monsterfrau losfuhr. Verzweifelt versuchte ich mich irgendwo festzuhalten, was fast unmöglich war, und ich wäre mit Sicherheit hinausgeflogen, wenn die Frau nicht nach einigen Metern angehalten hätte. Sie sprang hastig hinaus, knallte die Heckklappe zu und stieg panisch wieder ein. Ich konnte deutlich ihre angsterfüllten Schreie und Fluche hören.

Was war nur in mich gefahren? Was hatte ich bloß getan? Hatte ich mich jetzt tatsächlich aus freien Stücken in die Fänge dieser Tierquälerin begeben? Ich wusste doch, was mich erwartete, falls sie mich entdeckte - oder besser gesagt, wenn sie mich entdeckte. Es gab keinen Grund, warum sie das nicht tun sollte. War ich so lebensmüde geworden? War Alma schon tot und ihre Seele wollte mich zu sich holen? Weil lebend würde ich aus dieser Geschichte bestimmt nicht mehr herauskommen. Die Monsterfrau hatte nun all ihre Hunde erneut verloren und ihren Zorn würde ich mit Sicherheit zu spüren bekommen. Was habe ich mir nur dabei gedacht? Eine leise Stimme hinter mir holte mich aus meinen Gedanken.

»Arlo?«

Ja, das war der Grund. Deswegen habe ich es getan. Tristan.

Ich drehte mich zu ihm um und sah, wie er mich voller Hoffnung aus dem Transportbox anschaute. »Ja, Tristan, ich bin es wirklich.« Es erstaunte mich selbst, dass meine Stimme sich so zuversichtlich anhören konnte. Obwohl er mein älterer Bruder ist, war es in diesem Moment an mir, ihn zu trösten.

»Ich werde dir helfen. Gemeinsam schaffen wir das.« Ich krabbelte leise näher an die Box heran und stellte fest, dass er alleine darin hockte. »Wir werden uns etwas einfallen lassen. Aber sag, was ist passiert? Wo ist Isolde?« Da fiel mir noch etwas ein. Wie bei Alma musste ich mich innerlich auf das Schlimmste gefasst machen, bevor ich die Frage stellen konnte.

»Hat dieses Monster Condesa etwas angetan?«

Tristan schüttelte den Kopf. »Nein, nein, sie und Isolde sind unverletzt.« Er blickte jedoch so unglücklich aus dem Fell, dass doch etwas Schlimmes passiert sein musste. Ich drängte ihn, weiter zu erzählen.

»Irgendwie bin ich es wohl selber Schuld«, seufzte er. »Alle haben ja gesagt, dass wir vorsichtig sein müssen. Und Rudi ist sogar zu uns gelaufen, um uns zu sagen, dass diese Frau kommen wird. Als Silva in der Mittagszeit nach Hause kam und uns in den Garten ließ, war alles noch ruhig. Wir spielten und liefen herum...« Er wollte gar nicht weitersprechen. Ich musste ihm wohl auf die Sprünge helfen.

»Und dann tauchte diese furchtbare Frau auf, oder?«

Tristan nickte betrübt. »Ja. Oder eigentlich tauchten zunächst unzählige Leckerlis am Rande des Gartens auf. Isolde hielt sich zurück - aber ich konnte mich nicht beherrschen... « Er schluckte. Irgendwie konnte ich ihn sehr gut verstehen. »Plötzlich sprang das Gartentor mit einem großem Knall auf«, fuhr er fort, »und dieses Monster stand vor mir! Sie packte mich mit festem Griff und zog mich blitzschnell an sich. Condesa eilte mir zu Hilfe und auch Silva stürmte aus dem Haus. Doch diese schreckliche Frau schoss mit ihrem Gewehr in ihre Richtung. Ich glaube, sie hat Silva getroffen. Ich habe jedoch nicht gesehen, wie schwer...«

Ich sah Tränen in seinen Augen - ach, mein armer Bruder. »Ich kann so gut nachvollziehen, wie du dich fühlst.«

»Danke, Arlo! Es wäre alles vielleicht noch schlimmer gekommen, aber in dem Augenblick sah das Monster, wie ein Nachbar sich uns näherte - er war wohl wegen des Schusses aufmerksam geworden. Da schmiss die Frau mich in ihr Auto und raste davon. Und jetzt sind wir hier.«

Diese Frau ging ja immer rücksichtsloser vor. Wer hätte gedacht, dass sie in Silvas Finca eindringt, obwohl diese zu Hause ist - und sogar auf sie schießt! Hoffentlich hatte diese Monsterfrau genauso schlecht gezielt, wie vorhin, und Silva war nicht ernsthaft verletzt worden. Das fehlte uns gerade noch!

Irgendwie hatte ich langsam das ungute Gefühl, dass die Monsterfrau nicht nur wirklich verrückt geworden war, sondern dass sie wohl glaubte, sie hätte nichts mehr zu verlieren. Oder noch schlimmer - sie wollte ihren irren Racheplan unbedingt durchziehen, koste es, was es wolle. Wie die Folgen nun für uns aussahen, da ihr Plan ziemlich tiefe Risse bekommen hatte, daran wollte ich gar nicht denken. Ich wusste nur, dass wir irgendeinen Weg finden mussten, aus diesem Wagen zu entkommen. Vielleicht konnte ich Tristan zuerst einmal aus dieser Box befreien. Als Alma und ich für das Monsterehepaar arbeiten mussten, mussten wir auch verschiedene Tricks lernen. Einer davon war, eine Boxtür zu öffnen - nur so, zur Belustigung der Zuschauer in ihren Shows, bei denen sie ihre hervorragende Zucht präsentierten.

Ich betrachtete die Boxtür genauer und hatte fast schon eine Idee, die ich aber in dem Moment vergaß, als Tristan weitersprach. »Ich habe übrigens etwas über Alma erfahren können.« Er musste sich räuspern, bevor er fortfahren konnte. »Allerdings sind das keine guten Neuigkeiten.« Er hielt erneut inne.

Das war doch nicht zum Aushalten! Ich schlug mit meiner Pfote auf die Box. »Erzähl!«

Ein wenig erschrocken berichtete Tristan, was er gehört hatte. »Als Silva nach Hause kam, hat sie als Erstes mit euren Menschen telefoniert. Sie hat zusammen mit einem anderen Chirurgen Alma operiert und anscheinend ist die OP den Umständen entsprechend zufriedenstellend verlaufen.« Ich atmete erleichtert auf - zu früh! »Alma hat jedoch sehr schwere innere Blutungen gehabt. Von denen sind mehrere Organe betroffen gewesen. Sie konnten die Blutungen zwar stillen, können jedoch nicht sagen, ob es nicht doch zu spät war. Sie hat sehr viel Blut verloren. Falls sie die Nacht überlebt, dann...«

Er schwieg. Ich schwieg.

32. WIR WERDEN SIE AUSTRICKSEN!

Ich musste mich unbedingt ablenken. Wenn ich weiter an Alma dachte, wären wir bestimmt verloren, weil ich mich auf nichts anderes mehr würde konzentrieren können. Ich hörte Almas Stimme in meinem Kopf, die mich dazu drängte, nicht kampflos aufzugeben. Sonst wäre ihr Tot vergebens - falls sie diese Tortur nicht überleben sollte. Ich schüttelte mich, aber es half nichts. Meine Gedanken kreisten um Alma und um unsere gemeinsamen Erlebnisse, um unser Leben, welches zuerst mit so viel Grausamkeit bei diesem Monsterehepaar und dann mit so viel Liebe und Fürsorge auf der Finca verlaufen war.

Im Grunde nahm ich Abschied von ihr und bereitete mich auf ein Leben ohne sie vor. Ich blickte durch das Autofenster in den Himmel, jedoch ohne etwas tatsächlich wahrzunehmen. Plötzlich verspürte ich deutlich einen Stoß, als ob Alma mit ihrer Pfote mich angestupst hätte. Obwohl ich wusste, dass das nicht möglich war, erwachte ich dadurch aus meiner Schockstarre. Was auch immer jetzt noch auf uns zukam, würde ich bis zum letzten Moment kämpfen - das war ich Alma schuldig. Sie sollte nicht umsonst ihr Leben gegeben haben, um mein Leben zu retten. Ich schüttelte mich noch einmal und drehte mich zu Tristan um.

»Um Alma können wir trauern, wenn der Augenblick gekommen ist. Zunächst müssen wir mit dieser Monsterfrau fertig werden! Ich befreie dich aus der Box, diese Tür scheint ganz leicht zu öffnen zu sein.« Die Gittertür war mit kleinen Riegeln oben und unten gesichert, die zu drehen für mich ein Kinderspiel war. Vorsichtig schob ich danach das Gitter auf und Tristan schlich leise heraus. Wir saßen direkt an der Hinterbank, im Schutz der Rückenlehne, wodurch das Monster uns unmöglich im Rückspiegel sehen konnte. Leise flüsterten wir miteinander.

»Danke, Bruder! Ich finde es sehr mutig von dir, dass du freiwillig mitgefahren bist. Ohne dich wäre ich vollkommen verloren gewesen!«

»Bitte, bitte! Ich würde mich jedoch nicht zu früh freuen. Ich habe nämlich keine Ahnung, wie wir aus diesem Wagen herauskommen sollen. So eine Heckklappe bekomme sogar ich nicht auf.«

Ich blickte mich um. Über der Hinterbank befand sich ein Trenngitter, dadurch war also ebenso wenig ein Entkommen möglich. Auch die Seitenfenster des Kofferraums ließen sich nicht öffnen, obwohl ich bezweifelte, ob ich dazu überhaupt in der Lage gewesen wäre. »Uns bleibt wohl nichts weiter übrig, als dafür zu sorgen, dass die Frau uns nicht zu früh entdeckt. Wenn sie den Kofferraum öffnet, können wir vielleicht an ihr vorbei preschen und flüchten.«

Tristan nickte. »Das ist wohl unsere beste Möglichkeit. Erstens erwartet sie ja keine zwei Hunde und zweitens glaubt sie, dass ich immer noch in dieser Box eingesperrt bin. Also haben wir das Überraschungsmoment auf unserer Seite.«

Seine Stimme klang fast fröhlich und irgendwie konnte ich das nachvollziehen. Gerade noch saß er alleine mit dieser furchtbaren Frau in ihrem Wagen, ohne jegliche Hoffnung auf Befreiung. Jetzt fühlte er sich sicher erleichtert und voller Zuversicht. An seiner Stelle wäre es mir wohl nicht anders ergangen. An meiner Lage hingegen war ich durch meinen Übermut selber Schuld. Ich konnte mir auch nicht vorstellen, dass uns die Flucht wirklich so einfach gelingen würde.

Die Monsterfrau hatte anscheinend eine besser ausgebaute Straße erreicht, weil sie auf einmal den Wagen deutlich beschleunigte. Das war natürlich unser nächstes Problem - wir hatten keine Ahnung, wohin sie unterwegs war. Darüber nachdenken, wie - falls unsere Flucht erfolgreich sein sollte - wir unseren Weg wieder zurück nach Hause finden konnten, wollte ich in diesem Moment gar nicht. Wir hörten, wie das Monster das Radio lauter stellte und mit ihrer unsagbar grässlichen Stimme ein Lied mitsang - oder eher mitbrüllte. Offensichtlich hatte sie sich wieder beruhigt.

Ich musste zugeben, dass Alfonso, trotz seines Jagdfiebers, oder vielleicht auch gerade deswegen, ganze Arbeit geleistet hatte. Falls ich es irgendwie zurück auf die Finca schaffen sollte, würde ich mir wünschen, dass er und sein Bruder noch dort wären, damit ich mich bei ihnen bedanken könnte. Eigentlich wäre es doch ganz witzig, wenn sie sich dazu entscheiden würden, für immer bei uns zu bleiben. Es war aber genauso gut möglich, dass ich das nie mehr erleben konnte. Tristan stupste mich leicht an.

»Nur nicht den Mut verlieren, Brüderchen! Wir werden diese Frau schon austricksen! Unser Vorteil ist es ja, dass wir die Vorlieben dieser Frau kennen, zumindest, was uns Hunde betrifft. Weißt du, was ich meine?«

Das wusste ich allerdings nur zu gut. »Oh ja! Sie verlangte ja immer absolute Gehorsamkeit, sofortige Ausführung der

Befehle und duldete keine Widerworte. Du hast Recht - lass uns überlegen, was wir mit unserem Wissen anfangen können.«

Die Monsterfrau fuhr sehr schnell, wechselte immer wieder abrupt die Spur und drängelte wohl die anderen Fahrer aus dem Weg, weil sie mehrmals hupte und irgendwelche Flüche von sich gab. Dieser Fahrstil war nichts für mich, nicht nur, dass es mir wieder einmal schlecht wurde, sondern wir hatten auch die größte Mühe, uns auf den Beinen zu halten. Ich versuchte, die Übelkeit zu bezwingen und schubste Tristan in Richtung der Box, die wenigstens mit irgendeinem Gurt an die Seitenwand befestigt war.

»Lass uns zurück in die Box gehen! Da ist es für uns tausend Mal sicherer und die Tür bleibt eh offen. Aber dann werden wir wenigstens nicht hin und her geschleudert - das Monster fährt ja genauso furchtbar, wie es singt!«

Wir zwängten uns in die Box und hofften, dass die Monsterfrau nicht noch einen Unfall bauen würde. Um mich weiter von meiner Übelkeit abzulenken, erinnerte ich Tristan daran, dass wir überlegen wollten, wie wir die Frau überlisten konnten. Wir hockten eine Weile da, ganz in Gedanken versunken und versuchten, an den Wänden der Box wenigstens etwas Halt zu finden. Wirklich nicht einfach, weil die Frau immer wieder eine überraschende Lenkbewegung durchführte.

Tristan räusperte sich als Erster. »Ich glaube... ja, ich bin sogar fest davon überzeugt, dass diese Frau sich am besten dadurch verwirren lässt, wenn wir ihren Befehlen nicht folgen. Du weißt ja noch, wie sie uns darauf getrimmt hat, auch den kleinsten Fingerzeig wahrzunehmen und unverzüglich zu gehorchen.«

Ich nickte. »Ja, genau! Sie rechnet mit Sicherheit damit, dass wir immer noch genau das tun werden. Obwohl...« Ich schwieg und leckte meine Schnauze, um mich von dem komischen Gefühl zu befreien, das mich soeben überkam.

Tristan legte seine Pfote auf die meine. »Ich weiß, was du denkst, Arlo. Mir geht es genauso. Es ist sehr schwer, sich vorzustellen, den Befehlen auf einmal nicht zu folgen, hat sie doch lange genug die Gehorsamkeit in uns hinein geprügelt. Da bekommt Hund schon ein mulmiges Gefühl - aber für mich ist es ein Akt der Befreiung!«

Ich schaute ihn dankbar an. »Wenn wir es tatsächlich schaffen, Widerstand zu leisten, wird es eine Genugtuung sein. Außerdem wird es sie bestimmt sehr irritieren und diesen Moment können wir vielleicht dazu benutzen, um zu fliehen.« Ich schwieg kurz. »Fall es nicht klappen sollte, haben wir uns wenigstens einmal im Leben gegen sie behauptet. Mit diesem Wissen das Leben zu beenden ist ja nicht das Schlechteste, was einem Hund passieren kann, oder? Und wenigstens hätte ich dann ein bisschen unsere Schwester gerächt.«

Tristan drückte mich an sich. »Wir wollen fest daran glauben, dass Alma uns noch lange nerven wird.« Er versuchte sogar zu lächeln. »Sie ist taff und sie würde uns Feuer unter dem Hintern machen, wenn sie uns so betrübt wüsste. Und ich habe auf keinen Fall Bock auf ein angekokeltes Fell!«

Bei dem Gedanken musste ich doch grinsen - das würde Alma nämlich mit Sicherheit so machen. Wir besprachen uns noch eine Weile, aber die beste Alternative war, dass wir beide uns zu widerspenstigen Rebellen mutierten. Es blieb halt abzuwarten, ob es uns nützen würde.

Durch den Verkehrslärm hörten wir ein Handy vorne im

Wagen klingeln. Die Monsterfrau nahm das Telefonat an, ohne die Geschwindigkeit zu verringern, was bei ihrem Fahrstil uns keineswegs beruhigte. Wir spitzten unsere Ohren, um jedes Wort mitzubekommen, obwohl es gar nicht nötig gewesen wäre, so wie die Frau wieder zu schreien anfing.

»Was? Nicht dein Ernst! Was für einen Mist hast du nun wieder gebaut?« Kurze Pause. »Eine allgemeine Verkehrskontrolle? Mit einem Polizeiwagen vor und einem hinter dir? Sei doch nicht so ein verdammter Idiot. Aber ein Wort über mich und du bist für immer erledigt. Halt einfach deine dämliche Klappe und sieh zu, dass du mit den Hunden weiterfahren darfst!«

Sie legte auf und schlug wohl mit ihrer Faust gegen das Lenkrad. »Das ich mit solchen minderbemittelten Taugenichtsen zusammenarbeiten muss! Wenn er es zulässt, dass die Polizei das Wohnmobil kontrolliert und womöglich die Hunde beschlagnahmt, wird er nie wieder ein Geschäft für mich abwickeln! Oder für sonst jemanden - dieser Knieschuss bei dieser Witzfigur Stefan hat ja auch seine Wirkung nicht verfehlt. Verdammter Mist!«

Sie schlug erneut auf das Lenkrad ein, wobei der Wagen bedenklich ins Schlingern kam. Ich versuchte mit aller Gewalt, die erneut in mir aufsteigende Übelkeit zu unterdrücken, diesmal jedoch vergebens. Ich konnte gerade noch meinen Kopf durch die offene Boxtür stecken, damit ich mich wenigstens nicht direkt auf uns übergab.

»Jetzt muss dieser Köter mir noch die Box vollsauen!«, rief die Monsterfrau empört. »Dann muss er halt in seiner Kotze schmoren. Deswegen werde ich garantiert nicht anhalten.«

Tristan berührte tröstend meine Schulter. Langsam beruhigte sich mein Magen wieder und ich konnte darüber nachdenken, was diese Frau gesagt hatte. »Tristan, hast du das mitbekommen? Es scheint doch, als ob die Polizei den Hunderäuber in Stefans Wohnmobil anhalten und kontrollieren wird! Mateo und sein Vater haben mit Sicherheit die Polizei alarmiert, als sie das Wohnmobil eingeholt haben. Das muss so sein! Rudis Geschirr ist doch im Wohnmobil und Mateo wird sicher darauf bestehen, dass die Polizei das ganze Fahrzeug durchsucht. Das sind schon mal gute Nachrichten, oder?«

Tristan lächelte. »Ja, es muss so sein! Dann wären etliche Hunde gerettet! Allerdings wird Mateo sich wohl noch sehr wundern, wenn er nur das Geschirr findet.«

Ich nickte. »Oder erleichtert sein. Er weiß ja, dass Rudi als ehemaliger Straßenhund ein wahrer Überlebenskünstler ist.«

Plötzlich bog die Monsterfrau so überraschend von der Autobahn ab, dass die Box fast trotz Befestigung umkippte. »Jetzt muss ich auch noch auf Nebenstraßen ausweichen. Dieses Weichei wird mich sicher bei der erstbesten Gelegenheit verpetzen. Verräter überall! Mich wird aber niemand aufhalten! Nicht Carla Rodriguez!«

Die Straße wurde immer holperiger und die Bäume rückten immer näher heran. Anscheinend fuhren wir höher und höher hinauf in die Berge, weil der Motor bei seinen Bemühungen, den Berghang zu erklimmen, zeitweise sehr laut wurde. Das Gute daran war, dass die Monsterfrau nicht mehr so schnell fahren konnte, wodurch sich mein Magen endgültig beruhigte.

Tristan sah mich etwas besorgt an. »Wo fährt sie wohl

hin?« Ich zuckte leicht mit den Schultern, aber nur wirklich leicht, um nicht zu sehr an Stefan und an sein Schicksal erinnert zu werden.

»Wohl ins Ausland...versucht durch die Berge über die Grenze zu gelangen...«

Gerade als ich das gesagt hatte, bremste die Frau scharf und hielt an. »Was zum Teufel ist das denn?«

Ich schlich vorsichtig aus der Box und schielte hinaus. Vor dem Wagen war eine seltsame Straßensperre aus Steinen und Ästen zu erkennen, sogar ein ziemlich dicker Baumstamm lag quer über der Straße. Aus dem Wald um uns herum sah ich langsam große und dunkle Gestalten herauskommen - Wölfe!

»Tristan! Tristan!«, flüsterte ich aufgeregt. »Da sind sehr viele Wölfe und eine Straßensperre, die sie garantiert gebaut haben. Das sind sicher Verwandte und Freunde von Toran!«

Auch Tristan konnte nicht an sich halten, sondern kam vorsichtig zu mir. Wir beobachteten, wie sich die Wölfe langsam um das Auto herum verteilten und die Monsterfrau dabei direkt und böse anstarrten. Ich bemerkte, wie die Frau das Handschuhfach öffnete und nach etwas suchte.

»Mist! Ich habe nicht mehr genug Munition - nur noch zwei Patronen! Hätte ich bloß diese idiotische Katze einfach überfahren! Dass Carla Rodriguez so die Beherrschung verlieren kann, ist kaum zu fassen!« Aussteigen und die Sperre in Gegenwart der Wölfe zu entfernen, war für diese Superfrau offenbar keine Option, weswegen sie umständlich wenden und zurückfahren musste.

»Es gibt andere Wege!« Sie fuhr für meinen Geschmack

viel zu schnell die Bergstraße wieder herunter und bog irgendwann auf eine andere ab. Irgendwie überraschte es mich kein bisschen, dass sich das Schauspiel kurz danach wiederholte: eine Straßensperre aus Steinen und Ästen, sowie etliche Wölfe.

Die Monsterfrau gab erst auf, als es schon zu dämmern begann und ihr wohl die Ausweichstraßen ausgingen. »Hier haben die Jäger ihre Pflicht sträflich vernachlässigt. Allesamt Versager, überall Versager! Egal! Ich fahre wieder auf die Autobahn, mich wird eh keiner aufhalten können!« Ich schickte ein stilles Dankeschön an Toran und an all die anderen Wölfen.

Als wir auf die Autobahn auffuhren und das Monster mit ihrem unerträglichen Fahrstil wieder anfing, krochen wir zurück in die Box. Wir hatten zwar an Zeit gewonnen, aber ob es uns etwas nützte, dass die Frau gezwungen war, die Autobahn zu nutzen, wusste ich nicht. Jedenfalls schien sie zufrieden mit sich selbst zu sein, da sie wieder mit den Liedern aus dem Radio mitkrächzte. Obwohl es wahrhaftig keine Stimme für ein Schlaflied war, spürte ich, wie Tristans Atem neben mir immer ruhiger wurde und letztendlich nickte ich auch selber ein.

Das Geräusch einer sich schließenden Autotür weckte uns schließlich wieder auf - der Wagen stand still. Vorsichtig kamen wir aus der Box hinaus und versuchten zu erkennen, was passierte. Wir hatten anscheinend an einem Rastplatz gehalten. Bei der Beifahrertür sah ich eine Person stehen, die sich eine Zigarette anzündete. Das musste die Monsterfrau sein, die wohl eine Pause machte. Plötzlich hörten wir, wie mehrere andere Fahrzeuge schnell auf den Rastplatz fuhren und direkt auf uns zusteuerten. Was war nun los? Das fragte sich wohl die Monsterfrau auch, weil sie augenblicklich die Zigarette wegwarf, ihr Gewehr von der Rückbank holte und sich neben den Wagen duckte, wodurch sie für die Neuankömmlinge nicht sichtbar war. Ich konnte erkennen, dass es sich bei den anderen Fahrzeugen um große, schwarze Limousinen handelte, bei denen immer wieder blaue Lichter aufblinkten. In diesem Moment stoppten die Fahrzeuge und schnell entstiegen ihnen mehrere Menschen. Sie trugen komische Helme und Westen sowie eindeutig Waffen.

»Das ist die Polizei«, flüsterte Tristan mir zu, was anscheinend die Monsterfrau ebenfalls erkannte.

»Keinen Schritt weiter oder ich schieße! Ich bin bewaffnet!«, rief sie ganz laut. Daraufhin blieben die Polizisten zuerst einmal stehen.

»Es hat keinen Sinn - geben Sie auf! Sie sind umstellt!«, rief einer der Polizisten.

Ich ahnte, dass die Monsterfrau sicher versuchen würde, einen Blick durch die Seitenfenster auf die Polizisten zu werfen. Genau in dem Moment, als ihre Augen am Seitenfenster auftauchten, sprang ich auf dem Radkasten. Wir starrten uns durch die Scheibe hindurch an. Perplex schreckte sie zunächst zurück, doch dann fing sie sich und begann in ihrem Befehlston etwas, wie 'Sitz und Platz' zu brüllen. Als dann Tristan noch anfing, vor der Scheibe wie ein Gummiball rauf und runter zu hüpfen, konnte sie gar nicht mehr an sich halten, sondern schlug mit dem Gewehrkolben heftig auf das Fenster ein. Obwohl ich mich doch sehr erschreckte, sah ich aus dem Augenwinkel, dass die Polizisten ihren Anfall mitbekommen hatten und sich ihr schnell näherten.

Innerhalb einer Sekunde standen mehrere Polizisten in ihrer Kampfmontur um die Monsterfrau herum. Die Waffen schussbereit auf sie gerichtet. »Polizei! Die Waffe runter! Sofort!«, rief einer von ihnen.

Der Monsterfrau blieb nichts weiter übrig, als sich zu ergeben. Ein anderer Polizist legte ihr Handschellen an und sagte: »Carla Rodriguez, ich nehme Sie unter dem Verdacht des versuchten Mordes und der gefährlichen Körperverletzung fest.«

33. ZWEI WOCHEN SPÄTER

Rudi und ich saßen unter einem Olivenbaum in unserem Garten und beobachteten, wie Tina und Toni vergnügt mit einem kleinen Ball spielten. Meine Eltern ruhten sich nach dem Frühstück auf der Terrasse aus und Luna leistete mit Condesa ihnen Gesellschaft. Tante Rosa setzte sich auf die oberste Stufe der Treppe und behielt ihre Kinder genau im Auge.

Zwar waren seit unserem Abenteuer schon zwei Wochen vergangen, aber ich fühlte, dass wir alle noch sehr angespannt waren. Das war ja auch kein Wunder, nach all dem Horror, der uns widerfahren war. Ich schaute mich um, wobei mein Blick beim Schwimmbecken hängen blieb. Es war leer - kein kleiner Kopf tauchte an der oberen Stufe auf. Wie jeden einzelnen Tag verursachte mir besonders dieser Anblick einen schmerzvollen Stich ins Herz - Alma! Um mich schnell abzulenken, bat ich Rudi darum, mit mir ein wenig im Garten herumzulaufen.

Als wir die Rückseite des Hauses erreichten, hörten wir aufgeregte Stimmen hinter dem Busch, wo einst unser schöner Tunnel gewesen war. Opa Gerhard hatte ihn entdeckt, mit Erde befüllt und so fest verdichtet, dass dort kein entkommen mehr möglich war. Uns war es egal - wozu sollten wir auch abhauen wollen? Als wir uns weiter näherten, erkannte ich, dass Domino und Alfonso sich über etwas heftig stritten.

»Ui! Die war da! Ui! Ui!«, mautzte Alfonso.

»Vielleicht war die da, aber jetzt mit Sicherheit nicht mehr!«, erwiderte Domino sichtlich verärgert. Zum Glück war er wieder ganz der Alte, obwohl er immer noch nicht so gerne klettern oder springen mochte. »Und warum nicht, hmm? Wer musste wieder mit der Maus spielen?«, fuhr er fort.

»Ui!« Alfonso hörte sich etwas zerknirscht an.

»Ja, 'ui'! Dein 'ui' hilft uns herzlos wenig. Die Maus hat sich versteckt und wird garantiert lange nicht mehr auftauchen.« Domino seufzte und bemerkte uns. »Ach, hallo ihr beiden! Ich habe gerade erfahren dürfen, dass mein lieber Bruder so ein großes Herz besitzt, dass er sogar die Mäuse laufen lässt.«

»Ui!« Alfonso kam zu uns und sah richtig beleidigt aus. Er tat mir manchmal leid, obwohl er meistens einen sehr glücklichen Eindruck machte. Er betrachtete die Welt halt auf seine Weise und entdeckte wohl nicht so viel Böses, sondern richtete seine Aufmerksamkeit eher auf die positiven Dinge im Leben. Lange war er auch diesmal nicht betrübt, sondern fing an, einem Blatt nachzujagen, das gerade von einem Baum herunterfiel.

Domino schüttelte den Kopf. »Je länger wir hier mit dem guten Futter versorgt sind, desto schneller rosten unsere Jagdtalente ein.«

Ich hielt erschrocken den Atem an - bedeutete das etwa, dass sie überlegten, die Finca zu verlassen? Als er jedoch weitersprach, atmete ich erleichtert auf. »Es ist aber auch gut so. Sollen die Mäuse ihr kurzes Leben genießen dürfen. Es gefällt uns sehr gut bei euch und wir haben heute früh beschlossen, für immer hier zu bleiben. Natürlich nur, wenn es euch recht ist.«

Ich strahlte ihn an. »Und ob es uns recht ist! Ich freue mich riesig - das sind doch gute Nachrichten, endlich wieder etwas Positives! Unsere Menschen werden sicher sehr glücklich mit eurer Entscheidung sein!«

Rudi trippelte neben mir aufgeregt hin und her, wodurch er mich an Alma erinnerte. Er konnte ebenso wenig dagegen tun, wie ich gegen die aufsteigenden Tränen in meinen Augen. Als er es bemerkte, hörte er sofort damit auf. Ebenfalls mit Tränen in den Augen drückte er mich kurz und lief zu Alfonso, um ihm bei der Zerlegung des gefährlichen Blattes behilflich zu sein.

Rudi und Anton waren am Vorabend mit Mateo zu Besuch gekommen und zu unserer aller Freude über Nacht geblieben. Jegliche Ablenkung von den furchtbaren Erinnerungen an den Hunderäuber und an diese Monsterfrau war mehr als willkommen. Zwar sprachen wir noch ab und zu darüber, was alles geschehen war, aber hauptsächlich versuchten wir, irgendwie vorwärts zu schauen.

Es war Anton und Rudi gelungen, alle Hunde aus dem Haus des Monsters zur Schlucht zu führen, wo Luna und Opa Gerhard sie tatsächlich kurze Zeit später aufgefunden hatten. Stefan war nämlich in der Zwischenzeit zu Bewusstsein gekommen und hatte sofort nach Opa Gerhard verlangt, um ihn darüber zu informieren, was geschehen war.

Ich lief mit Domino zurück zur Terrasse und trank ein bisschen aus dem Wassernapf. Meine Eltern lagen gemeinsam im Schatten und unterhielten sich leise. Mir kam es so vor, als ob sie wegen all der Sorgen in letzter Zeit deutlich ergraut wären, was natürlich jeder verstehen konnte. Sie gaben mir keine Schuld, wohl wissend, dass ich selber es tat.

Ich schüttelte mich, um bloß nicht wieder daran zu denken, wie schlecht alles durch mich gelaufen war.

Es war still auf der Finca geworden, sehr still. Sogar unsere Menschen schienen unsere Stimmung nachvollziehen zu können und verhielten sich sehr zurückhaltend. Eigentlich war ja alles letztendlich gut ausgegangen... Eigentlich - abgesehen von... Nein! Nicht wieder daran denken! Ich ging zum Tisch, an dem die Menschen gerade frühstückten, aber nur aus alter Gewohnheit. Besonders viel Appetit hatte ich letzter Zeit nicht.

Mateo war soeben dabei, sich ein Brot zu schmieren. Oma Martha und Opa Gerhard tranken Kaffee und halfen Stefan beim Frühstück, weil er sein Bein auf einem Stuhl hielt und nicht an alles heran kam. Er war vor einigen Tagen aus dem Krankenhaus entlassen worden. Oma Martha und Opa Gerhard bestanden darauf, dass er noch so lange auf der Finca blieb, bis er wieder nach Hause fliegen konnte. Fahren würde er mit Sicherheit in nächster Zeit mit seinem demolierten Knie nicht können. Außerdem hatte er eh kein Fahrzeug mehr. Wir hatten erfahren, dass das Wohnmobil dem Komplizen des Hunderäubers gehörte und dass es von der Polizei beschlagnahmt worden war.

Mateo blickte zu Stefan. »Ein bisschen hat Terri mir schon erzählt, aber ich würde gerne deine spannende Geschichte von dir selber hören. Du bist also eigentlich gar nicht richtig verurteilt worden?«

»Ob das nun wirklich so spannend ist, weiß ich nicht.« Natürlich zuckte Stefan mit den Schultern. »Ich bin nur froh, dass alles noch so gut ausgegangen ist.«

»Nun erzähl schon!«, drängte Mateo ihn.

»Na gut - die Kurzversion. Ich hatte ja genug Mist in meinem Leben gebaut und hatte die Nase voll. Mir war klar, dass ich mich demnächst im Gefängnis wiederfinden würde, falls ich nicht doch noch die Kurve bekommen würde. Ich hatte Umgang mit ziemlich dubiosen Typen, wodurch ich von diesen Hunderäubern erfuhr. Mit diesem Geschäft mit gestohlenen und dann verkauften Hunden wird überall in Europa sehr viel Geld verdient. Eines Tages sprachen zwei dieser Typen darüber, dass eine Spanierin sie engagieren wolle, um ihr angeblich gestohlene Hunde zurückzubekommen. Ein Komplize von denen saß gerade wegen anderer Delikte im Gefängnis und es gab für mich keine bessere Tarnung, als mich für das auszugeben, was ich doch war - ein Krimineller. Mit diesem Wissen ging ich zur Polizei. Ein gewisser Kriminalkommissar Müller schmiedete mit mir den Plan, nachdem ich ihn überzeugen konnte. Behilflich war sicherlich, dass ich erwähnen konnte, dass ich hier in Spanien Verwandtschaft habe. Die Polizei hatte schon unzählige Meldungen über gestohlene Hunde bekommen - eigentlich aus überall in Europa, wie dieser Kommissar mir erzählte. Sie hatten jedoch weder Verdächtige noch Beweise. Also - ich brauchte unbedingt eine Wende in meinem Leben, aber ehrlich gesagt taten mir die Tiere auch leid. Ich wusste ja, wozu einige von ihnen benutzt werden sollten. Nun ja, den Rest der Geschichte kennt ihr ja.«

Mateo nickte. »Deine Tarnung uns gegenüber war aber ebenfalls sehr gut. Wir kauften dir alles ab, obwohl es ein paar Momente gab, wo wir uns ein wenig wunderten.«

Stefan lachte auf. »Das glaube ich dir sofort! Es wurde teilweise ziemlich kompliziert. Dieser Hunderäuber, dessen richtigen Namen ich immer noch nicht kenne, wurde etwas übermütig. Es war geplant, dass ich die Polizei darüber informiere, wo und wann die Übergabe der Hunde stattfindet. Meine Aufgabe sollte ja nur sein, die Tiere gemeinsam mit diesem Hunderäuber rechtzeitig dorthin zu bringen. Aber das ist nun ein bisschen anders gelaufen.«

Terri schaute ihn an. »Bist du eigentlich tatsächlich ausgeraubt worden, bevor du zu uns gekommen bist?«

Stefan blickte etwas beschämt um sich. »Da muss ich euch alle um Verzeihung bitten. Die Geschichte war nur von mir ausgedacht, damit ich einen glaubwürdigen Grund hatte, zu eurer Finca zu fahren.«

»Du hättest uns doch eh jeder Zeit besuchen können«, beteuerte Opa Gerhard. »Du hättest dafür keinen Raub täuschen müssen. Wir freuen uns ja, dass wir dich endlich wiedergetroffen und etwas besser kennengelernt haben.«

Stefan nickte. »Ja, das mag etwas übertrieben gewesen sein. Damals kam es mir vor, als wäre es eine sehr gute Idee. Ich konnte nicht ahnen, dass ihr mich nach all den Jahren mit offenen Armen empfangen würdet. Durch meinen Kontakt zu diesem Hunderäuber hatte ich erfahren, dass auch eure Finca oder besser gesagt, eure Hunde, von ihm beobachtet wurden. Ich wollte alles daransetzen, dass wenigstens sie verschont bleiben - das ist mir ja nicht so gut gelungen.«

Er seufzte, aber versuchte anscheinend die trüben Gedanken zu verdrängen. Er deutete mit seinem Buttermesser auf Mateo. »Erzähl mal, wie du und dein Vater überhaupt das Wohnmobil aufgespürt habt. Darüber hat mich noch niemand aufgeklärt. Es war sicher nicht nur ein Zufall.«

»Nein, natürlich nicht«, bestätigte Mateo. »Rudi hat in seinem Geschirr einen GPS-Sender. Dem Signal kann ich mit meinem Handy folgen. Allerdings hat er es irgendwie geschafft, nur sein Geschirr dort im Wohnmobil zu lassen, bevor du unseren Hunden zur Flucht verholfen hast. Danke übrigens noch mal dafür! Ohne dich wäre alles sicher noch viel schlimmer ausgegangen.«

»Na ja, weiß nicht«, sagte Stefan betrübt. »Schlimm genug ist es ja geworden. Besonders für die arme, kleine Alma...« Er hielt einen Augenblick inne und gab sich dann einen Ruck. »Eines verstehe ich allerdings nicht - wie und warum sind die drei Hunde überhaupt ins Wohnmobil gelangt? Ich habe sie erst am Haus von Rodriguez entdeckt.«

Oma Martha lächelte schwach. »Wozu unsere Hunde tatsächlich fähig sind, werden wir wohl nie richtig verstehen können. Auf einmal verschwinden sie fast alle und im nächsten Moment findet man sie bei irgendeiner Rettungsaktion wieder.« Sie schüttelte ihren Kopf. »Gerhard hat zwar ihren Tunnel entdeckt und verschlossen, doch ich bin sicher, wenn sie wieder fort wollen oder meinen, fort zu müssen, werden sie schon einen Weg finden.«

»Es kommt mir so vor, als ob diese hier ganz genau wissen, was sie tun.« Opa Gerhard nickte in unsere Richtung und lächelte uns liebevoll zu. »Wir Menschen sind dann allerhöchstens kleine Statisten bei ihren Plänen.« Alle Menschen lachten, aber es war schließlich die Wahrheit.

Ich beobachtete, wie Tristan und Isolde vorsichtig aus dem Haus kamen und sich direkt vor die Tür setzten. Nach dem Angriff auf sie und Silva gingen sie nur noch ungern hinaus. Sogar in unserem Garten fühlten sie sich nicht sicher. Vielleicht wenn Silva aus dem Krankenhaus entlassen wurde und sie mit Condesa wieder zurück nach Hause konnten, würde es ihnen langsam besser gehen.

Ich ging zu den beiden hinüber. »Hi! Möchtet ihr nicht doch ein bisschen im Garten spielen?« Sie schüttelten nur den Kopf. »Ihr braucht keine Angst mehr zu haben. Eure Silva wird sicher bald wieder bei euch sein.«

Isolde zitterte leicht. »Wegen dieser bösen Frau kann ich kaum noch schlafen. Sie hat direkt auf Silva geschossen, die zum Glück gerade in dem Moment ein Stück zur Seite trat. Sonst hätte das Monster sie mitten in die Brust getroffen. Ein Schuss in den Arm ist schon schlimm genug - es hat so furchtbar geblutet!«

Tristan legte seine Pfote beschwichtigend auf die ihre. »Hauptsache unsere Silva wird wieder gesund. Wegen der bösen Frau müssen wir uns keine Gedanken mehr machen. Sie wird wegen Körperverletzung und versuchten Mordes für eine lange Zeit ins Gefängnis wandern.«

Ich grinste. »Oder in die Psychiatrie - so wie sie drauf ist!«

Condesa setzte sich zu uns. »Diese Erinnerungen werden uns noch lange verfolgen. Ich bin jedoch der Meinung, dass wir nicht zulassen dürfen, dass sie Überhand nehmen. Diese Monsterfrau darf keinen Einfluss mehr auf unser Leben haben. Sie hat schon genug zerstört.« Sie sah mich an, um zu erkennen, ob sie zu viel gesagt hatte. Ich fühlte, wie mein Hals irgendwie enger wurde, und konnte nicht verhindern, dass mir wieder Tränen in die Augen stiegen. Das Monster hatte wahrhaftig genug zerstört, aber Condesa hatte Recht. Ich blickte zur Seite und versuchte, mich wieder zu fangen.

»Unsere Menschen sitzen hier«, sagte ich nach einer Weile. »Und Anton bewacht mit Luna die Umgebung.« Wir sahen die beiden tatsächlich im Garten patrouillieren. Seit dem Angriff auf die Finca machten sie das regelmäßig, obwohl es mir lieber gewesen wäre, wenn alle zurück zur Normalität kehren würden. Allerdings musste ich zugeben, dass es für lange Zeit kein entspanntes Leben mehr geben würde, weil... Nein! Nicht daran denken!

»Außerdem ist Toran nicht weit weg«, sagte ich hastig. »Luna hat ja noch gestern Abend mit ihm gesprochen und ihm für seine Hilfe gedankt. Er und seine Verwandten haben es ja tatsächlich geschafft, das Auto von dem Monster im Auge zu behalten. Toran hat erzählt, dass sie geahnt haben, dass die Monsterfrau versuchen würde, lieber auf die kleinen Bergstraßen auszuweichen, statt über die Autobahn zu fahren. Sie konnten dadurch rechtzeitig die Straßensperren errichten. So wurde es einfacher für die Polizei, sie aufzuspüren.« Ich war mir nicht sicher, ob die anderen das alles schon gewusst hatten, aber das Erzählen lenkte mich einfach ab. Condesa nickte in Richtung Garten, woraufhin Tristan und Isolde sich bis zum Terrassenrand trauten. Ein kleiner Fortschritt immerhin.

Plötzlich liefen Anton und Luna zum Tor und als ich meine Ohren spitzte, hörte ich ebenfalls, dass ein Auto näher kam. Anton wedelte für seine Verhältnisse aufgeregt mit dem Schwanz, wodurch ich erahnte, dass er das Fahrzeug erkannt hatte. Kurze Zeit später fuhr der Wagen von Doktor Morales, Mateos Vater, vor die Finca. Opa Gerhard stand auf und ging zum Tor, um ihn zu begrüßen. Allerdings war Doktor Morales nicht alleine, sondern in Begleitung von Silva. Sie hatte noch einen dicken Verband um ihren Arm, wirkte aber ansonsten wie immer.

Oma Martha winkte ihnen zu. »Hallo ihr beiden! Ihr kommt gerade richtig zum Frühstück! Ich koche noch schnell etwas mehr Kaffee!« Sie begrüßte die beiden kurz und verschwand dann in der Küche. Silva streichelte Condesa über den Kopf und kraulte Tristan und Isolde ausgiebig.

»Ich habe euch sehr vermisst«, sagte Silva an ihre Hunde gerichtet. »Mein Arm fühlt sich schon viel besser an. Es wird Zeit, dass ihr nach Hause kommt.« Sie blickte auf. »Gerhard, vielen herzlichen Dank, dass ihr euch um sie gekümmert habt!«

Opa Gerhard winkte ab. »Nichts zu danken! Das haben wir sehr gerne gemacht. Ich glaube, es tat ihnen auch gut, mit unseren Hunden zusammen zu sein - nach all den schlimmen Erlebnissen. Sie können gerne noch länger bleiben, wenn du dich noch nicht so fit fühlst.«

»Danke für das Angebot, aber es wird schon gehen. Mein Haus ist so still und leer ohne sie.« Sie setzte sich an den Tisch und kraulte Condesa, die ihr gefolgt war. »Außerdem werde ich mich sicherer fühlen, wenn ich nicht ganz alleine bin. Obwohl diese Rodriguez verhaftet worden ist, habe ich immer noch Angst.«

Doktor Morales nickte. »Das kann man sehr gut nachvollziehen. Du hattest auch sehr viel Glück - diese Verrückte hat ja wirklich versucht, dich umzubringen - nur, um aus Rache zwei kleine Hunde zurückzubekommen. Aber jetzt wird sie wahrscheinlich lebenslänglich eingesperrt. Sie hat ja auch den guten Stefan sehr schwer verletzt.« Anton war auf die Terrasse gekommen und legte sich zu seinen Füßen. »Wenn wir schon einmal bei dem Thema sind«, fuhr er fort, »weiß einer von euch, wie die Polizei den Wagen von dieser Rodriguez überhaupt hat finden können?«

Stefan versuchte sich etwas aufzurichten, aber verzog das

Gesicht vor Schmerzen. »Hauptsache, dass diese Frau verreckt - irgendwo, egal ob im Gefängnis oder in der Psychiatrie...«, sagte er und hielt sein verletztes Knie. »So viel Leid und Schmerz, wie sie allen zugefügt hat!« Ja, das mit dem Leid und dem Schmerz konnte er ruhig laut sagen. Als er wieder eine bequeme Position gefunden hatte, fuhr er fort.

»Ich habe vorige Tage mit Kommissar Müller telefoniert. Er hat mir erzählt, dass der Nachbar von Silva das Autokennzeichen von dem weißen Kombi notiert und den Notarzt gerufen hat. Eine europaweite Fahndung lief umgehend an und der Wagen wurde relativ schnell von den Verkehrsüberwachungskameras erfasst. Doch komischerweise verschwand dieser dann wieder für eine Weile. Die Polizei vermutet, dass diese Rodriguez vorgehabt hatte, über die kleinen Bergstraßen über die Grenze zu fahren, aber etwas hat sie wohl daran gehindert. Ihr Wagen tauchte wieder auf der Autobahn auf und das Sonderkommando der spanischen Polizei konnte die Verfolgung aufnehmen. Als sie dann eine Pause auf einem Rastplatz machte, griffen sie zu.«

»Die hiesige Polizei hat mir berichtet, dass der Hunderäuber, der mit dem Wohnmobil gestellt worden ist, sehr gesprächig gewesen ist«, fügte Mateo hinzu. »Er hat etliche Namen von seinen Komplizen preisgegeben, um als Kronzeuge Strafmilderung zu erreichen. Diese kriminelle Bande hat überall in Deutschland Mitglieder, die vor allem dafür zuständig waren, die gestohlenen Hunde weiterzuverkaufen. Das Geschäft lief wohl schon seit mehr als einem Jahr. Kaum vorstellbar, wie viele Hunde sie so aus ihren Familien gerissen haben.«

Er seufzte und trank einen Schluck Kaffee. »Die Bande

hat in ihren Reihen einen sehr peniblen Buchhalter gehabt, der alle Transaktionen - also alle Hunde und deren Käufer - akribisch aufgelistet hat. Zum Glück haben alle Hunde einen Chip und sind registriert, wodurch es sehr einfach sein wird, sie ihren Besitzern zurückzubringen.«

»Wir haben wirklich großes Glück gehabt«, stimmte Silva ihm zu. »Es hätte alles noch viel schlimmer kommen können.« Ich konzentrierte mich auf eine Fliege, die gerade auf einem Stück Brot landete, um nicht wieder weinen zu müssen. Als ich jedoch sah, was Silva aus ihrer Tasche heausholte, konnte ich nur noch laut schluchzen.

»Ich habe noch vor diesen Geschehnissen eine Bestellung für unsere Rettungshundegruppe aufgegeben. Die Lieferung ist gestern eingetroffen. Und das hier ist dabei gewesen...« Sie hielt eine winzige, gelbe Weste in ihren Händen, auf der deutlich das Wort Rettungshund zu sehen war. »Alma wollte ja mitmachen...« Opa Gerhard nahm die Weste wortlos entgegen.

In dem Moment tauchte Terri auf und trug einen Hundekorb vor sich her. Sie stellte diesen vorsichtig auf der Terrasse ab. »So!«, sagte sie lächelnd. »Ich habe den Verband gewechselt und die Wunde sauber gemacht. Alles heilt gut, aber sie ist weiterhin sehr schwach.«

Doktor Morales stand auf und ging zu Terri. »Das ist nach drei schweren Operationen vollkommen normal. Sie macht auf mich jedoch einen guten Eindruck - natürlich den Umständen entsprechend. Heute kann man mit Sicherheit sagen, dass sie sich vollkommen erholen wird. Es sah ja zuerst sehr schlecht für sie aus. So eine taffe Patientin haben wir in der Klinik selten behandelt. Die Schmerzmittel sollte man allerdings noch nicht absetzen.«

Ich konnte kaum an mich halten, aber ich wusste, dass wir auf Erlaubnis warten mussten. Rudi trippelte aufgeregt neben mir und auch meine Eltern kamen näher. »Nun vorsichtig!«, mahnte Terri uns. »Nicht alle auf einmal! Denkt daran, dass sie noch sehr schwach ist!« Sie nickte endlich und ich sprang zu dem Korb - Alma! Sie lag, wie die ganzen Tage zuvor, reglos da, aber heute hatte sie ihre Augen geöffnet. Sie lächelte uns sogar an! Alma! Rudi und ich setzten uns dicht neben dem Korb.

»Na, Jungs, was gibt's?«, fragte sie leise und grinste.

Zum ersten Mal fühlte ich, dass sie es wirklich schaffen würde. Als sie vor ein paar Tagen aus der Klinik entlassen und von Terri und Mateo auf die Finca zurückgebracht worden ist, hatte sie nur geschlafen. Terri hatte uns erklärt, dass Alma sehr viel Blut verloren hatte und deswegen so schwach war. Die Tierärzte hatten doch ein Wunder vollbracht!

Rudi und ich machten Platz, damit meine Eltern näher zu Alma konnten. Mama küsste ihren kleinen Kopf und Papa hielt ihre Pfote mit seiner. Wir erzählten Alma kleine, lustige Geschichten und genossen ihr Lächeln - bis sie wieder einschlief. Sie würde es schaffen, sie würde wieder gesund werden, das wusste ich jetzt ganz sicher. Meine Alma ist wahrhaftig die taffste Hündin der Welt!

Virve Manninen, Jg. 1965, ist geboren und aufgewachsen in Finnland. Nach dem Studium von Geschichte und Literatur sowie Promotion (Universität Tampere, Finnland/Ruhr-Universität Bochum) ist sie als Journalistin und Projektmanagerin tätig gewesen. Sie hat mehrere Kinder- und Jugendkulturprojekte geplant und durchgeführt. Ihr erster Roman über Arlo und Alma hieß "Welpenretter". Virve Manninen lebt mit ihrem Ehemann, ihren spanischen Tierschutzkatzen Billy und Elvis sowie ihrer kleinen Hündin Saimi, die aus einer spanischen Tötungsstation gerettet worden ist, in der Nähe von Oldenburg in Niedersachsen. Sie hat eine erwachsene Tochter.